KB122420

18세기 연행록의 전개와 특성

이화연구총서 4

18세기 연행록의 전개와 특성

김 현 미 지음

혜안

이화연구총서 발간사

이화여자대학교 총장 이 배 용

121년의 유구한 전통과 그 정신적 유산을 가진 이화여자대학교가 '근대' '여성' '교육'이라는 측면에서 이룩해 낸 성과와 그 영향은 현 사회 속에서도 그 자취가 매우 뚜렷합니다. 지난해 이화는 이러한 역사와 전통을 밑바탕으로, 현 사회에 대한 시대사적인 인식을 아울러 '이니셔티브(initiative) 이화'를 비전으로 삼았습니다.

'이니셔티브'란 앞장서서 주도한다는 뜻입니다. 21세기의 변화하는 시대에서 새로운 문명의 가치와 대학교육의 미래를 설정하고 이화교육이 모든 영역에서 주도적 역할을 행사할 수 있게 되어야 합니다. 이화는 한국을 넘어 세계 최고 수준의 연구와 교육 역량을 갖춘 굴지의 명문대학으로 세계 여성교육의 허브가 되기 위해 모든 영역에서 이니셔티브를 추구할 것입니다. 이러한 노력 속에서 우리는 국제 경쟁력을 갖춘 전문 인력을 배출하고 남녀평등의 확고한 원칙이 존중되는 새로운 인류문명의 지성공동체를 구현하게 될 것입니다.

학문의 길에 선 신진학자들은 선학의 연구 성과를 존중하고 새로운 시대정신과 그들의 도전 정신을 바탕으로 창의력 있는 연구 방법과 새로운 연구 성과를 낼 수 있는 든든한 후속세대입니다. 그렇기에, 신진학자들에게 '주도'의 주체로서 우뚝 설 가능성을 기대할 수 있는 것입니다. 또한, 그들에게서 기대할 수 있는 '법고창신(法古創新)'한 연구 성과들은 가까이는 학계의 발전을 이끌어내고, 나아가 '변화'와 '무한경쟁'으로 대변되는 지금의 상황을 발전적으로 끌어갈 수 있는 저력이 될 것입니다.

이화여자대학교 한국문화연구원에서는 이렇듯 패기 있는 도전정신으로 학문의 방향을 이끌어 갈 학문 후속세대를 지원하기 위해 '이화연구총서'를 간행해 오고 있습니다. 이 총서는 최근 박사학위를 취득한 신진학자들의 연구논문 가운데 우수논문을 선정하여 발간하기 위해 기획되었습니다. 총서의 간행을 통해 신진학자들의 논의가 보다 많은 사람들에게 제공되어 이들의 연구 성과가 공유될 수 있는 기회를 줌으로써, 이들이 미래의 학문세계를 이끌 주역으로 성장하는 데 도움을 주고자 합니다. 앞으로도 '이화연구총서'가 신진학자들이 한발 더 높이 도약할 수 있는 발판이 되기를 소망합니다. '이화연구총서'의 발간을 위해 애써주신 연구진과 필진 그리고 관계자 모든 분들께 진심으로 감사드립니다.

책머리에

이 글은 필자의 박사학위논문을 다듬은 것으로서, 논의는 '자생적 근대'라고까지 표방된 18세기의 정신사와, 문학적 형상 변화를 가장 첨예하게 드러낸 문학적 성과물은 무엇인가에 대한 의문에서 시작하였다. 기존의 연구사에서 연행록은 특정 작가의 특정 부분에 주목하기 시작하여 연구가 진행되어 왔다. 그러나 그 창작층의 면에서, 연행록 속에 담겨져 있는 주제적 측면에서, 또한 글쓰기 방식 면에서 뚜렷한 특성을 가지고 발전하여 북학(北學)이라는 실천적인 사상과 문학적 성취를 보여주었고, 학계에서도 이러한 현상에 주목하여 실기 문학으로서, 여행과 체험의 문학적 기록으로서 소개하기 이르렀다. 또한 대표적인 것들은 학위논문과 소논문으로서 개별 연구가 하나 둘 이루어지고 있는 실정이기에, 이들에 대한 전체적인 흐름의 고찰이 필요한 시점이다. 특히 '외교 기록'이라는 협의에서 벗어나지 못해 지금까지 본격적인 문학적 연구가 미루어졌으므로, 비교문학의 차원에서 제기되는 '여행자문학론'으로서 작품을 분석하고자 했다.

논의의 전개는 다음 방향으로 이루어졌다. 우선 연행록이 형성된 배경을 알기 위해, 조선인들에게 허락된 유일한 중국 체험인 공적 '교빙(交聘)'의 역사와 그 중에서 개인적 기록을 남긴 연행록 작자층을 살핀 결과, 18세기 교빙의 과정에서 지어진 한문 산문 연행록은 작자층과 연행록 특성상 세 시기로 삼분할 수 있음을 알 수 있었다. 우선 1700년부터 1732년까지의 삼정사(正使・副使・書狀官)를 중심한 서인 노론계 인사들, 특히 낙론을 사상적 기반으로 하는 경화사족층인 '육창(六昌)'의 학적 동아리를 중심으로 지어지는 전기, 1737년부터 1777년까지 초기의 작자층이 이어지면서 잡지 형식의 심화라는 형상면의 변화가 두드러지는 중기, 1778년 이후 18세기 말까지 이른바 '북학파'의 본격적 연행록 창작과 비(非) 삼정사의 연행록 창작이 두드러지는 후기가 그것이다. 이에 이러한 세 가지의 시기구분을 각 연행록들의 분석 단위로 확정하였다.

이후 본격적으로 연행록을 분석하는 측면에서는 '내용'과 '형상'면으로 나누어 생각해 보았다. 우선 내용적 측면에서는 18세기 연행록들에 나타난 상대국의 '이미지와 은유'가 집중적으로 드러나는 서술대상으로서, 연행록 속에서 관심을 가지고 서술했던 문물들을 찾고 그것이 창출해 내는 은유와 이미지의 의미를 생각해 보았고, 또한 문물을 서술한 이면에 있는 작가의식(Subtext)의 성격과 전개양상을 알아보았다. 이들의 작가의식은『중용』제20장에서 성(誠)에 이르기 위해 선(善)을 선택하고 군건하게 실천하는 과정으로서 제시된 박학(博學) - 심문(審問) - 신사(愼思) - 명변(明辨) - 독행(篤行)의 과정과 상당부분 일치한다. 이것은 조선에 와서 이황에 의해 '백록동 서원 학규'에 편입되어 학문하는 순서로서 인식된다. 결국 이러한 작가의식의 흐름은 이 시기 연행록이 '청(淸)'이라는, 중화인가 아닌가가 끊임없이 의심되는 존재를 분석하고 알아 가는 과정으로서 씌여졌고, 그것은 한 세기동안 끈질기게 발전적으로 진화하면서 또한 연행록을 쓰는 힘으로 작용했다는 것을 보여준다. 또한 형상적인 측면의 변화양상도 살폈다. 이것은 연행록이 기존에 가져왔던 혐의, 즉 단순한 외교문서 혹은 극히 실용적인 목적의 기록이 아닌가 하는 것에서 자유로워져서 18세기에 연속적으로 창작되던 (한문) 산문 연행록이 '내용'과 '형상'을 가진 문학적 산물로서 바라볼 수 있는 것임을 증명하는 작업에 다름 아니다. 그리하여, 이러한 작업 후에는 일련의 연행록들이 18세기 한국문학사라는 자장 내에서 어떠한 위상을 가지는가 정리할 수 있었다.

18세기 연행록들은 '연행록'이라는 이름보다도 『노가재연행일기』 『담헌연기』 『열하일기』 등의 대표적인 편명 이름으로 더욱 낯익다. 그리고 이러한 각편들은 이미 이름난 분석과 섬세한 고찰들이 쌓여있는 바, 이 세 가지를 비롯한 작품들을 설명하는 이러한 작업은 자칫하면 기존 분석의 동어 반복을 피할 수 없는 위험이 있다. 그럼에도 불구하고, 굳이 이 작업을 해야겠다고 무모하리만치 매달린 이유는 지난 몇 년 동안의 '길 위의 시간'에 있다. 개인적 사정으로 매주 학교에서 집까지 편도 세 시간 반 거리를 기차통학을 해야 했었다. 아이를 가져서, 그 후에는 아이를 업고 여객실에서 역사(驛舍)로, 그 사이의 통로로 옮겨 다니며 보고 듣고 느꼈던 만 가지 생각들은 연행록들을 볼 때마다 이상하게도 붙어 다녔다. 그 때 그 먼 길을 눈 크게 뜨고, 고개 당당히 들고 간 그 많은 사람들의 속내를 온전하게 드러내고 싶었지만, 얼마 지나지 않아 과욕임을 깨달았다. 그러나 그러한 깨달음 후에도, 그들의 마음을 최소한 그냥 내버려두지는 말고 언급하고 싶은 소망은 버리지 못했다.

이 글을 준비하고 쓰는 동안 세 번 이사하고 아이 둘을 낳았다. '좌충우돌'은 내 생활을 가장 잘 설명해주는 핵심어가 되었다. 얄은 생각과 과한 욕심으로 이리저리 움직이는 동안 이 글을 완성할 수 있도록 해 준 것은 여러 분들의 갚을 수 없는 은덕이다. 우선 내 삶의 근원이 되신 하나님께 감사드린다. 그리고 삶으로 학문하는 길을 보여주신, 못난 제자를 늘 품어주시는 이혜순 선생님의 크나큰 학은에 감사드린다. 지금은 고인이 되신 유도회의 권우 홍찬유 큰선생님 덕택으로 원

전을 대하는 두려움을 덜 수 있었다. 기억하며 감사드린다. 논문을 지
도해주시며 많은 가르침을 주신 김태준, 정하영, 김명호, 정민 선생님
께 감사드리고, 늘 큰 힘이 되는 이화여대 한문학 전공 선,후배 선생
님들께 감사로 머리를 조아린다. 논문을 작성하는 데 많은 도움을 주
신 학술진흥재단과 이 글을 '이화연구총서'로 선정하여 출판하게 해
주신 이화여대 한국문화연구원에도 감사의 마음을 지울 수 없다. 항상
가족을 위해서 기도해주시는 시부모님께 감사드리고, 가까이서 멀리
서 '자매애'가 무엇인지 가르쳐주는 언니들이 늘 고맙다.

마흔둥이 넷째 딸을 가슴 졸이며 키우시고, 지금은 손주들까지 키
우시느라 골수를 내주시는 부모님께 죄스럽고 감사한 마음 갚을 길
없어, 이 글을 나의 부모님, 김광수 제독과 우순자 여사께 바친다. 끝
으로 이 글이, 늘 든든한 버팀목이 되어주는 남편 김충기 소령(진)과
사랑하는 진호와 진아에게 기쁜 일이 되었으면 좋겠다.

2007년 8월

김 현 미

목 차

Ⅰ. 18세기 연행록을 보는 시각의 확립

1. 18세기 산문 연행록을 파악했던 여러 관점들

18세기는 한국문학사상 가장 역동적이며 새로운 생각이 많이 배태되고, 그것이 문학적으로 실현된 시기로 소개된다. 문학 창작이 융성하였고, 문학론에 대한 의론이 다양해졌고, 위항, 서얼 등의 문학 담당층이 확대되었으며 새로운 사유 기반으로서의 실학이 체계화되는 시기였다. 이렇듯 연구자들에 의해서 다각도의 주목을 받고 '자생적 근대'[1]로 지칭되기까지 한 18세기의 정신사를 보여줄 수 있는 문학적 성과물은 무엇인가 하는 물음에 대한 대답으로서 본서는 서술되었다.

18세기에 쓰여진 청(淸) 사행의 산문적 기록인 '연행록(燕行錄)'은 전대의 명(明) 사행 기록인 조천록(朝天錄)과 연행시 등을 잇는 '기행문학'의 산물이면서 외교적 사건의 기록이고, 또한 그 연행을 통해 새로운 생각을 가진 여행 주체들의 생각을 담아낸 기록물이다. 이러한 연행록의 복합적 성격 때문에 결국 한국한문학 연구사 속에서 연행록 자체가 문학적으로 연구되지 못했으며, 몇몇 작품에 한정하여 연구가 지속되는 연구의 편향성을 가지고 왔다. 한국한문학 연구가 시작되면서부터 이루어진 연행록에 대한 구체적인 연구사와 그 특징, 그리고

---

1) 김윤식, 김현(1996), 『한국문학사』, 민음사.

연구사가 요구하는 후행 연구의 구체적인 방법들은 다음과 같다.

일단 연행록에 대한 문학적인 접근은, 현대 한문학사의 연구에서 대표적인 작품으로 거론된 박지원의『열하일기』를 소개하고 평가하는 데서 시작되었다.2) 조선시대의 선비들로부터 근현대 연구자에 이르기까지, 18세기의 대표적 문학작품으로서 연암 박지원(朴趾源, 1737~1805)의『열하일기』를 꼽는 것을 주저하지 않는다. 이것은 박지원이 여행자로서 작성한 청으로의 산문 기행문학에 다름 아니다. 그러나 연구사의 면면을 살펴보면3) 열하일기는 그 안에 들어있는 사상적인 혁신성과「호질」「허생」등의 소설작품에 초점이 맞추어져 있어 '연행록' 이라는 여행일기의 특성을 전반적으로 고려하지 않고 파편적으로만 연구되며, 그 자체로만 평지돌출한 작품인 것처럼 다루는 한계점이 있다. 물론 왕조실록에 밝혀진 바 정조의 문체반정에 연암의 글이 큰 원인이 된 것을 보면 당대에 연암의『열하일기』가 얼마나 큰 반향을 일으키면서 읽혔는지를 알 수 있으나, 과연 아무런 전통도 없는, 갑자기 튀어나온 글이 이만한 인기와 관심을 누리면서 읽혀질 수 있었겠는가 하는 의문이 든다. '여행문학' '연행록' 등의 문학적인 연구가 주

2) 열하일기에 대한 연구는 김태준(1934)의『조선한문학사』등 한문학사 서술의 초창기서부터 주목되어 왔다.

3)『열하일기』에 대한 초기 저작들 중 우선 열하일기 내의 '소설'로 파악할 수 있는「허생전」「호질」에 초점을 두고 연구한 대표적인 것으로 이가원(1966),『연암소설연구』를 들 수 있다. 이후 그 소설들을 중심으로 18세기의 대표적 정신기반인 실학사상, 특히 북학사상의 선두주자인 연암의 위상에 주목하면서 그의 혁신적인 세계관·실용적인 사상의 구현을 보여주는 측면이 부각되어 문학사상사 연구를 원활하게 하는 풍조에 기여하는 것은 이우성(1982),『한국의 역사상』에 실린 연구들로 대표된다. 여기서는 연암의 한문소설들이 조선 후기 실학의 한 유파로서 상공업, 도시발달 배경으로 출현한 북학파의 문학을 대표하는 것이라고 규정하고 있다. 이러한 선행 연구들은 후대 연구자에 의하여 소설위주의 사상사적 연구 경향을 안정, 고착시켰다는 평가를 받는다(김명호(1990),『열하일기 연구』, 창작과비평사).

저되었던 까닭은 기존의 연구 풍토 때문이었다. 서구의 문학 개념으로 소설/ 시/ 희곡 등만을 순(純)문학으로 정의하던 기존의 개념으로서는 여행의 산문적 기록인 연행록이 과연 시와 같은 문학으로서의 정체를 가지고 있는가가 문제되었기 때문에, 천태산인(天台山人) 김태준(金台俊) 등의 걸출한 초기 문학사가도 열하일기 속에서 서구의 문학 범주 개념인 '소설'에 맞출 수 있는 「허생」과 「호질」등에 주목하는 결과를 가져왔다. 이러한 전통은 적어도 70년대까지 꾸준히 이어져왔다.

　　이러한 초기 연구 후에 1980년대 들어서부터, 열하일기 전체를 연암의 사상과 인식론, 예술론이 결집된 하나의 유기적인 문학성과물로 보려는 노력4)이 지속되었다. 특히, 김명호 교수의 선행연구에서는 "중국의 현실 인식 면에서 흔히 『열하일기』에만 특유한 것처럼 보이는 많은 것들이 실은 여러 연행록들에 일반적으로 나타나 있음을 알게 된다"5)라는 언급으로 열하일기가 기존 연행록의 전통을 이었음을 환기하여 '연행록' 자체에 대한 연구 필요성을 시사한다. 그러나, 이러한 연구경향도 『열하일기』한 작품에만 국한된 것이었을 뿐, 이러한 연구 경향이 연행록 자체를 하나의 문학적 성과물로 보려는 노력으로 이어진 것은 아니었다. 이 무렵 홍대용의 『담헌연기』는 그의 실학적 성격을 잘 보여주는 저술로서 주목을 받았다. 또한 김태준 교수에 의하여 홍대용의 연행 기록 중 한글로 저술된 『을병연행록』이 분석되었고 소

---

4) 임형택(1985), 「박지원의 주체의식과 세계인식-『열하일기』 분석의 시각」, 『동아시아 삼국 고전문학의 특징과 교류』제3회 동양학 국제 학술회의 논문집 ; 임형택(1988), 「박지원의 인식론과 미의식」, 『한국 한문학연구』제11집 (이상은『실사구시의 한국학』(2000,창작과 비평사)에 재수록) ; 이동환(1988), 「야출고북구기에 있어서 연암의 자아」, 『한국한문학연구』제11집 ; 강동엽 (1989), 『열하일기 연구』, 일지사 ; 김명호(1990), 『열하일기 연구』, 창작과 비평사.

5) 김명호(1988), 「연행록의 전통과 『열하일기』」, 『한국한문학연구』제11집, 43면.

고로나마 『담헌연기』와 『을병연행록』 간의 저술 태도 차이도 고찰6)
되었다.

『열하일기』 자체가 나름대로의 연구축적을 보여 그것이 '연행록' 자
체의 전통을 이었으며 그를 살펴보겠다고 문학 연구자들의 관심이 전
이되는 한편, 한국한문학의 연구경향이 서구 개념의 '순문학'뿐 아니
라 비지, 고문론, 유산기, 유산록 등 산문 일반에 초점이 옮겨지는
1980년대 중반부터는 이러한 연구경향을 반영하는 듯 "여행과 체험의
문학"이라는 표제 하의 단행본이 간행7)되어 여행기록 실기들의 해
제8) 및 소개가 이어져 연행록과 해유록을 중심한 이른바 '여행문학'의
연구 가능성을 보여주었다. 그러나 이 논문집들의 저자들이 한문학 연
구자와 사학 연구자로 양분되어 있는 데서 알 수 있듯이9) 이 중요한

---

6) 김태준(1987), 「담헌연기와 을병연행록의 비교연구」, 『민족문화』 제11집. 이
   논문은 담헌의 정녀묘를 소재로 쓴 시의 원문과 번역을 중심으로 그 차이점
   을 세밀하게 찰하는 것이 주 내용이다.

7) 소재영, 김태준 외(1985), 『여행의 체험과 문학-중국편』, 민족문화문고 위원
   회 간. 여행과 체험의 문학은 일본편과 중국편 두 권으로 이루어져 있다.

8) 여기에 소개된 여행 실기들은 연암의 『열하일기』뿐 아니라 노가재 김창업의
   『노가재연행일기』, 유득공의 『난양록』, 홍대용의 『을병연행록』, 서호수의
   『연행기』, 한글 가사인 『무오연행록』 등으로, 주로 조선 후기에 편향된 면을
   보인다. 이러한 현상은 조선 후기의 연행록들이 문학적으로 연구할 만한 가
   치가 있음을 증거하는 것이기도 하다.

9) 단행본의 맨 처음 두 논문이 사학자 김성칠의 「연행소고」와 황원구의 「연행
   록의 세계」인 것을 보면 이러한 상황을 알 수 있다. 주로 연행의 실제와, 이
   러한 '연행'이 일방적이고 굴욕적인 외교 행위가 아니라 실제적으로 쌍방의
   교역을 촉발시키는 행위이며 조선 측에서도 실제적으로 이익이 있었던 행위
   라는 내용을 다루고 있는 이 논문들은 김성칠의 경우 『역사학보』 제12집에
   실렸던 논문이 사후에 실렸다는 점에서 사행을 다룬 선구적 논문의 가치 때
   문에 실렸다는 의의를 인정할 수 있으나, 황원구의 경우 연행록의 가치를 말
   하면서 "조선조 후기의 대청관계사를 다루는데 주요할 뿐만 아니라 249년간
   거의 같은 노정과 북경체류기의 기록들이 시기적으로 연결되어 있기 때문에
   남만주의 역사지리적인 것과 북경의 여러 양상을 아는 데에도 중시되어야

논문집도 한문 산문 연행록과 사행록의 문학적 연구를 즉각적으로 촉발시키지는 못하였다. 단지 이 단행본이 이룬 즉각적 성과는 우리나라 문사들의 문학적으로 주목할 만한 해외체험 대상국은 일본과 중국 양국이었다는 사실을 알게 해주고, 또한 여행기록 실기들의 작품 목록을 한 군데 모아 부기해 놓음으로써 그 실제 창작된 작품들의 방대함과 내용을 추릴 수 있게 해 준 것이다.

이러한 단행본이 다룬 연행록과 해유록 등의 각편 연구에 대한 관심은 90년대 들어와서야 본격화되었다. 해외체험으로서 여행문학에 대한 관심을 가지고 시행된 전체적인 연구는 일본 사행에 대한 통신사 문학 연구가 먼저였다. 일본의 해유록에 관한 전반적인 연구는 한태문의 박사학위논문 「朝鮮後期 通信使 使行文學 硏究」(1995)[10]와

할 역사적인 자료들이다"(앞의 논문, 59면)나, "그러나 연행록은 사행록이라는 특징적인 결함도 있다.……다분히 주관적인 기록이다. 여기에서 연행록은 비변사등록, 사대문궤 동문휘고 등의 기타 자료의 보정으로도 한결 가치화될 수 있다"(62면)는 구절들을 보았을 때, 연행록을 역사자료의 가치로 평가하고 있는 입장을 확실히 볼 수 있다.

10) 부산대 박사학위논문. 그에 의하면 朝鮮後期 通信使 使行文學이란 '壬亂이후 交隣外交使節로서 일본에 파견된 통신사행원들이 그들의 使行體驗을 문학적으로 형상화한 모든 작품'을 일컫는다. 유교적 文治主義에 의한 문화우월관을 바탕으로 散文(일기, 잡문)과 韻文의 혼합적 서술양식을 통해 특이체험을 효과적으로 표현하고 있는데 교린체제의 성격을 고려하여 4단계의 시기구분이 가능하다고 했다. 模索期(1607~1624)의 사행문학은 捕虜刷還을 둘러싼 쇄환사의 갈등과 고뇌의 반영 및 규범적 서술체제의 확립이 특징이고, 確立期(1636~1655)는 詩文唱和를 통한 문학역량의 과시와 서정성의 심화가 두드러진다. 安定期(1682~1763)는 閭巷文人의 활약 등 문학담당층의 확대와 텍스트의 복합성이, 그리고 瓦解期(1811)는 사행의 의미 格下와 함께 특정지역 견문의 보고적 서술에 그치고 만 것이 특징이다. 통신사 사행문학은 公的 통로를 통한 광범위한 문화교류로서 우리 문학의 체험공간을 확대시키고 일본 文士와의 교류를 통해 우리 문학에 대한 주체적 자각을 불러 일으켰다. 또한 實學的 自覺을 수반함으로써 실학파 문학에 상당한 기여를 하였고, 나아가 근대문학으로 이어지는 매개적 역할을 충실히 수행하였

20

이혜순 교수의 단행본『조선통신사의 문학』(1996)에서 본격화되었다. 특히 이혜순 교수의 경우 조선 후기에 이루어진 통신사행 전체를 개괄하고 거기서 창작된 남용익의『장유』로부터 마지막 시기의 주요 해유록과 사행록들을 분석하고 있어서 시와 산문을 두루 다루고 있다.

중국 체험의 경우, 한문학 작품으로서 '중국 사행'을 결과로 산출된 작품들을 대상한 연구는 주로 시에 편중되면서 본격화되었다. 엄경흠(1992)의「한국 사행시 연구」,[11] 또 졸고(1998),「간이 최립의 사행시 연구」[12]등이 그것이며, 또한 정몽주의 사행시, 삼탄 이승소의 사행시, 양촌 권근의 사행시[13] 등이 개별 작가연구를 통해 한 항목으로 소개되었었다. 산문 중국 사행록에 대한 포괄적인 연구를 표방한 최초의 것으로는 이우경의 연구를 들 수 있다. 그는『열하일기』,『노가재연행일기』등을 '일기'라는 형식으로 묶어서 고찰하려는 학위논문과 그 논리를 확장하여 여행일기, 궁중일기, 전쟁일기 등으로 조선 후기의 산문 문학을 정리하려는 연구를 시도하였다.[14] 그러나 이 연구는 연행록의 고유한 문학사적 의미와 시대사적 의미를 고찰했다기보다는 연행록 자체를 '일기'라는 범주 안에 묶어서 일반화시키려는 논리가 강하기에, 18세기 연행록에서만 드러나는 작자층과 시대사적인 연구를 심화할 수 없다는 아쉬운 점이 있다. 90년대에는 연행록 각편중에서『노가재연행일기』에 대한 관심이 두드러졌다.『열하일기』와『을병연

다는 점에서 문학사적 의의가 있다고 했으므로, 그가 통신사 문학을 전체적으로 조망했음을 알 수 있다.
11) 동아대학교 박사학위논문(미간행).
12) 이화여자대학교 석사학위논문(미간행).
13) 이호정(1985),「삼탄 이승소의 한시연구」, 이화여자대학교 석사학위논문 ; 전수연(1990),「양촌권근의 객관적 유심주의와 시세계」, 이화여자대학교 박사학위논문.
14) 이우경(1995),『한국의 일기문학』, 집문당.

행록』15)에 이어 노가재 김창업의 『노가재연행일기』에 대한 개별연구
의 필요성을 강조하며 학위논문들이 씌어졌다.16) 그리하여 『노가재연
행일기』의 내용적, 형식적인 분석과 그 의의가 부각되었다. 이들 논문
에서 공통적으로 제기하는 연구의 목적은 '18세기의 연행록들이 지니
고 있는 상호 연관성 면에서 봤을 때 매우 중요하지만, 그동안 그만한
주목을 받지 못했다'는 점에서 비롯하고 있고, 연구 후의 후속 연구의
방향을 밝히는 부분에서는 '조선 후기 연행문학의 흐름 서술과 내용
연구 면의 심화·발전'으로 정리하는 것을 보았을 때, 이러한 연구의
기저에 있는 것은 '조선 후기', 좁히면 18세기의 '연행 문학'에 대한 문
학사적 가치를 밝히고 증명하려는 문제의식이라 할 수 있다. 이른바
'삼대 연행록'17)의 각편에 대한 분석이, 출발은 다른 곳에 있었지만
1990년대 들어오면서 '연행록'으로서의 연구로서 이루어지기 시작하
면서 그 시기에 지어진 다른 연행록에 대한 연구도 소고의 형태로 나
오고 있다.18) 또한 최근 연행 기록에 대한 한중교류사의 자료적인 가

---

15) 『을병연행록』의 경우는, 먼저 김태준 교수에 의하여 홍대용의 주 저작으로
서 연구가 된 후에(『홍대용과 그의 시대』, 대우학술총서) 90년대 들어서 원
전의 교주본이 다시 주목을 받았다. 그래서 소재영·조규익 등의 학자들에
의하여 교주본 『을병연행록』(1995, 태학사)이 간행된 후, 김태준·박성순 편,
『산해관 잠긴문을 한 손으로 밀치도다』라는 현대어 축약본이 1998년 다시
간행되는 현상을 보였다.
16) 박지선(1995), 「노가재연행일기 연구」, 고려대학교 박사학위논문 ; 이군선
(1997), 「김창업 연행일기의 서술 시각과 수법에 대한 고찰」, 성대 석사학위
논문 ; 김아리(1998), 「김창업의 노가재연행일기 연구」, 서울대학교 석사학위
논문. 전자는 노가재연행일기에 대한 정치한 내용적 분석을 일차적 목표로
삼는 최초의 본격적 연구였으며, 이군선과 김아리의 연구는 선행연구에서
주목하지 못한 노가재연행일기의 '글쓰기 방식' 면에 주목하여 그에 대한 집
중적 고찰을 했다는 데에 연구의 의의를 두고 있다.
17) 1832년 김경선이 지은 연행록인 『연원직지』의 서문에서 지난 날의 연행록
중 본받아야 할 세 가지를 지칭한 것이다. 『노가재연행일기』(1712), 『담헌연
기』(1766), 『열하일기』(1780)를 말한다.

치와 문학적인 가치를 인정하면서 '중국으로의 여행기록'을 모두 '연행록'으로 정의하고 그에 대한 목록과 자료수집,[19] 그리고 그 결과로서 연행 기록 속의 환희, 의복 등 주제사적인 연구논문을 모은 시고적 접근도 이루어졌다.[20] 따라서 조선시대의 주요 해외체험을 형상화한 문학 중 일본에 이어 중국에 대한 것도 통시적이고 전체적으로 연구될 기반이 마련되었다 하겠다.

앞서 말한 연행록의 번역, 그리고 선집으로 이어지는 관심의 이유는 한결같이 연행록이 그 당시의 중국과 한국의 정치 경제적 상황을 알려주는 하나의 기본 텍스트로서 작용하기 때문이었다. 이러한 연행록에 대한 관심이 문학적인 것으로 본격적으로 전이된 것은 이혜순 교수로부터 시작한다. 이혜순 교수는 '여행문학'이라는 것을 비교문학의 한 영역에서 보고자하는 노력을 하면서 여행기록에 대한 문학적인 접근을 시작한다.[21] 이에 본서는 '연행록'이 단순히 기존 연구처럼 사

---

18) 김동석(2002), 「노이점의 『수사록』에 관한 연구 - 열하일기와의 상호 조명을 중심으로」, 『한국한문학연구』 제26집. 삼대 연행록 이외의 18세기 산문 연행록에 대한 연구로서는 이른바 '북학파'의 연행록이 주목받아서 이혜순 교수(1999)에 의해서 「이덕무의 『입연기』소고」(『고전산문연구 Ⅰ』, 국어국문학회)가 쓰어졌다. 앞서 인용한 김동석의 논문은, 삼대 연행록 중의 하나인 『열하일기』와의 상호 조명을 위해 쓰여졌으나 非북학파의 일반 연행록에 주목했다는 의미에서 18세기 연행록을 전체적으로 이해하는 데 일정 의미를 찾을 수 있고, 후자의 논문은 연행을 그들 삶의 중요 체험으로 삼았던 '북학파'의 여러 가지 입장을 심화하여 이해할 수 있게 했다는 점에서 의미가 깊다.

19) 임기중 편(2001), 『연행록 전집』, 동국대학교 출판부. 국내 수집본은 100권까지 1질, 그리고 일본 소장편이 3권 발간된 상태이다.

20) 임기중(2002), 『연행록 연구』, 일지사.

21) 이혜순(1999), 「여행자문학론 시고 - 비교문학적 관점에서」, 『비교문학』 제24집 ; 이혜순(1996), 『조선통신사의 문학』, 이화여대 출판부 ; 이혜순 외 공저(2002), 『비교문학의 새로운 조명』, 태학사. 여행자 문학이라는 개념으로 실 작품을 분석하려 한 시도로 최숙인(2002), 「여행자문학의 실제 : 타자의 시각으로 본 여행자문학」(앞의 책)이 있다. 물론, 앞서 말한 임기중 교수의 경우

상과 외교, 문물 교류 등 사실을 보여주는 하나의 자료로서가 아니라 '기행문학' 또한 비교문학적인 개념에서 '여행자문학'으로 존재해야 함을 전제하며, 이러한 연행록을 '형상'과 '인식'이 있는 문학 작품, 특히 산문기록인 연행록을 문학적 소산으로서 통시적으로 바라보고자 한다.[22] 특히 문학적으로, 시대 사상적으로 그 가치가 높이 평가되는 18세기 한문 산문 연행록들의 추이를 바라보는 것은 18세기 문학사를 보다 세밀하게 서술하는 데 있어서 긴요한 일이다.

지금까지 살펴본 바, 연행록의 연구사를 정리해보면 박지원의 『열하일기』를 필두로 연행의 기록들이 처음에는 '연행록'이라기보다는 근대문학 개념에 들어맞는 '소설'적인 성격이 강한 것 중심으로 파편적인 연구를 거쳐서 적어도 홍대용, 박지원, 김창업 등의 개별적인 작가의 작품에 대해서는 '연행록'으로서 비교적 전체적인 내용의 고찰이 이루어진 단계이며, 연행록에 관한 관심이 문학적으로 방향맞춤을 하면서 중요한 작품들이 모여 있는 시기가 조선 후기, 그 중에서도 18세기로 좁혀지고 있다. 뿐만 아니라, 대략 400여 종이 있는 것으로 추정되었던 '중국여행 기록'들이 전체적인 목록이 작성되고 자료가 한 곳에 모아진 단계이며, 조선 중·후기의 주요 해외체험 이대(二大) 대상이었던 일본 체험기에 대한 문학적 기록들은 '통신사 문학'으로서 통시적이고도 심화된 연구가 이루어져서 연행록의 문학적 분석을 위한 좋은 선례이며 자극이 되고 있다. 이제 이 연구의 성과들을 종합하고 정밀하게 재분석하며, 또한 이들의 뒤에서 상대적으로 주목을 받지 못했으나 상호 영향을 수수하면서 창작된 18세기 산문 연행기록들의 추

'주제사 연구' 또한 비교문학 방법론 중 고전적인 것 중의 하나이다. 그러나, 이것은 '여행자문학'에만 특화된 것이 아니라 일반적인 방법론인 반면, '여행자문학'이라는 것을 개별적으로 특화한 것과는 다른 경우이다.

[22] '여행자문학론'의 의미와 구체적 방법론은 후절에서 상세히 서술하도록 하겠다.

이를 전반적으로 살핌으로써 '여행자문학'으로서의 연행록이 18세기 문학사에 구체적으로 어떠한 의미를 가지고 있는가를 살피는 것이 현재의 연구 단계에서 해야 할 일이다. 또한 이것이 이 책의 목표이기도 하다. 그리하여 사상과 시대정신 면으로도 중요한 위치를 점하고 있는 연행록들이 어떻게 그 사상들을 '문학적'으로 표상하고 있었는가를 알아볼 수 있을 것이다.

2. 문학으로서의 산문 연행록과 작품군

이 글에서 연구 범위는 18세기에 쓰여진 한문 산문으로 된 연행 기록으로 제한한다. 한문 산문으로 연구 범위를 제한한 이유는, 여타 시대에 비하여 18세기에 가장 특징적으로 창작된 연행 문학의 형상 방식이 한문 산문이기 때문이다.[23] 구체적인 연구대상 작품들은 다음 표와 같다.

구분	사행 연도	제목	저자	사행시 역할/색목	비 고
전기	1701	한한당연행록	미상	부사나 서장관으로 추정	일록
	1711	연행일기	민진원	사은부사/노론	일록/조영복에 의해 필사됨
	1712	노가재연행일기	김창업	자제군관	잡지＋일록
	1712	연행록	최덕중	군관	일록
	1713	양세연행록	한지	사은사서장관/소론	일록

---

23) 18세기 이전에는 연행자들이 연행 시집으로서 그들의 여행 체험을 문학적으로 형상화했다면, 18세기는 한문 산문 연행록들이 많이 창작되고 18세기 말부터 같은 산문이지만『무오연행록』등 국문 연행록들의 저작, 번역, 필사가 비중있게 이루어져 19세기까지 이어졌다. 18세기 말 국문 연행록의 창작 상황에 대해서는 金泰俊(2002),「열하일기 한글본 출현의 뜻」,『민족문학사 연구』참조.

	1719	연행일록 /연행별장	조영복	동지부사/노론(준론)	일록
	1720	경자연행잡지	이의현	사은정사/노론	잡지＋일록
	1720	연행잡지	이이명	고부사(정사)/노론	잡지
	1721	연행록	이정신	사은부사/노론	일록
	1721	연행록	유척기	서장관/노론	잡지
전	1723	농은입심기	이의만	정사	일록＋잡지＋시
기	1723	계묘연행록	황정	서장관	일록
	1724	계사연행일기	권이진	사은부사/노론	일록
	1729	연행일록	김순협	동지사은사	일록
	1731	연행록	조문명	서장관/소론(탕평파)	일록
	1732	임자연행잡지	이의현	사은정사/노론	잡지(형태)
	1732	연행일록	한덕후	사은 서장관	일록＋공문
	1732	임자연행일기	조최수	사은부사	일록
	1737	정사연행일기	이철보	주청서장관	일록＋잡지
	1749	연경잡지	유언술	사은사 서장관	잡지
	1750	경오연행록	황재	사은진주 부사	등총린의 김정희 연구 서에 일부 전함
중	1754	심행록	유척기	심양문안사	잡지
기	1755	연행일록	미상		일록
	1760	경진연행록	미상	부사인 徐命臣으로 추정	일록
	1764	심양일록	김종정	심양안핵사	일록＋잡지
	1765	담헌연기	홍대용	서장관 자제군관	기사체(잡지)
	1773	연행록	엄숙	동지 부사	일록＋잡지
	1777	연행기사	이압	동지 겸 진주부사	일록＋잡지＋시
	1778	입연기	이덕무	서장관 심염조 동행	일록
	1778	북학의	박제가	위와 같음	잡지
	1780	열하일기	박지원	정사 자제군관	필기체
	1780	연행록	노이점	군관	일록
	1784	연행록	이정운	사은사 서장관	박명원정사, 잡지
후	1786	연행일승	심낙수	고부재자관	일록
기	1787	연행록	유언호	동지겸 사은정사	일록(유한준서문)
	1790	열하기유	서호수	진하, 사은부사	일록
	1790	연행기	서호수	진하, 사은부사	
	1792	연행일기	김사룡	김정중과 동일인	이본3개
	1792	연행록	김정중	평양에 사는 선비	일록＋잡지
	1793	연행일기	이재학	동지사은부사	일록
	1797	연행록	미상		일록

	1797	무오연록	서유문	서장관		잡지
후기	1800	연사록(천,지,인)	박제인	성절진하겸사은부사		일록＋잡지＋부록
	1801	연대재유록	유득공			

　본서의 일차적 대상은『여행과 체험의 문학－중국편』(1985, 김태준
소재영 외 공저, 민족문화추진회) 권말에 실려 있는 '한중 사행 자료목
록'과 최근 조천(명나라 사행)·연행(청나라 사행) 자료를 '연행록'이
라는 이름으로 총괄하여 영인한『연행록전집』(2001, 임기중 편, 동국
대출판부)에 수록된 작품 중 18세기에 지어진 한문 산문 연행록이다.
구체적인 목록은 앞에 제시한 표와 같다.

　연행록은 고려시대 박인량(?~1096)의 『소화집(小華集)』으로부터
비롯되는 '사행문학(使行文學)'24)의 백미이다. 사행의 공적인 기록인
등록(謄錄) 말고도, 개인의 여행 기록인 사행록은 사행을 다녀온 사람
에 의해 방대한 양이 지속적으로 지어졌다. 이들 기록들은 사행을 갈
사람들에게 반드시 읽혔으며, 또한 사행과 관계되지 않은 사람에게도
해외체험을 간접 경험하게 한다는 측면에서 애독되었다. 특히 18세기
이후는 그 내용이 흥미로워 한문을 모르는 사람들도 읽고자 하는 요
구를 막을 수 없어 그 결과『을병연행록』『무오연행록』그리고 한글
본『열하일기』등 국문으로 된 것까지 나타났던 바, 작품들이 향유되면
서 당대·후대인들에게 끼쳤던 영향 면에서도 연행록은 중요한 문학
성을 지니고 있다. 그렇다면 이러한 연행록을 어떻게 '문학적으로' 분
석할 것인가가 문제되는데, 이에 대한 해결 방안이 바로 '여행자문학
론'을 원용하는 것이다. 이 글에서는 전술했듯이 앞선 연구들의 취약
점인 '연행록의 문학적 접근'이라는 목표를 달성하기 위해 비교문학의
조류에서 연구되고 있는 '여행자문학'으로서 연행록을 정의하고, 또한

---

24) 이는 사행시(한문), 사행가사(국문), 사행산문(한문)으로 하위분류된다.

연행록들의 내용을 문학적으로 분석하는 주요 방법론으로 한문 산문
으로 된 연행록들을 분석하고자 한다.

이혜순 교수의 「여행자문학론」은 전술했듯이 1990년대 이후의 비
교문학계의 동향을 잘 살피며, 또한 이러한 외래 이론을 우리 문학사
의 구체적 사실 앞에서 어떻게 고려, 조절하여 연구할 수 있을 것인가
를 생각해 본 최초의 논문이라 할 수 있다. 여기서는 최근 외국 비교
문학 연구자에 대해서 재조명되는 '여행자문학'-어느 한 나라의 사람
이 자기 나라의 언어적 또는 정치적 국경선을 넘은 타국에서의 일시
적 유람이나 거주를 통해 갖게 된 직접체험의 문학적 표현-을 개념
정의, 경계, 사적 전개, 방법론 등을 밝혀서 하나의 이론으로 정립하는
데, 이는 국내 여행관련 문학의 체계적 검토를 위한 전 단계로서 이루
어지는 일이다.25) 이러한 여행자문학은 구미 비교문학 연구의 전개상
1950년대 프랑스 학자 귀야르와 꺄레, 그리고 앙드레 루소 때까지 코
스모폴리즘(cosmopolism : 세계주의)의 증거로서 혹은 주제사의 일부
가 되는 국가에 대한 이미지를 만드는 기저로서 중시되었으나, 미국
중심의 웰렉, 에티엉부르에 의해 '문학 외적인 것'으로 취급되다가 최
근 수잔 바스네트 등에 의해서 그 가치를 재평가 받고 있다고 한다.
특히 바스네트가 중시하는 것은 기존 비교문학 연구에서 주목받던
'여행기에 드러난 여행자의 체험, 그리고 그를 통해 볼 수 있는 타국
인식'이 아니라 '여행자의 내면적이고 숨겨진 의도'(서브텍스트
[Subtext]26))와 그것이 여행록 속에서 여행 당사국에 대한 어떠한 이

---

25) 앞의 논문, 64면.

26) 서브텍스트에 대한 개념 번역은 이혜순(2002), 「여행자 문학론」, 『비교문학
    의 새로운 조명』, 태학사. 베스네트는 18, 19세기에 유럽에서 실제로 쓰여진
    여행기록들을 분석하면서, 여행기를 쓰는 행위 자체가 지도를 그리는 것, 번
    역을 하는 것과 마찬가지로 자기의 마음속에 각인된 이미지, 선입견 등을 통
    하여 또 하나의 문화(저자가 경험한 타문화의 '실상'과는 다른)를 만들어내

28

미지로 드러나는가 하는 것이다. 이것이야말로 연행록을 여행자문학
으로서 분석할 수 있는 두 개의 잣대가 된다. 그러나, 실상 이 두 요소
들은 연행록을 실제적으로 분석하는 데 있어서는 반대 순서로 적용될
것이다. 연행록 속의 주목 문물 속에서 주로 드러나는 이미지나 은유
들을 찾고, 그것들을 살핌으로서 연행록을 쓰는 자의 은장된 기저 의
식은 어떠한가 살피는 것이다.27) 서브텍스트는 대체로 개인의 개성적
인 산물이라기보다는 여행자가 속해있던 사회의 표상이기 때문에, 그
들이 사는 시대정신에 지대한 영향을 주었다고 볼 수 있다. 이에, 이
책에서는 Ⅲ장에서 18세기 연행록 속의 주요 제재를 다루어 그 안에
서 연행록의 저자들이 만들어내는 청에 대한 이미지·은유가 어떠한
것인지 찾고, Ⅳ장에서는 그러한 이미지와 은유를 만들어 낸 연행록
저자의 은장(隱藏)된 의식을 살펴 그것이 시대정신과 어떠한 관련이
있는가를 살펴봄으로써 18세기 연행록을 '여행자문학'의 측면에서 분
석할 것이다.

또한, 문학을 '인식과 형상의 복합체'라 한다면 18세기 연행록이야

　　는 것이라 하였다. Susan Bassnett(1993), *Comparative Literature*, Oxford
　　& other places, p.93. 이러한 서브텍스트는 여행기 안에 드러나 있는 수많은
　　은유와 지속적 이미지를 통해서 찾을 수 있다는 점에서, 여행기를 문학적으
　　로 분석할 수 있는 효과적인 방법론이라고 생각한다.
27) 베스네트의 '여행자문학론'에서 주목하는 바, 여행 기록에서 지속적으로 드
　　러나는 상대국의 이미지와, 거기에서 유추할 수 있는 여행자의 '숨겨진 의식'
　　이라는 것은 에드워드 사이드의 이름난 저서 『오리엔탈리즘』에서 이야기하
　　고 있는 서양인들의 동양에 대한 왜곡된 시각과 그것이 만들어 내는 '동양에
　　는 없는 동양', 즉 만들어진 '동양'의 이미지-'처녀지'로 자주 표현되고 중근
　　동 지방의 '후궁' 이미지가 짙어지는 등의 것들-에서 엿볼 수 있는 서양인
　　들의 지속된 '정복욕'이라는 의식과 통한다. 그렇기 때문에, 여행자문학론 속
　　에서 후기 식민주의 담론의 영향을 찾을 수 있으나, 이 글에서는 그러한 담
　　론에의 접근보다는 '여행자문학'의 문학적 분석을 위해서 이러한 방법론을
　　쓴다는 것을 밝힌다.

말로 글쓰기 방식의 혼효(混淆)로 인해 여러 가지의 '형상적 고찰'이 가능한 문학의 분야이다.[28] 18세기 연행록이 형상 면에서 여러 가지 모습을 가지고 있었다는 것은 전술한 김경선(1832)의 『연원직지』서문에서 확인할 수 있다.[29] 여기서는 세 가지 대표 연행록의 각기 다른 글쓰기 방식을 역사 서술 방식에 빗대어 세 작품이 각각 '편년체' '기사체' '입전체'로 분류하고 있어, 이 세 가지 대표적 연행록들의 창작 시기별 분산이나 다양한 글쓰기 방식의 차이가 그들의 문학적 특징을 설명할 수 있는 방법임을 시사하였다. 이에, 이 책에서는 김경선의 서문에 나와있는 용어를 바탕으로, 18세기에 존재했던 한문 산문 연행록들의 여러 가지 글쓰기 방식들의 양상과 그 추이를 살피고자 한다. 이는 Ⅴ장에서 이루어질 작업이다. 이렇게 18세기 연행록이 지니는 내용적이고 형상적인 특징들을 두루 그리고 구체적으로 살피다 보면, 한문 산문 연행록들의 18세기 문학사상 의미를 알 수 있게 될 것이다. 그렇기 때문에, 이 책에서는 구체적인 내용의 분석이 끝난 후에는 그것들

---

28) 조동일(1992), 『한국문학통사 3』 제2판, 지식산업사, 379면. 여기서는 연행록을 갈래상 "서정과 서사에 비해서 문학적 표현의 원리가 뚜렷하게 부각되어 있지 않은 문학과 비문학의 경계에 놓여있는" '교술 산문'으로 분류된다. 이러한 교술 산문인 연행록은 조선 후기에 들어와 한문문학과 국문문학이 거의 같은 비중을 가지고 공존하면서 문의 요건을 이은 글과 장차 수필로 계승될 글이 마구 뒤섞이는 현상을 보여주며, 이런 현상 자체가 갈래 체계를 관장하는 문학관이 흔들리는, 조선 후기의 '이행기적 특성'을 보여준다고 서술하여 주로 한문, 국문 연행록의 착종관계를 설명하였다. 그러나, 이 책에서는 이러한 현상보다는, 18세기 한문 연행록 속에서 일어난 한문 산문 문학의 여러 글쓰기 방식의 등장과 그 실험 양상의 추이를 구체화하여 살피고자 한다. 이 또한 18세기 한문학사의 현상과 그 특성을 서술하는데 반드시 필요한 작업이라고 생각한다.

29) "適燕者多紀其行 而三家最著 稼齋金氏 湛軒洪氏 燕巖朴氏也 以史例 則稼近於編年 而平實條暢 洪沿乎記事 而典雅縝密 朴類夫立傳 而瞻麗閎博 皆自成一而各擅其長 繼此而欲紀其行者 又何以加焉."(김경선(1832), 「연원직지 서」, 『연행록선집』 권10, 민족문화추진회).

이 가지는 18세기 문학사적 의의를 알아보려고 한다.

Ⅱ. 18세기 연행의 역사적 흐름과
연행록 전개

1. 연행의 역사적 흐름

1) 청 건국기~18세기 이전 : 조공 관계 정착을 위한 외교사건들

조선 후기의 '연행'(중국여행) 혹은 '해사'(일본여행)가 비슷한 시기 서구의 '유럽여행'과 다른 점은 이 여행들이 개인적이고 사적인 체험이 아니라 '국사(國事)'에 해당하는 공적인 목적의 체험이라는 데 있다. 또한 이러한 공적인 임무와 그 해결상황을 공식적으로 보고할 것을 요구받았으므로 조선 후기의 여행 당사자들이 이러한 여행의 목적에서 완전히 자유롭게 개인의 감회나 체험만을 쓰기는 힘들었다고 볼 수 있다. 그렇기에, 연행의 목적과 주된 사건들이 무엇이었는가를 아는 일도 연행록을 이해하기 위해서 필요하다. 역대 연행의 목적과 경과는 『증보문헌비고』「교빙고」1)에서 확인할 수 있다.

1637년 청의 연호가 시작되면서부터 시작된 조·청 외교관계는 "상후(上候)가 편안치 못하며 인열왕후 대상(大喪)이 가까이 다가옴에 따라 (억류중인) 세자와 봉림대군을 귀환해 달라"2)는 문제로부터 시

---

1) 「교빙고」, 『국역 증보문헌비고』, 세종대왕 기념사업회.
2) 「교빙고」 권5, 위의 책, 268면.

32

작한다. 그러나 청에서는 이 제의를 거절하여, 신생국 청과 조선과의 관계가 아직 긴장 속에 있음을 보여준다. 이것은 청이 1627년 평양까지의 1차 침공에 이어 1636년 병자호란을 치른 후에야 경제적인 곤경에서 탈출하여 국가운영에 있어서 본 궤도에 오르게 되었다는 사실과 연결되어, 청과 조선의 심각한 반목관계를 바탕한 것이다.[3]

이후 1640년 청의 예부시랑 오목도(梧木道)가 세자를 호위하여 왔으나 1645년 세자가 완전히 돌아올 때까지 인평대군(橉)과 여러 억류 신하의 아들들(質子)을 억류하여 두며 청은 "본국이 명나라 조정과 몰래 왕래한다"며 불편한 심사를 드러내어 조선에 대한 완전한 신뢰를 하지 못했다.[4] 일국의 왕세자를 볼모로 잡으며, 20여만 석의 쌀을 요구하는 행위는 조공을 받는 "천자의 나라"의 모습보다는 "패국(覇國)"의 면모를 보여준다. 그렇기에 1645년 청에서 요구한 쌀 20만석과 1646년 요구한 쌀 1만석은 청 개국 축하의 자발적인 폐물이라기보다는 병자호란 승전국에게 줄 수밖에 없는 '승리의 대가'로 파악된다.

건국이 10년쯤 되어가자, 청이 조선과의 세폐 관계를 통해 얻으려고 하는 것은 물질적 실속뿐만 아니라 조공을 받는 나라와 바치는 나라간의 예우관계임이 서서히 드러난다. 이는 1647년에 일어난 다음의 일화에서 알 수 있다. 인조 25년(1647)에 청나라는 칙서를 보내 "예물 안에 홍녹주, 용문석 등이 전에 보내던 규격에 맞지 않는다고 꾸짖으며, 이 일을 맡은 해당 관리를 유배보내라"고 엄포를 놓았다. 그러자 조선에서는 인평대군 요를 연경에 보내어 이 일을 수습하게 하였다. 인평대군이 받아온 칙서에는 "전에 예의가 소홀하고 차관이 예를 어

---

3) 중국사 연구실 편역(1994), 『中國歷史』하권, 신서원, 288면.
4) 1645년은 1644년 북경의 명조가 붕괴된 후 남경에서 즉위한 福王(즉위 1644~1645) 세력을 揚州와 江陰, 嘉定에서 접전을 거쳐 괴멸한 시기이다(중국사 편찬연구소(1994), 위의 책, 298면). 그렇기에, 1645년 전까지는 청도 중앙집권력을 확신할 수 없는 상태였다고 볼 수 있다.

긴 것은 대저 화재(貨財)가 비록 작은 것일지라도 거칠고 허술하면 공경하고 조심하는 것이 아니기 때문이다. 이 뒤에 혹시라도 다시 전일의 잘못을 되풀이할 것을 염려하여 이를 깨우쳐 알리며, 연폐 안에 세포, 색목, 흑각, 순도, 호초등 물건을 특별히 삼간다."[5]라고 하여 청이 조선에 대해 국가 위상에 관한 예의를 강조하면서 상대적으로는 실질적인 부담을 덜어주는 외교를 하였음을 볼 수 있다. 회유와 강압을 병용한 이러한 청의 태도에서 회유에 해당하는 '실질적인 부담 덜어주기'는 세폐 물목을 줄여주는 것뿐 아니라 번거로운 예(禮)식 절차를 덜어주는 면에서도 시행되었다. 그렇기에 1645년 동지·성절·정조사 행렬을 하나로 합쳐 정조일에 한번만 가게 하고,[6] 1648년(인조 26)에는 사명을 받든 관원이 행하는 번거로운 의식절차를 없애고 같이 술잔을 들고 자리를 마치라는 요구도 하는 것이다.

　순치(順治)연간, 즉 청나라 초기의 조·청 관계는 이렇듯 청의 '승전국·신생국가'라는 복합적 면모에 따라 나오는 혼란스럽고 일시적인, 그러면서도 강력한 요구 때문에 조선 조정과 사신에게는 힘겹고 어려운 책무였다. 1648년 정사로 임명되었다가 길에서 사망한 우의정 이행원의 기사 등이 이 시기에 같이 나와있어, 사행의 어렵고 고됨을 짙게 함의하고 있다. 이러한 상황 속에서 주로 조·청 문제의 해결사로 활약한 사람은 다름 아닌 인평대군 요(橈)였다. 1650년(인조 28)에 인조의 상중에 있었는데도 상복을 벗고 정사에 임명되어 1년에 2번이나 연경에 가서 문제를 해결하고 왔다. 그 전부터도 나라에 위급하고 어려운 일이 있으면 한 번씩 들어와 그 나라의 의심을 풀게 하라는 청

---

5) "淸禮部啓 心郎鄍黑等 奉到淸勅曰 前諭禮儀忽略 差官違例者 蓋以貨財雖 細粗辣則 非敬愼今後慮 或復蹈前 輒用以知曉特減 年幣內細布 色木 黑角 順刀 胡椒等物 遣永安尉洪柱元等 謝之"(앞의 책, 276면).

6) 위의 책, 275면.

의 명령을 받아 1642년(인조 20, 임오)~1657년(효종 8, 정유)까지 16년간 3번은 심양에 가고 9번 연경에 갔다고 기록되어 있다.[7]

1652년에는 조선에서 청에게 조선의 역적 변사기가 도망하여 청으로 갈지도 모르니 협조해 달라는 연유로 진주사를 보낸다. 또한 청-조선 국경 검색 실무관리 '고아마홍(古兒馬紅)'(조선명 정명수)의 전횡을 고발하여 사람들을 상대로 권력 남용이나 폭리 취득을 못하게 하였으며, 이에 따라서 정명수가 나쁜 사람으로 고발한 조선관리[8]의 명예를 회복시켜 달라는 문제를 제기한다. 이 사실로부터 우리는 조선의 청에 대한 태도가 복잡화, 다기화되는 것을 발견할 수 있다. 즉, 나라의 역적을 잡아줄 수 있는 든든한 우방이요, 또한 그 안에서 허가가 나야만 "부당한 평가"를 받았던 신하들이 정통성을 되찾게 된다는 긍정적 대청 의식이 싹트는 것이다. 그러나, 기존에 가지고 있던 "힘으로 조선을 누르는 나라, 굴욕적인 대응은 있지만 존경이나 추숭은 가질 수 없는" 나라라는 함의도 지속적으로 이어진다. 1661년(현종 2, 순치 18)에 조선사신 일행이 순치 황제의 상을 당하여 상복을 입을 상황에 놓이자, 서장관인 권격(權格)이 병을 핑계로 누워서 끝까지 예를 표현하기 거부했던 사건은 청에 대한 입장의 혼재를 단적으로 보여준다.

청의 개국으로부터 한 세대가 지난 1670년대에는 조선이 청에 대하여 펴는 외교 기술과 정책이 진일보한 것을 볼 수 있다. 「교빙고」에서는 1676년 대마도 군주가(조선에) 보낸 서계 중 명말 무인 오삼계에 대한 평가가 있었는데, 이를 보고하여 국방적인 이득을 본 조선의 모습을 소개한다. 오삼계는 명말 요동에 살던 무인으로 이자성(李自成)의 난을 평정하고자 청군을 끌어들여 결과적으로는 청의 중국통일을

---

7) 「교빙고」, 280면.
8) 이경여, 이경석, 조경 등을 말한다. 위의 책, 284~285면.

도운 인물이다. 그러나 그 후 청에 항거하여 삼번의 난을 일으켜 처형되었다.9) 이 인물을 청의 입장에서 보자면 역적에 다름 아니나, 대마도주는 "오삼계가 선제(즉 명 황제)의 유자(遺子)를 도와 절의를 가지고 군사를 일으켰다"고 편지를 보낸 것이다. 조선은 이 문건을 청에 그대로 보고하여, 그 결과 청이 "대마도주에게 사람을 보내어 잘 알아듣게 깨치게 하라. 그리고 대마도인들이 조선을 침략한다면 청병이 도착하는 대로 성경, 영고탑, 오랄 등지의 정병을 파견하겠다"고 선언한다. 이는 조선의 "청의 권위를 인정하는 태도"라는 명목으로 "왜구 침략에 대한 방비"라는 실리를 얻는 것이다.

고도의 외교 기술로 국방의 안전을 도모한 조선에게 1672년에는 명 때 편찬된 『십육조기(十六朝紀)』에 인조반정의 일이 "더럽히고 모욕함이 극도에 달했으므로"10) 이를 수정할 것을 요청한 변무사(辨誣使)가 파견되기 시작한다. 변무란 "무고(誣告)된 것을 판별한다"는 뜻으로서 상대에게 본국의 왜곡된 사항을 바로 알리는 임무를 말한다. 청의 전 왕조였던 명과 조선 사이에서도 '종계변무(宗系辨誣)'라는 사건이 있었다. 이것은 조선 태조 이성계가 고려의 간신 이인임의 후손이라고 잘못 알려진 것을 바로잡기 위한 행렬로서, 1518년(중종 13) 남곤의 변무 주청사행(奏請使行)을 시작으로 1584년(선조 17) 황정욱의 최종 주청사행까지 근 70년을 끌어온 사건이다. 이는 조선 건국 이래

---

9) 「교빙고」, 286면. 삼번의 난이란, 청에서 명나라 무인이었으나 청에 투항했던 세 무인 吳三桂, 尙可喜, 耿精忠을 각기 昆明, 廣州, 福州를 다스리게 하는 번왕으로임명했는데 이들이 1673년 상가희의 평남번 회수 사건을 시작으로 청에 불만을 가져 일으킨 반란을 말한다. 이 난은 1681년 최후까지 저항하던 오삼계의 아들 오세번이 자살함으로써 끝났다. 이 결과 청은 만주적 부족연합의 전통에서 벗어나 완전한 중국적 독재 군주제의 길로 착실히 나아가기 시작했다고 평가받는다(중국사 편찬위원회(1994), 앞의 책, 309면).

10) 「교빙고」, 286면.

대명 외교문제의 최대 현안이요 숙원으로서[11] 국가의 정통성을 획득하기 위한 노력이다. 이러한 "변무"를 청하는 이유는, 자국을 상대국에 바로 알리기 위한, 정통성을 확보하기 위한 상대국에 대한 역설적 인정으로 파악된다. 그러나 이러한 변무 사신의 행렬은 즉시 해결되지 않고 바로 뒤에 일어난 일련의 현안을 해결하기 위한 움직임만이 계속된다.

　1670년대 후반으로 갈수록 군사와 국경 방비에 관련한 사건들이 연속적으로 일어난다. 1677년에는 조선 사신의 일원인 신행건이라는 자가 중국 각 성 지도를 밀반입 했다는 혐의로 물의를 빚었으나 재차 사신을 보내어 그 지도가 정확도가 떨어지는 것임을 입증하여 문제를 해결하고, 그 뒤에 연이어 1680년에는 조선 사신의 통행로였던 '우장(牛庄)'에 청의 군사기지를 건립하면서 사행 통로가 요동－십리보－심양변성－거류하－백기보－이도정－소흑산－광녕으로 바뀐다. 이러한 국경 방비에 대한 청의 관심은 1680년대까지도 이어져 1685년 청의 여지(輿誌)관리(지도를 그리는 관리)가 국경을 정찰하던 중 조선인의 조총에 맞아 부상을 입었다며 2년을 끌며 사과를 받아낸다. 또한 1691년에는 좋은 조창(조총) 3000자루를 바치게 하는 등, 이러한 강성 외교가 맥을 잇고 있다. 1690년대 초반까지 조선의 연공원역(사신에 필요한 예물을 조달하는 관리) 장찬이 지리서의 일종인 『일통지』를 가지고 오는 사건이 대두된 것으로 보아 이때 청의 관심이 자국의 국방과 경비를 튼튼히 하는 것에서 벗어나지 않았음을 볼 수 있다.

　그러나 1690년대 후반이 될 수록 조선-청의 교유는 전술한 경직된 국방문제에서 벗어나 우호적, 문화 교류적인 양상을 띤다. 1678년에도 청의 사신들이 조선에 와서 조선의 대표적인 문적(文籍)을 요구한 적

---

11) 졸고(1997), 「간이 최립의 사행시 연구」, 이화여대 석사학위논문, 제 I 장 A
　　절 참조.

도 있었으나, 1690년대 초반처럼 최치원, 김생, 안평대군, 오준의 작품
을 달라는 것과 같은 구체적인 요청은 없었다. 이때 우의정 최석정이
당대 대표라고 평가한 홍세태(洪世泰)의 시와 안신, 김양립, 이수장의
글씨를 써 주었다. 또한 1690년대 후반에는 조선의 연이은 흉년으로
청에서 1698년(숙종 24, 강희 37)에 쌀 3만석을 주어 1만석은 무상으
로, 2만석은 무역하게 하는 일이 주된 외교명목이 된다. 이 과정에서
우의정 최석정이 "접반사의 상대가 될 수 있는 시인과 명필"을 구할
것을 건의하고 청에 가는 사신들의 사대문서 및 모든 일을 주관하는
행인사를 설치할 것을 구하여, 사행을 전담하는 기관이 생긴 것을 알
수 있다. 이처럼 17세기 후반으로 갈수록 외교문제가 국방이나 국가
존립에 직접적으로 좌우되는 급무라기보다는 좀더 전문화, 문화 교류
적인 것으로 특화되는 것을 볼 수 있다. 이것은 전술했듯이 남중국의
후명(後明) 세력이 정리되고 삼번의 난이 정리된 1681년 이후12)의 일
로서, 淸史 자체도 '신생국'에서 '황제국'으로 가는 길을 걷고 있고
조·청 외교사 또한 그와 같은 면모를 보여준다.

2) 18세기 : 교역문제의 부각, 청인(淸人)들과의 사적 필담

18세기에 들어오면서 기록된 사건들을 보면 1701년·1704년의 조
선사신 이광하의 병사, 황력재자관13)의 황력 도난사건 빼고는 1713년
까지 가히 조·청의 '밀월시대'라고 할 만하다. 18세기 청나라는 강희

---

12) 청의 통일 사업이 완결된 해에 대해서는 삼번의 난이 평정된 1681년이라는
    견해(중국사편찬위원회 편(1994), 앞의 책)와 1683년이라는 견해가 있다(白
    壽彝 주편, 임효섭·임춘성 역(1991), 『中國通史綱要』, 이론과 실천).
13) 청에서 책력을 가지고 오게 하는 일종의 긴급 사신. 진하사나 성절사와 비해
    서 별 격식을 차리지 않았으며, 역관 등의 사람들이 빠듯한 시간에 파견 나
    가 받아오는 수도 있었다.

38

－옹정－건륭이라는 강한 통치자들이 국가를 장악하고, 경제 안정과
『사고전서(四庫全書)』편찬 등 문화적인 치적까지도 내세우는 등 청
조의 전성시대를 이룬다. 이러한 안정된 국가 위상에 따라서 자연스럽
게 형성된 대국의 면모를 보여, 대(對)조선 외교 면에서도 별다른 요
구나 무리 없이 진행하고 있다. 1711년에는 청에서 "조선의 국왕이 강
토를 신중히 지키고 법도를 공손히 따른 지 40여 년에 조금도 게을리
한 적이 없었고……(중략)……짐이 깊이 칭찬하여"라는 칙령을 내리
며 시상의 표시로 백금 1천냥, 홍표피 142장을 조선의 조공 물목에서
감면해주고14) 1712년과 그 이듬해에는 국경을 정하는 문제로 사신이
오가면서 청에서『全唐詩』『고문연감』등을 내리고 동국의 시문을 올
리게 하는 문화 교류도 이루어지고 있다. 이때의 사신이 김창집이며,
이 시기에 정사 김창집, 타각(打角 : 자제군관) 김창업, 군관 최덕중
등 여러 사람에 의해 지어진 것이 연행록사에서 특기할 만하다.

　1714년과 1717년의 주된 기록은 조선에서 청에게 바다구역(海域)을
넘어와 조업하는 청나라 선박에 대해 단속해 줄 것을 부탁하고, 상후
(上候)의 안질을 치료하기 위한 약재를 청하여 청에서 쾌유를 빌며
보내주는 등,15) 우호관계가 깨어지지 않으며 사신을 보내 부탁하는
문제의 영역이 생활문화 전반으로 확장되는 것을 볼 수 있다. 각종 조
청관계에 대하여 건의하고 사신을 맡아 가는 사람들로서는 서인 노론
계의 주된 인물인 김창집, 이이명(李頤命, 1658~1722), 이건명(李建
命) 등을 특기할 수 있다.

　1720년 초, 외교상의 쟁점 현안으로 부상한 것은 청 사신의 조제(弔
祭) 문제이다. 숙종이 승하하자 조문객으로 온 청나라 관리 사가단(査
柯丹)과 나첨(羅瞻)이 제사를 드리겠다며, 자신들이 제사를 지내는 것

14)「교빙고」, 294면.
15)「교빙고」, 296~297면.

이 "황제의 전에 없던 특별한 은혜"라고 과장하여 뇌물을 탐하여 조선의 신료들로부터 많은 비판을 받는다. 특히 당시 호조판서로 1711년 사행을 다녀와 연행록을 남긴 민진원(閔鎭遠)이 대표적으로 이들에 대한 맹 비난을 행하고 있어, 그의 연행록과 그 이후 청에 대한 이미지가 달라졌는가 여부를 알아볼 수 있을 것이다. 민진원 등이 청 사신들에 대한 뇌물 증여를 강력히 반대하며 자신감 있게 대처한 후, 조선은 별 어려움 없이 경종 이후 영조 책봉을 받을 수 있었다.

영조 집권 초에 외교적 문제로 대두된 것은 다름아닌 난두(攔頭 : 연행사 일행의 물자를 도맡아 대는 상인)의 문제이다. 난두의 발생은 1689년부터 시작된다. 당시 요동사람 호가패(胡嘉珮) 등 12인의 요청으로 만들어져서, 조선 사신일행이 무역한 물품들을 독점하여 운반하면서 통관과 운반을 자기들 마음대로 해서 사신 일정이 난두에게 맞추게 되는 등 전횡을 일삼았다. 이러한 폐단을 견디다 못한 조선 측에서 "난두를 파하고 이전대로 각자 (마부를) 고용해 실어서 사신행차와 더불어 동시에 나오는 것이 진실로 편리하고 유익하다"고 요청하고 있다.16) 그 이듬해, 조선 측에서는 집요하게 관원을 현지로 보내 조사해 밝히고, 원정 한영희, 김경문과 유재창 김택을 보내어 봉황성에 가서 글로서 난두의 죄악과 조선 사신들을 침해한 형상을 조목별로 진술하여 호가패 등에게 곤장을 치며 심문한 결과, 난두의 우두머리 12인이 모두 자신의 죄를 인정하여 난두가 폐지되게 하는 해결을 쟁취한다. 이러한 난두의 문제가 대두되었다는 것은 난두배의 전례 없는 전횡 때문이기도 하지만, 이 시기 사행 중 무역에 대한 중요성이 부각되었다는 점도 무시할 수 없다.

난두의 폐지와 함께 영조 초의 주요 외교쟁점으로 떠오른 것은 다

---

16) 「교빙고」 2, 『국역 증보문헌비고』 제176권, 9면(이하 「교빙고」 2).

40

름아닌 인조반정 변무의 문제였다. 1726년(영조 2)이 되면 앞서 1672
년에 첫 파견되다 미해결로 있던 '인조반정 변무사'가 본격적으로 재
파견되기 시작한다. 서평군(西平君) 인평대군 요(橈)를 시작으로 영조
초기에 이렇듯 변무 문제에 매달렸다는 것은 즉위 초기 '경종 독살설'
로 흔들리던 영조 자신의 위상17)을 바로 알리고 정착하기 위한 노력
이 국제적으로 넓어져 조선이라는 나라의 정통성을 인정받으려는 쪽
으로 표출된 것이 아닌가 한다. 영조 2년에 재인식된 인조반정 변무
문제는 그 즉시 해결되지 않고, 정식으로 황지(皇旨)를 받을 때까지
기다리면서 변무에 관한 외교문서, 즉 주문(奏文)과 자문(咨文)을 문
형을 지낸 대신과 홍문관, 예문관 제학에게 지어 올리게 하고 재신(宰
臣) 조문명(趙文命)과 송인명(宋寅明)에게 짓게 하는 등 그야말로 나
라의 주력 정책으로 삼는 모습을 볼 수 있다. 결국 이 일은 1730년(영
조 6, 옹정 8)에 본문이 완전히 고쳐지고 문제가 다시 제기된 지 12년
후인 1738년(영조 14, 옹정 16)에 『명사(明史)』 중 아직 일반에 공개
되지 않은 「조선열전」을 미리 반포해 주면서 완벽히 마무리된다.

　영조 즉위와 함께 '국시'로 떠오른 『명사』의 인조반정 변무 문제가
다분히 기획적이고 의도적인 성격으로 파악되는 반면, 그 사이에 자연
발생적으로 일어나 양국간의 문제로 비화된 것은 상고(商賈) 문제이
다. 1728년(영조 4, 옹정 6)에 청에 가게 된 사신들이 북경에서 거래하
는 다섯 곳의 상고에 외상거래(賒欠)로 생기는 폐단이 많다고 보고하
자 그 폐를 막기 위하여 5곳의 상고를 폐지한 사건이 있었다. 그러나,
이러한 상행위는 아직도 정지되지 않았기에 바로 다음해에 "그러한
사흠을 적발하고 다스리는 단련사(團練使)조차도 쇄구(폐물을 운반하
여 들어가는 말)를 위장해서 사적 상거래를 하는 장사들을 탄압하지

_____

17) 이성무(2000), 『조선시대 당쟁사 2』, 동방미디어, 154면.

못하고 있다"[18]는 상소를 올리며 모든 사적 무역을 엄히 금하자는 다짐이 나오고 있다. 이는 사적인 상행위의 폐단을 알리는 글이지만, 역으로 이를 통해 당대의 사행에서 '상업' '무역' 또한 경제문제가 얼마나 큰 비중을 차지하고 있었는가를 알 수 있다.

영조대의 사행사실에서 또 하나 특기할 만한 기록이 있다. 영조 10년인 1734년(옹정 12)에 좌의정인 서명균이 "북경의 수레 제도를 본받자"고 건의한 것이 그것이다. 「교빙고」 기록 중 청 건국이래, 문물 제도 중에서도 이렇게 실제적이고, 어떻게 보면 하찮아 보이기까지 하는 사용물의 제도를 본받자고 하는 것은 전례에 없던 일이다. 이 기사는 당대에 나온 연행록들이 요동과 광녕, 북경의 세세한 생활 풍물들을 소개하며 '쓸만하다'고 평가하는 것과 통하면서, 공적인 기록인 교빙고에까지 이런 건의가 소개되는 것을 보면 연행과 조선·청간 교류의 성격이 무엇인가를 알 수 있다.

전술했듯이, 1738년(영조 14, 옹정 16) 청 황제의 공식적인 인조반정 변무가 해결된 후 1759년까지 21년간 「교빙고」의 기록이 비어있다. 이러한 공백의 이유로서 조·청간 교류의 큰 문제점이나 특기할 만한 공동의 골칫거리가 없던 평화시대였다는 해석이 가능하다. 21년간의 공백을 깨고 1759년(영조 35, 건륭 24)에 일어난 사건은 "조선의 인삼이 절종되어 청에 무역하기를 청한다"[19]는 다소 특이한 것이다. 조선의 대표적인 수출품이요, 교역품으로 꼽히던 인삼이 씨가 말랐다는 것도 특이한 일이거니와, 청에서도 "우연히 결핍이 된 것이요, 항상 있는 일이 아니고 옛날의 예에 의거해도 약재만 샀을 뿐 인삼을 사지는 않았으므로 예부에서 전달하여 주청하기가 편치 않다"며 청을 들어주기를 주저하고 있어 여기서 양국간의 미묘한 갈등을 엿볼 수 있다. 이

---

18) 앞의 책, 15면.
19) 「교빙고」 2, 18면.

일은 그 이후의 인삼 수입 일화가 없어 청의 거절로 끝난 것으로 보이지만, 연속하여 국가간의 문제로 대두되지 않고 조용히 사라진다.

그 이후 나온 기사는 1763년(영조 39, 건륭 28) 청에서 오는 만주대신(滿洲大臣) 칙사(일명 欽差)는 말 타는 것에 익숙하고, 수레를 타고 칙서를 반포하여야 하니, 속국(屬國) 예의 상징으로 대접하는 가마를 정지하고 번거로운 형식을 줄이라고 한다. 청에서는 개국 때와 마찬가지로 예와 절차를 간소히 하는 것으로 조선에게 긍정적인 인상을 남기고자 노력하는 반면, 그 밑에 나와있는 조선의 "인조반정 변무 문제 제기"는 아직 자기 나라의 명분이 바로 기록되는 것을 최고의 중요 임무로 삼는 상반된 모습을 보여준다. 단, 청도 조선의 변무 과정과 결과에 대해서는 따로이 칙서를 보내어 이미 잘 해결되었다는 것을 구구히 밝히고 있어 관심을 두고 있다. 1776년 영조 서거 후 세손인 정조가 즉위하여, 청의 내각학사 숭귀(嵩貴) 등이 책봉 고명, 제문, 제패(祭牌)등을 가지고 온 사건이 있고도 8년 동안 사신을 특히 보낸 사건에 대한 기록이 없다. 정조 즉위년 이후의 첫 기록은 1784년(정조 8, 건륭 49)에 판중추 이휘지와 지중추인 표암 강세황을 연경에 사신 보내 기로회(耆老會)에 보낸 사건이다. 기로회란 일종의 경로우대 잔치로서, 60세 이상의 노인이어야 참석할 수 있다. 이 이전에도 1780년은 황제의 칠순이어서 열하까지 사신을 갔던 박명원 일행의 사행이 있던 때라 노이점의『수사록』, 박지원의『열하일기』, 그리고 박제가의『북학의』등의 근원이 되었던 연행 사실을 알 수 있으나, 국가의 공적인 문제는 큰 것이 없었음을 알 수 있다.

천수연(千叟宴) 소식 이후에 소개된, 정조 10년(1786) 대사간(大司諫) 심풍지(沈豊之)[20]의 건의는 18세기 연행의 특성을 단적으로 시사

---

20) 심풍지(1738(영조 14)~1793(정조 17)) : 1771년 정시문과에 병과로 급제하여 승문원부정자로 기용되었으며, 병조정랑, 시강원문학 등을 거쳐 1777년(정조

하는 중요한 것이다. 본문은 다음과 같다

> 대사간 심풍지의 소회로 인하여 비국(備局)에서 아뢰기를 "우리나
> 라 사신 행차가 저곳에 도착할 때에 위로는 사신으로 간 일이 있고,
> 아래로는 교역이 있을 뿐인데, 방문하여 필담하는 것은 이미 지극히
> 해괴한 것입니다. 그런데 창화하는 것도 부족하여 변권의 문자를 구하
> 기까지 하고, 서찰도 부족하여 증유(贈遺)의 왕래가 번거로운 데에 이
> 르며, 전하여 서로 본받아서 갈수록 더하기에 힘쓰고 있습니다. 이는
> (사신은) 외인과의 교제가 없다는 의리에 어긋날 뿐만 아니라 만약 말
> 류의 폐단을 논한다면 사단이 생기기가 쉬우니, 청컨대 법을 만들어
> 금조에 더해 넣어서 엄중히 사행을 신칙하여 일체 준절히 끊게 하소
> 서." 하였는데, 그대로 따랐다.[21]

여기에서 단적으로, 18세기 영·정조간에 사행을 간 사람들에 의해
얼마나 많은 민간 교유가 이루어졌는가를 알 수 있다. 1712년 노가재

즉위년) 간시어사로서 관북지방의 재해상태를 감찰하기도 했다. 1782년 대
사간으로 활동하고 그 뒤 대사성, 지조참판, 대사간, 부제학 등을 역임하며
삼사 언론의 개방을 상소하고 도승지를 거쳐 홍충도(충청도의 당시 명칭)
관찰사로 나갔다가 도내의 소요사건으로 파직당하였다. 이후 다시 대사헌,
도승지 등을 거쳐 예조참판이 되었으나 문효세자의 조제(弔祭)를 주관하던
중 규례를 그르쳐 파직되는 등 부침이 심하였다. 1788년 예조판서가 되었을
때 서원 남설의 폐단을 지적하다 유배된 조덕린·황익재 등을 용서하는 데
반대하다 뜻이 관철되지 않자 사직하였다. 그 뒤 병을 얻어 고생하던 중 왕
의 특명으로 예조판서 등에 임명되었으나 노론 벽파의 입장을 지켜, 남인을
등용하는 조정에 출사하지 않았다. 이러한 인생역정을 통하여 그의 사상적
지향과 문에 대한 입장을 볼 수 있다.

21) "因 大司諫沈豊之所懷 備局啓曰 我國使行 到彼之時 上而有使事 下而有交
易而已 尋訪筆談 已極駭然而 唱和之不足 至求弁卷之文字 書札之不足 至
煩贈遺之來往 轉相效轚 去益務勝 此非但大有乖於 無外交之義 若論末流
之弊則 易致生事 請著爲令式 添入禁條 嚴飭使行 一切痛斷 從之"(「교빙
고」 2, 22면).

김창업의 연행일기에서부터 드러나는 청인들과의 교유, 짤막한 일화로 삽입된 필담은 1756년 이루어진 담헌 홍대용의 경우 엄성, 육비, 반정균과의 잊을 수 없는 조우(遭遇)담으로 확장, 심화된다. 그리하여 그의 문집인『담헌서(湛軒書)』속에『항천척독』(일명 건정동필담) 등의 편지글 모음으로 소개되고 담헌 사후, 아들 등에 의하여 편지글이 오가는 데까지 이어진다. 또한 연암 박지원도 그의『열하일기』에서 왕민호, 윤가전을 중심으로 필담하며 그것을 <혹정필담> <망양록> <황교문답> 등의 독립적인 편명으로 소개하는 것을 보면, 18세기 중반 이후부터는 이러한 민간 교유들이 연행록과 개인 문집의 편지글 모음 등으로 정식적으로 소개되고 있고, 또한 이런 일들이 많아짐을 볼 수 있는 것이다. 그러나, 막상 연행을 주관하는 실무자의 입장에서 이러한 민간 교유는 '(사신은) 외인과의 교유가 없다'는 원칙에 어긋나는 것으로 파악되어, 금지되고 있다. 이러한 민간 교유에 대한 금지는 정조대에 이루어진 '문체반정'과 밀접히 관계가 있는 것으로 간주되는 것으로서, 같은 해 대사헌 김이소가 "불경한 서적이 해마다 늘어 좌도와 사설이 성행하므로 엄중히 다스려 달라"고 건의한 것[22]과 연이어 1787년 금서령을 내리게 한 건의 중 하나이며, 결국 1792년(정조 16) 패관잡기체를 쓰는 과문을 뽑지 않고 기존의 재신들 가운데서도 '패관잡기체'를 쓴 자들에게 자송문을 받아내는 이른바 '문체파동'을 끌어낸 전주곡이라 하겠다.[23] 물론 정조대의 문체반정에서 '문체를 어지럽힌 주범'으로 지목된 것은 연행길에 수입된 '패관잡기서' 였으나, 정조자신의 "근일 문풍이 이렇게 된 것은 그 근본을 따져보면 박지원의 죄

---

22) "近來燕購冊子 皆非吾儒文字 率多不經書籍 左道之熾盛 邪說之流行 職由於此 觀於昨年 已現露者 亦可知矣 請別飭灣府 書冊之不當購而購來者 照察嚴禁"(『정조실록』권21, 10년 병오 정월).

23) 김혈조(1982),「연암체의 성립과 정조의 문체반정」,『한국한문학연구』6, 82~83면 재인용.

가 아닌 것이 없다. 내가 『열하일기』를 열심히 읽었으니 어찌 감히 속이겠는가?"라는 말[24]은, 연행을 간 사람들의 필담과 그 기록 자체가 당대 문풍에 강한 영향력을 가지고 있었음을 반증하는 것이다.

심풍지의 상소 이후 드러나는 조·청간의 연행 주제들은 1789년(정조 13, 건륭 54)의 황제팔순기념 하례, 1794년(정조 18, 건륭 59)의 건륭제등극60년 축하 등으로 당대에 특별한 외교적 사건이 없는 것을 알 수 있다. 또한 그 이후 1790년대 후반에도, 사행을 가던 조선측 정사 심이지(沈頤之)의 병사(病死), 1797년 정사로 사행을 떠난 판중추부사 김문순(金文淳)의 병으로 인한 사행 일정의 지체가 주된 기사로 나오는 것으로 보아 18세기 말까지는 정기적으로 가는 사행 외에는 양국간의 급사(急事)가 없다. 사실 1796년에는 청에 대규모 농민반란인 백련교의 난이 일어났음에도 불구하고, 조·청 외교사에서는 별다른 관계 사건들이 등장하지 않는다.[25] 따라서 전술한 사건들을 영·정조간 사행의 공적인 흐름으로 볼 수 있다.

결국 18세기의 조·청 교빙에서 볼 수 있었던 내용은, 17세기 청 건국 초기의 양국 외교관계와 비교했을 때 '파병'이나 '국가 위상을 높이기 위한 내정간섭' 등 수행해야 하는 외교적 임무 자체보다는 사행의 과정에서 드러나는 문제들로 초점이 옮겨져 있다는 것이다. 사행의 과정에서 드러난 문제 중에서도 난두배, 상고(商賈) 문제 등 '(아래의) 교역(下有而交易)'에 해당하는 경제 문제가 대두되었고, 사행을 간 인사의 필담이 조선에 적지 않은 영향력을 미치는 것으로 드러나 이른바 사행의 개별화·구체화가 이루어지고 있음을 알 수 있다. 따라서, 사행을 하는 사람들의 개인적 기록인 연행록의 서술에서도 그러한 특

---

24) "近日文風之如此 原其本則 莫非朴某之罪也 熱河日記 予旣熟觀 焉敢欺隱"(「答南直閣書 附原書」, 『燕巖集』 권2/김혈조, 위의 논문에서 재인용).
25) 중국사편찬위원회 편(1994), 앞의 책, 315면.

징들이 드러날 것을 규견할 수 있다. 특히, 1792년 이후의 문체반정 사건이 사행들과 밀접한 연관이 있다는 것을 기억할 필요가 있다.

2. 18세기 연행록의 전개

18세기 들어 지어진 연행록들은 앞서 제Ⅰ장에서 제시한 표에 정리 되어 있다. 이 목록들은 『여행과 체험의 문학』 중국편과 최근 영인 간 행된 『연행록전집』의 목록을 토대로 작성된 것이며, 한문으로 작성된 산문기록만을 모은 것이다. 이 절에서는 전술한 바와 같이 18세기를 시기상 삼분하겠다. 18세기 연행록을 시대별로 삼분한다면, 1700~ 1732년대까지의 18세기 전기, 현전하는 한문 산문 연행록의 공백기를 깨는 이철보의 『정사연행일기(丁巳燕行日記)』가 지어진 1737년부터 이른바 '연암일파'의 본격적 연행록 창작을 촉발한 홍대용(1765)의 『담헌연기』, 그리고 잡지 형식이 심화된 것을 보이는 엄숙(1773)과 이 압(1777)이 연행록을 지은 중기, 그 이후의 이덕무, 박제가(1778), 박지 원(1780), 서호수(1790), 유득공(1801) 등 이른바 '연암일파'의 연행록 이 연작적으로 지어진 후기로 볼 수 있다. 시기별로 작자층과 그들의 연행기록들을 개관하고자 한다.

1) 18세기 전기 : '농연그룹'을 중심한 삼정사 계층의 연작적 창작

Ⅰ장에서 제시한 표로 확인할 수 있듯이, 이 시기에 연행록을 쓴 것 은 주로 정사, 부사, 서장관 등의 이른바 '삼사신(三使臣)'들이다. 이러 한 추세로 볼 때 1712년에 쓰여진 자제군관 김창업(1658~1721)의 『노가재연행일기』와 군관 최덕중의 『연행록』은 작자층 면으로 보았을 때 일종의 예외적인 현상이라 볼 수 있다. 그러나, 이러한 예외적인

현상들도 연행록 창작에 있어서 어떤 의미를 갖는지 알아볼 필요가 있다.

전면에 게시한 18세기 초반 연행록의 작가들은 사행 당시 중심임무를 맡았던 이른바 '삼사신'이었다는 공통점 말고도, 부자(父子)·형제(兄弟)·사승(師承) 관계로 엮여져 있다는 사실을 특기할 만하다. 우선 제목에서도 부자의 연행록을 실었음을 밝히는『양세 연행록』의 한태동과 한지,『연행잡지』(1720)의 이이명(1658~1722)과『일암연기』의 이기지(1690~1722),26) 1721년 사은부사로서 산문기록「연행록」을 남긴 이정신(1660~1722)과 1737년 주청 서장관으로 간 경험을 산문기록『정사연행일기』로 남긴 이철보(1691~1775)가 부자 관계이다. 또한 형제 관계에 있는 연행록의 작자들은 1712년 창화시집인「연행훈지록」을 남긴 김창집과『노가재연행일기』의 김창업, 1731년 연행의 서장관으로서 산문기록「연행록」을 남긴 조문명(趙文命, 1680~1732), 1743년 동지사로 시집「연행록」을 남긴 조현명(趙顯命, 1690~1752)을 들 수 있다. 그리고, 1721년 서장관으로 연경에 간 산문기록인「연행록」을 남긴 유척기(1691~1767)와 1749년 동지사 서장관으로서 산문기록인「연경잡지」를 남긴 유언술(1703~1773)은 족숙(族叔)과 족질(族姪) 관계로서 후에 함께 금강산을 유람한 기록이 있는 것으로 보아, 그들의 친분관계와 함께 '여행'에 대한 고유의 공통된 입장을 추론할 수 있고, 금강산에 이어 중국 여행에 있어서도 서로에게 준 영향 또한 추론할 수 있다.27)

사승 관계에 있는 연행록 작자들은 다음과 같다. 우선 조영복(1719년 연행)과 이의현(1720, 1732년 연행), 그리고 조상경(1731년 연행 후

---

26) 이 중 이기지의『일암연기』는 시집이어서 전게한 표에는 소개되지 않았다. 이 시집은 1720년 사은 정사로 갔던 때의 기록이다.

27) 그러나, 둘 다 본문에서는 직접적인 족숙의 영향을 이야기하지는 않는다.

시집「연사록」을 남김)이 김창협의 문인이며, 1721년「연행록」, 1754
년「심행록」을 지은 유척기는 김창집의 문인이다. 또한 이들은 거의
정치적으로 서인, 특히 노론계의 입장에 있어,[28] 이른바 노론 4대신[29]
인 김창집, 이이명, 이건명, 조태채가 거의 다 시로든, 산문으로든 연
행 기록을 남기고 있고[30] 이외에도 '노론의 영수'라고 거론되는 민진
원도 초기 연행록의 전범으로 여겨지는[31]「민진원 연행록」을 남기고
있다. 서인의 큰 학적 스승이었던 송시열(1607~1689)의 문인인 민진
원과, 송시열의 외손인 권이진(1668~1734)이 나란히 연행록을 남기고
있다는 사실에서도, 노·소를 막론[32]하고 서인들의 연행기록에 대한
관심을 볼 수 있다. 또한 이런 사실은, 이 시기 연행록들이 거의 '삼사
신'에 의해 쓰여졌다는 점으로 미루어 볼 때 당대 정파였던 남인계(南
人係)에 비해 정권의 청요직을 거칠 수 있었던 서인들의 정치적 위상
을 보여주는 것이기도 하다.

---

28) 표에 전게한 노·소론의 분류는 개인의 인적사항에 특기되어 있는 사람만
개제하였음을 밝힌다. 따라서, 색목을 구분하지 않은 사람들도 사승관계 혹
은 친분관계로서 색목을 추정할 수는 있으나 본고에는 적지 않았다. 이상 개
인의 인적사항들은 『민족문화대백과』(1994, 한국정신문화연구원) 참조.

29) 숙종조에 살았던 노론의 원로로서, 숙종 승하 이후 경종 대신 世弟인 연잉군
(뒤의 영조)의 대리청정을 주선하다가 목숨을 잃었다는 공통점이 있다. 특히
이들은1722년(경종 2) 목호룡이 "노론 4대신의 자제들이 숙종의 전교를 위
조해 경종을 폐출시키려 한다"고 고변하여 사사당한 이른바 임인옥사 직후
에 모두 목숨을 잃었다(이성무(2000), 앞의 책, 133~135면).

30) 김창집과 이이명은 전게한 바와 같고, 조태채는 1713년 동지 정사로 갔을 때
의 연행 기록인 시집 『癸巳燕行錄』을 남기고 있다.

31) 「민진원 연행록」에 대한 평가는 문학계에서 본격적으로 다루어진 선행연구
가 없지만, 이런 말을 할 수 있는 근거는 1719년『연행일록』을 작성한 바 있
는 조영복이 민진원 연행록을 필사했다는 사실에 있다(『연행록전집』제38
권).

32) 앞서 소개한 조문명, 조현명 형제는 송인명과 함께 영조대의 소론 탕평파로
분류되는 사람들이다.

그러나 위 두 가지 사항 중 두 번째에 너무 비중을 둔다면 이들의 연행 기록을 단순한 '고위 관직 재직시 해외 유람 기록'으로, 또한 '부자, 친족대의 영화를 자랑하는 선전물'로 치부할 수 있는 위험이 있다. 이러한 작자층의 친분관계와 사승 관계는, 이들의 기록을 단순한 박물지나 자랑을 넘어서서 한 동아리(혹은 한 학맥) 내의 관심사와 공통된 사상을 촉발할 수 있는 계기로 역할했음을 보여줄 수 있는 예가 있으니, 바로 김창협 – 김창집 – 김창업 – 김창흡 – 김창즙 등으로 이루어진 이른바 '육창(六昌)'의 집안과 그 학적 동아리이다.33) 이들은 그 문예적 창작 동아리로서 농연그룹,34) 또한 사회경제적 집단으로서 경화사족35)이라는 여러 가지 이름을 가지고 있다. 이러한 사승 관계가 갖는 학문 세계관적 특성은 퇴율의 도학에서 일정부분 이탈하면서 보다 경

---

33) 김창협의 문인으로 알려진 사람은 유척기, 이의현, 조문명, 조구명 등이 있다. 특히 이들 네 사람은 고연희(2000)의 「조선후기 산수기행문학과 기유도의 비교연구 – 농연그룹과 정선을 중심으로」(이화여대 박사학위논문)에서 산수유기를 남긴 '농연그룹'으로 지칭되었던 인물이라는 데서 여행이라는 행동이 그들의 문예창작과 미의식 표출에서 중요한 역할을 담당했음을 알 수 있다.

34) 洛論적 세계관을 가진 형성기 경화사족인 六昌의 친족과 문인들에 대하여 '농연그룹'으로 본격적인 지칭을 한 것은 고연희(2001), 위의 논문이다. 경화사족에 대한 자세한 탐구는 유봉학(1998), 『조선후기 학계와 지식인』, 신구문화사 참조.

35) 경화사족은 17세기 후반에서부터 나타나기 시작하며 18세기에 오면 지방의 재지 향유들과는 구분되는 자의식을 갖게 된다. 이들 경화사족의 생활방식은 서울이라는 도시를 무대로 형성된 만큼 그에 기초한 이들의 정신세계는 향촌에서 농업생활만을 토대로 사회의식과 관심 범위를 구축한 선배 주자학자들이나 동시대 향유들과는 판이했다. 정치적 의미에서 형성된 경화사족들은 곧 문화적인 면에서도 향촌과는 서로 다른 학문 사상적 경향과 문화적 분위기를 서울과 근기 지역에서 형성하기 시작했다. 이상 남정희(2001), 「18세기 경화사족의 시조 향유와 창작 양상에 관한 연구」, 이화여대 박사학위논문 참조.

50

험을 중시하는 인성론을 제시하였고 자득적(自得的) 사색, 노장(老莊), 불교, 양명학까지 포용하는 개방적 학문관을 가지고 있었다는 평가를 받으며, 청나라에 대하여서는 청의 서적과 문물에 대한 적극적인 수용의 태도를 보인 것으로 인정된다.

이러한 세계관에 따라, 이들은 명말 청초의 공안파 문예사조를 광범하게 받아들여 명대에 편찬되었던 『명산승개기(名山勝槩記)』 등의 영향을 받아 문예적으로 산수유기를 다수 창작하게 되었다. 특히 이들의 산수유기에서는 자연에 도학적(道學的)인 의미를 부여하지 않으며 산수자연의 천기(天機)나 취(趣)를 감지하고자 하였고 이를 통하여 흥(興), 쾌(快)의 즐거움을 얻고자 하였다. 또한 유람자의 흥겨운 유람 경험 또한 전형화하여 쉽게 전달시키는 문학적 형상으로 유기를 전이시켰다. 이미 선행연구에서 이루어진[36] 그들의 산수유기 창작전통과 그 의미는, 같은 '여행의 기록'인 연행록의 연작적 창작이라는 현상을 설명할 수 있는 실마리가 된다. 특히 초기 연행록의 주요 작가들인 이의현, 조문명·조현명 형제, 유척기 등이 산수유기를 지은 농연그룹으로 설명됨에 따라, 산수기행문학과 함께 이들 동아리의 연행록 창작관행도 문학적인 의도를 가지고 창작되었음을 추론할 수 있는 것이다. 또한 실제적으로 살펴보았을 때도 민진원의 연행록(1712)이나 이정신의 연행록(1724), 그리고 권이진(1724), 한덕후(1732) 등의 연행록에서는 압록강을 넘어 요동을 거쳐 북경으로 들어가는 국경 밖의 기록과 거의 대등할 정도로 궐에서 임금께 인사를 드리고 고양을 거쳐 평양─의주로 가는 월경(越境) 이전의 기록이 자세히 소개되어 있다. 이들이 여기서 겪은 것은 주로 그 지역 수령들과의 유락, 기자성·부벽루 등의 유람,[37] 그리고 그 지역에 있는 지인(知人)들과의 교유 등이며

---

36) 고연희(2000), 앞의 논문.
37) 구체적인 예를 들자면, 한덕후의 『승지공 연행일록』(『연행록전집』 권50) 8월

여기에서 드러나는 구절들은 새로운 풍경과 새로운 현실을 접하면서 자아의 눈을 뜨는 내면의 기록이기보다는 앞서 지적된 산수유기와 같은 실제적인 경물을 본 후의 흥취를 기록한 것에 가깝다. 또한 김창업의 연행일기에서는 천산(天山)과 의무려산(醫巫閭山)의 유기가 나와 있고 또한 반산을 지나면서는 원굉도의 유기에서 읽은 멋진 소나무와 기이한 바위의 아름다운 모습을 기억하며 못내 아쉬워하는 내용38)이 있어 이른바 '농연그룹'의 산수유기에 대한 관심과 그에서 발전된 '기행문학' 창작 관행을 추측할 수 있다.

또한 이들이 관습적으로 사용하고 있는 서술방식에서도 산수유기와 산수화를 연계시켜 향유한 농연그룹의 특징이 나타난다. 어떠한 아름다운 경물을 보았을 때 '그림 같았다'라고 감탄하거나, 또한 자신이 만나는 풍경 이미지를 색채로 연속적으로 표방하는 경우를 들 수 있다. 구체적인 예를 들자면, 다음과 같다.

　　9월 25일 (상사와 함께 해돋이 구경)……(전략) 해돋이를 볼 수 있겠기에 상사와 드디어 약속을 하고 닭이 울자 떠나서 산 위 옛 돈대에 올랐다. 멀리 보니, 바다빛이 푸르며 섬들이 은근히 빛났다. 수많은 돛대가 일자로 포구에 벌여지고 새벽빛이 몽롱하니, 진실로 그림 속과 같았다.

───────────────

초까지는 사람들과 만나고 평양등의 고적들을 만나느라 정신이 없다. 배를 띄워서 기생들과 놀기도 하고 그런 계획을 세우고 있다. 8월 12일("與副使約泛舟而 上浮碧樓", 앞의 책, 164면) 부분에서 그를 볼 수 있다.

38) 김창업, 『노가재연행일기』, 『국역 연행록선집』 권4, 민족문화추진회, 413면/ 고연희(2000), 앞의 논문 재인용. "길을 가다가 멀리 반산을 바라보니 산위에 절이 있어 아물아물하게 보였다. 이름을 물어보니 운조라 한다. 반산은 일찍이 원굉도의 유기에서 송석의 기이함을 칭도한 것을 본 일이 있는 산이다. 거리가 멀지 않고 갔다올 만큼 해도 아직 남아 있었는데 그만 지나쳐 버렸으니 한스럽기 이를 데가 없는 노릇이다".

10월 5일 (호타하에 가다). 혹 푸른막을 쳐놓은 것 같은 높은 언덕과
대륙이며, 혹은 산허리께 나무와 잔잔한 안개가 서로 비치는 듯, 혹은
끝도 없는 푸른 바다가 하늘에 맞닿아 끝없이 넓은 듯. 또 맑은 수묵
화와 같이 형형색색으로 갖은 형상으로 변하였다. 전에 북경팔경 중에
이것이 그 하나라 하더니 지금 보니 과연 그렇다.

12월 8일 (연경에서 돌아와 복명하는 길에 조선 약산에 다시 놀다.
그 지역 수령이 나와서 대접하다). 한 폭의 병풍을 펼쳐놓은 듯하였
다.39)

이렇듯, 직접적으로 '그림과 같다'는 말을 함으로써 화자가 경험하
는 풍경과 그림을 연결지어 그 글을 읽는 사람들이 하나의 그림을 떠
올릴 수 있는, 농연그룹의 산수유기가 주는 효과를 이 연행록에서도
누릴 수 있는 것이다. 이정신 연행록의 경우, 이러한 '풍경'에 지속되
는 특유의 색채를 입힘으로써 연행록을 이미지화 하고 있다. 그 색채
는 '금벽'(金碧 : 황금색과 푸른색. 轉하여 고운 색채)으로서, 여행록에
서 백탑을 갔을때(224면) 드러나 있다. 청색 기와와 백탑의 조화, 또
청과 백의 경물 서술(269면), 사하 삼황사에서의 "불전치청옥로청옥병
(佛前置靑玉爐靑玉瓶)"(276면) 등의 구절을 통해 청에 대해 느꼈던
생생하고 강렬한 느낌을 전하는 효과가 있다.40)

---

39) "可見日出 遂約上使 鷄鳴發行 至山上古墩臺 遙望海色蒼然 島嶼隱映 帆檣
千轂 一字兒擺列浦口 曉影朦朧 眞似畵圖中"(한덕후, 「승지공연행일록」,
『연행록전집』 권50, 201면) ; "或碧幕高罩大陸 或映帶半腰樹抄微露 或浩若
滄海際天無極 又如淡墨濃沫活畵 流動色色形形變態萬狀 前聞北京八景 此
爲其一 今果然矣"(한덕후, 같은 책, 221면) ; "伸一壁若開畵屛"(한덕후, 같
은 책, 261면). 특기할 만한 것은, 세 번째 약산에서의 유락도 국외 체험 못
지 않게 매우 긴 분량을 할애한다는 것이다.
40) 이들이 이렇게 공통적으로 그려내는 여행길 견문의 이미지가 어떤 효과를
내는가에 대해서는 다음 장에서 상술하겠다.

이른바 농연그룹의 '유기'에 대한 공통적 관심의 연장에서 연행록이 '연작적으로' 창작되었다는 것을 보여주는 단편적 언급들도 실제 작품 속에서 찾아볼 수 있다. 이이명의 연행잡지 초두에 "김대유(김창업)가 이르기를 '나의 갑신 연행록이 너무나 소략하여 아쉽다' 해서 자세히 쓰기로 했다."[41]는 말을 하고 있어 이러한 창작 전통이 서로의 관심과, 실제 창작물의 독서 속에서 연속적으로 지어지고 있었음을 확인할 수 있다. 이들 그룹의 의도적 연행록 창작을 추측해 볼 수 있는 또 하나의 요소는 바로 연행록이 지어진 연대의 편중이다. 1701년(숙종 27, 신사)에 지어진 것으로 추정되는 「한한당 연행록」 이후, 10년이 지나고 1711년이 되어서야 민진원 연행록을 필두로 여러 작품들이 드러나는 것을 볼 수 있는 것이다. 특히 1712년 동지사행은 정사 김창집을 필두로 자제군관 김창업, 군관 최덕중의 기록까지 확인된 바로만 3편의 여행기록이 나온다. 전술했듯이 당대에 비해 파격적인 기록인 연행록 창작 주체의 확대는 단순히 공적 임무를 기록하기 위함이 아니라 자신의 보고 겸은 바를 상세히 적으려는 사적 표현욕구의 발현으로, 자발적인 창작 의도를 보여주는 것으로 해석할 수 있고, 이 중의 핵심 인물이 바로 김창업이었다는 것이 이들 동아리의 연속 창작 속에 숨은 의도를 추출할 수 있는 단서가 된다. 그러나, 1710년대는 1712~13년 이후로 약 6~7년간 또 한차례의 공백기를 보이게 된다. 이러한 공백기를 깨고 1719년 다시 나오는 것이 조영복의 『연행일록』이다. 주지하다시피 그는 김창협의 문인이다. 조영복의 사행 이후에 같은 문인이

---

41) "金大有 嘗云 我甲申燕行錄 太草草 可恨 今行欲詳錄"(大有는 김창업의 字임. 이이명, 『연행잡지』, 『연행록전집』 34권, 124면). 이이명의 연행잡지는 『연행록전집』의 색인에 의하면 1704년인 갑신년에 간 것으로 기록되어 있으나, 연행록의 3번째 일화가 재청 漢人이 이이명에게 숙종의 告喪使로 가게 된 사연을 묻고 예부에 있는 조카에게 잘 말해주겠다는 내용인 것으로 보아, 숙종의 고부사로 갔던 1720년으로 바로잡아야 할 것이다.

었던 이의현, 유척기, 송문명 등의 연행록이 지어진다. 그는 또한 자신의 연행록을 작성하면서 민진원의 연행록을 필사해 남기고 있는데,[42] 이는 연행록들이 한번 작성되면 작자의 사후까지 아무런 독자도 없이 남겨져 있는 글이 아니라 지속적인 독자가 있는 글이라는 것을 보여주는 예이다. 이러한 연행록에 대한 기록 의지는 1732년 사은사 사행의 정사인 도곡 이의현, 부사 조최수, 서장관 한덕후의 연행록이 나란히 남아있는 데서 확증할 수 있다. 전술한 몽와(김창집)-농암(김창협) 문인들의 연행록은 1750년대까지 지속적으로 창작된다.[43]

이 시기 연행록의 서술 방식은 하루를 기준으로 그날 있었던 일들을 적는 '일록(日錄)'형식이 주류를 이룬다. 이는 18세기 이전의 대명 사행기록, 예를 들어 하곡 허봉(1551~1588)의 「하곡조천기」나 김육(1580~1658)의 「조천일기」(1637), 홍익한의 「화포조천항해록」(1624) 등에서도 선택한 기본적인 연행록 작성의 방법이다. 전게한 표의 제목에서도 볼 수 있듯이, '~錄' '~日錄' '~日記' 등으로 표기된 것은 일

---

42) 임기중 편(2001), 『연행록전집』 제38권. 그러나 권100의 색인에는 이것도 조영복이 '지은' 것으로 나와있다. 이는 필사한 것으로 바로 잡혀야 할 것이다. 조영복은 이 외에 『연행별장』을 남긴 것으로 되어 있다. 또한 김수진(2002), 「관아재 조영석의 문예론과 작품세계」(서울대학교 석사학위논문, 미간행)에서는 조영석의 형인 조영복의 유일한 현존 저서로서 『연행록』을 소개하고 있는데 경기도 문화재청에 소장되어 있다는 이 자료도 어떤 것인지 검토를 요한다. 높은 관직과 文名을 지니고 있었던 이 두 사람이 별다른 문집자료를 남김이 없이 연행록만을 남기고 있다는 사실도, 서인 노론계 인사들에게 연행록이 얼마나 비중있는 저작이었는지 시사하는 바 있다.

43) 그러나, 1732년까지로 18세기 초반의 연행록 창작 시기를 제한하는 이유는 두 가지를 들 수 있다. 현전하는 연행록에서 5년의 공백기를 보인다는 것이다. 농연의 문인들로 인정된 사람들은 그 사이에도 연행을 다녀왔으나, 이 시기에는 특별한 작품을 남기지 않고 있다. 또한 18세기 중기를 여는 작품인 유언술(1749)의 『연경잡지』를 비롯한 작품이, '잡지형식의 심화'라는 중기의 특성을 뚜렷이 보여주고 있다는 점에서 전기와 중기를 구분하였다.

록의 형식으로 된 것이다. 그러나, 이러한 일록의 형식 말고도 '잡지'라는 제목으로 청의 제도, 문물, 풍속 등에 대한 언급들을 단편적으로 제시하는 형태가 존재한다. 이것도 전례가 없는 바 아니어서, 16세기 말 조헌이 작성한 「동환봉사」(1574)[44]는 그가 명에 가서 본 문물 의례들을 '성묘의 배향'(聖廟配享) '내외서관'(內外庶官), '귀천의 의관'(貴賤衣冠)등의 세부 항목으로 단편 서술하여, 우리나라에서도 그것들을 참조하여 시행할 것을 상소하는 형식으로 작성하였다. 그러나 18세기 전반의 잡지들은 상부에 보고하기 위한 목적으로 씌어진 것이 아니라,[45] 공적인 보고문서의 느낌보다는 일화, 잡록적인 성격을 띠게 된다. 특기할 만한 것은, 1712년 김창업의 『노가재연행일기』가 주로 일록체이지만 제1권에 '一行人馬渡江數·入京下程·鴻臚寺 演儀·山川風俗總錄' 등을 서술하여 지은 이후, 1720년 이명, 그리고 1720년 이의현에 의해 일록 형태에서 탈피한 잡지 형태의 글도 같이 등장하기 시작했다[46]는 것이다. 그리고 이러한 잡지 형태의 글은 1732년 역

44) 『국역 연행록 선집』(1976) 제2권, 민족문화추진회.
45) 조헌의 「동환봉사」는 이미 올린 8조의 상소문과, 올리려던 16조의 상소문의 1, 2부로 구성되어 있다. 그중 이미 올린 8조는 庶官·衣冠·宴飮·揖讓·相接·習俗·軍隊의 紀律이라는 내용으로 일상 사무범절에 대한 것, 또한 이것들을 본받자는 측면이어서 淸代의 연행 경험을 적은 잡기와는 그 내용이 사뭇 다름을 볼 수 있다. 더구나, 올리려던 16개의 상소는 '격천의 성의(格天之誠), 경연의 규례, 추본의 효도, 제사의 예절, 사람을 쓰는 법, 간언을 듣는 법, 사졸의 선발' 등과 같은 항복의 왕조 시정의 근본 문제를 들어 간절한 충정을 토로하는 것이라는 점에서 후대 잡기와는 사뭇 다르다.
46) 이 중, 특히 이의현의 「경자 연행잡지」 하권이 김창업의 『노가재연행일기』1권과 같은 짜임으로서 연행간의 노정과 그 길 중의 산세, 건축물의 제도(화장실 포함), 시가의 제도, 풍물, 의관, 낙타, 양, 개 등 그곳에서 볼 수 있는 동물들, 상복 제도와 음식 등의 풍물을 매우 자세히 그리고 있고, 탁자와 음식 등의 많은 부분에서 노가재연행록과 일치하고 있다. 그러나, 똑같지는 않고 이의현의 것이 청국에서의 남녀의 할 일, 돈(화폐), 청국의 큰 부자인 정세태의 이야기 등을 첨가하여 더욱 자세하다. 이것은 도곡 이의현이 노가재의 연

56

시 이의현의『임자연행잡지』와 한덕후의 연행기로 뒤이어진다. 전술
했듯이, 이러한 잡지에 드러나는 내용은 주로 청의 문물이나 의관에
대한 것이 많으며, 이들은 단순히 낙타와 앵무새 같은 신기한 볼거리
의 박물지적인 기록과도 조금 거리가 있다. 18세기 전반 일화로 소개
된 문물의 성격을 잘 알려주는 예는 바로 '수레'에 대한 기록이다. 김
창업의『연행일기』중「산천풍속총록」과 이의현의『경자연행잡지』하
에는 수레에 대한 언급이 있는데, 다음과 같다.

> 큰수레는 말 다섯 필이 끌고 혹은 말 8~9필이 끌기도 하며, 작은
> 수레는 말 하나거나 소 하나가 끌 뿐이다. 그리고 수레바퀴는 모두 바
> 퀴살이 없고 다만 나무를 꿰어 하나는 세로로 하고 두 개는 가로로 한
> 다. 세로로 한 것을 바퀴통(바퀴 중앙에 있어서 굴대가 그 중앙을 관
> 통하고 있으며 바퀴살이 주위에 모여 박힌 부분)으로 하는데, 그 구멍
> 을 네모지게 하여 바퀴와 굴대가 함께 돌게 한다. 바퀴는 철판으로 싸
> 고 주위에는 못을 박아서 닳아 해어지는 것을 방지했다. 몽고의 수레
> 제도도 우리나라와 꼭 같은데, 조금 가볍고 얇다. 또 독륜차라는 것이
> 있는데 한 사람이 뒤에서 밀면 백여 근이라도 넉넉히 싣는다. 인분을
> 싣는 데는 모두 이 수레를 쓰고 소나 돼지의 고기를 싣고 가는 자도
> 모두 이 수레를 쓴다. 수레는 북경 시중에 가장 많다. 수레를 끄는 데
> 는 반드시 말을 쓰지만 그렇지 않으면 노새를 쓴다. 이것은 노새가 힘
> 이 센 때문이다. 수레를 모는 자는 한 길이 넘는 채찍을 쥐고 수레 위
> 에 앉아서 채찍을 힘껏 쓰지 않아도 모든 말들이 힘을 같이 내어 수레
> 가 나는 듯이 간다.[47]

행록을 숙독하고, 그에 일정부분 영향을 받았음을 시사하는 사실이다. 이후
도곡의「임자 연행잡지」또한 전편과 같은 서술방식을 띠고 있고, 그 연행의
서장관이었던 한덕후의 경우도 일록을 쓴 후 잡지를 뒤에 부가해놓고 있어
특기할 만하다. 이이명의 연행잡지는 연행중 있었던 일화 중심의 기록이다.
47) "大車駕五馬 或駕八九馬 小車不過一馬一牛 而其輪俱無輻 但貫木一縱二

이렇게 주의 깊게 연속적으로 강조된 이와 같은 기록은 조정에까지 영향을 미쳐, 전술했듯 1734년(영조 10) 좌의정 서명균[48]의 "북경의 수레제도를 본받자"라는 상소를 이끌어낸다. 이로 보았을 때, 이들의 이러한 기록은 생활 문물에 대한 구체적인 관심의 표현이며, 그것이 경세적인 의도에 의해 건의되고 담론화되는 실제적 효과를 주고 있는 성격의 것이라 설명할 수 있다.[49]

매우 비슷해 보이고 같은 내용일 듯한 일록들의 경우, 연행경로를 어디서부터 기록했는가에 따라 그 내용에 많은 차이를 보일 수 있다. 민진원, 김창업 같이 처음 사신으로 임명받아 궐에 나아갈 때부터 다시 한양에 돌아오는 여정까지를 충실하게 기록한 것이 있는가 하면, 이정신(1721)이나 조최수(1732) 같이[50] 북경에 들어가기 바로 전에서

橫 以縱者爲轂 方其孔使輪軸同轉 輪裏以鐵葉 周圍加釘 防其磨破 蒙古車 制 一如我國 而稍輕薄 又有獨輪車 一人從後 推之 可載 百餘斤 載糞 皆用 此車 亦有載牛猪肉以去者 皆用此車 北京市中最多駕車 必以馬否 皆驘 驢 力大故也 將車者持丈餘鞭 坐車上鞭 不盡力者 衆馬齊力 車行如飛"(『연행 록선집』 권5, 75~76면 참조).

48) 도곡 이의현의 「임자연행잡지」를 보면 당대 좌, 우의정이었던 조문명과 서 명균이 연행 일자의 조정을 협의하여 건의하는 등, 서로간의 친분관계와 연 행실무에 대한 영향력을 확인할 수 있어, 서명균의 이러한 건의가 연행록을 참조했음을 증명하고 있다.

49) '경세적인 의도'는 그들이 여행길에서 심상히 보아 넘겼던 작은 문물들에 주 목하고 그를 자세히 관찰하여 우리나라 사람들이 모방할 수 있도록 그를 소 개하는 주된 원인이다. 그러나, 18세기 초반 이후, 중반에 가까운 시기의 잡 지까지도 '경세적인 의도'로 일관한 것은 아니며, 후기로 갈수록 그 의미가 달라지는 것을 볼 수 있다.

50) 이정신의 것은 초두의 여정을 소개하는 것에는 북경까지 간 여정이 모두 소 개되어 있으나, 본문 자체는 북경 초입에 들어가는 부분에서 끝나고 있고 (『연행록전집』 34권, 289면), 조최수의 경우는 같은 시기 사은정사로 갔던 이 의현의 「임자연행잡지」를 참조하면 7월 28일에 출발하여 경성 – 의주까지 39 일, 압록강 – 북경까지 30일이 걸렸다고 하는데 조최수의 일기는 9월 26일, 영 원에서 中右所 – 東關에 간 기록에서 끝나 있다(『연행록전집』 50권, 400면).

끝난 것도 확인된다. 또한 민진원 같은 경우도, 북경 내 체류기간 동안에는 내내 조선 사신의 숙소였던 '지화사(智化寺)'에 머물러 있었다는 기록51)만 있고 그나마 상마연, 하마연 등을 할 때는 수레를 타고 지나가기만 해서 김창업이나 이의현 같이 북경 안의 풍물과 시사의 모습, 또한 마술과 연극 등 이른바 잡희를 자세히 구경한 부분은 볼 수 없다.

이로 본다면, 이들 일록체의 기록들도 내용상 몇 가지의 계열로 나눌 수 있지 않을까 한다. 우선 ① 한양에서 출발하여 국경 바로 전인 의주까지의 여정과 ② 책문을 벗어나 북경에 가기까지의 여정, ③ 북경 안에서의 견문이라는 세 가지의 요소52)를 기본으로 하여 세 가지가 똑같은 비중으로 소개된 경우, 혹은 ①과 ②가 같은 비중으로 소개되어 있고 ③은 비교적 소략한 경우,53) 김창업의 연행일기같이 세 가지가 모두 상세히 기록된 경우로 나눌 수 있겠다. 전기 연행록의 경우 ①의 경물과 유락의 기록들이 상세히 나와 있는 것도 전술했듯이 농연그룹으로 이야기되는 작자층의 산수유기 창작과 연관지어 특기할 수 있다. 그러나 모든 연행록들이 ②에 해당되는 '책문–구련성–봉황성–연산관–요양(성경, 즉 심양)–광녕–영원–산해관–영평–통주'의 여정 속에 일어나는 일들과 그곳에서 확인하는 풍물들, 그리고 그곳에서 만난 사람들의 기록은 반드시 기록하고 있다. 김순협의 연행록이 씌어진 지(1729) 150여 년 후에, 그의 필사본을 활자본으로 재간행하면서 이영호가 쓴 서문을 보면54) 당대 연행록들이 주로 어떤 내용

---

51) 『연행록전집』 제36권, 282~320면.

52) 물론 돌아올 때의 기록도 있지만, 그곳에서의 견문은 가는 길의 견문을 보충하는 차원으로 쓰여지므로 생략했다.

53) 민진원(1711)의 연행록, 이정신(1721), 한덕후, 조최수(1732)의 것을 예로 들 수 있다.

54) 임기중(2003)의 『연행록 연구』에 수록된 <역대 연행 일람표>에 보면 1729

을 썼는지를 알 수 있다. "토양이 좋고 나쁨, 산천의 형세, 도로의 모
양과 험한 정도, 궁궐과 성곽의 크고 작음, 사당과 묘, 누대의 제도, 관
제와 세제, 시사(市肆)의 크고 작음, 시장에서 본 잡희, 민속에서 숭상
하는 것, 상가와 유희와 경기를 본 것"[55]이다. 모든 연행록에 공통되
는 ②의 내용에서 주로 다뤄지는 것은 "사, 묘, 누각의 제도, 성곽의
제도, 지나간 마을의 시사의 크고 작음, 풍속" 등이다. 특히 이들은 험
난한 길을 가다가 마을을 만나면 그곳이 큰 마을인가, 작은 마을인가
그리고 시사는 어떠한가에 대해 많은 관심을 가지고 있다.[56] 이는 며
칠간 끝도 없는 황야를 가다가 만난 마을에 대한 반가움을 반영한 것
이기도 하지만 조선에서와 달리 직접적으로 만나게 된 '시장 풍물'에
대한 새로운 관심을 표명하는 것으로도 파악된다.[57] 그렇기에, "위 아
래 구분도 없고 남녀의 다름도 없어 종과 주인이 나란히 말을 달려 누
가 누군지 알아볼 수도 없고, 종과 안주인이 서로 친하게 앉아 이야기
하고, 부녀자들은 물론 위나 아래나 역졸배 보다도 더 분잡스러우면서
부끄러움도 모르는"[58] 청인의 풍습, 또한 '무지막심'한 상례(喪禮)를

년에 행해진 연행 중 김순협이 동지사은사로 갔던 것은 나오지 않아 혹 이
것의 저자가 김동필(金東弼, 1678~1737)이 아닌가 생각했으나, 서문에 보면
영조 기유년에 해은군 오공이 동지사로 가기로 했으나 오우당 김순협이 대
신했다는 내용이 있으므로, 1723년 행해졌던 이의만(1650~1736)이 부사 오
재순, 서장관 윤 휴와 갔던 연행의 경우와 마찬가지로 누락된 것으로 생각하
고 저자를 그대로 인정하기로 한다.

55) "其所經之處 山之高低 水之淺深 道路之險夷迂直 田野之肥瘠闊狹 寺廟樓
　　觀之制度 宮殿城郭之大小 至於官制稅制 民俗之所尙 商街遊戲競技之所
　　睹"(김순협, 「연행록 서」, 『연행록전집』 38권, 168면).
56) 이정신, 이의현의 연행록에서 그 요소가 두드러진다.
57) 그리하여, 18세기 초기의 연행록에서 '市肆'에 대한 묘사는 주목할 만한 것
　　으로 부각된다. 시사에 대한 소개와 그 의의는 다음 장에서 상술하겠다.
58) "察其風俗則 專無上下之分 男女之別 奴主並馬而行 不可辨識 僕隷與內主
　　昵坐對話 婦女勿論尊卑雜沓於驛卒輩 而不知恥 此固夷狄之風"(「민진원 연

행하는 풍속에 경악59)하면서도 이들의 상업과 생활을 움직이게 하는 양역(良役)문제,60) 세금문제,61) 화폐제도62)에 대해서는 꽤 진지하게 소개하고 있는 것이다.

　18세기 전기 연행록의 작가들은 대부분 '삼사신'이었기에, 그들이 처리해야 할 공적인 임무를 맡고 있다는 점과 높은 지체로서의 체면 때문에 호기심을 유발하는 문물이 있어도 직접 뛰어가거나, 현 상황에 대해서 정확하게 알 수 없었다. 그러나 그들의 연행록을 보면 그들이 비교적 소상하게 이런 사항들에 대해서 기록하고 있는데, 이것은 바로 마두(말몰이꾼)와 역관의 경험을 빈 것이다. 마두와 역관들은 연행록 작가들에 비해 연행 경험이 많고 언어에 능통해서 당시 청의 상황이나 정보를 비교적 잘 알고 있어, 이들의 대리경험과 대리견문63)을 충실히 싣고 있다. 초기 연행록들의 북경부분에서 중요하게 언급되는 사람64)이 바로 병자호란 때 난민으로 끌려갔다가 청에 살게 된 의주인

행록」, 『연행록전집』 제36권, 219면).
59) 이정신, 『연행일기』, 『연행록전집』 제34권, 243면.
60) 이이명, 『연행잡지』, 『연행록전집』 34권, 134면. 그리고 '패림'에 수록된 이이명의 연행잡지에는 뒤에 '양역론'이 부기되어 있다.
61) 민진원, 위의 책, 210면. 봉황성의 조세제도를 자세히 소개하면서 군역세와 농민세를 경감해주어 이 지역 상업발전에 득을 주는 상황을 소개했다.
62) 이의현, 「경자연행잡지」 하, 위의 책, 87면.
63) 이정신의 경우, 요동성이 어디 있는지 역관에게 묻는가 하면(앞의 책, 224면) 마두에게 주류하성의 위치와 내력 등을 묻고, 백탑의 너비를 몇아름인지 재게 한다거나(같은 책, 224면), 난니보 이후 풀이 무성한 묘를 먼발치에서 보고 누구의 묘인지 군관을 보내 확인하는 등의 일화가 보인다. 또한 민진원도 연행록 후에 역관인 金慶門이 적은 오삼계의 일을 부기하는 것이 보인다. 김경문은 1711년 행해진 민진원의 연행록에도 등장하지만, 10여 년 후 이정신의 연행록에도 역관으로 등장하고 있다.
64) 이이명(1711)의 『연행잡지』, 유척기(1721)의 『연행록』(『연행록전집』 권38), 권이진(1724)의 『연행일기』(『연행록전집』 권35), 한덕후(1732)의 『승지공 연행일록』 등에서 그를 확인할 수 있다. 이정신의 연행록에는 그의 이름이 金

의 후손 김상명(金尙明)이다. 이 사람은 그 어머니가 강희제 아버지 (청 세조)의 유모여서 청의 황족들과 인척관계같이 가까이 지내는 사 람이고 청의 내부 사정을 잘 아는 사람으로 언급되고 있으며, 우리나 라 사신들의 편의를 배려하고 조선에서 나는 좋은 말을 사고 싶어하 는 등 교역에도 관심을 가지고 있는 자로 그려진다. 이러한 김상명을 소개시켜주는 사람도 수역(首譯) 등 역관들이며, 주요 연행록에서 드 러나는 김상명 화소의 존재—청의 내부 사정 전달과 교역에의 관심— 는 바로 역관들이 연관된 일과 관심사를 간접적으로 보여주는 것이라 하겠다.

그러나, 이러한 역관들은 그들에게 정보를 수집해주는 고마운 존재 만은 아니었다. 청의 하급관리이지만 연행 실무를 맡고 있었던 '서반' '통관' '난두배'들과 결탁하여 조선 사신들로 하여금 뇌물을 바치게 만 드는 믿지 못할 존재[65]이며, 불법상거래를 통해 사행 길을 지체시키 는 사람들,[66] 그렇기에 그들이 전해주는 정보도 과연 믿을만한 것인 가를 고민하게 하는[67] 등의 나쁜 인상을 동시에 가지고 있다. 이러한, 역관에 대한 이중적인 인식[68] 때문에, 18세기 연행록을 쓰는 입장에

常命으로 오기되어 있으나, 만상군관 김진필과 같은 의주 출신으로 특히 잘 해주는 대목이 있어 같은 이 임을 확인할 수 있다.

65) 이의현, 「경자연행잡지」, 38면.
66) 이이명, 앞의 책, 80면.
67) 권이진, 『연행일기』(『연행록전집』 권35)의 경우 滹沱河라는 강의 명칭이 난 하를 잘못 부른 것이라는 것을 고증하여 길게 말하고, 이런 호칭의 잘못이 굳어진 이유는 역관들이 그 잘못을 그대로 따랐다고 하는 것을 밝히고 있어 (129면) 역관들의 주 임무인 '정보전달'도 바르게 수행하지 못하는, 못 믿을 인물들임을 시사하고 있다.
68) 이규상(1727~1799)에 의해 1797년 경 지어진 『幷世才彦錄』에도 당대 분야 별로 재주 있던 사람들을 꼽는 항목 중 譯官錄이 있어 당대 뛰어난 역관과 의원을 총 13명(역관 6명, 의원 7명) 소개하였다. 역관에 대한 소개 중에서도 민진원 연행록에 등장한 김경문(1687~1737)에 대한 일화가 가장 길며, 그가

있던 사람들은 더욱 이들의 체험이나 이야기, 또한 이들이 진귀하다고 가져오는 서화들의 가치를 맹신하지 않고 좀더 실증적이고 객관적으로 이야기하려는 태도로 전환한 것으로 생각한다.[69]

난두의 횡포를 해결한 것 등 공적을 소개하면서도 후반부에는 "대저 역학이나 의학에 모두 學이란 말이 붙는 것은, 글을 알아야 배울 수 있기 때문이다. (중략) 역관은 두 나라가 교제하는 사이에 처하니, 그 사람이 영리하여야만 그 임무를 맡을 수 있다. 사람들 가운데서 奸雄이 자라는 것도 譯人들 사이에서 쉽게 나타나니, 재주 있는 사람이 아니면 실로 역학이나 의학은 배울 수 없기 때문이다. 의학과 역학은 참으로 인재의 큰 창고인데, 사대부들은 역관 벼슬을 멀리 하기 때문에 그 방면의 사람을 들을 수 없으니, 매우 한탄스러운 일이다."(夫譯醫學 皆名學者 解文字 始可學故也 (중략) 譯者處兩國宣語之間 其人伶俐 乃可任其事 人之長奸雄 亦易於譯 非人之材 固不可學譯醫 譯醫眞人才府庫 而士大夫遠譯官 故無以聞其人 可勝嘆哉)라고 하여 역관에 대한 중요성과, 불신감을 동시에 표출하는 이중적 관념이 그 당시 사대부들에게 공통적으로 있었던 것임을 확인할 수 있다. 이러한 관념은 연행록에서 기인했을 가능성이 크다(이규상, 민족문학사 연구소 한문학분과 옮김, 『18세기 조선 인물지』, 창작과 비평사, 190면).

[69] 이에 대한 증거로는 민진원 연행록 중의 '태자하'라는 명칭에 대하여 연나라 태자 단 때문에 그러한 이름이 붙었다는 사람들의 말에 '믿을 수 없다'는 반응을 보이는 서술이라든가(앞의 책, 221면) 노가재 김창업의 漢譯 장원익의 실력에 대한 강한 회의와, 首譯이 데리고 온 화상의 그림 실력을 엄정히 평가하는 부분(김창업, 앞의 책, 273면) 등을 볼 수 있다. 그러나 이들도 과거 역사 문물에 대한 사정이나 사연, 또한 전통 서법과 회화에 대해서는 정확히 알고 있으나, 당시 청에서 일어나는 사건들에 대해서는 역관을 의지할 수밖에 없다는 한계가 있다. 그래서 민진원도 김경문에게 명말의 장수이며 청의 군사를 끌어들인 오삼계의 일을 자세히 쓰게 했던 것이고, 김창업도 당대 일어났던 해적의 반란 등에 대해서 필담을 통하기도 했지만 역관을 통해서도 자세히 알아보게 하는 등의 움직임을 보이고 있다. 이러한 경향은 후대의 연행록 작가인 홍대용이나 박지원에 와서는 어느 정도 극복되는 것으로 보인다. 홍대용의 경우는 좀더 직접적이고 적확한 체험과 그 기록을 위하여 한어를 배워가고, 박지원의 경우는 『열하일기』에서 청인들이 조선 사신에게 전하는 당대 상황들이 모두 반란, 내란등의 종류여서 사신을 오는 사람마다 청이 곧 망할 것처럼 생각하지만, 실상은 그렇지 않다는 언급을 하여, 역관을 통해 파악되는 '최신정세'도 맹신할 것이 아님을 비판적으로 지적하고 있다.

 서인계 관료 중 정사, 부사, 서장관에 의해 주로 지어진 18세기 전반의 연행록들은, 단순한 '고위관리 해외 유람의 과시적 기록'에서 벗어나 '육창'의 학문적, 문예적 동아리를 중심으로 창작되면서 잡지와 일록의 글쓰기 방식으로 다양해지며, 풍속과 문물을 다양하고 세심하게 소개하고 있다. 그러면서 연행록 속 화자들의 관심은 이국의 문물 중 (가치가)작고 실제적인 상업, 세제, 수레를 중심으로 한 일상용품의 범주로까지 넓어지는데, 이는 실제 사행에서 문제가 되었던 시대의 관심사와도 상통하는 것이다. 또한 이들의 연행록에서 드러나는 '역관'의 이중적 이미지-정보제공자/믿지 못할 소인배-는 이들의 글쓰기를 더욱 객관적이고 엄정하게 하는 하나의 요소로서 작용한다. 그래서 이들의 연행록이 단순한 '유락의 기록'에서 진일보 할 수 있게 한다.

2) 18세기 중기 : 초기 작자층 지속과 잡지(雜識) 서술의 심화

 18세기 중기는 1732년의 정사, 부사, 서장관이었던 이의현, 한덕후, 조최수가 모두 연행록을 창작했던 후 5년 동안의 휴지기를 거친 1737년부터로 분류된다. 그러나, 작자층의 사행시 역할 면에서 봤을 때는 18세기 중반에도 역시 삼정사를 중심한 사람들[70]이 연행록을 남기고

70) 예를 들면, 현전하는 바 18세기 한문 산문 연행록 중 중기의 첫 작품으로 보이는 이철보(1737)의 경우도, 전술했듯 지난 1721년 연행록을 남긴 노론 인사 이정신의 아들이면서 서장관 신분으로 연행록을 작성했다. 또한 '작자 미상'으로 나와있는 1760년의 『경진 연행록』도 작품을 살펴보면 연행인물 중에서 연행록 기록자의 이름은 적지 않는 관행으로 보았을 때 그 저자가 부사인 徐命臣으로 추정된다. 두 번째 근거는 경진 연행록 안에 '계축년에 부사로 연행을 갔던 삼의당 숙부'라는 구절이 나와있는데, 여기서의 계축년은 1733년이며 이때의 영조실록을 찾아보면 서명신의 숙부인 徐宗燮이 부사로서 사행을 한 사실을 확인할 수 있어 이 연행록의 저자가 서명신인 것을 확증할 수 있다. 또한 유척기(1754), 김종정(1762) 등의 사행시 신분이 모두 정사, 부사인 것을 알 수 있고, 이 시기 현전 연행록의 삼정사 외 신분은 자제

있고 홍대용만이 자제군관의 신분을 보여 예외적이다. 또한 이들은 거의 서인 노론계 인사라는 점에서 초기의 연행록 작가들과 정치적 입장을 같이 하며 초기에 한번 연행록을 창작하고 중기에 다시 짓는 유척기 같은 사람도 있다는 면에서는 이른바 경화사족인 '농연그룹'의 문화적, 세계관적 정체성을 가진 사람들로 분류된다.

그러나, 이를 양분하지 않고 삼분하여 전, 중, 후반으로 나눌 수 있는 가장 큰 이유는 18세기 중반에 쓰인 연행록들의 다수가 형식적으로 특수한 형태를 띠고 있기 때문이다. 전반기보다 창작된 양이 적긴 하지만, 이들 중 특기할 만한 것은 잡지체로만 이루어졌음을 제목에서 표방하는 1749년 유언술의 「연경잡지」를 비롯하여 일록체보다는 한 항목이나 한 사건을 독립적으로 서술하는 잡지체가 정착기를 거쳐 심화된다는 사실이다. 이철보(1737)의 연행록과 유척기의 두 번째 연행록인 『심행록』(1754), 엄숙(1773)의 『연행록』71)에서도 확인되는 이러한 경향은 홍대용(1765)의 『담헌연기』에서 두드러진다. 홍대용은 1765년 숙부인 홍억이 서장관으로 사신을 갈 때 자제군관으로 따라갔었다. 조천(명나라에로의 사행)시의 질정관(質正官)이 자제군관(혹은 자벽군관, 打角으로도 이칭)으로 변화하면서72) 비교적 자유로운 여행을

군관으로 간 홍대용밖에 없다.

71) 엄숙의 연행록같은 경우는 주로 일록 형식으로 되어있고, 그 다음에 '별단'(別單 : 임금에게 올리는 문서에 덧붙이는 문서나 명부)이라 이름 붙여 11가지의 사실들(중국 현 정세 ─ 순치연간에 섭정왕의 죄를 따라 그 후손을 죽였다는 것 등─안남국의 반란이야기, 사고전서의 편찬진행상태)을 서술하고 맨 뒤에는 奏文을 붙여놓는 형식이다. 이것으로써는 잡지 형태의 '심화'가 왔다고 말하기보다는, 일록만 전재해놓는 상황에 비하여서는 공적인 보고형식으로나마 잡지에 관한 관심을 환기했다는 것이 사실에 가까운 말일 것이다. 엄숙, 『연행록』, 『연행록전집』 권40, 298~304면 참조.

72) 김태준(2002), 「연행록의 교과서 『노가재연행일기』」, 명지대학교 국제한국학연구소 개소기념 <연행학자들의 길> 심포지엄 발표문, 1면.

구가할 수 있는 상태에서, 그는 평소에 그리던 청나라를 가보고 연행
록으로서 한문본인『담헌연기』와「건정동필담」그리고 한글본인『을
병연행록』을 남겼다.『담헌연기』의 목차는 다음과 같다.

吳彭問答 莊周問答 柳鮑問答 衙門諸官 兩渾 王擧人 沙河郭生 十
三山 宋擧人 舖商 大學生徒 張石存 葛官人 琴舖劉生 蕃夷殊俗 臘
助敎 登汶軒 孫蓉洲 撫寧縣 賈知縣 貞女廟學堂 宋家城(이상 권7)
　孫進士 周學究 王文擧 希員外 白貢生 沿路機略 京城機略(이상 권
8)
　望海亭 射虎石 盤山 夷齊廟 桃花洞 角山寺 鳳凰山 京城制 太和殿
五龍亭 太學 雍和宮 觀象臺 天象臺 法藏寺 弘仁寺 東嶽廟 薩福寺
琉璃廠 花草舖 暢春園 圓明園 西山 虎圈 萬壽寺 五塔寺 入皇城 禮
部呈表 鴻臚演儀 正朝朝參 元宵燈炮 東華觀射 城南跑馬 城北遊(이
상 권9)
　方物入闕 幻術 場戲 市肆 寺館 飮食 屋宅 巾服 器用 兵器 樂器
畜物 留官下程 財賦總略 路程(이상 권10)

권7과 8은 주로 만났던 사람들을 표제로, 권9와 10은 여정 속에서
보았던 볼거리와 그가 최대한 겪어보려고 애를 썼던 생활 양식들을
표제로 다루고 있다. 권7과 8에서 나열해 놓은 사람들도, 여정의 순서
에 따라서 배열하지 않았다.「건정동필담」에 등장하는 육비, 엄성, 반
정균을 제외하고 가장 많은 말, 심도 깊은 문답을 했다고 생각하는 오
팽, 장주, 유송령과 포우관을 먼저 소개하고 있는 것으로 보아 이 목
차도 의도적인 배열, 조작 의식에 의한 것이라고 하겠다. 여기서는 이
전대의 연행록의 잡지들이 '산천풍속총록' 등의 제목을 붙이는 등, 주
로 연행 가서 본 산천과 문물 등의 '물(物)'에 대한 단편적 기록을 대
상으로 작성한 데 비하여 그 곳에서 만났던 '사람'과의 상호작용, 즉

만남과 교유, 그 중에 있었던 토론 등에 표제를 붙여 잡지화 했다는 것에 주목할 필요가 있다. 이것의 의미는 크게 두 가지로 생각할 수 있다. 우선 연행자의 의식이 청에 가서 보는 새로운 물건이나 풍속의 범주에서 벗어나 그곳의 '사람'에까지 넓혀졌다는 관심 지평의 확대를 들 수 있다. 홍대용의 '사람에 대한 관심'은 이철보(1737)의 연행록과 엄숙(1773)의 연행록에서도 드러난다. 이철보(1737)의 경우, 책문을 넘어서면서부터 숙소 주인의 아들들에게 관심을 표명하는가 하면 청내 만인들과의 만남과 그들의 솔직한 이야기를 '무료해서 쉬고 있는데 그 사람이 그러한 이야기를 했다'면서 소개하고 있으며,[73] 홍대용의 『담헌연기』 이후 연행록인 엄숙(1773)의 연행록에서도 북경에 가서 만난 청서서길사(淸書庶吉士) 구정용(邱庭瀯)과 허조춘(許兆椿)과 더불어, 주로 사고전서에 대한 필담을 매우 길게 하고 있다.[74] 이에 따라 '사람에 대한 관심'은 중기 연행록의 공통적 특징으로 간주할 수 있다.

담헌의 '교유' 기록이 주는 특징 두 번째는 교유를 하나의 글 거리로 삼았다는 점에서 교유의 전말을 독립적으로, 세세하게 밝히다 보니 잡지의 한 항목이 길고 체계적으로 심화되었다는 점에서 '잡지' 형태의 정착과 심화를 가져왔다는 것이다. 이러한, 한 표제 하에 관련 내용을 쓰는 글쓰기 방식은 후대 박제가의 『북학의』에서 심화 계승되며,

---

73) 이철보(1737), 『정사연행일기』, 『연행록전집』 권37. 자세한 내용은 후술하도록 하겠다.

74) 엄숙(1773), 「연행록」, 『연행록전집』 권40, 2월초 2일조, 241~250면의 분량으로, 그 이전의 천주당을 다녀온 기사 등에 비해 약 10배 긴 분량이다. 이러한 필담은 엄숙 연행록의 북경 체험 중 단일 기사로는 가장 긴 사건으로서 주목할 만하다. 또한 엄숙의 연행 시기는 청 乾隆帝가 1741년에 천하의 書를 수집한다는 詔를 내려 1772년에 編纂所인 사고전서관이 개설되었던 바로 다음 해이므로, 내용도 사고전서에 대한 것-주로 편찬 범위와 언제 완성이 될 것인가 하는 것들-에 집중되고, 그 후에는 그와 필담을 나누었던 사람들의 고향인 남중국의 지명 확인 등의 이야기가 나온다.

서유문(1798)의 한글 기행록『무오연행록』의 한역으로 알려진『무오연록』75)에도 제목을 붙이는 전통이 계승되는 등 영향을 주고 있다.

이철보(1737)의 연행록과, 유척기·김종정 등의 연행록에서 볼 수 있던 잡지형식의 등장과 담헌 홍대용의 연행록에서 볼 수 있는 잡지의 분량상, 내용상의 심화 경향은 전술했듯 엄숙(1773)의 연행록에서도 환기되고, 중반기의 마지막 연행록이라고 볼 수 있는 이압의『연행기사』(1777)76)에서도 이어지기 때문에, 여기까지를 중기 연행록으로 묶을 수 있을 듯하다. 연행기사는 우선 정유년(1777), 무술년(1778)의 기록을 일기체로 묶어 상·하로 나누고 그 다음 문견잡기·시로 삼대별(三大別)하였다. 이것은 앞선 시기 이의현(1724)의『경자연행잡지』에서도 볼 수 있는 종합적인 구성77)이지만, 문견잡기의 분량이 거의 일록에 육박한다는 점에서 '잡지'에 대한 관심이 높아졌음을 시사한

---

75) 김동욱(1976),「무오연행록 해제」,『국역 연행록선집』권7, 민족문화추진회, 8면. 그리고 한역본『무오연록』,『무오연행록』2종은『연행록전집』권62.『무오연행록』의 이본에 대한 설명은 다음과 같다. 한글본으로는 장서각 6책본과 동본인 국립도서관본이 있고, 한문본으로 국립도서관 소장『무오연록』이 있다고 한다. 그런데 한문본은 한글본과 비교했을 때 다름이 많고 탈락된 것도 많아 연행을 다녀온 뒤에 한글본을 옮긴 반역본으로 보인다. 한문본은 잡지 스타일로서, 각 항목의 초두에 동그라미 표시로 화소를 구분하고 상단에 華表柱, 怪疾, 新語, 捷徑 등 그 항목의 제목을 따로이 적는 모양으로 되어 있다.

76)『국역 연행록선집』권6, 민족문화추진회 ; 임기중 편(2001),『연행록전집』권58. 그런데『연행록전집』에는 이것이 서장관이었던 이재학의 연행기사로 수록되어 1793년(정조 17)에 이재학이 동지 겸 사은부사로 갔던『연행일기』와 같은 것으로 간주될 위험이 있다. 이에 대해 수정을 요한다.

77) 상권은 일단 자신이 날별로 겪었던 일을 일록체로 쓰고 있고, 하권은 거리 계산, 그리고 북경과 변방의 도성구조, 집의 건축양식, 그리고 남녀의 의복, 볼 수 있는 동물들, 상복, 음식, 또 담배에 이르기까지 자세하게 항목별로 적어놓고 있어서 하나의 박물지적인 느낌을 이루고 있다.『연행록선집』권4 참조.

다.

또한 이 연행록이 기존까지 지어진 연행록과 비교하여 다른 점은 연행을 하고 돌아와서 임금께 보고 드리는 것을 소상히 적었다는 것이다. 사실, 이압이 갔던 연행의 사유는 정조 즉위년(1776)의 벽파[78] 중심인물인 홍인한(洪麟漢)·정후겸(鄭厚謙)의 사사(賜死)와 그 이듬해(1777)의 그들 일파를 역모로 단정, 처형한 사건을 보고하는 토역주문(討易奏文)의 보고와 전달에 있었다. 그런데 이 주문이 식(式)에 맞지 않는다는 평가를 듣고 주문을 받지 않는 결과에 이르자, 사은진주별사(謝恩陳奏別使) 채제공, 부사 정일상, 서장관 심염조에게 나머지 일을 맡기기로 하고[79] 돌아왔다. 그렇기에 이러한 '사후보고'의 자세한 서술은 사행임무의 특성상 필요한 것이라고 볼 수 있으나, 그와 더불어 연행록을 보는 사람들이 어떤 것을 궁금해 하는가, 그리고 왜 중반기의 연행록들이 일록뿐 아니라 다른 사항에 대하여 적어 놓는 잡지 형태로 정착되게 되었는지 이유를 알 수 있는 단서를 주고 있다. 본문을 인용하면 다음과 같다.

> 상이 크게 웃으며 이르기를 "그 말이 과연 그렇다. 역관 중에 어떤 사람이 중간에서 저들에게 왕래하였는가? 장염이 하였는가?" 하매 정사가 아뢰기를 "장염은 계속 병이 있기 때문에 박도관, 이종진이 하였습니다." (중략)
> 상이 이르기를 "저 나라에서 뭐 들은 것이 있는가?" (중략) (부사) 대답하기를 "근래에 역관이 점점 예전만 못하여서 저쪽의 일을 잘 탐

---

78) 영조 말년에 세손(후년의 正祖) 보호의 문제를 놓고 조신들은 시파와 벽파로 갈라졌다. 時派는 일단 세손을 보호하는 입장이고, 僻派는 세손에 반대하려는 입장으로 형성되었다. 이후 그들은 각기 다른 정치적 입장과 세계관, 학문관을 가진 것으로 분석된다.

79) 이압(1776), 『연행기사』 하, 무술년 3월 8일조/『국역 연행록선집』 권6, 181면.

지하지 못합니다. 신이 임역(任譯) 등에게 말하기를 '사관에 머무른 지 40일 동안 비록 추고에 관한 일일망정 국내에 어찌 한 마디도 들을 만한 것이 없었겠는가?' 하니 그들이 모두 말하기를 '조정이 태평 무사하여 그렇습니다' 하였습니다." 상이 이르기를 "비록 태평하다 하더라도 정령은 반드시 들리는 것이 있을 것이다. 대체 저쪽 사정이 어떠하던가?" (중략)

상이 이르기를 "경등이 유상(遊賞)한 곳이 있는가?" (중략) 상이 이르기를 "한 번 은을 잃은 사건이 있은 뒤로 사행이 저 사람들에게 곤욕을 당하는 것이 적지 않다고 하는데 과연 어떠하던가?" (중략) 상이 이르기를 "경들이 무슨 물건을 보았는가?" 하매, 정사가 대답하기를 "별로 신기한 것이 없었습니다."하고 부사는 대답하기를 "혹 있기는 하였으나 매매할 때 저들이 값을 너무 과하게 부르기 때문에 살 수가 없었습니다." 하였다. 상이 이르기를 "이것은 무슨 까닭인가?" 하매 대답하기를 "근래 은의 소출이 절핍되어서 매양 사행을 당하면 역배들이 넉넉히 가지고 가지 못하기 때문에 매매가 적어서 그러한 것입니다." 하였다 정사가 아뢰기를 "신이 요동에 가서, 아름드리 나무가 산더미처럼 하수 가에 쌓여 있는 것이 수삼 리에 뻗쳐 있는 것을 보았습니다." 하니 상이 이르기를 "이 재목이 어디서 나오는 것인가?" 하매 정사가 아뢰기를 "폐사군에서 베어 낸다 합니다" 하였다. 상이 이르기를 "그렇게 많이 베어서 장차 어디에 쓰고자 하는 것인가?" (후략)80)

---

80) "上大笑曰 其言果然矣 譯官中何人居間往來於彼輩耶 張濂爲之耶 正使曰 張濂則連有身病故 朴道貫 李宗鎭爲之矣 (중략) 上曰 彼中有何所聞乎 上曰 副使亦有所聞乎 對曰 近來譯官 漸如不古 彼中事不得善探 臣言於任譯等曰 留館四十日之內 雖推考間 國事內豈無一言可聞者乎 渠輩皆曰 朝廷之上太平無事故然矣云 上曰 雖曰太平政令則 必有聞矣 大抵彼中事情如何也 (중략) 上曰 卿等有遊賞之處乎 (중략) 上曰 一自失銀事端之後 使行之困於彼人不小云果何如耶 (중략) 上曰 卿等見何物乎 正使曰 別無神奇者矣 副使曰 雖或有之 買賣之時 彼人之呼價太過 末由買取矣 上曰此何故耶 對曰 近來銀路絶之 每當使行 譯輩不得免包故 所以賣買不廣而然矣 正使曰

여기서 볼 수 있는 바, '사행'이라는 행동에 대해서 보고를 받아야 하는 당사자인 정조는 본 사행의 목적 행위, 즉 토역주문(討逆奏文)이 거부된 자세한 전말과 이유 등만을 궁금해 하는 것이 아니라 청나라의 생생한 정세와 사정(事情), 또한 명승지의 장관과 새로운 물건들에 대해서 골고루 궁금해하고 있다. 이것은 정조 개인의 호학(好學) 의지와 새로운 세상에 대한 호기심을 반영하는 것이기도 하나, 이러한 궁금증들은 중기 연행록에 고루 펴져 있는 잡지 방식이 왜 나왔는가라는 동인을 보여주는 것이다. 즉, 읽는 자들이 이렇듯 여러 가지 일들을 궁금해 하기 때문에 '별단'이라는 임금 상대의 짤막한 실태 보고서들이 아니고 자신의 연행 기록을 보여주는 연행록 안에서도 별단과 같은 형태의 잡지가 나왔을 것이라는 것을 유추할 수 있다. 특히 그 관심사가 공무의 해결과 여정(旅情)의 술회라는 기존 조천록·17세기 연행록의 전통적 갈래에서 '유상(遊賞)한 곳' '새로운 물건' 등의 요소로 옮겨진 것은 18세기 초기부터의 연행록들이 보여준 꾸준한 관심과 접근에 의한 시각 변화를 반영하는 것이다. 그렇기에, 이압은 이 이후에 '문견잡기'(聞見雜記)라 하여 그가 듣고 본 새로운 문물에 대하여 항목별로 자세히 적고 있는 것이다.81) 이들은 총 102건이며, 연경의

臣到遼東 見連抱之木 積置於河邊 無異丘山橫亘數三里矣 上曰 此材出於
何處耶 正使曰 所取於廢四郡云矣 上曰如是多 將欲何用 副使曰 其中有私
自賣買者 或用於國役云矣"(이압(1776), 위의 책, 194~202면).

81) 여기에 실린 내용들은 이압이 새로 보고 들은 것도 있지만, 지난 시절 연행록 화소의 일부를 떼어 온 것도 있다. 한 예로서 유척기(1721)의 『연행록』중 58번째 항목인 이추의 말─짐승을 닮은 외국인이 국경을 넘어 왔는데, 황제가 이 사람에게 아름답고 지혜로운 여인을 주어 그 땅으로 다시 넘어가게 하여 그곳의 풍토를 알아보았다. 그곳에서는 농경이 없고 수렵의 생활만 있었는데, 다시 오곡을 주어 농경을 하라고 보냈으나 아직 소식이 없다고 한다.─(『연행록전집』권38, 127~128면)의 내용을 『문견잡기』하권에서 전재하고 아직 소식이 없던 것을 '강희는 드디어 章京 2인을 모집하여 다시 얼음

위치·연혁 및 그 주변 요새지, 산맥의 고저 장단 등 지리적인 특성들, 성첩, 궁궐제도 등의 건축문화, 복식, 음식, 상제, 과거, 의술과 공장 등 사회문물 제도 전반, 그리고 몽고·달자·서양·흑인국·유구·안남·섬라국 등의 주변국가에 대한 설명에 이르기까지 상세하게 소개하고 있다.

이압의 문견잡기 중 초기 연행록들에 비하여 부각된 것은 한어·청학에 대한 어음(語音) 분석과 몽골을 비롯한 외부 이민족과 주변 국가에 대한 설명들이다. 또한 여기서 중국이라는 대국, 문명국에 대한 관심 말고도 그를 위협하고 있는 몽골이라든지 대비달자(大鼻撻子 : 러시아) 등의 다른 세력에 대한 인지, 그리고 안남, 유구국 등의 주변국에 대한 관심은 연행록을 쓴 저자들의 관심 지평의 확대를 의미한다. 홍대용의 경우에서도 '번이수속' 편에서 유구국의 사신과 만난 일화, 몽고 통역인 이억성을 데리고 몽고추장을 만난 일, '대비달자'로 이름 붙여진 러시아사람들에 대한 이야기, 회회국 사람들을 만난 이야기를 수록하고 있다. 대체로 이들에 대한 인상은 "이들은 무례하기 금수에 못지 않았다",[82] "그들(대비달자)의 미련하고 무지스러움이 이러하다 한다"[83] 등과 같이 부정적인 것이 주류를 이루나, "그들의 습속

이 얼 때에 가서 오곡 종자를 뿌려 농사짓는 것을 가르치고 오게 하였다 한다'라고 끝맺고 있다. 이러한 화소의 삽입이 주는 의미는 크게 두 가지로 볼 수 있다. 우선 이압의 『연행기사』 자체가 이전 연행록 중에서도 전술한 '일록체 형식'(즉, 기존의 전통적인 일록에서 약간의 변화를 취하여 날짜를 일일이 부기하지 않고 일화 삽입이 있는)인 유척기의 연행록에서 인용을 가져왔다는 것에서 형식적인 면의 일화삽입에 관심을 가졌다는 것을 유추할 수 있다. 둘째, 이 일화의 위치가 청나라 주변의 이민족과 국가들-몽고, 유구, 안남, 아라사, 대서국 등-을 다루면서 거의 끝으로 부기되었다는 점에서 앞서도 말한 '타자에 대한 지평의 확대'라는 내용적 특징을 들 수 있다.

82) 홍대용, 『국역 담헌서』, 128면.
83) "其蠢蠢去禽獸不遠也 其頑習類此"(「번이수속」, 『담헌서』 권7, 129면).

72

과 인성이 이처럼 어리석고 무지하면서도 오히려 이렇게 기이한 기계 (候鐘의 종류)가 있음은, 또한 이상한 일이라 하겠다", "'오랑캐들은 성품이 솔직하다' 한 것이 빈말이 아니라 하겠다"[84]와 같이 직접 보고 들은 경험을 통하여 그들에 대한 선입견과의 차이를 극복하는 부분도 보이고 있다. 특히 홍대용은 유구국을 오랑캐 중에서 가장 많이 문명화된 나라로 평가하고, 그들의 생김과 의관을 그리고 있다.[85]

중기 연행록의 특징으로서 주목할 만한 점은 심양까지 간 기록이 많다는 것이다. 유척기의 『심행록』이나 김종정의 『심양일록』이 바로 그것들이다. 유척기의 심행록 같은 경우는 그의 연행 이후에 이어지는

---

84) "其俗性之愚蠢如彼而尙有此奇器亦可異也, 古云 戎狄性直非虛語也"(홍대용, 위의 책, 129~130면).

85) 유구국에 대한 관심은 『을병연행록』에 있는 다음과 같은 이야기에서도 확인된다. 유구국은 바다 가운데 있는 나라로, 보배와 재물이 많은 곳이고 우리나라 전라도 땅에서 머잖아서 초년에는 서로 신사를 통하였다. 중년에 유구국 왕이 바다에 표풍(표류)하여 왜국에 사로잡히게 되었는데, 그 세자가 기이한 보패를 큰 배에 가득히 싣고 왜국으로 들어가 회뢰(뇌물)를 주어 그 아비를 살려 나오고자 했다. 그러나 또한 바다에 표류하여 제주에 닿았는데, 이때 제주목사는 욕심이 많고 인심이 없는 사람이어서 그 보화를 탐하여 세자를 죽이려 하였다. 세자가 그 사연을 일러 애긍히 빌었으나 끝내 듣지 않았다. 세자가 크게 분노하여 온갖 보배를 바다에 잠기게 하고 글을 지어 이렇게 말했다. "착한 말을 걸의 옷 입은 몸에 밝히기 어려우니 /형벌을 임하여 무슨 겨를에 푸른 하늘에 호소하리오./세 어진 이 구멍에 들매 사람이 뉘 속하리오/두 사람이 배에 오르매 도적이 어질지 아니 하도다/뼈는 사장에 들어나매 풀에 감겨 있고/혼은 고국에 돌아가매 조상할 이 없도다./죽서루 아래 물은 도도한데/끼친 한이 분명히 일만 해를 오열하리라." 마침내 목사가 죽인 바 되니, 이로 인하여 우리나라의 신사를 끊고 혹 제주 사람을 만나면 잡아 죽여 그 원수를 갚고자 하였다. 그러므로 제주 백성이 배를 타면 표류를 염려하여 다 강진, 해남 백성의 호패를 만들어 차고 다닌다 하였다.(소재영·조규익 외 주해(1999), 『주해 을병연행록』, 태학사, 137면). 이 이야기는 박지원, 『열하일기』「피서록」이나 김려, 『담옹유고』의「유규왕세자 외전」으로 전하여 수록되고 있다.

두 번째 기록으로서, 이 시기에 특히 심양 안핵사(按覈使)와 심양 문
안사[86]로 갔던 사람들이 연경 말고 '심양'을 중심으로 여행록을 쓰고
있다. 심양까지만 가고서 쓴 연행록은 물론 18세기 초기에도 선례가
있다. 1723년 이의만이 쓴 『농은입심기』가 그것이다. 그러나 이 시기
에는 기존에 안핵사 혹은 심양 문안사로서 다녀온 사람들이 연행록을
남기지 않던 것에 비해, 이 시기 다녀온 심양행에 대하여 연행록을 모
두 쓰고 있다는 면에서 그들이 이른바 '성경(盛京)'이라고 별칭되는
청 건국의 기반도시인 심양에 대하여 크든 작든 일정 관심을 가지고
있는 것을 알 수 있다.[87] 심양은 요동에 있다는 면에서, 그리고 명에
사신을 가게 되는 이전 시기에는 연경에 가는 기점으로서 자리하지
않다가[88] 청의 건국과 함께 연경으로 가기 전에 행정적인 업무를 보
아야하는 중간 단계의 공간으로서 자리 매김을 했다는 면에서 주목할

---

86) 按覈使란 조선의 국민이 국경을 넘어 살인, 강도 등 사건을 일으켰을 때 사
   건의 진상을 파악하기 위해 파견되는 사신이다. 『비변사등록』에 의하면 안
   핵사는 1705년, 1710년, 1711년에도 파견된 것으로 나와 있으나, 연행록이 남
   겨진 것은 김종정의 『심양일록』뿐이다. 심양 문안사란 황제가 瀋陽(일명 盛
   京) 선조 능에 참배하러 올 적에 연경까지 가지 않고 심양에 가는 사신行이
   다. 조선 후기에는 숙종부터 순조 29년까지, 총 6번을 보낸 것으로 나와 있
   다. CD ROM 『국역 조선왕조실록』 3집, 서울 시스템 참조.

87) 김종정의 경우, "穿過長街 出西門 閭閻之繁 市廛之富 比我國 鍾樓不啻倍
   過 以此可推 燕京之壯也"라고 하여 처음 심양에 들어갔을 때 느끼는 인상
   이 그저 '연경의 변방도시'로 생각할 수 있게 하는 여지를 주나, 나중에 심양
   행궁의 자세한 묘사 등을 통하여 글의 초점이 온전히 심양에 맞추어지고 있
   는 것을 관찰할 수 있다.(『연행록전집』 권41, 192~193면).

88) 임기중(2002), 『연행록 연구』(일지사, 82~83면)에 역대 대중국 사신행의 길
   이 나와있어 참조된다. 숙종대 이전에는 요동에서 해주위-사령-반산-여
   양역으로 지나갔으나, 숙종대 이후에는 요동에서 십리하를 거쳐 성경(심양)
   -거류하-광녕을 거치는 길로 돌아가게 하고 있다. 이것은 청나라 측에서
   자신들의 古都인 심양을 지나가게 하려고 하는 의도가 있는 것으로 파악된
   다.

만한 곳이다. 굳이 심양까지만 간 기록들이 아니더라도, 1755년에 이루어진 작자미상의『연행록』경우에는 초기 연행록을 설명할 때 나누었던 여정 중에 국내의 여정을 생략하고 요동(심양이 중심이 되는) - 연경의 움직임만 적는 현상을 보이고 있어서, 여행자들의 관심지역이 서서히 옮겨감을 엿볼 수 있다.

　이러한 관심은 홍대용이 필생의 역작인 이른바 철학소설『의산문답(醫山問答)』의 무대를 기존의 전통적인 중심부가 아닌 '의무려산'으로 정하여 중국과 한국의 경계에 자리한 '중심부가 아닌 경계'가 가진 상징성을 드러낸 바 있는데[89] '경계 공간'들의 새로운 인식 또한 일정부분 포함을 하고 '심양'에 갔던 기록을 특기하는 것이라고 생각한다. 결국, 18세기 중반 연행록의 특성은 잡지 형식에 대한 관심의 집중과 심화라는 말로 집약할 수 있다. 그리고 이것은 18세기 말 연행록들의 특징적인 성격과 특수한 작자층으로 이어지는 중간단계가 된다.

---

89)『의산문답』은 허자라는 이가 숨어서 독서한 지 30년만에 천지의 조화와 성명의 미묘한 원리를 깨치고, 오행의 근원과 삼교의 진리를 통달하였다. 인도를 밝히고 물리에 정통하여, 심요한 우주 원리를 꿰뚫어보았다. 그리하여 길거리에 나와 세상 사람들에게 자신의 학문을 설파하였지만, 알아주는 사람이 없을 뿐만 아니라 비웃지 않는 이가 없었다. 허자는 실망하여 이번에는 중원에 가서 북경에 2달동안 머물며 자신의 학문을 알아줄 이를 구했으나 중국 땅에서도 지기를 만날 수가 없었다. 이에 실망한 허자는 "철인이 말랐는가, 나의 도가 잘못되었는가" 탄식하며 귀국길에 올라, **두 나라의 경계에 있는 의무려산에 깊이 숨기로 작정했다. 그러나 깊은 산 속에서 실용을 만나게 되면서,** 자기의 30년 공부가 허학으로 해체되고, 문답은 실학논쟁으로부터 우주무한론에 이르는 사상체계로 이어졌다는 줄거리다(김태준(1998),『홍대용』, 위대한 한국인 시리즈 권5, 한길사, 290면 재인용 : 진한글씨는 필자). 여기서의 의무려산이란 '중화'인 청과 명분상 '소중화'라고 강조되던 조선의 경계 공간이며, 중심부가 아니기 때문에 모두에게 홀대받지만 어디에도 없던 30년 공부의 토론 대상이며 지도 상대가 나타나는 의미심장한 곳이다.

3) 18세기 후기 : 북학파 연행록의 본격적 창작과 서술 계층 다변화

이 시기는 홍대용의 『담헌연기』가 씌어진 이후로, 1778년 유득공과 이덕무의 『난양록』, 『입연기』가 씌어지고 박제가의 『북학의』,[90] 1780 년 박지원의 『열하일기』가 씌어지는 등 우리가 흔히 알고 있는 '북학 파 연행록' 본격적 창작의 시기이다. 이후 '실학파'라고 일컬어지는 서 유구의 아버지 서호수까지도 1790년 연행록을 작성하고 있어서 이러 한 전통이 18세기 말까지 이어지고 있는 것을 볼 수 있다. 이른바 북 학파, 연암일파를 누구까지로, 또 그들의 연행록을 어디까지로 보느냐 가 이 시기에 문제될 수 있다. 여기에서는 김명호, 유봉학, 오수경의 연구성과를 따르기로 하겠다. 김명호 교수는 19세기 한중문학 교유에 대한 연구에서 선대의 교유를 정리하면서 "1765년 홍대용을 시발로 한 북학파의 연행은 유금(柳琴)과 나걸(羅杰, 1777)→이덕무·박제가 (1778)→박지원(1780)→이희경(李喜經, 1782/1786)→유득공·박제가· 이희경(1790)→이희경(1794/1799) 등으로 꾸준히 이어지다가 1801년 (순조 1) 유득공과 박제가의 연행을 끝으로 단절된다"[91]라고 하여 이 른바 연행록을 쓴 '북학파'들을 추적할 수 있는 단서를 마련해 놓았고, 오수경 교수는 연암학파의 구성인물을 추적하는 과정에서 '연행'을 분 류 기준으로 밝히고 있으면서 홍대용, 유련(柳璉, 1741~1793 : 서출,

<hr>

90) 여기서 박제가의 『북학의』를 연행록으로 볼 것인가 하는 문제가 제기된다. 기존 연구에서 북학의가 연행록으로서 개별적으로 연구된 선례는 없었으며, 주로 박제가의 북학사상을 알려주는 자료로서 제시될 뿐이었다. 그러나 『북 학의』 자서에는 박제가가 고대로부터 본받을 사람을 고운 최치원과 중봉 조 헌 양인을 들면서, 앞서 서술한 조헌의 연행록 「동환봉사」를 북학의의 모델 로 제시하고 있기에, 일기형식이 아닌 『담헌연기』와 함께 연행록으로 다루 도록 한다.
91) 김명호(2000), 「董文渙의 『韓客詩存』과 韓中文學交流」, 『한국한문학연구』 제26집, 399면.

연행, 유득공의 숙부), 이덕무, 남공철, 이희경, 유득공, 박제가, 박종선
(朴宗善, 1759~1819 : 검서관. 금성도위 박명원의 서출)92) 등을 제시
하고 있다. 유봉학 교수 또한 홍대용, 박지원, 이덕무, 유득공, 박제가,
이서구, 서유구, 김매순, 홍석주·홍길주 형제 등을 들고 있어 이들과
거의 같다.93) 그래서 제시한 이들 중 현전하고 있는 한문 산문 연행록
을 남긴 이덕무, 박제가, 박지원, 유득공의 것을 주로 살피고 또 서호
수와 유언호의 연행록은 '북학파'의 본격적인 연행록으로 간주하기보
다는 주변 자료로서 참조하도록 하겠다.

이 시기에 쓰여진 연행록들의 작자 면면을 살펴보면 '북학파'라고
이야기된 사람들과 함께, 정치적으로 시파, 벽파의 대립이 있던 시기
였기 때문에 그 중 시파(時派)의 입장에 선 사람이 많다는 사실을 특
기할 만하다. 시파란 '대체로 사도세자의 죽음을 동정하면서 정조의
정국운영에 동조한 세력'을 말한다.94) 이들은 학문적으로도 뚜렷한 차
이가 있었던 것으로 지목되는데, 그들의 학문관을 가르는 것이 바로
'인물성동이론'이며, 시파는 전체적으로 '인물성동론', 즉 낙론(洛論)의
입장에 서서 18세기 초반 연행록 창작층의 학문적 특성에서 크게 바

---

92) 오수경(1991), 「연암학파의 시경향과 박제가의 시론」, 『한국한문학과 유교문
화』, 아세아문화사, 393~394면.

93) 유봉학(1995), 『연암일파 북학사상 연구』, 일지사, 152~160면 참조. 그 밖에
연행록을 썼던 사람 중에서 연암의 동년배 친구로 거론된 사람은 유언호이
다. 이 사람은 연암이 연암협으로 피신을 주선하여 연암을 보호하고 또 그를
출사시키는 역할을 했음이 강조된다. 그러나 이들 동년배 친구들은 특히 '다
음시기 세도정권의 핵심부를 차지하고 조선 중앙학계를 주도하였던 경화사
족 문벌들과의 인연'으로 서술되었고 이는 장차 19세기 이후 연암일파의 정
치적, 사상적 위상 설정에 중요한 영향을 주는 요인으로만 설명되었다(154
면). 그리고 사상적인 관련에서는 일보 유보되는 경향을 보인다. 그러므로,
유언호의 연행록을 '북학파' 연행록의 중심으로 간주하는 데는 좀더 세밀한
고찰이 필요하다는 단서를 붙이고 분석하겠다.

94) 이성무(2000), 앞의 책, 214면.

꾸지 않음을 알 수 있다. 심낙수(沈樂洙), 이만수, 유언호[95] 등을 그 예로 들 수 있고, 이른바 북학파라고 지칭되었던 이덕무, 박제가, 유득공 등도 정조의 명을 받아 신분의 질곡에도 불구하고 규장각 검서관으로 발탁된 인사라는 점에서 친정조적인 입장에 있었음을 알 수 있다. 전술한 세 사람 중 심낙수와 유언호는 이재학(1793)과 함께 연행시 입지는 삼정사의 입장에 속하여 주로 일록체만의 연행록을 쓴다는 공통점이 있다.

또한 작자층 면에서 특기할 만한 것은, 연행록 작가들의 연행시 입지가 '삼정사 중심'이었다는 데서 군관, 자제군관 등으로 넓어졌다는 것이다. 앞서 말한 이덕무와 박제가도 1778년 사은겸진주사 서장관 심염조(沈念祖)를 수행한 관찰자의 역할이었고, 이만수(1783),[96] 이노춘(李魯春, 1752~?, 1783년 「북연기행」),[97] 박지원(1780), 김정중(1791, 자 士龍)[98]도 자제군관으로서 사행에 참여하여 연행록을 남기고 있고[99] 그것이 여러 본으로 필사되어 남아있다.[100] 또한 노이점은 연암

---

95) 유언호(兪彦鎬, 1730~1796)의 경우는 사후에 "金宇鎭・沈煥之・김종수와 친하게 지내고, 홍봉한의 당을 공격함이 의리라는 김구주 당의 견해에 동조하였으므로, 순조대에 안동김씨 세도정치가 시작된 이후에는 時派로부터 정조에 대한 배신으로 지목되기도 하였다."는 평가를 받았던 것으로 보아서 생시에는 역설적으로 친정조, 시파적인 행적을 강하게 보인 것을 확인할 수 있다.

96) 이만수의 경우, 시집이 중심이고 表文 등의 공적 문서만 병기했기 때문에 표에는 수록하지 않았다.

97) 그러나 이노춘의 北燕紀行은 한글본이라 별첨한 표에 수록하지 않았다.

98) 박제인의 경우, 燕行日記, 燕槎錄 天地人을 1800년에 남기고 있는 것으로 『연행록전집』에 나와 있는데, 임기중(2002)의 『연행록전집』에서 작성된 역대 사행 일람표 중 1800년에는 그런 이름의 사람이 부사로 간 일이 없으나, 본문에는 부사로 간 것으로 나와있어 좀더 세밀한 고증이 요구된다. 이 사람에 대한 별다른 관직이나 일생에 대한 기록은 아직 찾아볼 수 없다.

99) 『연행록선집』의 해제에 따르면 김정중의 자가 士龍이라 하여 두 이름으로 된 연행록은 같은 것으로 친다. 그런데, 『연행록전집』(2001)의 색인과 『연행

박지원과 같은 시기에 연행하여 연행록인 『수사록』을 남기고 있어 1712년 지어졌던 군관 최덕중의 연행록 창작을 잇고 있다. 이들의 경향을 앞서 말한 '북학파'의 창작 특성으로 특징지을 수 만은 없다. 김정중과 노이점 등이 앞서 밝힌 유득공, 박제가, 이덕무 등의 이른바 북학파 '서얼'들과 다른 것은 투철한 작가의식을 가지고 갔는지의 여부였다. 김정중의 연행록 초두에 붙인 송원(松園 : 김이교. 정사인 김이소의 동생으로서, 김창집의 증손)에게 보낸 편지에 보면, 김정중의 연행에 임하는 입장을 알 수 있다.

이제 집사(송원을 지칭)께서 책 한 보따리와 지팡이 하나로 소연히 문을 나서 전 사람 사람들이 하기 어렵던 일을 하시매, 거서(수레와 문서)의 폭주와 인물의 부서와 산수의 웅려와 풍속의 순롱이 어찌 문후 때와 견주리까? 나 또한 집사의 뒤를 따라, 만리장성을 거쳐 계문의 연수와 금대의 낙조를 보고,[101] 그 저자에 놀며 막걸리 한 말을 마셔 취한 뒤에, 진활의 물을 떠서 갈석의 이마에 갈아 문장을 지어 성시를 노래하리니, 집사께서는 내 붓 끝에 기특한 기상이 있는지 없는지 한 번 보십시오. 반드시 있으리다.[102]

록연구』의 연표 작성에서는 김사룡, 김정중의 연행록 중 이본 세 가지는 같은 해에 쓴 것으로 취급하고 하나는 1793년에 지은 것으로 취급하는 것이 보인다. 설사 그것을 필사 연도의 다름으로 치더라도, 엄연히 연표편성의 기준을 '연행 연도'로 하고 있기 때문에 이는 수정되어야 할 것이다. 임기중 (2002), 『연행록연구』, 일지사 참조.

100) 김정중의 연행록은 연행록 전집에 실려있는 것만 해도 총 4종이다. 『연행록 전집』 권74, 권75 참조.

101) 둘 다 연경팔경에 든다. 燕京八景이란 金臺夕照, 蘆溝曉月, 玉泉垂虹, 瓊島 春雲 薊門烟樹, 居庸疊翠 西山積翠 太液晴波인데 강희때에 通州夜市를 더 넣었다고 한다. 김정중, 『연행록』, 『연행록선집』, 552면.

102) "今執事 書一囊第一枝 蕭然出門 爲前輩之所難爲者 車書之輻輳 人物之富 廉 山水之雄麗 風俗之順寵 豈與文候時比哉 余亦從執事後 歷萬里長城 觀 薊門烟樹 金臺落照 遊於其市 飮濁酒一斗 醉後酌眞活之水 磨碣石之顚 作

개나리꽃이 이미 지고 복사꽃 살구꽃이 이어서 피어 정전의 천기가
날로 맑고 아름다워지니, 온 성안 사람들이 미친 듯이 분주하며 노래
하는 부채와 춤추는 옷자락이 꽃다운 나무 사이에 어른거려 좋은 계
절 맑은 경치가 이목에 스며드는데, 저는 촌간에 문을 닫고 뜰에 나서
지 않은 지 이미 열흘을 지나니, 남들이 모두 내 몸이 고목처럼 좌선
한다 하고, 내 마음이 연경의 꽃과 계주의 버들 사이에 있는 줄을 모
릅니다.

연경·계주의 관광은 봄철에 이르러 한창이며 봄철의 광경은 서산
을 첫째로 삼는데, 빙 둘린 둑 수십 리가 다 기이한 풀과 아름다운 나
무입니다. 궁희와 시녀가 성하게 꾸미고 밝게 단장하고서 십칠교 가에
가서는 술잔을 주고 받기도 하고 차를 마시기도 하며, 생을 불고 황을
울리면서 하루가 다하도록 놀이에 빠져서, 누대가 들뜨고 거마가 줄지
어 들어차니, 고요히 생각하면 호수의 빛과 산의 푸름이 얼굴 가까이
아리따와 보이는 듯합니다.103)

이러한 구절들로 알 수 있는 연행자의 마음을 보면, 전술한 '북학파'
들이 보여주는 것과는 사뭇 다른 연경의 이미지와 그 인식을 가지고
있음을 알 수 있다. 18세기 초반의 연행자들이 평양성이나 의주까지도
기생을 불러서 배를 띄우고 놀다가도 막상 연경에 들어가면 그러한
일화들이 사라지고, 수레로 대표되는 실용적 물질에 관심을 두고 적극
적으로 소개하는 것과는 달리, 김정중의 연행록 안에서는 연경, 계주

爲文章以歌盛時 執事試看 我筆頭奇氣 有耶無耶 必有之也"(김정중, 위의
책, <上松園書> 원문, 144면).
103) "莘藟已落 桃杏繼發 井田天氣 日覺淸佳 滿城之人奔走若狂 歌扇舞衣 掩暎
於芳樹之間 良辰霽景釀 入耳目 僕閉門苔巷不出庭 已經旬日 人皆謂吾身
如枯木坐禪 而不知吾心之在 燕花薊柳間也 燕薊之觀 至春時爲盛 春時光
景 以西山爲第一 環堤敎十里 皆奇草嘉木 宮姬市女 盛飾明粧 行到十七橋
邊 或飛觴点茶 或吹笙鼓簧 竟日流連 樓臺 蕩樣 車馬騈闐 靜言思之 湖光
山翠 滴滴眉宇間然"(<상송원서 : 환가시>, 김정중, 위의 책, 원문 146면).

의 이미지는 '연경팔경' '아름다운 아가씨들이 가득하고 놀러 나온 수레로 들어찬' 유락적이면서도 화려한 관광지의 이미지로 변화하는 것이다. 이러한 특징은 노이점의 『수사록』에서도 보인다. 노이점의 『수사록』은 박지원과 같은 해인 1780년 쓰여진 산문 연행록이라는 데서 주목된다.104) 또한 선행 연구에서 보았을 때도 노이점의 수사록 자체보다는 박지원의 『열하일기』와 같은 순서로 연행을 했는지, 또한 『열하일기』에서 다루는 '경물'들의 내용과 얼마간 드나듦이 있는지를 중심으로 읽힌 것으로 보아 수사록 자체에서 볼 수 있는 독자적인 혹은 새로운 인식 등은 없는 것으로 추측된다. 1793년에 지어진 이재학의 『연행일기』105) 또한 부사의 연행일기로서, 앞서 말한 북학파의 연행록들이 보여주는 관심 문물들, 그리고 그를 통해서 알 수 있는 그들의 새로운 생각들보다는 책문(柵門)으로 가기 전까지의 사람들과의 송별 잔치나 부벽루 유람 등을 충실히 소개했던 초기 연행록에 가깝다. 그리고, 연경에 가서도 주로 황제가 주최하는 새해맞이 행사와 그에 따른 잡희 등을 관람한 기록을 소개한 이후, 어렵게 나가는 궐 밖의 관광에서도 주목하는 대상으로서 문묘, 태액지(汰液池)의 오룡정(五龍亭) 원명원 등의 이른바 '연경팔경'을 소개하고 있다.

이러한 연행록 창작의 이원화 현상은 뒤이은 19세기 연행록들로의 경향성도 알려주는 것이다. 즉, 우리가 매우 중요한 사상적 요소로서 알고 있던 이른바 북학파의 연행록 양상과는 비슷하면서도 관심의 초점이 다른 연행록들이 나오고 있고 차라리 그것은 박물지적인 느낌을 주었던 풍류로서의 여행, 초기 연행록들과 같은 관심의 것들이 나온다. 그리고 이러한 내용의 이원화가 계속된다.

---

104) 김동석(2000), 「노이점의 수사록에 관한 연구」, 『한국한문학연구』 제27집, 한국한문학회.
105) 이재학(1793), 『연행일기』, 『연행록전집』 권58.

그렇다면 우리가 알고 있는 이른바 북학파 연행록의 특징은 무엇인
가? 공통적인 사항을 추리자면 다음과 같다. 우선 교유의 중시이다.
홍대용이 1766년 사귀고 온 엄성, 반정균, 육비 등 천애지기(天涯知
己)들과의 지속된 편지 교유 등을 바탕으로 박지원의『열하일기』에서
도 그들을 찾아보고 또한 열하에 가서도 왕민호 등과의 교유를 바탕
으로「혹정필담」「망양록」등『열하일기』의 중요편을 집필하고 있는
것을 알 수 있다. 이러한 인적 교류를 중시한 전통은『열하일기』이후
아예 청나라 선비층과의 교유만을 다루고 있는 연행록을 촉발시키기
에 이른다. 유득공의『연대재유록』(1801)이 그것이다. 이러한 교유 내
용과 필담방식의 연행록 도입은 당대의 문제로 떠올라 '연행의 역사'
에서 전술한 바 있는 1786년 대사간 심풍지의 '아래의 교역을 제재해
달라'는 상소를 낳게 되나, 이후 이러한 교유와 필담이 사라지지는 않
았다. 이러한 교유의 중시는 당대 연행록 창작에도 영향을 미쳐 김정
중의『연행록』(1793)에서는 중국선비 정가헌(鄭嘉賢)과의 교류를 자
세히 서술하는 등의 현상을 보이고 있다.

　북학파 연행록의 둘째 특징으로 들 수 있는 것은 항목의 개별화(박
제가의『북학의』, 그리고 박지원의『열하일기』, 서유문의『무오연록』)
의론화와 여러 가지 쓰기 방식의 실험 등이다. 그리고 이것은 대개 그
러한 청의 좋은 제도, 편한 제도 등을 배우자는 것으로 귀결됨이 많다.
그러나, 모든 '북학파 연행록'이 그런 것은 아니어서 이덕무의『입연
기』에서는『사소절(士小節)』에서와 같이 기존의 '소중화주의와 북벌
주의'같은 보수적인 시각을 보여주는 것도 있다. 이것은 이혜순 교수
의 선행 연구106)에서 논의된 바, 북학파에게 돌려졌던 문체 혼란의 혐
의를 벗기 위한 일종의 제스처라고도 볼 수 있다.107)

---

106) 이혜순(1999),「이덕무의 입연기 소고」,『고전산문연구Ⅰ』, 국어국문학회.
107) 이혜순(1999), 위의 논문, 345면. 북학파의 연행록이 이렇듯이 다른 모습을

82

요약컨대, 사실 기존에 '이용후생적인 사상'으로 알려져 있던 이른 바 북학파의 연행록들도 서술 방식 면에서, 그리고 그 안에 들어가 있 는 내용 면에서(이덕무의 『입연기』) 여러 가지 양상을 띠고 있으나 크 게 청내 한인들과의 교유를 비중 있게 다룬다거나, 고도로 발달한 문 명국, 이른바 문명의 숲(文明之藪)으로서의 청나라 인식이 있다는[108] 점에 그들 연행록의 공통적 특징이 있는 것으로 생각한다. 이들은 서 술 방식 면에서 표제가 있고 그 다음 항목에 대하여 서술하는 잡지의 방식을 심화시켰다는 특징이 있고(박제가의 『북학의』, 서유문의 『무 오연록』: 한글본 『무오연행록』의 한역판으로 보인다), 내용면에서는 청내 한인들과의 교유 소개(유득공의 『연대재유록』, 서호수의 『연행 일기』)를 다룬다.

또한 전술한 바 중기 연행록들이 '심양'에 주목한 결과 경계공간으 로서의 '심양' 재인식 실마리가 있었다면, 후기에는 황제의 만수절 축 하를 위해 황제의 행궁이 있는 열하로 갔다[109]는 면에서(1780년 박지 원·노이점의 사행, 1790년 서호수의 『연행일기』에 나온 사행) 경계공 간의 확대와 그에 따른 몽골, 유구국, 이른바 '잡다한 오랑캐들'로 치 부되었을 이민족에 대한 환기가 나와있어 인식 지평의 확대를 추측할 수 있다. 서호수(1790)의 『연행기』에 대한 평가에서도 "이 책은 홍대 용의 『연기』, 박제가의 『북학의』, 박지원의 『열하일기』처럼 청의 문화

보여주면서도 어떻게 하나로 묶여질 수 있는가에 대하여서는 IV장에서 보다 정밀하게 후술하겠다.
108) 송재소(2000), 「실학파 문학관의 일고찰」, 『한국한문학연구』 제26집, 328면.
109) 당시 청 황제가 행궁을 북쪽에 있는 열하에 두고서 일년에 몇 달을 그곳에 서 지낸다는 것은 단순한 피서의 차원이 아니라 그 지역에 있는 몽골세력을 견제하려는 뜻이 있었다는 분석이 있다(박지원(1780), 「심세편」, 『열하일 기』). 그렇기에, 열하라는 실제 연행 지평의 확대는 그 뒤에 있는 몽골에 대 한 재인식을 전제로 하고 있다고 하겠다.

를 소개하여 현실개혁의 한 방법을 제시한 연행기록은 아니다.…… 그
러나 몽고, 안남 등의 대청 외교관계와 만주의 복제, 만수절의 의식
등에 대한 기록은 이 저술의 특색이며 가치있는 것이라 하겠다."110)라
는 평가와 박지원의 『열하일기』에서의 「황교문답」·「반선시말」 같은
편들은 그를 입증하는 것이라고 하겠다.

110) 이이화, 「해제」, 『국역연행록선집』 권5, 118면.

Ⅲ. 청 문물에 대한 관심의 시기별 추이

1. 주목 대상의 이동 : 이념에서 문화로

1) 객관적 설명 대상으로서의 역사 유적

1574년 허봉의 사행 기록인 『조천기』[1]는 한문 산문 사행록의 초기 전통에서 비로소 문학적 의의를 찾을 수 있는 사행 일기라고 평가받는다.[2] 같은 사행의 일원이었던 조헌(1544~1592)의 『조천일지』는 공식적 일지류의 성격으로서 공식 사행과정을 중심으로 소개하고 있으나, 허봉의 기록은 그와는 다르게 당대 '사상가'의 입장으로 또한 문학적인 표현으로 말미암아 그 가치를 인정받는 것이다. 당시 허봉은 중국에서 유행하는 양명학에 대해 우려하여 성리학, 도학의 입장을 확고히 정립하고자 자진해서 사행원이 되기를 자청했고, 그래서 이단 사상에 대해 담판을 지어 보겠다는 주제를 표출하는 일면도 보여준다. 또한 명청 교체기에 작성되어 명의 마지막 모습을 생생하게 보여주는 것으로 평가된 홍익한(1624)의 『화포조천항해록』 또한 척화(斥和)를 강하게 주장하다가 청에 잡혀가 살해된 삼학사 일원의 조천록으로서, 척화의 기조가 되었던 주자학의 가치를 제고하려는 면모를 보여주고

---

1) 허봉(1574), 『조천기』, 『국역 연행록선집』 권1, 민족문화추진회.
2) 김아리(1999), 「『노가재연행일기』 연구」, 서울대 석사학위논문(미간행), 21면.

있다.

그러나, 16세기 '조천'에서 이렇게 강한 이념지향성과 그로 인한 요동의 정학서원(正學書院),[3] 국자감[4] 등의 상관물에 관심을 기울여 주로 소개하고 있는 것[5]에 비해서, 18세기 초반의 연행록들이 보여주고

---

3) 정학서원은 요동에 있다. 『조천기』 6월 26일조에서 하곡은 여기서 賀盛時, 賀盛壽, 魏自强, 呂冲和 4인을 만나 양명학의 이단성을 설파하며 의무려 하흠, 유기 등 그 중에서도 주자학에 대한 지조를 지켰던 사람들의 학문에 대하여 장황히 논급한다(허봉, 앞의 책, 350~357면).

4) 국자감 견학기는 역시 상세한 배경 설명과 지금 행해지는 행사를 길게 서술하고 있다(허봉, 위의 책, 『조천기』 중, 8월 20일조. 461~471면). 이 밖에도, 연경에서 서울로 돌아가는 중에 연산역, 탑산소에 머무르면서도 이 땅 출신인 진이근을 길게 논급하면서 "아! 이처럼 작은 성이면서 명신이며 청백인 사람이 있었으니 '열집이 있는 고을에도 반드시 충신이 있다'는 말을 믿겠도다."하는 말을 하면서 충이라는 유교적 가치를 중시하는 태도를 볼 수 있다 (같은 책, 516면).
홍익한(1624), 『화포조천항해록』 제2권, 천계 5년 을축 1월 28일조/『국역 연행록선집』 권2, 254면, "상·부사와 함께 국자감에 가서 알성례를 행하니 동지사와 서장관도 또한 뒤따라왔다. 素王(공자의 별칭)과 四聖, 十哲 및 여러 현인의 위차가 우리나라와 다름이 없는데, 다만 위패가 櫝이 없이 드러나 있어 먼지가 뽀얗게 되어서 흠모하는 정성이 전혀 없고, 강당과 재사도 텅 비어 있으므로, 소갑 등에게 물으니 근자에 우심하다고 하였다. 아! 불교의 이단이 침입하여 그러한가? 내가 바다를 건너온 이래로 등주에서 북경까지 2천 리 사이에 사찰과 암자가 도처에 널려 있고(중략) 사람들이 모두 좌도에 빠지고 세상이 다투어 邪鬼를 섬겨 공경대부에 이르기까지 물들지 않은 자가 없어, 드디어 聖道가 길이 막히고 聖廟만 건성으로 서 있으니, 어찌 탄식을 금할 길이 있으랴?" 같은 날짜 일기에는 홍익한이 송나라 승상 문천상을 배향한 柴市에 참배하려다가 서계인이 백방으로 저지하는 바람에 뜻을 이루지 못한 것을 매우 아쉬워하고 있다.

5) 정학 서원이나 문묘 등에 관심을 기울이지 않더라도, 권협(1597)의 『연행록』에서 임란의 바쁜 와중에서도 이제묘를 보고 "박부인 내가 저녁이 다 지나도록 청풍대에 의지하여 있으니, 나도 모르게 모발이 곤두서려 한다. 지금부터 선생(백이, 숙제)때까지는 몇 천년이 지났는데도 능히 사람으로 하여금 이렇게까지 존경심을 일으키게 하니, 참으로 맹자가 이른바 '백세 뒤에도 듣는자는 흥기하지 않는 이가 없다'는 것이로다(『국역 연행록선집』 권2, 「권협

소개하는 상관물들은 사뭇 다른 현상을 보여주고 있다. 일단 18세기 초반 연행자들이 그들의 연행록 초반부에서 주목했던 것6)은 국내의 산천경개와 명승고적이라 할 수 있다. 전술하였듯이, 민진원을 비롯한 1710년대 연행록 작가들로부터 1736년 한덕후 등에 이르기까지 일관적으로 연행록의 저자들은 국내의 여정-즉 책문을 지나 요동벌판에 이르러 경악하기 이전의 홍제원서부터 고양-평양-박천-의주를 이야기함-도 비중있게 소개하기 때문이다. 어떤 이들은 연경에 다녀오고서도 다시 돌아온 기쁨을 나누며 보는 국내의 산천경개에 대해서도 자세히 기술하고 있다.7) 이것은 그들이 공통적으로 관심을 가지고 있었던 산수유기 창작이라는 문학적 (혹은 문화적) 취향에 따른 것으로 판단된다. 산수유기에서도 보듯이, 그들은 일단 누대에 올라가서 조망하는 것을 즐겨하며 바쁜 일정 가운데서도 먼 곳에 보이는 '끝없는 하늘가, 땅이 맞닿은 곳, 저편의 안개가 숲처럼 있는 것, (계문연수)' 등의 원경(遠境)에 감탄하고 있다.8) 이것은 그들이 만주 벌판을 지나가

연행록」, 5월 24일조, 138면).

6) 여기에서의 초반부란 홍제원을 출발하여 책문을 넘어가기 전까지의 여정을 말하는 것이다.

7) 대표적인 것으로 한덕후(1732)의 「승지공 연행일록」, 『연행록전집』 권50.

8) 그리고 꼭 요양 부분이 아니더라도, 높은 곳에서 굽어보는 원경을 좋아하는 것은 북경 안에서도 확인된다. "말을 달려 문을 나와 해자 다리(濠橋) 위에 서서 북안을 바라보니, 위로 한 줄기 높은 담이 있는데 담 안에는 수목이 우거져 푸른 기와집이 그 사이로 은은히 보인다."(김창업, 앞의 책 제6권, 계사년 2월 13일조, 389면). 북경 밖에서의 전형적인 원경 묘사는 다음과 같다. 이른바 계문연수에 대한 김창업의 글이다. "독락사에 들어가니 해는 未時에 와 있었다. 누상에 올라가 둘러친 난간으로 사방을 바라보니 사람의 마음을 소창하게 하는데, 성 밖의 자욱한 안개 속에 보이는 나무들이 봄 정경을 靄然케 하여 더욱 마음이 기뻤다. 성 북쪽에 있는 산은 府君山으로 일명 空同山이라고도 했다."(김창업, 같은 책 제7권, 계사년 2월 17일조, 413면). 권이진(1724), 『연행일기』, 『연행록전집』 권35, 갑신년 3월 계해조에도, 강을 건너 溫井에서 삼사신이 쭈그리고 앉아 경치를 보며 "彼岸殘花 猶棲絶壁

88

면서 유난히 "닷새를 갔는데도 산이라고는 찾아볼 수가 없다" 하면서
가는 길의 어려움을 말하는 고단한 심리와 연결되는 이유이다. 즉, 굽
어볼 수 있는 산이 없고, 누대가 없다는 이유인 것이다. 이들이 원경
을 선호하는 것은 18세기 초반 이후 연행록의 작가들에 비하여 다소
피상적인 이국문물 유람의 경향이 가장 강하다는 것을 보여준다. 그러
나, 이들이 각종 문물에 대하여 관심을 가지고 두루 보려고 하는 경향
이 없다는 것은 아니며, 오히려 그런 박람 의지의 개화시기에 있다고
설명할 수 있다.9) 또한 이들은 여행의 순서에 따라 착실하게 본 것들
을 그리고 있어, 여정을 따라가면서 접한 문물들의 특징을 순서대로
알아볼 수 있다.

　　요동들판 사이에서의 볼거리로 공통적으로 제일 처음 등장하는 것
은 백탑(白塔)이다. 구요동을 지나 심양 근처에나 와서야 그들은 백

　　草茸樹色 皆可人日行轉설隅 仰山脚而俯川曲 仄路犖确 名魚龍堆云 過堆
　　始得川上小郊 (중략) 亦奇觀也"의 일화(115면), 또 산해관을 지나 望海亭에
　　가서 동으로는 제·노, 정동쪽으로는 조선, 서로는 중원이 천리 드넓게 굽어
　　보이는 것을 보며 '眞壯觀'이라 말하는 것(127면)을 볼 수 있어 누대나 정자
　　에서 굽어보는 경관을 여전히 좋아하는 측면을 볼 수 있다.
　9) 그러나, 이들의 관찰이 '피상적'으로 보인다는 특징은 어디까지나 18세기 연
　　행록들의 시대별 비교 속에서만 유효한 것이다. 사실 연행록을 쓴 사람들이
　　얼마나 관심을 가지고 사소한 사물들, 그리고 연행 때 만나는 모든 것들에
　　주의를 기울이고 있었는가는 다음 일화에서 극명히 드러난다. "이리점을 지
　　나오자 동남간으로 한 줄기 강물이 들 한복판을 가로질러 가고 있는 모습이
　　보였다. 거리는 5~6리 상간에 불과하였다. 어양하의 하류라고 생각되었으나
　　괴이하게도 올 때에는 보지 못했던 것인데 지금에 와서 문득 나타난 사실이
　　다. 원건 등에게 물어보니 그것은 아마도 올 때에는 강물이 얼어 붙어 있었
　　으므로 보지 못한 것 같다고 한다. 여러 역관들에게 전에도 이 강물이 흐르
　　는 것을 보았느냐고 물었더니 박동화 이하 모든 사람들이 보지 못했던 것
　　같다고 한다. 나는 웃으면서 '너희들은 이 곳을 여러 번이나 지나 다녔으면
　　서도 이 강물이 있었는지를 알지 못하고 있으니 장님이라 해도 무방하겠구
　　나.' 하였다."(이상 김창업, 위의 책 제7권, 계사년 2월 18일조, 419면).

탑, 관왕묘와 함께 '시사지 굉장(市肆之 宏壯)'을 특기하면서 적어놓고 있고, 전술한 색채 이미지의 등장－즉, '금벽(金碧)'으로 대표되는 화려하고 강렬한 색감－이 이어진다.10) 이로 인해 조성되는 청의 이미지는 화려하고 뚜렷한, 볼 거리가 많은 나라라는 것이며, 이것은 연행록의 저자들이 국경을 넘어 요동들로 오게 되면 느끼게 되는 시야의 광대함과, 문물의 번성함이라는 두 가지 충격을 반영하는 것이다. 그러면서도 끊임없이 등장하는 화소들은 상례(喪禮)의 무지막심함, 변발과 의관에 대한 은근한 암시11)가 이어져 이러한 충격과 놀람을 상쇄시킨다. 이러한 충격과 그 상쇄를 위해서 의식적으로 선택한 것 같지는 않지만, 이 이후에는 역사 유적지에 대하여 소개한다. '역사 유적'들은, 문학적 관습으로서 용사를 즐겨 쓰고 '고(古)'라는 것을 하나의 전범이며 귀감으로 알고 있는 조선의 문사들에게 전통적으로 관심 있는 볼거리였다. 청나라가 개국한 이후에 행해진 18세기 초기의 연행록에서 새롭게 추가된 역사 유적지로는 영녕사(永寧寺)에 있는 조대수, 대락의 패루와 영원위(寧遠衛) 언저리에서 보이는 오삼계(吳三桂)의 흔적들이 있다. 명말 숭정년간 신미년(1631)에 요진 복녕제독을 역임한 조대수, 그리고 그 동생 대락 형제는 "건로틈적(建虜闖賊 : 明末에 반란을 일으킨 이자성의 무리)들이 동서에서 우글거리고 있는데 조대수는 싸움에서 죽을 각오는 아니하고 기이함과 좋은 경치만을 다투어 힘썼다"라는 평가를 대체적으로 받고 있으며,12) 김창업(1712)의 경우 그러한 일반적인 평가에 대하여 "사실은 그렇지만은 않은 일이

---

10) 본서 Ⅱ장 2의 1) 참조.
11) 민진원(1710), 앞의 책, 3월 26일조. 태자하에 들어가서 본 胡人들의 의복을 이야기하고 있으며, 그중 몇몇 사람들이 와서 민진원 등의 의복을 보고 눈물을 흘리며 "우리 선조들도 이웃을 입었다"고 했으나 거짓말이라고 생각하는 부분이 있어 특기할 만하다. 222~223면.
12) 김창업(1712), 앞의 책, 『연행일기』 권2, 임진년 12월 15일조, 123면.

었다. 대수형제는 3대 장수 가문의 아들로, 함께 웅진을 지켰다. 산과 바다에서 오랑캐와 무수한 싸움을 하는 동안 전공 또한 적지 않았 다"[13]라고 그를 부정하는 면도 보여주나, 그래도 "끝내는, 몸이 포로 가 되어 가문의 명예를 떨어뜨렸으니 애석한 일이다."라는 말로 막음 하여 그에 대한 평가가 이전의 부정적인 면을 완전히 극복하지는 못 하고 있다. 다른 연행록에서도, 그들의 패루를 다루면서 그들의 치적 이 너무나 과장되게 드러나 있는 것을 소개하면서 망한 명나라의 인 물들에 대한 은근한 원망이 드러나 있는 평가로 막음한다.[14] 그것이 애잔함이든, 명이라는 진정한 중화를 지키지 못하고 다른 일만 하고 있던 사람에 대한 분노이든 간에 그 역사 유적을 서술하는 태도는 부 정적인 것으로 일관한다. 영원위 주변에서 보는 유적들도 오삼계[15]에

---

13) 김창업, 위와 같음.

14) 이정신(1712), 『연행록』, 『연행록전집』 권34에서는 嘔血臺에 가서 역관 김경 문에게 유래를 묻고 청태종과 명말 장수 원숭환이 대결을 하다가 그곳에서 청태종이 피를 토한 것이라는 이야기를 듣고, 조대수가 대신해서 지켰다가 허물어졌다고 아쉬워하는가 하면(18일조, 246면), 이후 영녕사와 조대수 묘 를 둘러보면서 매우 길게 조대수에 대한 원망을 토로하고 있다(248~250면). 권이진(1724), 『연행일기』, 『연행록전집』 권35, 갑신년 윤4월 무인일조. 영원 위에서 조대수의 비를 2곳에서 보고 "各書四六一句 極其誇張 受恩如此 終 至負國 一字一畫 可其羞也"(123면)라고 밝히고 있으며, 그 바로 다음에 조 대수의 묘를 보고 비교적 상세히 적고 있으나 정리가 잘 안된 흐트러진 모 습을 강조하고 있어 그들이 후대에 받는 싸늘한 대우를 크게 부각함으로써 우회적으로 조대수에 관해 평가하고 있다. 한덕후(1732), 앞의 책에서도(『연 행록전집』 권50) 이정신의 경우와 같이 영원위에서 일단 원숭환(명나라 장 군. 누루하치가 이 사람 때문에 분해서 피를 토하고 죽었다고 함)의 일화를 소개한다. 원숭환이 잘했는데도 형세가 뒤집히지 못한 것에 대해서 가히 통 분할 만하다고 이야기하고, 그 다음 조대수・대락 형제에 대한 비판을 가하 고 있다. 구체적으로는 그들의 사적비가 其侈甚이라고 평가하고 있으며 "徒 使千萬人指點 適彰萬年遺臭 所謂世閥 忠貞今果何如……魂如有知能不愧 汗於九原哉."이라고 말하며 막음한다(앞의 책, 9월 25일조, 203면).

15) 민진원(1710), 앞의 책에서는 역관 김경문에게 오삼계의 일을 베끼도록 하고

대한 역사 사실의 서술 및 그 평가로 이루어져 있다. 오삼계 또한 명말의 총병으로, 영원위를 지킨 장수였다. 그 또한 명나라 말에 일어난 이자성의 난을 평정하고자 산해관의 문을 열고 적군으로 대치하여 싸우던 청을 불러들여 결정적으로 명나라가 멸망하는 결과를 가져오게 한 자이다. 이러한 오삼계의 일화는 18세기 초기 연행록에 거의 공통적으로 나와 있다. 민진원(1710)의 경우는 역관 김경문에게 오삼계의 일화를 베껴 적게 하여 맨 뒤에 부기(附記)하고 있으며, 최덕중(1712), 김창업(1712)의 경우, 또한 이정신(1721)의 『연행록』을 그 예로 들 수 있다. 이정신의 경우는 앞서 민진원의 연행에 동행했던 역관 김경문이 그에 대한 소개를 해주고 있음이 특기할 만하다. 대개 오삼계가 문을 열어 결정적으로 명이 멸망할 수밖에 없었다는 점, 그리고 그가 나중에 청에서 왕으로 봉했을 때 참람되이 왕의 칭호를 쓴 것 등을 다 함께 비난하고 있지만, 노가재의 경우 "청을 불러들이지 않았다면 이자성을 물리치지 못했을 것이다"라는 말도 하고 있어 비교적 당시의 상

있어 연행록 맨 끝에 부기를 하고 있다(『연행록전집』 권36). 김창업의 경우는 『연행일기』 제3권, 임진년 12월 19일에 楡關에 가서 오삼계가 이자성을 깨뜨린 이야기를 곡응태의 『명사본말』에서 전문 인용하여 오삼계에 대한 책임의 혐의를 좀 덜어주는 소개를 하고 있음이 특기할 만하다. 최덕중(1712), 『연행록』에 "이 내성동 서면에 각각 외성이 있고 남, 북에는 방성이 하나씩 있다. 북쪽에 태산이 있고 남쪽은 큰 바다를 임했으니, 그 관애의 험고함은 여기보다 나은 데가 없었다. 오삼계가 어떤 사람인지는 모르지만, 스스로 장성을 무너뜨리고 관 밖 호인을 청해들여서 신주를 육침토록 했으니 痛惜됨을 어찌 견디겠는가."(『연행록선집』 권3, 계사년 2월 23일 봉황점간, 323면). 여기서는 서두에 지형의 분석을 통해 진짜 군관다운 전문적인 견해를 피력한 후 오삼계에 대한 비판을 하고 있는 것이 눈에 띈다. 기존의, 그리고 다른 사대부들이 쓴 오삼계에 대한 서술, 이를테면 그가 명나라의 녹을 받는 사람으로서 忠하지 못한 인성과 그도 모자라 청에서 주는 오왕이라는 칭호를 참람되이 차지한 주제 모르는 인성을 부각하는 평가와는 좀 다른 시각으로서 서술된 것이기는 하나, 부정적인 평가는 마찬가지이다.

92

황에 대하여 급박한 면을 인정하는 등 다면적이고 객관적인 평가를 하려는 단초를 보인다. 그러나, 결론은 "아깝게도 대명의 왕실을 세우지 못하고 천하 사람의 소망을 잃고, 스스로 왕을 참칭(僭稱)하였다가 끝내는 패망하였으니, 그가 이름을 망치고 절의를 잃었음은 두말할 나위가 없다. 어찌 나이 많아 의지가 쇠약하고 옳은 보좌를 두지 못한 탓이 아니겠는가."16)라고 하여 결국 오삼계도 조대수 형제와 같은 결론으로 가고 있음을 볼 수 있다. 이정신(1721)의 경우, 오삼계가 적군에 볼모로 잡혀있는 아버지를 구하지 않은 이야기가 중점적으로 쓰여져 있어, 다른 것들과 같다.17) 그러나, 이렇듯이 연행록에서 새로 등장한 명말 인물들의 고적을 탐방하고 느낀 것은 대부분 꼼꼼한 행동의 분석으로 인한 발분(發憤)까지만으로 그친다. 대안을 제시하거나 따라서 이렇게 해야만 한다는 요지의 의논까지는 발전하지 않는다.

그래도, 명말의 국가 운명을 보여주는 연행록 속의 '신(新)역사 유적'은 이른바 '전통적'인 역사 유적인 '청절사'와 '정녀묘'의 소개와는 좀 다른 방식을 보여준다고 할 수 있다. 이전 시기 명나라로의 사행록인 '조천록'에도 등장하는 백이·숙제의 사당인 영평의 청절사, 진나라 만리장성 축조시 맹강 설화의 무대가 된 정녀묘(貞女廟) 같은 역사 유적은 모두 다 공통적으로 이야기를 하고 있어 연행록 중 등장하는 문물의 공통분모라고 할 수 있다. 이것은 역사 유적이기 때문에 그에 대한 유래의 설명과 해석을 통하여 저자들의 의식지향, 이른바 서브텍스트를 알 수 있는 것으로 파악되기도 한다. 그런데, 18세기 초기의 연행록들 중에서 특징적인 것은 이렇게 '전통적'인 역사 유적에서는 오히려 그러한 역사적 사건을 통한 교훈이나 자신의 감회를 토로하는 내용보다는, 특히 백이·숙제의 사당인 영평의 청절사 같은 경우

16) 김창업(1712), 『연행일기』 권3, 임진년 12월 19일조.
17) 이정신, 앞의 책, 258면.

에는 사당의 문은 어떤 모양이며, 안에는 전후좌우로 어떤 구절이 비석으로 세워져 있으며, 그 필치들은 언제 쓰여진 것인가 만을 자세히 쓰고 있는 경우가 많다는 것이다.[18]

이것은 그 이전과 비교하여 확실히 다른 소개이다. 결정적인 예를 들어 16세기 말~17세기에 연행했던 최립(崔岦)의 경우에는 영평에서 시를 남기면서 백이·숙제에 대한 '해석', 곧 그들에 대한 존경의 염을 가지게 되는 이유인 삼강(三綱)의 중시와 군신의 의를 중요하게 생각하는 마음, 신념을 실천으로 옮기는 신(臣)으로서의 입장을 준수했다는 등 자신의 생각을 드러내는 서술이 많았으나[19] 18세기 산문 연행록 속에서 드러나는 '청절사'라는 역사 유적의 서술은 단지 비가 몇 개 서있고, 건축 형태가 어떠한지 그려볼 수 있는 곳으로 드러난다는 변

---

18) 이제묘의 경우, 그래도 『노가재연행일기』에는 이제묘 패루 밑에 가서 의관을 갖추고 참배한 일화 후에 읍손당 뒤에서 비문을 보면서 백이 숙제의 역사 일화를 상고하는 부분이 나와 있으나(김창업, 『노가재연행일기』 제3권, 임진년 12월 21일조); 대부분은 "문 위에 현인구리 4자가 장구 양선의 글씨로 새겨져 있었다. 성에 들어가 백여 보를 가니 사당이 있고 앞에 패루가 있는데, 편액을 「勅賜淸節祠」「萬曆甲午李頤書」라 하였다. (중략) 패루의 좌우에 각각 비석이 섰는데 동쪽 비석은 忠臣孝子라 새겨 숭정 계미에 세운 것이며, 서쪽 것은 到今稱聖이라 새겨 만력 갑오에 세웠는데 李頤의 글씨였다."(김창업, 앞의 책, 164면)같이 청절사의 생김과 그 안에 있는 비석들의 문구와 놓여진 위치를 전하는데만 그치고 있다. 그리고 권이진(1724), 앞의 책 같은 경우는 이제묘의 위치, 이제묘의 생김을 상세하게 소개한 다음 단청이 눈부시고 정관, 누대, 비갈문이 극히 많아서 우리나라의 기자성사묘가 정말로 건성건성 지어진 것이 부끄러울 만하다는 짤막한 감상만을 실어놓는다(127면). "我國之箕聖祠廟 誠草草 可愧". 한덕후(1732), 앞의 책, 10월 1일조에서도 난하에 들어가 청절사 이제묘 등을 보고 거의 누구나 하는 것처럼 그곳의 구조와 기둥에 무슨 글자들이 쓰여졌는지 말하고 또 이곳을 是北來第一名區也라고 하며 으뜸으로 치고 있다. 두 장을 충실히 소개하고 있다. 청절사의 비기를 인용하고 있지만, 별다른 역사적 해석은 보이지 않는다.

19) 졸고(1997), 「간이 최립의 사행시 연구」, 이화여대 석사학위논문, 76~79면 참조.

별적 특징이 있다. 이것이 시와 산문이라는 다른 표현양식에 기인하는
것인지, 아니면 시대적인 차이로 분류할 수 있는 것인지는 확실치 않
다.

'전통적' 역사 유적지 중에 그 유래에 대한 설명이 비교적 자세한
것은 청절사보다는 오히려 정녀묘 쪽이다. 정녀묘는 진시황 때에 장성
축조를 위해 차출된 남편의 새 옷을 지어서 가지고 오던 맹강이라는
여자가 자신의 남편이 세상 하직한 것을 확인하고 자신도 따라 죽었
다는 사연이 있는 곳인데, 초기의 연행록 작자들은 이 설화를 대부분
소개하고 있다.[20] 또한 망부석도 보고 있는데 견문을 자세히 기록한
뒤에, 역시 열에 대한 강조가 있어야 한다든가, 혹은 삼강에 대한 강
변(强辯)보다는 그 주변의 정경을 자세히 소개하는 것에 그친다. 요컨
대, 이제묘나 정녀묘의 역사 유적을 소개하는 방식은 여러 모로 경관
을 소개하고 연행 길에서 만난 문물들을 비교적 담박하게 자신의 해
석을 가급적이면 달지 않고 소개하는 특징으로 서술될 수 있다. 이렇
듯, '이념성'이 짙어질 수 있는 역사 유적에 대한 서술을, 자신의 생각
이나 주장을 개입시키지 않고 정치한 경관 묘사로 일관함으로써 18세
기 초기 연행록의 관심이 '이념' 중심에서 이동했음을 알 수 있다.

18세기 전반의 연행록에서 보여지는 또 하나의 특성은, 다름 아닌

---

20) 정녀의 성은 허씨요, 이름은 맹강인데, 그 남편 범랑을 찾아 이곳에 이르렀
는데, 남편이 죽었다는 말을 듣고서 울다가 죽었다는 것이다. 뒷사람들이 바
로 그 곳에 사당을 세우고 소상을 만든 것이다. 한 여자의 상을 두 동자상이
모시고 섰는데, 왼쪽 아이는 일산을 들고, 오른쪽 아이는 띠를 들고 있다. 두
아이는 정녀의 아들이며, 일산은 당시의 행장이며, 띠는 평소에 그의 남편이
늘 띠던 것을 가지고 온 것이다. 사당문에 '성지정'이란 3자를 새겼다. 좌우
의 기둥에는 '송 승상 문천상이 썼노라'라고 하였다(김창업(1712), 앞의 책,
임진년 12월 18일조., 138~139면). 한덕후(1732)의 「승지공 연행일록」에서는
9월 28일 정녀묘에 대한 자세한 서술, 『사기』에 나오는 일화까지 소개하면서
정녀묘의 유래를 말한다(같은 책, 205면).

새로운 문물에 대한 짤막한 서술들이다. 이것을 특화시킨 것으로 김창업(1712), 『노가재연행일기』의 권두에 얹어놓은 「산천풍속 총록」을 들수 있다. 대개 인마일행 도강수(누가 연행을 갔는지 기록해놓는 사행자 인명 목록)나 여정 등의 요소는 전통적인 편제 면에서 연행일기 앞이나 뒤에 붙여놓는 것이 반반이므로 이것들과 같이 넣어놓은 '산천풍속 총록'이 권두에 있다는 사실은 노가재가 이러한 산천풍속의 요소들을 연행 사실 속에서 '중시했다'고 확대 해석할 수는 없다. 그러나, 보통 권두 혹은 권말에 들어가는 요소들인 연행자 명단, 여정(旅程)의 자세한 소개에 '풍속'이라는 생활 문물의 소개를 넣었다는 것은 분명히 특기할 만한 것이다. 당대에는 군관 최덕중이 이러한 경향을 본뜨는 기미가 보이며,21) 이후 이러한 전통은 이의현(1720)의 『경자연행잡지』, 이의만(1723)의 『농은입심기』22) 등에서 확인할 수 있다. 여기에 등장하는 청 문물의 범주는 일단 시사(市肆), 건축물의 제도, 하수문제, 변소, 청인의 말과 의관(옷부터 신발까지, 그리고 상례의 복제), 음식물, 연료, 생활 도구(작두, 말, 활, 연자맷돌, 그리고 수레), 그곳에서볼 수 있는 마소, 낙타, 닭, 개 등의 가축들이다. 그리고 지리적으로 보

---

21) 계사년 3월 30일 홍제원으로 돌아온 일을 끝으로 연행일록을 끝내면서, 권말에 조선에서 중국 가는 길의 산천경계, 지리와 정세 분석, 인구번성, 돈대성의 구조, 방책에 대한 짤막한 서술들이 있다(『국역 연행록전집』 권3, 160면, 356면 참조). 노가재의 산천풍속 총록에 비해 보았을 때, 문화적인 면 보다는 군관의 업무인 요새 분석이나 청의 현실 읽기 등을 통한 직업적 관심이 더욱 두드러졌음을 확인할 수 있다. 그 이후 아주 소략한 '문물보기' 지면에서는 풍속과 의관의 모습, 관왕 숭배라는 청 사회의 구복적인 분위기, 그리고 맷돌질 등에 대해서 간략하게 소개되어 있다.

22) 상·중·하로 이루어져 있는 『농은입심기』 하권에서는 宮室, 衣服, 器用, 飮食, 財貨, 鳥獸, 言語, 雜俗 등의 표제 아래 짤막한 관련 내용들이 실려 있다. 『연행록전집』 권30, 341~405면. 단, 여기의 잡지에서는 묘제·학당이 매우 간단한 것과, 사사로이 지은 불사와 관왕묘 등이 기복적인 사당으로 변하여 많이 있다는 것을 맨 앞에 특기하고 있다.

96

앗을 때 노가재의 경우에는 총 9권 6책 377장의 내용 중에서 2, 3, 4책 총 177장의 부분을 북경에서 보고들은 것을 적고 있으므로 북경 쪽의 문물이 가장 많다고 볼 수 있다.

이 중 가장 비중을 두고 이야기한 것은 바로 의관에 관한 것과 수레에 대한 설명들이다. '의관'이라는 것은 상당히 미묘한 문제로 연결될 수 있는 것이어서, 노가재 김창업의 경우 청인의 체두변발을 비롯한 의관과 조선 사신이 입고 있는 갓과 도포의 의관에 주의를 기울여 자세히 서술하며[23] 은근히 청의 '오랑캐 됨'을 암시하고자 하는 기미도 보이고 있다. 또한 노가재의 주 소개 대상은 그들의 의관이 아니라 오히려 '(그들의) 우리 의관(에 대한 반응)'에 있다고 해도 과언이 아니다. 연행일기 전반에 걸쳐서 거의 사람만 만나면 '우리의 의관은 어떠한가'하는 질문을 하고 있어서, 다음에 소개하는 일화들처럼 의관에 관한 이야기가 많이 나온다.

---

23) 최덕중(1712), 앞의 책 ; 김창업(1712), 앞의 책 ; 이의현(1720), 앞의 책 등에서 묘사되는 청인의 의복은 일반 복식 중 "여복 관문 안에는 청인이 아주 없다시피 하였고, 모두 한인이었다. 여인은 혹 주름치마에 당의를 입고, 머리는 꽃 구슬로 꾸몄다. 흑색면을 드리운 채, 나귀를 타고 가는 자가 가끔 있었다. 여자 옷에는 아직도 명나라 제도가 남아있어 사랑스러웠다."(최덕중, 앞의 책, 220면) ; "호인 남녀복은 사치하나 검소하나 모두 검은 복색이며, 한인 여복은 그렇지 않고 붉고 푸른 바지를 입은 자가 많다."(김창업, 앞의 책, 33면 ; 이의현, 앞의 책, 74면). 군인복식(청인의 군뢰(말직 무인)복, 전립,홍영, 옥각지, 답의, 홍전립)은 김창업, 앞의 책, 435면 등에, 승려복(막희락, 복다시, 흑양구 : 모두 승려의 방한복에 해당)은 최덕중, 앞의 책, 196면에, 상복(벽령, 포대, 부판, 수질, 요질(머리와 허리에 두르는 삼띠), 백대포, 대포의, 마대), 문천상과 백이·숙제 등의 역사복식(김창업, 이의현), 모자, 머리장식 등이 있다(이상은 임기중(2002), 앞의 책, 360~370면 재인용). 또한 이정신의 연행록에서는 백탑에서 청녀/ 한녀 100여 명이 백탑 관광을 온 것을 보면서 젊은 사람들의 화장/ 늙은이들의 귀걸이·비녀 등의 몸치장, 그리고 한/ 청녀의 전족 여부와 머리 형태를 주의하고 보고 있어서 이를 특기할 만하다.

(1) 한 아이가 꽤 잘 생겼기에 앞으로 다가서서 물어보았더니, 그는 한족 아이였다. 글씨를 써서 나이를 물었더니, 열여덟 살이라고 답하였다. 성명을 물으니, 고승이라고 했다. (중략) "너는 우리의 의관을 좋아하느냐?"고 물었더니, 좋아하지 않는다고 하였다(『연행일기』 제2권, 임진년 12월 10일조, 104면).[24]

(2) 호인 어린이 하나를 보았는데 얼굴이 귀여웠다. 서장관 말이, 그 아이는 주인집 아이로 글자를 알기에 불러왔으나, 머리에 쓴 것이 싫어서 보낸다는 것이다. 드디어 내가 이엄을 벗어서 아이의 머리 위에 얹어주고 그 집 사람들에게 보여주게 하였더니, 아이는 웃으면서 들어갔다가 조금 후에 나왔다. 내가 "너의 부모가 보고 어떻다고 하시더냐?"고 물었더니 좋다고 하더라는 대답이었다. 그 아이를 데리고 숙소로 돌아와서 "너의 조상의 의관 제도는 어떠했느냐?"고 물었더니 "저는 늦게 태어났기 때문에 모릅니다."고 하였다. "나의 의관이 네가 보기에 어떠냐? 꽤 우습지?" 하고 물으니, "어찌 감히 웃겠습니까?" 하였다. 내가 사실대로 말해도 괜찮다고 하였더니, **"의관이란 바로 예인데, 어찌 웃겠습니까?"** 하였다. (중략) 성은 무엇이고 이름은 누구며 나이는 얼마냐고 물었더니 "천성은 장이요, 이름은 기모이며, 나이는 15세입니다." (중략) "이 마을에도 달자(서북변의 오랑캐)가 있느냐?" "(장기모) 없습니다." "너희들은 달자와 친교를 맺느냐?" "이적의 사람이 어찌 우리들 중국과 어울려 친교를 맺겠습니까?" "우리 고려 역시 동이인데, 네가 우리들을 볼 때 역시 달자와 한가지로 보느냐?" "귀국은 상등인이요 달자는 하류인인데 어찌해서 한가지이겠습니까?" "너는, 중국과 이적이 다르다는 것을 누구의 말을 들어서 알았느냐?" **"공자의 말씀에, '우리는 오랑캐의 풍속이 될 뻔 하였다'라고 쓰여 있습니다."** "달자들도 머리를 깎으며 너희들도 머리를 깎

---

24) "有胡兒 稍有秀氣 進而問之 乃漢人也 遂書問其年 對以十八 問姓名 對以高陞 (중략) 問爾見俺衣冠好笑否 答不好矣".

는데 무엇으로써 중국과 이적을 가리느냐?" "우리들은 머리를 깎지만 예가 있고, 달자는 머리도 깎고 예도 없습니다." 하였다. 나는 "말이 이치에 맞는다. 네 나이 아직 어린데도 능히 이적과 중국의 구분을 아니, 귀하기도 하고 슬프기도 하구나! **고려는 비록 동이라고 불리고 있지만 의관 문물이 모두 중국을 모방하기 때문에 소중화라는 칭호가 있다. 지금의 이 문답이 누설되면 좋지 않으니, 비밀로 해야 된다.**"(『연행일기』 제2권, 임진 12월 12일조, 『연행록선집』 4권, 110~112면 : 진한 글씨는 필자)[25]

   (3) 그 때 들으니 이원영이 원건에게 이르기를 "그대 노야로 하여금 관대를 착용하고 오시도록 하오" 하니 원건이 "우리 노야는 벼슬이 없으시니 관대를 착용하실 수 없습니다." 대답하자 원영이 "그렇다면 큰 모자를 쓰고 오시면 되지." 하였다 한다. 큰 모자란 갓을 가리키는 말이다. 이 날 갓과 도포를 가져와 밥을 먹을 때 착용하니, 원영 형제와 시중드는 호인 무리들이 다 희색이 만면하였다. 귀동이 바깥에서 여인들을 보니, 내가 도포와 갓을 쓴 것을 보고 역시 모두 좋아라고 떠들어 대며 귀하게 여기는 빛이 있었다고 하니 정말 우스운 일이다. (『연행일기』 제5권, 계사년 2월 3일조, 『연행록선집』 4권, 333~334

---

25) "有一胡兒 在其前 眉目可愛 書狀言 此乃主人之子 而能解文字故 招來而所戴不好者去之矣 余遂脫耳掩 加子其頭 使示其家人 其兒笑而入 俄而出來 余問你父母見之以爲如何 曰以爲好矣 手携歸所寓 問 你祖先衣冠其制如何 答曰 生在晚不知 問俺們衣冠 你見如何好笑否 答不敢笑 實說無妨 答曰 衣冠乃是禮也 有何笑乎 (중략) 問你姓甚名數年紀多少 答 賤姓張 名奇謨 年紀十五歲 (중략) 問剃頭爾意樂乎 何不存髮如我們 答剃是風俗不剃是禮 (중략) 問 你們與達子 結親否 答 夷狄之人怎麼 合 我們中國結親 問我高麗 亦是東夷 你者俺們亦與達子 一樣麼 答貴國乃上等之人 達子乃下流之人 怎麼一樣 問你中國與夷狄 有異者聽誰說 答在書孔子之言 吾其披髮左袵矣 問達子剃頭 你們亦剃頭 有何分別 中國夷狄 答雖我們剃頭有禮達子剃頭無禮 余曰說得有理 你年少 能知 夷狄中國有別 可貴可悲 高麗雖曰東夷 衣冠文物皆倣中國 故 有 小中華之稱矣 今此問答 泄則 不好 宜秘之".

면)26)

일단, 첫 번째와 두 번째 일화에서는 노가재가 강박적이라 할 정도
로 의관에 대해서 번번이 묻던 초기 여정시의 모습을 그대로 볼 수 있
다. 의관에 대한 끊임없는 관심과 청내 한인들과의 문답은 노가재가
'나의 모습은 어떠한가' 그리고 청내 한인들은 '자신의 처지를 어떻게
생각하고 있나'를 알아보는 지표로서 의관을 생각하고 있다는 것을 보
여준다. 또한 두 번째 일화의 진하게 표시한 부분에서 직설적으로 나
와있듯이 의관=예(禮)라는 등식이 성립하는 은유적인 존재로서 의관
을 소개하고 있다. 그러나, 세 번째의 일화에서는 변화된 면모를 보여
준다. 이 글 속에서, 노가재가 입고 간 '우리 의복'에 대하여 청내 한인
들이 웃은 이유는 명대의 옷을 보고 향수에 젖을 수 있으면서 반가웠
거나 그들의 옷차림이 지금은 광대들에게서나 볼 수 있는 특수한 것
이기 때문이다. 이 글을 살피면 '(그들이) 귀하게 여기다'라는 말과
'(그것은) 정말 우스운 일이다'라는 말이 병치되고 있어서 결국 청인들
이 자신의 옷을 어떻게 평가하고 있는 것인지, 그리고 노가재는 자신
의 의복을 예의 척도로 등장시킨 것인지, 아니면 특이한 볼거리로 등
장시킨 것인지 저자의 마음을 직설적으로 알 수 없으나 여하튼 연행
길을 갈수록 '자신의 의관'이라는 문물은 '예의 척도'라는 은유적 상징
물에서 좀더 복합적인 대상으로 분화되는 양상을 보여준다.

일반 문물 중에서 의관이 예의 척도로서 파악될 수 있던 것이었지
만 연행의 후반부에서는 예의의 척도로서의 함의가 희석되는 양상을

---

26) "會聞 李元英 謂 元建 曰 使汝老爺者 冠帶而來 元建答以我老爺無官 不可
着冠帶 元英曰 然則 可戴大帽子來 大帽子指笠也 是日特笠與道袍以來 臨
食者之 元英兄弟 及從胡輩 擧有喜色 貴同在外見 女人輩見余衣笠 亦皆嘻
嘻然 有貴之意焉云 極可笑也".

100

보여주어 주목된다면, 이전 시기에 아예 주목되지 못하였다가 부각된 문물로서는 수레가 있다. 이 수레라는 것은 전술했듯이 노가재 김창업, 도곡 이의현 등을 비롯한 초기 연행록 저자들이 주목한 품목이다. 그들의 수레에 대한 설명은 대동소이하다. 그 중 대표적인 것은 이미 이전 장에서 인용하였으므로, 따로 인용하지 않는다. 이러한 수레에 대한 관심은 노가재 및 도곡의 전후에 있었던 민진원과 이이명 등이 가졌던 이른바 '경세적(經世的) 관심'과도 통하는 것이다. 그들이 주로 즐거운 여행으로서의 연행의 모습을 많이 소개하기도 했지만, 민진원, 이이명, 이의현 등의 연행록을 보면 그들 연행록의 뒤에는 양역론이라든가 조세제도, 화폐제도에 관하여 따로 상세하게 설명하고 그것을 부기하고 있다.27) 또한 청의 토질에 대해서도 관심을 가지고, 성의 건축법에 대한 관심도 기울인다.28) 이러한 것들은 나라 운영의 제도적인 근간이라는 점에서 삼정사 출신의 그들이 직책상 가질 수 있는 관심들이다. 그런데, 또한 18세기 초기 연행록들에서 소개되는 수레나 후술되는 벽돌, 또한 솜 타는 기계, 맷돌 등을 보면 그들의 경세적 관심이 거대한 것으로부터 작은 생활용품들에 착종되어 발현되고 있다는 생각이 든다. 앞서 인용한, 김창업과 이의현이 공통적으로 연행록에 실은 수레 항목의 내용도 다시 거론하자면, "중국 수레의 종류와 수레바퀴 부분의 특징적인 모양의 자세한 묘사, 몽고 수레, '독륜차'라고 하는 수레의 쓰임과 효용, 수레는 북경 시중에 가장 많다는 것, 수레

27) 본서 II장 2. 주 38)~40) 참조.
28) 이이명(1708), 앞의 책, 『연행록전집』 권35, 패림 본에 보면 뒤에 良役論을 부기함. 이 외에 토질에 대해서 자주 언급한 사람은 이정신, 한덕후 등이 있고, 건축법에 대한 것은 최덕중, 권이진, 이정신, 한덕후 등이 이야기하고 있는데 단순하게 '성의 건축법이 우리나라와 틀리다'는 수준에 거의 머물고 있다. 이는 성을 이루고 있는 '벽돌'을 특기한 18세기 종반의 이른바 북학파의 연행록에 비해 매우 간략한 소개라고 할 수 있다.

를 끄는 짐승의 종류, 모는 방법"[29]으로서, 구체적인 내용 면에서도
그 수레라는 작은 품목의 특징과 운용 방법에 대한 자세한 묘사[30]가
있을 뿐 그를 시행하자는 강력한 주장이나 설득을 위한 언술은 없다.
전술했듯이 이러한 사소한 생활문물에 대한 환기가 서명균의 '북경의
수레제도를 본받자'라는 상소를 이끌어오기는 하지만 그런 환기를 가
져온 항목 소개 자체는 비교적 상세한 묘사뿐이라는 점은 18세기 초
기 연행록 저자들의 '사소한 것에 대한 새로운 관심'을 표현적인 면에
서도 구현한 것이라 하겠다. 다만, 이러한 '사소한 것에 대한 관심'을
표방하면서 이전 시기의 '이념성'에서 너무 벗어나는 것을 막기 위해
그들이 사대부로서, 특히 출사해 있는 '대부'로서 마땅히 행해야 하는
'경세적 관심'이라는 요소를 일종의 완충지대로서 설정한 것이 아닌가
하는 추측이 가능하다. 그러나 전체적으로 보았을 때 이러한 '경세성'

29) "大車駕五馬 或駕八九馬 小車不過一馬一牛 而其輪俱無輻 但貫木一縱二
橫 以縱者爲轂 方其孔使輪軸同轉 輪裏以鐵葉 周圍加釘 防其磨破 蒙古車
制 一如我國 而稍輕薄 又有獨輪車 一人從後 推之 可載 百餘斤 載糞 皆用
此車 亦有載牛猪肉以去者 皆用此車 北京市中最多駕車 必以馬否 皆駷 駷
力大故也 將車者持丈餘鞭 坐車上鞭 不盡力者 衆馬齊力 車行如飛"(『연행
록선집』 권5, 75~76면).
30) 18세기 초기의 연행록들이 이렇듯 별 주장이나 강조 등이 없어 보이고, 사소
한 것들에 대한 일견 평면적인 묘사가 많다고 해서 이러한 18세기 초기의
연행록들이 별 생각 없이 만나는 모든 것들을 적은 일상적인 일기라는 것은
아니다. 이것들이 확실한 개인의 관심에 따라 쓰여진 것이라는 증거는 다음
『노가재연행일기』의 일화에서 극명하게 확인할 수 있다. "통관이 말하기를,
'사신이 교자 안에서 책을 봤다는 말을 들은 듯한데, 어찌 책이 없다고 말합
니까?' 하기에 수역이 대답하기를, '사신이 노중에서 본 것은 일기에 불과합
니다.' 하였다고 한다. 일기 중의 설화도 저들에게 보일 수 없는 것이 있기
때문에 혹시 일기를 들여보낸다면 장차 걱정스러운 일이 있을 것 같았다. 내
가 그래서 책 한 권을 만들어 우문으로 하여금 압록강을 건넌 뒤부터 날이
맑고 흐리고, 자고 쉰 곳, 거쳐온 길을 밤새워 베껴 쓰게 하여 의외의 일에
대비하였다."(『연행일기』 제5권, 계사년 2월 3일조, 341면).

도 강하지 않아, 18세기 초반의 연행록 안에서 주목하는 문물들은 전 시기의 이념성의 상관물로부터 관심이 변하고 있다는 것만 확실하게 말할 수 있다.

2) 문명화된 공간, '시사(市肆)'의 부각

앞선 절에서 역사 유물에 대한 담박한 묘사, 문물 전반에 대한 파노라마적인 소개로 말미암아 강한 이념성을 탈피하는 현상을 볼 수 있다고 했다. 그렇다면, 이제 연행록 작가들이 주목하여 소개한 관심 문물은 무엇인가 아는 것이, 그들의 관심이 어디로 넘어갔는가 서술하기 위해 필요한 작업이다. 18세기 초기의 연행록 중 가장 영향력이 큰 『노가재연행일기』 안에는 북경이나 다른 곳의 친분을 나누게 된 집, 혹은 궁궐에 들어가서는 반드시 그 안에 있는 골동서화품에 주목하는 것을 볼 수 있다. 예를 들어 『노가재연행일기』 제5권, 계사년 2월 1일 조를 보면, 두로궁이라는 곳에서 「서원아집도(西園雅集圖)」[31]와 「진미공수묵용도」[32]를 감상하고 있으며, 두로궁 두극전에 들어가서는 "서쪽 월랑 벽에 동기창의 그림병풍이 걸려 있다. 병풍 밑에 탁자가 하나 있고, 향로와 수저병이 놓여 있다. 벽에 거문고 하나가 걸렸는데, 자개로 기러기 발을 만들었고 무릇 일곱 줄인데 줄은 크고 작은 것이 있고, 소리는 우리나라의 거문고와 비슷하다."라고 묘사함을 보면 전술한 특징을 잘 볼 수 있다. 이후 오며가며 하는 풍경의 묘사는 이와 흡사한 것이 주종을 이룬다. 또한, 노가재는 서화와 악기 등에 조예가 깊어서 역관들, 혹은 통관들이 가지고 오는 이른바 '가짜 명품'에 대한

---

31) 송나라때 소식, 황정견, 진관, 조무구 등 여러 사람들이 서원에 모여서 놀았던 장면을 그린 것.

32) 陳眉公이란 명나라 때의 문인 화가 陳繼儒를 말한다. 그가 수묵으로 그린 용그림.

정확한 감식안을 가지고 있음도 특기할 만하다. 다음의 일화를 보자.

　밤에 서화를 팔러 온 자가 몹시 많았는데, 그들은 흔히 수재들이었
다. 그 중에 난정묵본이 꽤 좋았으나 부르는 값이 너무 비쌌다. 또 음
중팔선첩, 화조첩, 산수족은 다 속필이었고, 당 백호의 수묵산수도, 범
봉의 담채산수, 미불의 수묵산수는 다 안품(贋品 : 모조품)이었다. 미
불의 그림은 은 30냥을 호가하기에 분첩(粉帖 : 글씨를 연습하기 위해
만든 첩) 위에 그 글씨를 모방해서 쓰고 30냥이라고 그 위에 썼더니
여러 호인들이 웃어댔다.[33]

　유병이 말하기를 "비웃지 않으시면 다행이겠습니다. 친구들과 함께
보신다니 저에게는 과분한 영광입니다"고 한다. 내가 묻기를 "이 수묵
도는 누가 만든 것입니까?" 앞서 유병이 그림 한 장을 가져왔는데 화
법이 졸렬하기 때문에 이렇게 물어 본 것이다. 유병이 말하기를 "양심
전에 계신 강국충(强國忠) 선생님이 그리신 것입니다" 하였다. 양심이
란 궁궐 가운데에 있는 전당 이름으로, 전일에 말한 '황제가 있는 곳에
항상 옆에 서 있다'는 사람이 바로 이 사람인 듯하였다. 내가 묻기를
"이 그림은 훌륭한 솜씨 일까요?" 하니, 유병이 대답하기를 "명공의
그림이지요." 란다. 내가 말하기를 "비록 명공이라고는 하나, 그러나
명공이 그린 것 같지는 않으니 누가 이름을 빌린 것이 아닐까요?" 하
니 유병이 대답하기를 "가작(假作)은 아닙니다. 우리들은 동일 시대
사람이니 옛날 작품과는 크게 다르니 어찌 진짜가 아니겠습니까?" 한
다.[34]

33) "夜來賣書畵者 極多 其人多是秀才 其中蘭亭墨本頗佳 而索價過多 又有飮
　　中八仙帖 花鳥帖 山水簇皆 是俗筆 唐白虎水墨山水 范鳳淡彩山水 米芾水
　　墨山水 亦皆雁作 米芾畵討銀三十兩 余於粉帖上 倣其筆矣塗抹書三十兩
　　三字 于其上 群好大笑"(『연행일기』 제3권, 임진년 12월 18일조/앞의 책, 143
　　면).
34) "維屛曰 勿哂幸矣 以百朋見說則 吾何敢 余問曰 這水墨圖 是何人所作 前

내가 묻기를 "석죽은 몇 가지 색이 있소? 황색·남색도 있소?" 하니 유병이 대답하기를 "황색 남색도 있습니다." 한다. 내가 말하기를 "석죽은 일명 낙양경화(洛陽景花)라고도 하던데요." 하니 유병이 말하기를 "박학다식에 감탄했습니다." 내가 대답하기를 "어릴 때부터 화초를 사랑하여 몇 권의 화보를 보았고 한두 가지 화초 이름을 기억할 뿐인데 어찌 많이 안다고 하겠습니까?"[35]

위의 세 일화를 보면, 노가재가 요동지역에서는 물론 중국의 중심이라고 하는 북경에서도 교유한 한인들을 압도하는 감식안과 골동서화에 대한 관심을 보였음을 확인할 수 있다. 마유병(馬維屛)이라는 사람은 노가재가 북경에 머물 적에 교유했던 몇 사람들 중의 하나이다. 북경 체재시 교유했던 주요 인물 중 하나인 이원영과는 여러 가지 사항에 대한 화제를 놓고 이야기하고 있지만, 마유병과는 주로 석죽 등의 식물들, 그리고 정선, 조영우, 이치(李穉), 윤두서 등의 그림을 보여주고 이야기하는 골동서화 중심의 교유를 한 것을 특기할 만하다. 이러한 골동서화에 대한 관심은 특히 『노가재연행일기』에서 가장 잘 드러나기는 하지만 이른바 농연그룹의 연행록에서는 공통적으로 나타나고 있는 것이다.[36] 재력이 많거나 관심이 많아 제한된 소수만이 접근

此維屛送一丈書 而書法拙故 有是問也 維屛曰 養心殿內 强國忠先生 所作 養心殿中堂名 前日所言 皇帝所在常侍候者 似是此人也 余曰 這畵敢是高手 維屛曰 是名工畵 余曰 雖云名工 但不似名工所作 敢有人假名 維屛曰 不是假的 我們時人大不同乎古作 豈非眞乎"(『연행일기』제5권, 계사년 2월 8일조/위의 책, 363면).

35) "余問曰 石竹 有其樣色 黃的藍的亦有不 維屛答曰 黃的藍的也有 余曰 石竹 一名洛陽景花 維屛曰 **足見多學之微 拜服** 余曰 從少 性 愛花草者 過 幾卷花譜其得一兩種名 何足稱多學"(위의 책, 365면 : 진한글씨는 필자).

36) 이이명(1708), 앞의 책에서는 최수명이라는 일행이 국화를 4화분을 얻어 완상하는 일화가 있어, 역시 이러한 취미를 엿볼 수 있다. 또한 도곡 이의현 (1720)의 「경자연행잡지」에서도 자신이 연행길에서 구한 서화목록, 책 목록

할 수 있는 골동서화와 함께, 연행록 저자들이 북경에서 누구나 볼 수 있었던 환회·연회에 대해서도 공통적으로 소개하고 있다는 점에서도 18세기 전기 연행록들의 공통점을 들 수 있다. 이들은 모두 시사(市肆)에서 거래 혹은 상연되고 있는 것이기 때문에, 골동서화만을 보러 갔다 할지라도 결과적으로 상류 문화, 하층의 문화를 가리지 않고 문화 전반에 관심을 가지게 되었다.

  선홍이, 이제 연극은 더욱 볼 만해져 간다고 알려오므로 다시 나가 구경을 하였다. 얼마 안되어 연극은 끝이 났는데 공연한 연극은 전후 다섯 가지나 되었다. (중략) 이 연극은 진회가 악비를 살해하는 내용의 '진회상본구살악무목'이라는 것이었다. 촛불 밑에서 글을 쓰려다 말고 쓰려다 말고 하면서 사방을 두루 살펴보는 것은 남들이 몰래 들여다 볼까 하는 것이요, 그 때때로 놀라 움직이곤 하는 모습은 악비를 죽이고 나서 마음이 불안했던 상태였으며, 포성이 일어나자 땅에 넘어진 것은 악비의 혼백이 와서 때린 때문이었다. (중략) 그 소리는 매우 청아하여 들을 만하였으나 그 부르는 가곡의 가사의 의미를 알 수 없어 별 맛이 없었다. (중략) 관람자들은 모두 돈이나 재물을 내는데 그것 또한 수월치 않은 값이다. 그런데 그 연극 공연은 모두 역사나 소설의 이야기로서 그 내용이 어떤 것은 선, 어떤 것은 악에 관한 것으로 그것을 보는 사람으로 하여금 권선징악의 마음을 가지게 할 만한 것이다.[37]

  을 따로 밝혀놓고 있고, 다음과 같은 일화도 있다. 판교를 지나 谷應泰(『明史本末』의 저자)의 조카 谷碕의 집에서 송대 명필들의 서첩을 구경한 일화를 적고 있다. 그는 여기서 그 서첩의 명필을 감식한 후, 그것을 팔러 온 사람이 지금 글도 모르는 것을 불쌍히 여기고 있음을 특기하고 있어, 노가재와 같은 골동서화에의 깊은 조예를 보여준다.(『연행록선집』권Ⅴ, 20면).

37) "善興又報戲事益張可觀 遂復出看俄而罷 戲事前後所演凡五事 (중략) 是則 謂秦檜上本搆殺岳武穆事也 其燭下欲書還止頻頻 張望者恐有人窃聽也 其 時驚驚動者 旣殺岳飛心不自安之狀也 其砲聲發而伏之者 爲岳飛魂所擊也

106

노가재가 연희를 본 것을 쓴 기록이다. 그는 북경에서 연극을 보지
못하고 찰원에서 총 다섯 편의 연극을 보면서, 대강의 내용과 그 안에
서 일어나는 배우들의 움직임, 그리고 여기서 인용하지 못했지만 연극
을 보는 극장 안의 정경 등을 매우 세밀하게 충실히 소개하고 있다.
그런 뒤 이것이 비록 여성과 같이 봐야 했기에 부끄러워서 피하긴 했
지만, 처음 볼 때에는 남녀유별도 없고 점잖은 문화 향유가 주는 효과
가 없기는 했지만 '함성과 왁자한 웃음'으로 가득 찬 이곳이 노가재에
게 '아주 나쁜 것'으로 평가되지 않음을 특기할 만하다. 오히려 '권선
징악'의 교육적 효과를 부각시켜 연희의 필요성을 말함으로써 하급 문
화에 대한 필요성도 나름대로 인정한다.

이러한 대중문화에 대한 긍정은, 아마도 시사(市肆)에 대한 긍정적
인 이미지가 적극적으로 작용한 데서 나왔을 것이다. 한양에서 그들끼
리 모여 향유했던 '골동서화' 같은 것들이 버젓이 유통되던 장소는 '유
리창'으로 대표되는 시사였다. 또한 '심양'으로 대표되는 연경 이전의
요동지역에서도, 시사는 고된 여정을 넘어 사람답게 쉴 수 있는 징표
로서 작용하면서 심양과 산해관 지역을 중심으로 반드시 시사의 규모
와 인가의 번성이 언급되었다. 이는 시사라는 공간이, 연행 이전에 연
행록 저자들이 선비로서 가졌던 '시사는 상업의 장소일 뿐'이라는 선
입견과 거리감에서 벗어날 수 있는 중요한 실마리가 된다. 그리고 그
들이 직접 부딪힌 시사는, 과거를 볼 수준이 되는, 유교적 교양을 가
진 선비들이 생업을 해결하기 위해 상업에 종사하는 공간이었고, 청의
재상도 직접 물건을 사러 다니는 모습을 보여 그들의 선입관을 많이
수정하게 되었다. 따라서 시사는 18세기 전반 낙론을 세계관적 기초로

(중략) 其淸婉可聽 但歌曲辭意不能解 殊無味 (중략) 觀者 皆施錢財費 亦
不 然其所演皆前史及小說 其事或善或惡 使人見之 皆足以勸懲"(『연행록선
집』 권4, 『연행일기』 제7권, 계사년 2월 21일조, 434~436면).

하는 사대부들에게 그렇게 꺼려지는 공간이 아니라 '문명의 덩어리'로 보였을 것이다. 그렇기에, 그곳에 있는 각종 동물-개·소·말 등 심상한 동물로부터 낙타 등 희귀종까지-에서부터 그 안에서 일어나는 문화적 행위-골동서화의 유통, 환희·연희·불꽃놀이 등의 잡희-를 큰 거부감 없이 받아들이는 것이다. 이것은 결과적으로 연행록 서술자들의 관심이 사상성에서 옮겨져 시사라는 공간에서 주로 벌어지는 온갖 문화적 행동으로 향하였음을 보여준다.

이러한 '골동서화'라는 비교적 상위의 문화향유, 그리고 환희와 연희 같은 대중문화에 대한 관심은 이의현, 이이명 등에 의해서도 이어지고 있다. 이의현의『경자연행잡지』에서는 연경에 가서 구입한 책의 목록이 나오는데 53종 1000여 권의 책들을 들여오고 있는 것을 알 수 있고, 또한 이것은 후대 연구자에 의해 장서가로서의 취미, 골동서화를 모으던 그들의 취미와 문화적 특성을 알 수 있는 증거로서 제시되고 있다.38) 이의현은 또한 판교를 지나 곡응태의 조카 곡기와 대화하면서 골동서화에 대하여 말하고 있으며. 그리고 방안에서 볼 수 있는 식물에 대한 완상 취미를 이이명(1720)의 연행록에서 확인할 수 있다. 시사에서 하는 잡희에 대한 관심은 이후 중기의 홍대용 경우, 연경의 연극은 못 보고 산해관에서 심양으로 가는 변두리에서 보면서도 '진작 봤더라면 중독될 뻔 했다'는 고백을 하게 할 정도로 관심을 끌기도 했다.39)

---

38) 강명관(1999),『조선 후기 문화예술의 생성 공간』, 소명출판.
39) 옥전현에 이르렀을 때 거리 위를 보니 삿자리 집을 가설해놓고 연극을 하고 있었다. 은전 몇 냥을 주고 연극 종목 중에 쾌활한 것을 골라 구경을 하였는데 바로 수호전이었다. (중략) 기물과 규모는 북경의 그것에 비하면 형편없었지만, 내용이 이미 아는 것이어서 말과 생각을 대략 알아 차릴 수가 있었으므로, 한마디 한마디에 감탄하였고 대목이 재미가 있어 돌아가는 것마저도 잊게 되었다. 그제야 온 세상이 이에 미쳐 홀리는 까닭을 알았다.(홍대용

2. 구조에 대한 관심, 인물 교유의 심화

1) 도시의 구조적 묘사와 구조 상관물에 대한 관심

18세기 중기의 연행록들은 소개하는 문물의 범위 면으로 보았을 때, 대체적으로 초기의 연행록에서 보여준 다양하고 넓은 '문물에 대한 관심'을 비교적 충실히 이어받았다고 볼 수 있다. 그러나 그런 문물 중에서도 어느 곳에 좀더 많은 부분을 할애하느냐에 따라서 중기 연행록이 주로 소개하는 문물이 무엇인가 하는 특징을 볼 수 있다. 이 중에서 대표적인 저술은 홍대용의『담헌연기』이다.『담헌연기』를 비롯한 1737~1777년까지의 연행록 속에 주로 드러나 있는 문물들은 일단 전대와 비교했을 때, 국내에서의 분량이 다소 줄어들었고 책문을 지나서 보는 문물들에 주의를 기울이고 있다. 특히『담헌연기』의 경우는 같은 저자의 한글 연행록인『을병연행록』과 다르게, 여정을 따라서 쓰지 않았기 때문에 국내의 여정에서 보고 느끼는 것들이 분량 상으로 매우 적다. 우선 외집 7, 8, 9, 10권에 두루 걸쳐 있는『담헌연기』는, 자신이 이야기하고자 하는 것들을 표제화하여 짤막한 이야기로 묶어 놓은 구성이기 때문에 표제만 보아도 어떤 문물을 다루었는가 알 수 있다. 7권과 8권에는 연로에서 만나고 필담을 나누었던 사람들, 그리고 지나가는 길과 경성(연경)의 도시에 대한 다각도의 정보와 풍속들, 그리고 9권[40)]에서는 사호석, 반산, 이제묘 등의 이른바 '전통적인' 명

(1766),「장희」,『연기』,『담헌서 외집』10권, 309면).

40) 그런데 이러한 '전통적'인 관광지의 경우는 사호석과 이제묘 말고는 상당부분을 노가재 김창업의 연행일기를 참조하여 간 듯하다. 결정적인 예를 들어「도화동」의 경우는『노가재연행일기』부분의 의무려산 여행기 부분을 참조한 것이 그 본문 안에서 보인다. "나는 평중을 맞아 같이 도화동을 찾으려 하니, 평중은 안내자가 없다고 난색을 보이므로 나는 '어제 가옹(稼翁 : 노가재 김창업을 지칭)의 일기를 읽어두어서 온 골짜기의 경로가 내 눈에 환할

승지들에 대한 기록과 북경의 명소들, 10권에서는 의복, 무기, 기물 등
청에서 볼 수 있는 제도, 물(物)에 대한 설명들이 나와 있다. 이렇게
표제상으로 그가 만난 문물을 보았을 때, 담헌이 전대 연행록에서 확
장시킨 범위를 충실히 수용하는 것을 확인할 수 있다.

권8에서는 만났던 사람들과의 기록이 끝나고 뒤편에 「연로기략」,
「경성기략」이라는 부분이 붙어 있다. 이것은 담헌이 길을 가는 중에
눈여겨 보았던 특징적인 부분들을 길의 순서를 따라서 그린 내용의
글이다. 이것은 여정에 따라 그때마다 인상깊은 것을 서술해 놓은 일
록 형식의 초기 연행록과 같은 순서이기 때문에, 홍대용의『담헌연기』
가 전대 연행록에 비하여 어떤 문물에 주목했는가를 효과적으로 살펴
볼 수 있다.

그 중 주목할 만한 언급은 의관에 관한 것이다. "여관에 있노라니,
광대들 10여 명이 여러 가지 악기들을 들고 있었는데 우리들에게 망
건을 사자고 하였다. 광대놀이를 하려면 전조(前朝 : 明)때의 의관을
차려야 하는데, 이것이 없어서 구하기 힘든 까닭이었다. 일행 중 더러
망건을 잘 간수하지 않은 사람들은 많이 도난을 당하였다"[41]라는 일
화에서, 전술했듯이 노가재가 그의 연행 초기, 중기에서 예의 염치의
척도로 간주하고 중시했던 의관에 대해 담헌은 상대적으로 심상하게
'여행 중의 도난사건'에 대한 상관물로써 그리고 있으며, 그에 대한 탄
식 섞인 평가라든가 별다른 부언이 없다는 차이를 볼 수 있다. 「연로
기략」 말고도, 외집 권10에서 독자적으로 「건복(巾服)」이라는 제목으
로 그들의 의관에 대해서 언급하고 있는데, 그것은 노가재 김창업을
비롯한 초기 여행자들의 언급보다 상대적으로 간단한 수준이며 별다

뿐 아니라 세팔이 있으니 안내자 없는 걱정은 할 것 없다.'"(홍대용, 위의 책,
232면)가 그것이다.
41) 「연로기략」,『연기』,『담헌서 외집』8권, 187면.

른 회한이나 개인의 생각을 언급하지 않는다는 특징이 있다.

의관에 비해 상대적으로, 담헌이 관심을 가졌던 것이 무엇인가 하는 것은 「연로기략」의 다음 일화에서 찾아볼 수 있다.

심양은 지금 성경이라 하는데, 봉천부와 승덕현이 모두 성 안에 있다. 5부를 두고 시랑 이하의 관원들이 있다. 장군과 부도통이 있어 8기의 군졸들을 관할한다. 성 둘레가 10리인데, 8개의 문이 있다. 성은 모두 벽돌로 쌓았고, 문루는 모두 3겹의 처마로 되어 있는데, 옹성으로 호위되어 있다. 성의 규모가 비록 높고 웅장하기는 하나 황성만은 못한데, 정교하기는 황성보다 나은 편이다. 밖은 토성으로 둘러있는데, 인구와 화물의 풍부함이나 시가와 점포의 호사스러움은 북경에 다음 간다. 중심가에는 3겹 처마의 고루로 되어 있고, 그 아래 십자로를 내어 수레와 말이 통행하게 하였다. 시장 문에서 길 좌우로 몇 리까지는 채색된 건물과 아로새긴 창문에 물건들이 가득 차 있었다. 모든 상인들은 다 무늬 있는 비단옷과 여우나 표범의 모피옷을 입고 있었으며, 얼굴들이 분을 바른 듯 희고 깨끗했다. 아마도 만주사람들은 아름답고 예쁜 사람들이 많은 것 같았다.[42]

심양의 소개를 써놓은 이 구절을 보면, 담헌의 문물을 다루는 눈이 어느 면을 주목해서 보았는가 알게 된다. 우선 심양(일명 盛京)의 행정구역을 세분하여 보여주고 있고, 그 다음에 성과 문루의 구조를 상세하게 이야기하고 있다. 그 다음 이어지는 일화는 '인구와 화물의 풍

---

42) "瀋陽今稱盛京 奉天府承德縣 皆在城內 設五部侍郎以下官 有將軍副都統管轄八旗 軍卒 城周十里有八門 城皆甎築門樓皆三簷 護以甕城 城制雖高壯 不及皇城 精緻過之 外周以土城 民物之富 市肆之侈 亞於北京 中街爲三簷高樓 下出十字路 以通車馬 市門夾道數里 彩閣彫牕貨財充積 諸商皆紋緞衣 狐豹裘 面貌淨白 如傅粉 盖滿人多美"(「연로기략」, 『연기』, 『담헌서외집』 권8, 189면).

부함, 시가와 점포의 호사스러움'으로서 기존의 것과 같은 경향을 보여주나 이어서 나오는 일화가 다시 '중심가에는……'으로 마치 어떤 누대에 올라가 도시 전체를 부감(俯瞰)한 듯한 장면을 묘사함으로써 구조에 대한 관심을 특기하고 있는 것이다. 이전 시기의 연행록 작가들이 누대에 올라가 그토록 보기를 갈망했던 것이 자연풍경들이라는 사실에 비하여, 담헌의 이러한 묘사는 담헌의 관심이 새로이 어떤 피사체로 옮겨왔는가 하는 것을 알려준다. 담헌의 초점은 도시와 구조에 관해서 집요하다고 볼 수 있는 것이다. 이러한 관심은, 권9의 「경성제(京城制)」「오룡정」「태화전」「태학」 등 북경 건물들의 중심적인 소개 글들에서 심화·재연되고 있다. 사실, 이러한 도시 구조에 대한 관심은 이철보(1737)의 『정사연행일기』에서도 드러난다. 심양의 성제에 대한 언급과, 이후 산해관의 구조를 특기하고 있는 것을 보면 그를 알 수 있다. 그리고 뒤에 붙인 잡지 맨 첫 부분에 쓴 일화가 황성의 규모와 구조인 것을 보았을 때, 도시 구조에 대한 관심을 특징적인 일면으로 확인할 수 있다.43)

현전하는 연행록 중 홍대용의 『담헌연기』 바로 전에 쓰여진 김종정

---

43) 우선 심양의 성제에 대한 관심은 "내외성제가 매우 치밀하여 이것을 보니 우리나라 것은 진실로 아이의 장난같다"(內外城制 整齊堅緻 觀此而乃知 我國城築 眞兒戲耳)는 단편적인 것이다(이철보(1737), 『정사연행일기』, 『연행록선집』 권37, 448면). 그러나 다음에 다시 산해관의 구조를 특기하면서 이 것은 汗이(오랑캐의 왕, 특히 可汗은 몽고어로 왕의 뜻)이 심양에 있을 때 관내의 정세를 염탐하려고 지은 곳이라고 하며 나중에는 개연한 마음을 누를 길 없다고 마무리 하지만, 부감하면서 본 것이 자연이 아니라 관내의 사정이라는 점에서 그 시각의 미묘한 변화를 확인할 수 있다. 또한 이는 전기 연행록들이 주로 망해정에만 관심을 기울이는 것과 비교했을 때 특기할 만한 점이다.("有將壇以甎築之 高七八丈 四面皆可十餘把 壇之南有小曲城 城西有虹霓小門 由門而入 始有入壇之門 (중략) 坐此而俯瞰則 關內形便森然在眼 盖汗在藩時 築此以覘關內虛實者也 徘徊顧望 慨然興歎"(같은 책, 459～460면, 다음 잡지는 같은 책, 530면).

의『심양일록』(1764)44)에서도, 이러한 관심들이 나와 있는 것을 볼 수 있다. 사실 김종정의 사행은 의주의 간민이 책문 밖에서 청나라의 갑군을 사살한 사건 때문에 이를 밝히고자 간 것이었고,45) 2월 7일에 길을 떠나 3월 11일에 현장검증을 하고 3월 19일에 심양에 들어가 숙소에 머물면서 거의 그곳을 벗어나지 못하고 근 한달을 그렇게 지내다가, 4월 19일에야 심양 행궁을 관람하고 5월 8일에 심양을 떠나고 있다. 결국 그가 심양에서 유일하게 본 것은 행궁인데, 행궁을 다음과 같이 장황하게 소개한다.

　궁 남쪽 밖에는 정문이 없고 옆에 있는 작은 문으로 들어갔다. 조금 나아가자 양쪽에 패루가 있었는데 왼쪽은 문덕방이라 하고 오른쪽은 무공방이라 했다. 문덕방 안에는 경우궁이 있고 삼청신46)상을 받들었다. 조금 나아가니 좌문이 하나 있고, 문 안에는 숭정전이 있는데 세로로 다섯 간이요 가로로 두 간이었다. 당 안에는 조그만 걸상이 있고, 황금으로 용을 조각했는데 휘황한 것이 눈길을 빼앗았다. 걸상 위에는 문미를 만들어 가로로 긴 편액이 있는데 '정대광명' 네 금글자가 씌어 있었다. 문과 창에는 모두 금으로 치장하였고, 담장은 푸른 기와로, 전은 푸르고 누른 기와로 했고, 양 머리에 채색한 자기로 용과 사자를 만들었는데 형세가 마치 나는 듯 움직이는 듯 하였다. 기둥과 문지방 및 와두에는 용을 조각해 놓았는데 기교가 비상하였다. 월대는 높지는 않았으나 돌색이 푸르게 빛나고 좌우에는 향로를 설치해 놓았다. 석일영대가 있고 전좌에는 상봉각, 전우에는 비봉각이 있는데 모두 층루였다. 전 뒤에는 새로 삼층짜리 봉황루를 지었는데 거대하고 화려함이

44) 임기중편(2001), 『연행록전집』41권, 178~223면.
45) "甲申春 義州奸民 於柵門外 戕殺彼地甲軍 自瀋陽移咨 要解諸罪犯入送盛京"(김종정, 앞의 책, 178면).
46) 도교의 삼청이란 옥청, 상청, 태청의 세계를 이야기한다. 삼청신이란 바로 이 곳을 관장하는 신을 말한다.

심하였다. 들으니, 기둥 하나 짓는 비용이 돈 천 꿰미에 이른다고 하였다. 누대 아래는 층계가 있는데 22급이었다. 누대 뒤로부터 대전 왼쪽편에 황제의 침전이 있었는데, 순치황제가 여기서 태어났다 한다. 그 남쪽은 태후궁이고 그 서쪽은 황후궁이며, 그 밑은 태자궁이다. 내외모든 뜰이 벽돌로 포장되어 있었는데 빽빽하여 조금의 틈도 없었다. 궁전 북쪽에는 좌우로 누각이 있었는데 제기와 상탁이 있었다. 중간에 영녕궁이 있은즉 그 선조의 묘당이다. 그 북쪽 담 바깥에는 십팔창이 있다고 하였다.[47]

여기서도 역시, 유일한 볼거리였던 행궁을 소개하는 데 있어서 건물들의 구조와 배치를 전체적으로 그려내고 있어서 담헌의 '구조에 대한 관심'과 함께 겹쳐지며 주목된다. 물론, 전술했듯이 18세기 초기 연행록에서도 이제묘 등의 역사유적을 다룰 적에는 묘 안에 누구의 필적이 들은 비가 있는지 자세하게 묘사하면서 그것을 지나치는 내용이 보인다. 그러나 김종정의 행궁 묘사가 시기적 특징으로 의미 있는 이유는, 같은 묘사라고 해도 자신이 주목하고 있는 '행궁(行宮)'이라는 단위 자체를 전체적으로 보기 때문이다. 그의 이러한 묘사는, 앞서 살펴본 담헌의 부감처럼 하나의 지도를 만들어도 될 만한 묘사이다. 군관의 피살 사건이라는 한 사건을 낱낱이 밝혀야 하는 '안핵사'라는 위

---

47) "宮南向外 無正門 由傍小門而入 少進 有兩牌樓 左曰 文德坊 右曰 武功坊
文德坊內 有景佑宮 奉三淸神像 少進 有一座門 門內有崇政殿 縱五間 橫二
間 堂中設坐榻 以黃金刻龍輝煌奪目 榻上作彩楣橫扁 正大光明 四金字 門
戶皆飾以金牆靑瓦 殿靑黃瓦 兩頭 以彩磁作龍獅 勢若飛動 棟樑壁砌及瓦
頭皆作雕龍 奇巧異常 月臺不甚高 而石色靑瑩 左右設香爐 石曰影臺 殿左
飛龍閣 殿右翔鳳閣 皆層樓 殿後新搆三層鳳凰樓鉅麗 甚聞一柱之費 至千
緡 樓下有層階 凡二十二級 由樓後殿左 折有皇帝寢殿 順治生於此云 其南
太后宮 其西皇后宮 其下太子宮 內外諸庭 皆鋪磚石 密密無罅隙 殿北左右
閣 貯祭器床卓 中有永寧宮 卽其先廟也 其北墻外 有十八倉云"(김종정, 앞
의 책,『연행록전집』41권, 204~206면).

114

치, 실제로도 그에 대한 보고문을 십수 통을 작성해야 했던 실무로부터의 관성인지는 모르겠으나 그의 묘사는 매우 세세하고 정밀해서 하나의 구조물을 전체적으로 보고자 하는 '구조'에 대한 관심을 잘 보여준다고 하겠다. 그러나 담헌의 것과 비교해본다면, 김종정의 경우는 행궁 하나에만 이렇게 구조적인 관심으로 묘사했지만 담헌에 와서는 도시 전체로 그 관심 초점이 넓어지는 것을 볼 수 있다.

'도시'의 구조적 묘사 말고도, 『담헌연기』에서 홍대용이 특히 관심을 가졌던 것은 시·공간을 대표하는 상관물이다. 바로 천주당에 있는 혼천의와, 시계가 그것이다. 『담헌연기』 전체에서 단일 품목으로서 가장 주목받으면서 서술되었던 문물은 바로 시계(時計)류이다. 청나라의 왕족인 양혼(兩渾)[48]과 만난 이야기인 「양혼」조에서는 양혼이 가지고 있는 보물을 보는 항목이 나오는데, 양혼이 보물이라고 가지고 나온 것은 바로 일표와 문종이다.[49] 물으면 지금의 시간을 알려주는 시계의 일종인 '문종'에 담헌은 굉장히 큰 호기심과 관심을 가지고 작

48) 양혼이란 宗親 愉君王의 작은 아들이요, 강희 황제의 증손이다.(홍대용, 앞의 책, 77면).

49) 하나는 일표로서 시간을 고찰하기 위한 것이요, 하나는 문종으로서 물음에 따라 종을 치는 것입니다. 모두 내부에 기계 바퀴를 장치하여서 미세하기 털이나 실 같은 것입니다. 하면서, 모두 열어보이고, 겸하여 묻는 법을 가리키니, 갑자기 종소리가 그 속에서 세 번 나오고 또 연거푸 두 번을 차고는 그쳤다. 세 번을 치는 것은 미시의 정각이요, 연거푸 두 번을 치는 것은 2각이다. 묻는 법은, 조그마한 자루를 가만히 대면 종이 울리며, 연달아 물어도 그 수는 변하지 않는다. 조금 있다가 또 물어도 연달아 세 번을 치니, 이는 3각인 것이다. 시간과 분각에 따라서 각각 그 수가 다르며, 묻지 않으면 울리지 않는다. 들으니, 이것은 서양에서 생산된 것으로서, 시기(시계를 뜻함) 중의 지극히 교묘한 것이라 한다. 내가 며칠 동안만 빌리자고 청하였더니, 챵혼이 쾌히 승낙을 하며 조금도 주저하는 빛이 없었다. 나는 모두 허리 속에 간직하면서 말하기를, "이것은 천하에 지중한 보물이니, 혹 손상이 된다면 다시 뵈올 면목이 없겠습니다." (후략), 홍대용, 위의 책, 82면.

동 원리를 물어보며, 또 이를 빌려 오기에 이른다. 그러자 양혼은 아예 이것들을 담헌에게 선물로 주며, 담헌은 '지중한 보물이라 선물을 받을 수 없다'며 호기심이 있어도 그것을 굳이 사양하는 사건이 나온다. 그러자 주위의 여러 사람들은 호의를 거절하면 양혼에 대한 결례가 된다면서 받을 것을 종용하고, 그래도 담헌은 '그렇다면 처음 내가 빌려달라고 했던 것이 욕심을 부린 것으로 된다'면서 버티는 동안 동행한 역관에게 문종을 선사하는 사건이 서술되어 있다. 또한 「장석존」에서는 흠천감 박사이면서 골동서화 종류를 파는 가게의 주인인 석존 장경의 가게에서 국내 흠천감 책임자인 이덕성이 업무상 '자명종'을 산다고 하자 2월 6일날 가장 먼저 가게를 찾아가고 있는 모습을 보여준다. 또한 여기서 자명종에 대하여 아주 정교하게 묘사를 하고 있는 부분이 나온다.[50] 그리고 가장 처음 나와 있는 것은 역시 천주당을 방문한 기록인 「유포문답」이다. 담헌이 2번째 천주당을 방문한 1월 13일에, 담헌이 먼저 자명종을 보자고 청하는 모습이 드러나 있다. 그것은 각에 설치되어 있는 것이었는데, 이를 보기 위해서 담헌은 갓까지 벗어놓고 누각에 올라가 그 안의 구조와 작동 원리[51]를 살펴보고 있는

---

50) 자명종은 의정대신 전항의 가물이었다. 그 제도를 대략 살펴보니, 서양제로서 사위에 모두 유리를 끼었고, 수정과 보석과 파라를 섞어서 눈이 부시도록 현란하였다. 밑에는 양장철(용수철)을 넣어서 톱티바퀴를 돌게 하였다. 위에는 종이 있는데, 옆에 6개의 작은 종이 있고, 가로 꽂이에 큰 종이 달려 있었다. 큰 종은 시간을 알리는 것이요 작은 종은 분각을 알리는 것이었다. 따로 기건을 만들고, 그 옆에 가는 줄을 드리워서 시간을 묻도록 만들었다. 줄을 잡아 당기어 물으니, 종이 치는데, 시간 수에 틀리지 않았다. 스스로도 울고, 겸하여 시간을 알리니, 교묘하고 또 정교하다 하겠다(홍대용, 위의 책, 117면).

51) "위에는 누를 만들고, 누 북쪽에는 철추를 아래로 드리웠는데, 무게는 수십 근 정도 되어 보였다. 기륜이 맹렬히 돌면 쟁쟁한 소리가 났으며, 큰 종이 달려 있어서 한번 치면 누각 안이 전부 진동하였다. 겨우 한 사람 정도 드나들 만한 천창에는 두 길쯤이나 되는 사다리가 있었는데, 유송령이 나에게만 올

116

것이다. 또 4번째 방문한 때에는 자명종의 일종인 요종을 보고 그 내부를 설명하고 있다.[52] 이렇게 시계에 대한 관심이 지대했던 것은, 17세기에 청나라에 볼모로 잡혀왔던 소현세자가 아담 샬과 자금성에서 만나서 70일간 교유하고 천주의, 지구본, 자명종 등을 본 이후[53] 연행을 간 사람들이 지구의, 천주당 등에 대하여 인지하고 보려고 노력하는 비교적 전통적인 것이지만 담헌의 이와 같은 시계에 대한 관심은 혼천의와 같은 세계의 '공간적 구조'를 탐구하고자 하는 관심과 함께 '시간'이라는 또 하나의 구조에 대한 관심을 보여주는 것이라고 하겠다.

전술한 심양 등 도시의 구조와 함께, 그의 '구조'에 대한 관심은 천문대와 서양 신부들이 주로 책임을 맡고 있는 흠천감에 자주 가게 만

라가 보라고 허락하였다. 나는 갓을 벗어놓고 누각에 올라가 보았더니, 그 제도가 매우 기이하고 웅장하여서, 조그마한 종에 비할 것이 아니었다. 바퀴가 큰 것은 수십 아름이 되는데, 그 옆에는 여섯 개의 작은 종이 달렸고, 또 모두 추가 구비되어, 시각을 알리게끔 되어 있었다. 누각의 남쪽에는 철간이 바로 나와있고, 그 밖에는 큰 둘레를 쳐서 시각을 두루 나누었으며, 철간 머리에는 물건을 두어, 시각을 가리키게끔 하였다. 대략 이와 같은 것들이었다. 대개 자명종은 원래 서양의 제도에서 나온 것으로서 근자에는 이미 온 세계에 두루 퍼졌다. 그 기륜의 제도를 적당함에 따라 증감하니, 각각 의의는 있으나 교묘한 서양의 것만은 못하다. 시각과 날짜를 표시하는 종류에 있어서도 크기는 한 주먹에 차지 않고 무게도 수 량에 지나지 않았으며, 심한 것은 계지 가운데 감출 만한 것으로서 기륜이 털이나 실처럼 가늘었지만 능히 때를 맞추어 종을 치는 것은 귀신과 같았다. 다만 작은 것은 만들기도 힘들뿐더러 훼상 하기도 쉬우므로, 그 시각의 분초도 틀리지 않으면서 영구히 훼상함이 없기로는 큰것일수록 더욱 좋다. 그 누각의 종은 통변에 잘 맞으므로 자명종의 상제가 된다."(홍대용, 「유포문답」, 위의 책, 47면).
52) 겉은 1척 남짓한 목갑으로 되었고 안은 석갑으로 되었으며, 그 가운데는 기륜이 장치되어 있는데, 양장 같은 것이 돌며 그 기계에 부딪치면 종을 수없이 치므로 이른바 요종인 것이다.(홍대용, 「유포문답」, 『연기』, 『담헌서 외집』 7권, 54면).
53) 백성현·이한우(1999), 『파란눈에 비친 하얀 조선』, 새날, 61면.

든 동인 중의 하나이다. 「유포문답」에서도 확인할 수 있듯이, 그는 북
경 체류기간동안 4번을 천주당에 가서 혼천의 등을 보고 그것에 대하
여 주의를 기울이고 있다. 그가 만약 반정균과 엄성, 육비라는 '평생지
기'로 여길 사람들을 만나지 않았다면 여기에 더욱 자주 발걸음을 했
을 것이라는 선학의 추측54)이 있을 정도로 그의 관심의 이른바 '양대
산맥'으로 들 수 있는 것이다. 특히 '혼천의'에 관해서 이러한 관심이
집중되어 있는데, 혼천의는 담헌이 연경에 가기 전부터 스스로 만들어
서 세상의 구조를 알고자 하는 의지를 표출했기 때문에55) 흠천감에
있는 혼천의에 관해 강한 관심을 보여주고 있다. 혼천의에 관해서 소
개한 부분은 『노가재연행일기』에서도 찾을 수 있는데, 혼천의가 소개
된 이야기를 상호 비교해 보면 담헌과 전대 김창업의 관심 초점이 다
르다는 것을 알 수 있다.

　강 연변을 따라 북쪽으로 가다 흠천감에 이르렀다. 대문으로 들어서
니 문 안에 정당이 있는데, 편액에 '관찰유근'이라고 씌어 있다. 그리
고 동쪽 담장 아래에 구리로 만든 동기 하나가 있다. 형태는 달걀같이
생기고 속은 텅 비어 있는데 직경이 4척쯤 된다. 이것은 하늘의 모형
인 것이다. 몸에는 하늘 둘레의 도수가 종횡으로 새겨져 있고 또 조그
맣고 작은 글자들이 새겨져 있다. 양 머리에는 자루가 달려 있는데 이
것은 남·북의 두 극을 의미하는 것이다. 그런데 거름더미 사이에 있
는 것으로 보아 폐기해버린 물건인 듯하였다. 정당의 동남쪽 모퉁이에

---

54) 金泰俊(1998), 『홍대용』, 위대한 한국인 시리즈 권5, 한길사, 208면.
55) 김태준, 위의 책. 그리고 「유포문답」 가운데에도 유송령과 포우관이 서양의
　　기물을 잘 보여주지 않으려하자 통역 홍명복이 "저분은 우리의 3번째 대인
　　의 조카되는 분인데, 중국에 처음 왔소. 그는 재주와 기술이 매우 높아서, 성
　　상, 산수, 율력 등 모든 법도를 정통치 못한 것이 없습니다. 손수 혼의를 만
　　들었는데, 천상과 묘하게 맞습니다."라는 말(홍대용, 앞의 책, 46면)이 있어서
　　그를 증명할 수 있다.

는 의대가 있고, 그 의대 위에는 지난날과 마찬가지로 사람이 서 있다. 동대 아래에는 조그만 집이 있고 그 뜰에도 그릇 하나가 놓여 있는데 모양은 큰 시루와 같이 생겼다. 높이는 4척 남짓한데, 역시 구리로 만든 것으로 무엇에 쓰는 기구인지는 도무지 알 수가 없다.[56]

다음과 같이, 김창업에게는 혼천의는 있기는 하지만 '거름더미 사이에 있어도' 그리 궁금하지 않고 또 무엇에 쓰는 기구인지 알 수 없어도 별로 알아보겠다는 의지가 없는 것으로 소개되고 있는 것이다. 그랬기에 세계의 모양을 본뜬 혼천의가 거름더미에 빠져 있어도 그것을 심상하게 소개하고 있는 것이다. 반면, 홍대용은 그렇지가 않다.

아침 해가 막 떠오르는데 멀리 10여 개의 의기가 돌난간 안으로 벌어져 있는 것을 바라보니 이상한 모양과 제도들이 기이한 빛들을 반사하고 있었다. 곧장 훌쩍 날아오르고 싶었지만, 도리가 없다.[57]

이제 서양의 법은 산수로써 근본을 삼고, 의기로써 참작하여 온갖 형상을 관측하므로, 무릇 천하의 멀고 가까움, 높고 깊음, 크고 작음, 가볍고 무거운 것들을 모두 눈앞에 집중시켜 마치 손바닥을 보는 것처럼 하니, '한·당 이후 없던 것이라' 함은 망령된 말이 아니리라. 강희연간 이후로부터 우리나라 사신이 연경에 가면 더러 그들이 있는 집에 가서 관람하기를 청하면, 서양사람들은 매우 기꺼이 맞아들이어 그 집안에 설치된 특이하게 그린 신상 및 기이한 기구들을 보여 주고,

---

56) "沿河北行到欽天監 遂入大門 門內有正堂局書 觀察惟動 東墙下 有一銅器 形如鷄卵 中空 其經可四尺許 盖天像也 其腹縱橫刻周天度數 又刻細宇兩 頭有柄 此則南北兩極 **而置在糞塚間 似是廢棄之物也** 正堂東南隅則儀堂 堂上立人如前日 東臺下有小屋 庭有一器 狀如大甑 高四尺許 亦銅造**不知 何器也**"(『연행일기』 제7권, 계사년 2월 15일조/김창업, 앞의 책, 399~400면 : 진한글씨는 필자).
57) 홍대용, 「관상대」, 『담헌서 외집』 9권, 261면.

또 서양에서 생산된 진이한 물품들을 선물로 주었다. 그러므로 사신 간 사람들은 그 선물도 탐낼 뿐더러, 그 이상한 구경을 좋아하여 해마 다 찾아가는 것을 상례로 삼고 있었다. 그런데, 조선의 풍속은 교만하 여서 그들을 거짓 대하는 등 예의를 갖추지 않는 일이 많고, 혹은 그 들의 선물을 받고서도 보답하지 않았다. 또는 수행원 중에 무식한 사 람들은 가끔 그 집에서 담배를 피우고 가래침을 뱉으며, 기물을 함부 로 만져 더럽혔던 것이다. 그러므로 요즘에 와서는 서양사람들이 (우 리를) 더욱 싫어하여, 관람을 청하면 반드시 거절하고 설사 관람을 허 락하더라도 정의로 대하지 않았다. (중략) 첨지 이덕성은 일관인지라 역법을 대략 알았다. 이번 걸음에 조정의 명령으로 두 사람에게 오성 의 행도를 묻고, 겸하여 역법의 미묘한 뜻을 질문하며, 또 천문을 관찰 하는 모든 기구를 구매하려 했는데 나는 그와 함께 일을 하기로 약속 하였다.[58]

"어리석은 내가 외람되이 혼천의 한 벌을 만들면서 여러 천상(天象) 을 참고하여 보았더니 서로 틀리고 잘못된 데가 많은 듯 합니다. 귀당 (貴堂)에는 좋은 기구가 있을 것이니, 한 번 보여주기를 바랍니다." 했 더니 답하기를 "관상대의 의기에는 볼 만한 것이 있지만, 여기에는 다 만 파손된 것이 있을 뿐입니다." 하였다. 내가 굳이 청하였더니, 시자 를 시켜 한 의기를 가지고 왔다. 배지(褙紙)는 매우 두껍고 둥글며, 직 경이 1주척(周尺)남짓한데, 위에는 여러 성수가 그려졌고, 두 개의 주 석 고리가 서로 맺어서 황도, 적도를 만들어 동서로 유이(遊移)하게 되었으며, 남극, 북극에는 각기 곧은 쇠를 사용하여 남극과 북극이 높 거나 낮거나 하지 않도록 되었는데, 이것으로 세차(歲差)를 측정한다 고 하였다.[59]

여기에서야 노가재가 이야기했던 '기이한 기구'라는 것들이 "천하의

---

58) 홍대용, 「유포문답」, 『연기』, 『담헌서 외집』 7권, 40면.
59) 위의 책, 51면.

멀고 가까움, 높고 깊음, 크고 작음, 가볍고 무거운 것들을 모두 눈 앞에 집중시켜 마치 손바닥을 보는 것처럼" 할 수 있는 것이라는 용도 파악이 나와 있는 것이다. 담헌은 이러한 효용을 가지고 있는 것들이 모여있는 천주당60)에 총 4번을 가고 있다. 그래서 유송령과 포우관에게 주로 이런 의기들을 보여주기를 간절히 청하고 있고, 끈질기게 요구한 끝에 보게 된 의기들ㅡ혼천의를 비롯한 망원경, 자명종 등ㅡ에 대해서 눈앞에 그려질 듯이 자세히 묘사하고 있으며 그것들의 효용을 짤막하게나마 꼭 알려주고 있다. 심지어 관상대에서는 이러한 의기가 해에 비치는 것만 보아도 체면 불구하고 '뛰어들고 싶은' 생각마저 들었다고 고백하고 있는 것으로 보아, 담헌의 관심이 얼마나 높은지를 대변하고 있다. 또한, 견문의 단편적 기록 모음인 권10에서 가장 많은 분량을 할애하고 있는 부분인 「기용(器用)」에서 수레, 선박, 디딜방아, 씨아와 함께 '가죽풀무, 쇠 도가니, 쇠 모형'에 대해서 길게 설명하면서 "'모나고 둥글고 굽고 곧은' (모양)들을 만들 수 있고, 이것을 번갈아 쓰면 신기하게 이것저것 번갈아 부어 빼낼 수 있다"61)라고 하여, 혼천의 및 각종 의기들을 만들었던 담헌 개인의 특징과 그의 구조에 대한 관심을 볼 수 있다. 또한 여기서 그 결과로 드러나는 청의 이미지는 구조적으로 상당히 잘 짜여진, 좀더 철저한 분석을 요하는 매력적인 분석 대상에 다름 아니다.

2) 청인(淸人)에 대한 관심과 교유 심화

---

60) 물론, 담헌이 천주당에 이렇게 많이 간 것은 혼천의 때문만은 아니다. 천주당이라는 것은 전통적으로 기존에 볼 수 없었던 신기한 서화(서양화)와 파이프 오르간 등의 여러 가지 문물들이 모여 있는 곳으로 소개되었고, 서학이라는 새로운 학문이 있었던 곳이므로 전술한 문물을 보고 새로운 학문에 대해 묻기 위하여 갔다고 생각한다.

61) 홍대용, 앞의 책, 337면.

18세기 중기의 연행록들에서 발견할 수 있는 관심 대상 중 특화할 만한 것은 '사람'이다. '사람'은 주체이지 문물이 아니지만, 여기에서 특화하고자 하는 것은 청에 대한 관심을 발현하고, 그것에 대한 이해를 표현하는 대상으로서 인간을 주목했다는 것이다. 따라서, 여기서는 '문물'이라는 상관물의 의미보다는 '대상'이라는 넓은 의미로서 18세기 중기 연행록에 엿보이는 사람에 대한 관심을 서술할 것이다.

이철보(1737)의 『정사연행일기』에서는 책문을 넘어서 청 권역에 들어가면서부터 그곳 사람들에게 관심을 기울이고, 또한 그들과 이야기를 반드시 하고 있다. 그가 볼 수 있는 사람들은 주로 그가 묵었던 집의 주인과 그 아들들이다. 봉황성 촌에 들어가서 17세 된 아들이 경서를 안다고 하는 것과 과문(科文)을 작성하는 것을 본 점,[62] 십리보에 들어가서 역시 숙소 주인집 아들이 과문 지은 것을 보고 평가하는 것[63] 등에서 사람에 대한 관심을 볼 수 있다. 물론 이 정도의 관심은 김창업(1712)의 연행일기에서도 확인할 수 있으나, 내용의 자세함을 결정하는 분량에 대비하여 보았을 때 이철보의 관심은 확실히 더 '사람'에 대하여 집중하고 있다. 특히 회령령을 거쳐 지나치게 된 담수점(甜水店)에서 만난 가게 주인인 고진상(顧進相)과 조학령(趙鶴岺),[64] 그리고 심양에서 오삼계의 막빈(幕賓)[65]이었던 임본유(林本裕, 당시 86세)를 보게 되어 나눈 대화는 의미심장하다. 고진상은 옹정제 때 서정(西征)을 12년동안 나가 받은 상금으로 지금의 가게를 열 자본이 생겼다는 말을 하고 있으며 '꽤 영리하다'는 평가를 한다. 긴 분량의 문답을 써놓은 것은 조학령인데, 조학령의 이야기를 싣는 것도 이철보

---

62) 이철보(1737), 『정사연행일기』, 『연행록전집』 권37, 9월 6일조, 438면.
63) 이철보(1737), 위의 책, 9월 13일조, 445면.
64) 이철보(1737), 위의 책, 9월 10일조.
65) 入幕之賓의 뜻으로서, 비밀 모의에 참여하여 막부 빈객의 예우를 받는 자를 말한다.

와 직접 문답을 한 것으로 나와 있지는 않고 여러 가지 사정 때문에 길이 막혀 무료하게 있는 동안 그가 다른 사람들과 떠드는 것을 들어서 적는 형태로 되어 있다. 직접 대화도 아니면서 그들의 대화를 자세히 소개해 주는 저변에, 좀더 심화된 인식을 끌어낼 수 있는 '문답', 그리고 그 문답의 상대인 사람에 대한 관심이 있다. 질문자들은 조학령에게 왜 문무의 일을 선택하지 않고 상업을 선택했는가를 묻고, 만주의 군역제도, 영고탑 북쪽을 보수한 사람, 현재의 정세, 의관에 대한 문답 등을 주고받는다.

여기서 만인(滿人)인 조학령은 두 가지 기대와 다른 대답을 들려주어 주목된다. 우선66) 왜 문무의 벼슬에 나가지 않고 자잘한 상업에 종사하느냐 하는 질문에, 상업은 본디 비루한 것이 아니며, 이 때문에 자신도 업을 삼았노라고 자신있게 이야기한다. 두 번째, 의관에 있어서 남녀가 다름도 없이 옷을 입는 것은 무슨 제도냐고 물어보는 것에 대하여, 당신들이 우리를 괴이쩍게 여기는 것은 우리가 당신들을 괴이쩍어 하는 것과 같다고 하면서 제도가 다른 것이지 어찌 좋고 나쁨을 논할 수 있겠냐고 한다. 이 두 가지는 상례(喪禮)의 무지막심함 등과 더불어 기존 조선 연행자들이 가장 이해하지 못하는 청의 모습이었기 때문에 특히 전술한 바와 같이 김창업의 『노가재연행일기』를 비롯한 초기 연행록들 같은 경우는 연행 초반에 '우리의 의관이 어떠한가'를 끊임없이 만나는 사람들에게 물었다. 또한 그들은 그렇게 나쁘지 않다는 반응을 보이거나 침묵할 뿐이었다. 역시 전술했으나, 이러한 의관에 대한 의식은 『노가재연행일기』의 후반에서 '보는 사람들의 웃음을

---

66) "問曰 觀爾是好漢 何不就文武業 而碌碌商賈爲也 答曰 商賈初非鄙陋事 吾以是爲業 衣食頗裕 不願文武爲也 (중략) 問 爾們男女衣服 無異 同男不帶女無裳 是何制度 答曰 子之駭我 亦猶我之駭子 制度各異 善惡何論"(이철보(1737), 앞의 책, 9월 10일조 440~442면).

촉발하는 것'이 되는 상황을 아무런 평가 없이 제시함으로써 그의 의
관에 대한 마음이 중립적인 것으로 해석될 여지는 있다. 그러나, 앞서
제시한 이철보의 경우처럼 직설적으로 '의관제도가 다를 뿐이지 그 제
도에 선악을 논할 수는 없다'는 생각을 제시하는 것은 이전과는 다른
모습이다.

이러한 상황을 그대로 소개한 사실에서, 우리는 두 가지 의의를 발
견할 수 있다. 첫째, 청의 현실을 더욱 정확하고 깊게 알 수 있는 대상
으로서 '사람'에 대한 관심이 싹튼다는 것이다. 둘째, 기존 의관에 대
한 마음, 자신이 전통적으로 가지려고 주입했던 선입견의 강도가 약해
졌다.

또한, 엄숙(1773)의 연행록에서는 북경에 들어가서 남중국 출신의
청서(淸書) 서길사(庶吉士) 구정용(邱庭瀯)과 허조춘(許兆椿) 두 사
람과 필담을 나누고, 이를 북경 체험에서 가장 길게 소개한다.[67] 필담
을 했던 두 사람의 나이는 각기 27세와 25세였고, 서길사라는 직함에
서 알 수 있듯이 과거에 합격한 지 얼마 되지 않는 소장학자들이었다.
엄숙이 연행을 간 1773년은 바로 건륭제가『사고전서』를 1차로 간행
한 지 1년이 되는 해였다. 그렇기 때문에 엄숙은 이 문제에 대하여 많
이 물어보고,[68] 다음 필담을 하는 그들의 고향, 특히 운몽(雲夢)이라
는 지명에 대하여 실제로 그 지명이 있는지 확인하며 묻고 있다. 그리
고 과거제도의 변화 유무와 과거 본 지 몇 년만에 어떠한 벼슬로 올라
가는지 등을 묻기도 한다.[69]

이렇듯이 대화 상대로서의 '사람에 대한 관심'이 특징으로 보이기

67) 엄숙(1773),『연행록』,『연행록전집』권40.
68)『사고전서』에 대해서 물어보는 것은 사고전서 안에 들어가 있는 書例는 어
  떤 것인가, 외국인이 볼 수 있는가 등이 주조를 이룬다.(엄숙(1773),『연행
  록』,『연행록전집』권40, 2월 1일조, 241~242면).
69) 위의 책, 244면.

시작하는 18세기 중반 연행록들 중에서도 사람에 대한 관심을 가장 극명하게 보여준 것은 바로 담헌이다. 전술했듯이 구조에 대한 상관물에 주목하고 그를 연행록에 드러냈던 홍대용이지만, 담헌에게 만약 당신이 중국에서 발견한 것은 무엇이냐고 묻는다면, 그는 '사람들'이라고 할 것이다. 한글본 연행록인『을병연행록』안에 있는 엄성, 육비, 반정균과의 교유는 내집「건정동필담」속에 따로 수록하고 있고, 또한 전술했듯이, 독립된 제목 아래 그 내용을 설명하는 형식으로 된『담헌연기』중 대부분의 제목은 그가 곳곳에서 만난 사람들의 이름이다. 장본과 주응문, 손용주, 유송령과 포우관, 사하의 곽생 등 그와 대화를 나누었던 청인 혹은 청내의 외국인들이 주류를 이루고 있다. 또한, 정녀묘학당 등의 역사 유적을 제목으로 내세운 경우에게도 그 안의 사람을 만났던 이야기 중심으로 서술을 끌어가고 있다. 그가 만났던 사람은 청의 왕족(양혼)서부터 한인 관리, 청인 관리(아문제관), 북경 상인(포상, 금포유생), 제2의 도시인 심양과 북경 사이에 있는 변방의 한인(등문원과 손용주), 북경에 사신으로 온 유구국, 안남, 몽고 등의 사람들(번이수속), 변방의 훈도, 선비이면서 때를 놓쳐 상업으로 먹고 사는 사람(사하 곽생), 그리고 자신의 말몰이꾼 겸 말벗(왕문거)까지 실로 다양하고 많은 변폭을 자랑한다. 이 중에서 눈에 띄는 것은 그가 상인이라고 하는 천직에도 관심을 보이며 그들과 교유하고 있다는 것이다. 물론 상업에 종사하고 있는 그들의 사연은 십중 팔구는 "고향에서 과거를 위해 연경으로 올라왔으나 몇 번의 응시에도 불구하고 과거에 합격하지 못해 상업으로 생업을 삼고 있는" 처지이지만, 권7에 있는「포상」같은 경우는 역대 중국의 거상 두 집안-정씨, 황씨-과 그 후손들의 현 상황들, 그리고 담헌이 그곳에서 보았던 상인 집안들을 조목조목 그리고 있어 상업, 또 그것을 업으로 하는 사람들에 대한 관심이 각별한 것을 알 수 있다.[70] 또한「아문제관」에서는 이전의, 혹

은 담헌 당대에도 사행길의 어려움을 주는 '원흉(元兇)' 격으로 그려
지며 숱하게 욕을 먹는 청나라의 통관, 제독, 역관 등의 주요 집안(주
로 서종맹과 오림포를 중심으로)과 그들과의 문답을 통한 교유를 본
격적으로 그림으로써 그들에 대한 일방적인 선입견의 피력이 아닌 것
을 특기할 만하다.

　이렇듯 담헌은 폭넓은 교유를 했지만, 교유의 폭넓음이 결코 피상
적이고 얕은 교유를 의미하는 것은 아니다. 담헌은 그들이 처지가 어
땠든 간에 그동안 왕문거를 붙잡고 연마한 중국어를 사용하면서 그들
에게 길고 집요하게 대화를 유도하고 있다. 예를 들어 흠천관 박사이
자 북경 유리창에 살면서 골동서화 가게를 운영하는 석존 장경(『연
기』, 「장석존」, 『외집』 7권)의 가게에 가서 그의 전공인 시헌력(時憲
曆)과 오행에 대해 물을 뿐 아니라, 2월 6일 다시 가게에 가서 동행한
조선의 일관 이덕성이 그냥 장경의 가게 안에서 자명종을 사려고 하
자 "용수철은 오래 사용하기 어렵고, 또 모든 기계가 많이 낡았으니
그만두자"고 만류하면서도 다른 부분에 대해서 계속 묻고, 대화를 시

---

70) 이러한 상인에 대한 관심과 기존 상업에 가지고 있던 부정적인 입장과는 다
　　른 인정은, 「사하곽생」에서 볼 수 있다. 이것은 과거를 준비했다가 18년 전
　　에 포기하고 상업에 종사한다는 곽생의 입에서 나오는 연설류의 말에서 극
　　명히 볼 수 있다. "이제 내가 낮고 궂은 일을 몸소 행하고, 천하고 욕된 일을
　　부끄러워하지 않는 것은 곧 때가 불리함이요, 명이 불행한 것입니다. 그런데,
　　불리함도 없고 불행함도 없는 것이야말로 진실로 증감이 없는 것이니, 내 어
　　찌 이를 즐거워하지 않겠습니까. 닭이 울면 일어나서 방과 마루를 깨끗이 쓸
　　고 닦으며, 문을 열어 손님들을 맞이합니다. 장사꾼이 돌아갈 때면, 술과 밥
　　을 정결히 장만하여 그들의 고생을 위로하며 말먹이까지 넉넉히 마련하여
　　그들의 가는 길을 편리하게 합니다. 비용이 든대로 돈을 받으니 양측이 공평
　　하며, 그 남는 이윤으로 가족들이 먹고 삽니다. 몸에는 근심과 위태로움이
　　끊어지고 남들의 원망과 꾸짖음이 없습니다. 초연히 되는 대로 살매 지극한
　　즐거움이 여기에 있습니다. 내가 무엇 때문에 억지수작으로 큰소리를 치겠
　　습니까?"(「사하곽생」, 『담헌연기 외집』 7권, 97면).

126

도하고 있는 것을 들 수 있다. 이러한 집요한 대화가 얻는 효과는 '원하는 정보의 취득'이 주류를 이루지만, 이러한 길고 집요한 문답을 넘어 대화가 '진정한 교유'로 승화된 경우가 있다. 이것이 바로 엄성, 육비, 반정균과의 교유인 「건정동필담」71)이라 볼 수 있으며, 이것은 담헌의 연행이 일시적인 인상의 기록과 나열이 아니라 타국에 대한 이해를 심화시키는 특징 있는 것으로 변하게 한다. 그리고, 이런 심화된 교유는 연행록의 '심화된 대청인식'의 폭을 효과적으로 보여주는 것으로 파악되며 18세기 종반의 연행록에서 자주 차용되고 있다.

이러한 사람에의 관심은, 김종정이나 유척기가 보여준 심양에서의 기록에서는 소략한 편이다. 그들은 국경에서 중국인을 죽인 우리나라 의주 사람을 심문해야 하는 일에 바빴거나(김종정의 경우), 혹은 급히 처리해야 할 일이 있는 등 공통적으로 빠른 일정 안에서 처리해야 할 일이 많은 실무자로 갔기 때문이기에, 가고 오는 길에 사적인 교유나 만남에 신경을 쓸 수 있는 여유가 상대적으로 많지 않았다. 그러나, 이압의 『연행기사』에서는 보다 많은 사람에게 주의를 기울이고 있다. 그러나, 그것이 담헌의 경우처럼 청의 왕족, 유리창등 시사에서 만날 수 있는 남중국 출신 선비 등에 초점이 맞추어져 있지 않고72) 오히려

---

71) 홍대용은 그의 연행기간 중 엄성과 반정균은 일곱 차례, 육비와는 두 차례 만나서 각자의 고향 이야기, 신변잡기에서부터 주자학, 양명학 등의 학문론에 대한 심도깊은 대화를 이루어간다. 특히 양명학에 대한 논의는 모두 세 번으로 이루어지며, 세 번의 논의 끝에 이루어 낸 결론은 "이는 양명 이후에 주자학을 한다고 하면서 실지로 깨달아 얻어 모든 사물에 밝은 자로서 양명의 적수가 될 만한 사람은 없다고 할 수 있으니, 표현한 것이 없다고 하여도 좋습니다."라고 함으로써, 양명에 대하여 허탄하고 禪에 빠진다는 기존 양명의 평가에 반하여 긍정적인 결론을 내고 있다. 이는 꼭 양명에의 경도가 아니라, 허학으로 흐른 조선 주자학의 병통을 고치는 실학의 지향점을 보여주고 있다.(金泰俊(1998), 『홍대용』, 한길사, 228~229면 재인용).
72) 실제로, 그가 청의 관리에게 대화를 건네는 내용은 『문견잡기』 상편에서, 성

악라사, 서양국, 유구국, 몽골 등의 주변 국가에 대한 설명을 전체적으로 하면서 그 안의 한 요소로서 그 사람들의 생김과 하는 짓들에 대하여 서술한다. 예를 들면 아라사(지금의 러시아) 사람들에 대해서는 "그들은 키가 크고 몸뚱이가 건장하며 상모가 극히 흉한 영악하다. 눈은 크고 광대뼈가 튀어 나왔으며, 코가 주먹같이 높고 붉은 수염이 텁수룩하게 났다"[73]라든지, 몽고인에 관해서도 "그 사람 된 것은 청인과는 아주 다르다. 두 관골이 높고 눈이 푸르며 수염이 붉다. 그리고 모두 한악하고 추건하여 집에서 사는 것을 생각하지 않는다. 배가 고프면 낙타의 고기를 먹을 뿐이고 또 개와 한 그릇에 먹는다."[74]라고 하는 것이다. 그러나, 이것들은 '인간적 교유에의 관심'이라기보다는 그 나라에 대한 정보와 국민성이라고 정리될 수 있을 듯한 요소들이기에, 담헌의 경우보다는 개인적인 우정을 토대로 한 만남이 아니라 타민족에 대한 지식 확장적 관심이라고 하겠다. 그리고 이것은 우리나라 밖의 세계에 대한 심화되고 체계적인 정보 수집에 관련된다고 보이므로, 전절에서 서술한 '구조' '체계화' 같은 특징에 가깝다고 볼 수 있다.

인들은 화장하지만 동자의 경우 10여 세가 된 아이들까지도 들 밖에 버려 모두 개 돼지에게 먹인다는 그들의 충격적인 상례를 전해들으면서 "어찌해서 매장하지 않고 차마 이런 일을 하는가?"라고 질문하는 경우, 또한 무지한 제례를 보고 역시 사관 사람에게 "이것이 과연 너의 사당인가? 나귀, 말, 닭, 개가 사람과 아울러 있으니 누가 너의 조상이냐?"라는 힐책 외에는 거의 찾아볼 수 없다. 이것은 보다 심화된 토론을 위한 질문의 제기라기보다는 한심하다는 것의 한 표현이므로, 담헌의 경우처럼 청 내의 만인과 한인에 관해 개인적으로 필담을 하고자 하는 것과는 다른 방식이다.(이압, 앞의 책, 245~246면).

73) "其人身長 軀殼壯健 兒極凶悍獰惡 眼碧顴高鼻隆如拳 紫髥鬱密"(이압, 『문견잡기』 하).

74) "其爲人與淸人自別 兩顴高眼碧髥紫 皆悍惡鹿健 不思室居雖極寒之時 只設帳於車上 而宿於道路 朝乃拂雪而起 飢則只噉駱肉 又與狗同器而食"(이압, 『문견잡기』 하).

결국, 중기 연행록 중 사람, 인간적 교유를 통한 연행록 서술의 심화를 가져온 사람으로는 담헌이 절대적이다. 홍대용에 와서 불거진 이러한 '사람에 대한 관심'은 후대 북학파들의 연행록에서 중요한 모티프로서 계승되고 있는 것이 보인다. 북학파는 그들의 '우도론(友道論)'을 그들 관심의 중요한 한 축으로서 생각하고 있고, 또한 담헌이 중국에서 엄성, 반정균, 육비와 국경을 초월한 우정을 맺은 것을 중요하고 배워야 할 아름다운 일로 생각하고 있다. 그리하여 연행을 갔을 때 그 나라의 선비들과 교유를 맺는 것을 중시하고 있으며, 이를 주 내용으로 구체화시키고 있는 것이 바로 유득공(1801)의 『연대재유록』이라고 할 수 있다. 실제적으로, 북학파의 중국인 교유는 홍대용의 지인(知人)서부터 시작되었다고 해도 과언이 아니다.[75)]

3. 조성적, 유동적 상관물에 대한 주목

1) 사소한 것의 조성력 : 벽돌과 거름

18세기 종반부의 이른바 '북학파의 연행록'들이 주목하는 문물들과 경험의 영역은 전술한 바 있는 초, 중기에서의 관심 영역들, 즉 골동서화[76)]와 인물적 교유, 환희잡기와 풍속에 대한 친화적 서술 등을 모

---

75) 『담헌서 내집』, 「항천척독」에서는 「건정동필담」 말고도 연경 체험 이후에 담헌이 삼하에서 사귄 손용주와 왕래한 편지가 나와 있는데, 1778년에는 이덕무를 통해서 손용주의 편지를 받았고, 담헌도 손용주에게 이덕무와 박제가를 소개하였다. 또한 1780년 연암 박지원이 연행을 할 때, 자신의 가장 아끼는 후배라고 소개하면서 청인들과의 교유를 이어지게 하고 있다. 김태준 (1998), 앞의 책, 242면 재인용.
76) 골동서화에 대해서는 특히 연암의 「성경잡지」 중 연암이 전사가, 이귀몽, 온백고 등과 대화를 나눈 속재필담을 들 수 있다. 심양에서 만난 한족 선비들인 이들은 과거를 보려고 하다가 실패하여 심양에서 상업을 하며 살아가는

두 포함한다. 그러면서도 일단 초, 중기의 교유 문화 양상보다 '특화, 심화'되었다는 특징이 있다.[77] 그리고 지역상으로 보았을 때, 책문을 건너기 전의 유락, 예를 들어 평양의 대동강 뱃놀이, 부벽루에서의 유락, 기자묘 유람 등을 특기하기보다는 아예 책문을 건너는 여정부터 소개하여 보고 겪은 문물들이 더욱 '청의 것'으로 집중되는 경향[78]을 보인다. 이렇게 특화되고도 심도 깊은 문물 관찰의 대표적인 결과가 박제가(1778)의 『북학의』이다.

초정 박제가는 그의 자서(自序)에서 "나는 어릴 적부터 고운 최치원과 중봉 조헌의 사람됨을 사모하여 개연히 비록 뒷시대에 살고 있지만 그분들의 말을 끄는 마부가 되어 모시고 싶다는 소망을 가졌었다"[79]라는 말을 한 바 있다. 여기에서 그가 본받고 싶다고 한 중봉 조

사람들이다. 이들과 나눈 필담 중에 골동서화에 대한 것이 많으며, 나중에 전사가는 연암에게 북경 유리창에서 속지 말 것을 당부하며 중국 골동서화의 안품(모조품) 식별법을 알려주는 편지를 보내고 있다.

77) 이것을 단적으로 보여주는 예가 있다. 바로 연암 박지원의 『열하일기』「성경잡지」속재필담 안에 있는 일화이다. 자신의 하인인 장복이가 몽고인이 낙타를 끌고 가는 것을 보았는데, 연암이 너무나 피곤하게 자고 있어서 깨우지 않았다고 하자 매우 역정을 내면서 "이담에는 처음보는 물건이 있거든 비록 졸 때거나 식사할 때거나 반드시 알리렸다"고 호통을 치며, 낙타라는 이국 문물에 대한, 또한 처음 보게될 대상들에게 매우 집중하는 모습을 알 수 있는 것이다(박지원, 앞의 책, 146면). 이러한 극대화된 호기심은 이국 문물을 보는 데도 적용되어 묘사 자체를 매우 집요하고 세심하게 하고 있는 경향을 보인다.

78) 이러한 '북경중심'이 아닌 것도 18세기 종반 연행록에는 존재한다. 예를 들어 노이점(1780)의 『수사록』을 들 수 있다. 김동석(2001), 「노이점의 『수사록』에 관한 연구」(『한국한문학연구』 제27집)를 보면 연암 박지원과 같은 시기에 연행을 가서 남겨진 이 연행록의 특징으로서 '시간 진행에 따라 서술한 수사록과 북경에서 한양으로 돌아오는 과정이 생략된 열하일기는 형식적인 면에서 다르다'(298면)라고 서술함을 볼 수 있는데, 이것을 형식적인 면의 다름이라기보다는 북학파의 연행록과 그렇지 않은 사람의 연행록의 지향점으로 설명하는 것이 더 효과적이지 않은가 싶다.

헌의 『동환봉사』는 전술했듯이 명에서 본받았으면 하는 사회제도와 기물제도에 대한 상소문 형식의 조천록이었다. 그것에 경도되었음을 처음부터 밝히면서 전개되는 초정의 『북학의』는 내편에서 수레, 배, 성, 벽돌, 수고, 기와, 자기, 삿자리, 주택, 목축, 소말, 구유통, 시장과 구유, 장사, 여자의 의복, 연극, 중국어, 통역, 종이, 활, 저보, 문방구, 골동서화 등의 문물들을 전체적으로 다루고 있다. 또한 외편에서는 밭, 거름, 뽕과 과일, 농잠총론, 과거론, 관직과 녹봉, 풍수설과 장지, 병론, 존주론, 북학변 1·2·3 등의 총론을 다루었고 그것을 일반 독자들로부터 중봉의 경우처럼 임금님께 직접 이야기하는 진소본(進疏本) 북학의로 따로 만들어 두 가지 판본을 함께 두고 있다. 이것은 『북학의』 자체가 조헌처럼 임금에게 보이기 위한 의도의 글에서 좀더 넓어진 독자층을 의식한 전략이다.

그런데 박제가의 이 글에서 가장 중심적으로 주목한 문물, 그리고 배우기를 갈망한 것은 다름 아닌 '벽돌'이었다. 물론 벽돌은 18세기 초기의 『민진원연행록』(1710)에서부터 주목받은 문물 목록 중의 하나였다. 그러나, 그곳에서는 '성을 벽돌로 쌓았기 때문에 견치(堅緻)하다'는 감탄의 수준[80]이었고 본격적 북학파의 연행록에서처럼 이것을 직접 만들 수 있는 생산방식까지 적을 정도로 심도깊은 것은 아니었다. 『북학의』에 글을 실은 순서대로 보자면 초정이 가장 주목한 것은 수레가 아닌가 생각할 수도 있으나, 『북학의』 내편에서 '성' '벽돌' '수고(水庫)'[81]부분의 주된 부분과 '주택(宮室)'의 일부에서 지속적으로 이

---

79) "余幼時 慕崔孤雲 趙重峰之爲人 慨然有異世執鞭之願"(박제가, 『북학의』 서문).

80) 민진원(1710), 『연행록』(조영복 연행록과 같은 이 필사), 3월 28일조, 『연행록전집』 권36, 227면.

81) 원저에는 벽돌의 부록격으로 수록하여 이 목차가 없으나, 『泰西水法』의 전재이므로 이 내용을 구분하기 위해 안대회 교수가 자의적으로 단 것이다. 이

야기되고 있으며, 본문을 인용하면 다음과 같다.

　　(1) 성은 모두 벽돌을 이용하여 쌓았다. 회를 이용하여 벽돌을 붙였
는데, 겨우 벽돌이 붙을 정도로 아주 엷게 회를 사용하였다. (중략) 우
리나라에는 성곽이 하나도 없다고 할 수 있다. 도대체 무엇 때문에 그
렇게 말하는가? 그에 대하여 나는 "벽돌을 사용하지 않은 결과다"라
고 답하겠다. (중략) 바위 하나를 놓고 보면 당연히 벽돌 하나에 비하
여 훨씬 견고하다. 그러나 바위를 쌓아서 만든 것의 견고함은 벽돌을
쌓아서 만든 것의 견고함에는 미치지 못한다. 바위의 성질은 접착이
잘 되지 않는 반면 1만 개의 벽돌은 회로 바르기만 하면 전체가 하나
로 합쳐질 수 있기 때문이다. 또 바위는 언제나 사람이 깨고 다듬는
노력을 필요로 하기 때문에 여기에 그 얼마나 많은 힘이 들어가는가?
그러나 벽돌은 마음대로 만들어도 네모반듯하지 않은 것이 없다. 또
바위는 크고 작기가 일정하지 않기 때문에 일수를 나누어 일을 시켜
도 사람의 힘을 균등하게 조절하기가 어렵다. 그러나 벽돌의 경우에는
치수가 같기 때문에 인부가 근면하게 일하는지 태만하게 일하는지가
바로 나타난다. (중략) 어떤 자는 강화도의 벽돌로 만든 성이 자주 붕
괴되어 제 구실을 못한다고 반론을 제기하고 그 잘못을 벽돌로 성을
쌓자고 한 사람에게 돌린다. 하지만 이것은 성의 축조를 잘못한 탓이
지 벽돌의 잘못이 아니다. 석회를 제대로 바르지 않는다면 벽돌이 없
는 것과 같다. 또 성 전체를 모두 벽돌로 쌓지 않으면 성을 쌓지 않은
것과 똑같다. 토성의 겉부분에 한 겹으로 벽돌을 덧붙여 높게 쌓고서
는 무너지지 않기를 바란다면 그것은 불가능한 일이다.82)

　　것을 차치하고도, '벽돌'에 대한 내용이 독립적 문물 가운데 가장 분량상으
　　로 많은 것으로 보인다.
82) "城皆甓築 黏甓以灰 用灰甚薄 僅取其黏 (중략) 吾不知己 否則國無一城焉
　　何哉 曰不用甓焉耳 (중략) 吾謂一石之堅固 勝一甓 而累石之堅 不及累甓
　　以石性不可黏 而萬甓縫灰 可合爲一也 又石 常費人彫琢 用力幾何 而甓可
　　隨意造成 無不方正也 又石旣大小不齊 排日董役 難以均人之力 夫甓則步

(2) 벽돌은 크고 작기를 사람 마음대로 만들 수 있다. 늘 사용하는 벽돌은 네 개를 쌓으면 면이 같고, 세로로 세 개를 쌓으면 길이가 같다. (중략) 가령 벽돌을 사용하여 담을 쌓는다고 할 것 같으면 수백 년 동안 담이 붕괴되지 않을 것이다. 그렇다면 나라 안에서 다시는 담을 쌓는 공사가 없을 것이므로 소득이 많을 것이다. 그 나머지 일은 이 사례를 통해서 유추할 수 있다. 지금 우리나라에서 담이 달마다 붕괴되고 집이 해마다 부서지는 것이 무슨 까닭인지를 생각해 보라!83)

(3) 벽돌은 크기의 대소를 따질 것 없이 견고하게 만들고, 양질의 점토를 사용하며, 화력을 충분하게 가하는 것이 중요하다. 모름지기 8~9월 사이에 물기가 많은 점토를 잘 이겨서 극도로 차지게 만든다. (중략) 벽돌 만들기는 한 가마당 네 명의 인부가 나흘 동안 일하면 작업이 끝난다. 그 사이에 베어놓은 풀이나 수수깡, 짚 3백 단을 가지고 물을 사용하여 진흙과 반죽하되 떡이나 국수를 반죽하듯이 뒤섞는다. 그것을 벽돌판에 다 채운다. 벽돌판은 하나의 틀에다 나무를 끼워 두 개의 판을 만든다. (후략)84)

이것으로 미루어 보았을 때, 초정이 생각하는 벽돌이라는 것은 치수가 같다는 규칙성, 그리고 사람이 쉽게 만들 수 있다는 효율성과 경제성에 뛰어난 특징이 있다. 그러나 가장 중요한 것은 이것으로 사람

數旣同 勤慢立見 (중략) 或以江華甓城 數崩不成 歸咎於創議之人 此築之失 非甓之失也 夫灰不如法 猶無甓也 甓不盡城之厚 猶無城也 今附一重之甓於土城之皮 欲其崢嶸而不墜難矣"(박제가 저, 안대회 편역(2003), 『북학의』, 돌베개, 46면).

83) "甓 大小隨意 恒用之甓 積四則齊面 縱三則齊長 (중략) 假如以甓築墻 數百年不壞 則國中更無築墻之事 所獲多矣 餘可類推 今有月壞之墻 歲壞之屋何也"(안대회 편역(2003), 위의 책, 48~50면).

84) "甎 無論大小 惟在坯質堅好 火力充足 須於八九月間 用水泥揉練極靭 (중략) 磚 每窯用四人 役四日畢 其間刈草或秫稭二百束用水沈泥 如和餠麵 塡之磚板 其板一座 隔木爲兩板"(박제가, 안대회 편역, 위의 책, 56~57면).

들이 성과 집을 '만들 수' 있다는 점과 또 그 만든 것이 '수백 년'을 가
도록 영구하다는 것에 있다. 환언하면, '조성력'과 '영구함'을 이 안에
서 찾았다고 보면 될 것이다. 사실, 벽돌을 쌓아 만든 집이 튼튼하기
는 하지만 초정이 위에서 말한 바와 같이 '나라 안에서 다시는 담을
쌓는 공사가 없을 것'이라는 말을 할 수 있을 정도로 견고하고 영구적
인 것인가에 대해서는 증명할 수 없다. 그러나, 초정에게 다가온 '벽
돌'이라는 문물은 그 눈앞에서 버티고 서있는 청 문물이라는 거대한
거인을, 그것도 영원히 갈 것 같이 견고하게 서있는 '영속성을 만들어
내는 사회조성의 원천'으로 보였던 것이다. 그래서 초정은 이것의 제
조 원료로부터 반죽하는 방법, 구워내는 방법, 그 벽돌을 어떻게 붙여
서 건물들을 만드는가에 대한 모든 과정을 눈에 보듯이 일일이 설명
해 내는 것이다. 이른바 연암일파의 관심은 비슷한 것이어서, 연암도
그의 『열하일기』에서 벽돌에 대한 길고 집요한 서술을 「도강록」과 「성
경잡지」, 「일신수필」 등에서 그리고 있다.

집을 지음에 있어서 온통 벽돌만을 사용한다. 벽돌의 길이는 한 자,
넓이는 다섯 치여서 둘을 가지런히 놓으면 이가 꼭 맞고 두께는 두 치
이다. 한 개의 네모진 벽돌박이에서 찍어낸 벽돌이건마는 귀가 떨어진
것도 못쓰고, 모가 이지러진 것도 못쓰며, 바탕이 삐뚤어진 것도 못쓴
다. 만일 벽돌 한 개라도 이를 어기면 그 집 전체가 틀리고 만다. 그러
므로 같은 기계로 찍어냈건마는 오히려 어긋난 놈이 있을까 염려하여,
반드시 곡척으로 재고 자귀로 깎고 돌로 갈아서, 힘써 가지런히 하여
그 개수가 아무리 많아도 한 금으로 그은 듯 싶다. 그 쌓는 법은 한 개
는 세로, 한 개는 가로로 놓아서 저절로 감·이괘(坎·离卦 : ☵☲)가
이룩된다. 그 틈서리에는 석회를 이기어 붙이되 초지장처럼 엷으니 이
는 겨우 둘 사이가 붙을 정도여서 그 흔적이 실밥처럼 보인다. (중략)
아무튼 집을 세움에는 벽돌의 공덕이 가장 크다. 비단 높은 담쌓기만

134

이 아니라 집 안팎을 헤아리지 않고 벽돌을 쓰지 않는 곳이 없다. 저 넓고 넓은 뜰에 눈가는 곳마다 번듯번듯하게 바둑판을 그려 놓은 것 처럼 보인다. 집이 벽을 의지하여 위는 가볍고 아래는 튼튼하여 기둥 은 벽 속에 들어 있어서 비바람을 겪지 않는다. 이러므로 불이 번질 염려도 없고 도둑이 뚫을 위험도 없으려니와, 더구나 새·쥐·뱀·고 양이 같은 놈들의 걱정이야 있을 수 없다. 가운데는 문 하나만 닫으면 저절로 굳은 성벽이 이룩되어 집 안의 모든 물건은 궤 속에 간직한 셈 이 된다. 이로 보면, 많은 흙과 나무도 들지 않고 못질과 흙손질을 할 필요도 없이, 벽돌만 구워 놓으면 집은 벌써 이룩된 것이나 다를 바 없다.85)

자네가 모르는 말일세. 우리나라의 성제에는 벽돌을 쓰지 않고 돌을 쓰는 것은 잘못일세. 대체 벽돌로 말하면, 한 개의 네모진 벽돌박이에 서 박아내면 만 개의 벽돌이 똑같을지니, 다시 깎고 다듬는 공력을 허 비하지 않을 것이요, 아궁이 하나만 구워 놓으면 만 개의 벽돌을 제 자리에서 얻을 수 있으니, 일부러 사람을 모아서 나르고 어찌고 할 수 고도 없을 게 아닌가. 다들 고르고 반듯하여 힘을 덜고도 공이 배가되 며, 나르기 가볍고 쌓기 쉬운 것이 벽돌 만한 게 없네. (중략) 내가 일 찍이 차수(次修 : 박제가)와 더불어 성제를 논할 때에 어떤 이가 말하 기를 '벽돌이 굳다한들 어찌 돌을 당할까보냐' 하자, 차수가 소리를 버 럭 지르며 '벽돌이 돌보다 낫다는 게 어찌 벽돌 하나와 돌 하나를 두

85) "爲室屋 專靠壁 壁者甎也 長一尺廣五寸 比兩甎則正方 厚二尺 一匡摺成 忌角缺 忌楞刓 忌醎 一甎犯忌則 全屋之功 左矣 是故 旣一匡印摺 而猶患 參差 必以曲尺見矩 僅削勵磨 務令勻齊 萬甎一影 其築法 一縱一橫 自成坎 离 隔以石灰 其薄如紙 僅取膠粘 縫痕如線 (중략) 大約 立屋 甎功居多 非 但竟高築墻 室內室外 罔無鋪甎 盡庭之廣 麗目井井 如畵碁道 屋倚於壁 上 輕下完 柱入於墻 不經風雨 於是不畏燃燒 不畏穿窬 尤絶雀鼠蛇猫之患 一 閉正中一門 則自成壁壘城堡 室中之物 都似櫃藏 由是觀之 不須許多土木 不煩鐵冶堊工 壁一燔而屋已成矣"(박지원 저, 이가원 역(1968), 「도강록」, 『국역 열하일기 1』, 민족문화추진회, 53~55면).

고 말함이요' 하던데 그려. 이는 가위 철론일세.86)

　이르는 곳마다 관제묘가 있고, 몇 집만 보면 반드시 한 채의 큰 가
마가 있어서 벽돌을 굽게 되었다.87)

　마을 가에 벽돌 가마가 둘이 있다. (중략) 우리나라의 기왓가마는 곧
하나의 뉘어놓은 아궁이어서 가마라고 할 수 없다. 이는 애초에 가마
를 만드는 벽돌이 없기 때문에 나무를 세워서 흙으로 바르고 큰 소나
무를 연료로 삼아서 이를 말리는데, 그 비용이 벌써 수월찮다. (중략)
이곳의 벽돌가마를 보니 벽돌을 쌓고 석회로 봉하여 애초에 말리고
굳히는 비용이 들지 않고 (중략) 대체 요약해 말한다면 그 묘법은 벽
돌을 쌓는 데 있다고 하겠다. 이제 나로 하여금 손수 만들게 한다면
극히 쉬울 듯 싶으나, 입으로 형용을 하기엔 매우 힘들다.88)

　이렇게, 『열하일기』의 맨 처음 편인 「도강록」은 거의 '벽돌 예찬'이
라고 해도 과언이 아니다. 연암의 벽돌 예찬에서는 앞서 말한 초정 박
제가의 이름이 거론되는 것으로 보아서 서로의 영향이 짙은 것으로
파악할 수 있다. 그러나, 박제가의 생각에 대해서 강한 찬성을 보인다
고 해도 이 두 사람의 벽돌 예찬은 일점 일획도 틀림이 없이 그대로

---

86) "君不知也 我國城制 不甎而石 非計也 夫甎 一函出矩則萬甎同樣 更無費力
　　磨琢之功 一窰燒城 萬甎坐得 更無募人運致之勞 齊勻方正 力省功倍 運之
　　輕而築之易 莫甎若也 今夫石 劚之於山 (중략) 余 嘗與次修論城制 或曰甓
　　之堅剛 安能當石 次修大聲曰 甓之勝於石 豈較一甓一石之謂哉 此可謂鐵
　　論."(위의 책, 62면).

87) "到處有關廟 數家相聚 必有一座大窰以燒甎"(박지원, 위의 책, 64면).

88) "村邊有二窰 (중략) 我窰 直一臥竈 非窰也 初無造窰之甎故 支木而泥築 薪
　　以大松 燒堅其窰 其燒堅之費 先已多矣 (중략) 今觀此窰 甎築灰封 初無燒
　　堅之費 (중략) 大約其妙在積 今使我手能爲之至易也 然 口實難形"(박지원,
　　「도강록」, 위의 책, 69~70면).

따오는 것보다는 미묘한 차이를 보이고 있다. 일단, 연암이 벽돌에 대해서 칭찬한 것은 경제성, 규칙성, 효율성, 조성력이라는 점에서는 공통점을 가지고 있으나, 귀가 떨어진 것, 모가 이지러진 것은 못쓰기 때문에 이를 고르게 하는 데 공력(功力)을 들인다는 점에서는 먼저한 박제가의 벽돌 예찬 일변도에서 한 걸음 물러나 객관성을 유지하고 있다. 그러나, 이렇게 실상을 드러내 읽는 사람으로 하여금 벽돌의 효율성을 덜 느끼게 한 듯하나 그 다음에 이어지는 "중국에는 가는 곳마다 관왕묘가 있고 벽돌가마가 있다"는 말과 "손수 만들게 한다면 극히 쉬울 듯 싶으나 입으로 형용을 하기엔 매우 힘들다"는 말로 그러한 불신을 다시 없애고 있다. 즉, 어디에나 있을 수 있는 대중성을 확보하기에 알맞은 것이고 실상 생활에 적응하기도 '말하기보다 쉽다'는 것이다. 요컨대, 먼저 『북학의』에서의 초정이 벽돌의 견고함과 조성력을 높이 사서 그것을 우리나라에서도 도입하게 하기 위해 계몽적으로 제조법과 만드는 법을 강변한다면 연암에 와서 벽돌의 대중성과 용이함이 더욱 드러나는 것이다. 또한, 벽돌을 만들어 깔아놓으면 저절로 감·이괘가 만들어진다는 은유를 쓴다. 이는 벽돌 구조물의 모양이 그렇게 생겼다는 것을 나타내는 것이지만, 이러한 모양이 표상하는 감·이라는 주역의 괘사를 통하여 '물과 불'의 두 상징이 인간들의 편의를 돌봐주는 공간을 창출한다는 함의로 해석할 수 있다. 윗 글에서는 위두 가지의 해석을 가능하게 하면서 벽돌의 공간 조성력을 효과적이고도 극대화시켜 표현하고 있다.

연암 박지원이 벽돌의 '조성력'에 주목하고 있다는 사실은, 벽돌이라는 문물을 그리면서만 볼 수 있는 것이 아니다. 일신 수필 중의 다음과 같은 일화에서 '기왓조각과 똥'이라는 문물에 주목하는 것을 보면서, 연암이 '조성력'이 있는 이미지의 물건들에게 관심이 있음을 알수 있다.

나 같은 사람은 하사(下士)이지마는 이제 한 말을 한다면 '그들의
장관은 기와조각에 있고, 또 똥부스러기에 있다'고 하겠다. 저 기와조
각은 천하에 버리는 물건이지만 민간에서 담을 쌓을 때 담 높이가 벌
써 어깨에 솟는다면, 다시 이를 둘씩 또 둘씩 포개어서 물결무늬를 만
든다든지, 혹은 넷을 모아서 둥근 고리처럼 만든다든지, 또는 넷을 등
지워서 옛 노전의 형상을 만들면 그 구멍난 곳이 영롱하고 안팎이 서
로 어리어서 저절로 좋은 무늬가 이룩된다. 이는 곧 깨어진 기와쪽을
버리지 아니하여 천하의 무늬가 여기에 있다 할 수 있을 것이다. (중
략) 똥은 지극히 더러운 물건이지마는 이를 밭에 내기 위해서는 아끼
기를 오금처럼 여기어 길에 내어 버린 분회가 없고, 말똥을 줍는 자가
삼태기를 들고 말 뒤를 따라다닌다. 그리고 이를 주워 모으되 네모반
듯하게 쌓고, 혹은 여덟 모로 하고 또는 누각이나 돈대의 모양을 이루
니, 이는 곧 똥무더기를 모아 모든 규모가 세워졌음을 짐작할 수 있다.
그러므로 나는 이렇게 말하련다. "저 기와조각이나 똥무더기가 모두
장관이니, 하필 성지(城地), 궁실, 누대(樓臺), 시포, 사관, 목축(牧畜)
이라든지, 또는 저 광막한 원야라든지, 변환하는 연수라든지, 그런 것
들만이 장관이 아닐 것이다."[89]

여기서는 초정의 경우보다 더욱 충격적으로 자신이 가치를 인정하
는 문물을 소개하고 있는데, 그것이 충격적인 이유는 바로 그 대표적
문물이 기존에 소개되었던 것에 의한 사람들의 추측을 깨고 지극히
'미천한' 것에 있다는 점이다. 우리나라에서도 흔히 볼 수 있는, 보려

89) "余下士也 日壯觀在瓦礫 日壯觀在糞壤 夫斷瓦 天下之棄物也 然而民舍繚
垣 肩以上 更以斷瓦 兩兩相配 爲波濤之紋 四合而成連環之形 四背而成古
魯錢 嵌空玲瓏 內外交映 不棄斷瓦而天下之文章斯在矣 (중략) 糞溷至穢之
物也 爲其糞田也則惜之如金 道無遺灰 拾馬矢者 奉畚而尾隨 積痔正方 或
八角或六楞 或爲樓臺之形 觀乎糞壤而天下之制度斯立矣 故 日 瓦礫糞壤
都是壯觀 不必城池 宮室 樓臺 市鋪 寺觀 牧畜 原野之廣漠 烟樹之奇幻然
後 爲壯觀也"(박지원, 「일신수필」, 위의 책, 175면).

고 보기보다는 보이기 때문에 보게 되는 것들, 기와조각과 똥에서 그들 문화의 저력을 찾는 것이다. 그러나 거름에 대한 언급은 이미 담헌 홍대용에게서도 그 단초가 보인다.90) 이 글들을 보면 앞서 연암이 말한 '거름' 부분에서의 일화는 거의 담헌이 「연로기략」에서 말한 내용 외에 별달리 첨가된 내용은 없다. 그러나, 담헌의 초점은 그들의 '검소함'에 맞추어져 있다고 할 수 있다. 말똥무더기를 만들어서 바로 그 다음 농사의 거름으로 쓰려는 점을 특기한 것이나, 연경에 있는 공중

---

90) 길가에서 말똥 줍는 사람이 서로 바라볼 정도로 많았는데, 삼태기를 짊어지고 손가락처럼 약간 꼬부라진 4가지 난, 작은 쇠꼬챙이를 들고 다니면서, 말똥을 보는 대로 꼭 손가락 놀리듯 주워 담았다. 그들이 얼마나 농사에 힘을 기울이고 부지런하며, 알뜰한가를 볼 수 있었다. 그 똥무더기도 모두 모양 있어 보였는데, 둥근 것은 콤파스로 원을 그린 듯하고 네모난 것은 기역자로 잰 것 같으며, 세모난 것은 직각삼각형에 딱 들어맞게 반듯하였다. 또 위가 둥근 것은 우산 같았고, 평평한 것은 책상 같았는데, 매끈하고 번드레하여 벽칠한 것이나 다름 없었다. 맨 끝에 가서 막 흩어진 채 비스듬히 쌓여 있는 것이 보였는데, 중국 사람들의 알뜰한 마음가짐이 예로부터 이와 같았다. 성곽 같은 데도 반드시 길이 있고, 여관집은 언제나 깨끗하게 청소되어 있었다. 제갈량이 행진할 때에 변소를 일정한 법도가 있게 한 것이 새삼 신기하게 여길 것도 없다.(홍대용, 「연로기략」, 『담헌연기 외집』 8권, 197~198면). 길가에 군데군데 깨끗한 변소가 마련되어 있는데, 대부분이 단청을 하고 벽에는 채식으로 그림이 그려져 있는데, 음란하게 희롱하는 모양이 많았다. 앞에 붉은 칠을 한 기구가 있는데, 누런 종이조각을 죽 꽂아 놓았다. 뒤지로 쓰기 위한 것이다. 혹 어떤 데는 장대를 세워놓고 깨끗한 변소라는 글자를 쓴 깃발 간판을 매달아 놓고 있기도 했다. 이 변소에 들어가 뒤를 보려는 사람은 반드시 동전 한 푼을 내야만 했는데, 변소 주인은 돈을 받아 쓸 뿐 아니라 또한 똥을 모아 전답에 거름을 하는 이익도 있었다. 중국 사람들이 하는 일의 교묘하고 치밀함이 모두 이런 식이다. 길을 가다가 보면 더러 조그만 교자 위에 네모난 통을 설치하고 분뇨를 가득 채워 어깨로 메어 끌고 가는 사람이 있었다. 그들의 부지런하고 알뜰함을 알 수 있다. 우리나라 하졸배가 혹 옆에 따라가면서 장난을 치는데, 심한 사람은 심지어 그 똥을 찍어 그 사람의 입에 바르기까지 하였다. 그러나 그사람은 가마가 뒤집힐까봐 감히 보복하려 하지 않고 그저 웃기만 할 뿐이었다.(「경성기략」, 『외집』 8권, 210면).

화장실의 주인이 '변소로 돈도 벌고 또 그것들을 모아 다시 거름으로 쓰는' 자원화를 눈여겨보았다면 연암은 그러한 유용성도 의미 있지만 그들의 똥무더기를 쌓아놓은 방법 속에서 누각과 돈대의 건축 관성을 추출해 내고 있는 것이다. 이는 연암의 은유적이고도 함축적인 말하기 방식에서 기인한 것이라고도 볼 수 있지만, 그 대상(object) 자체에서도 그러한 생산해 내는 (생산적인) 이미지를 부각하여 인식한 것으로 해석할 수 있다. 또한 여기서는 못쓰는 데서 다시 무엇인가로 만들어 나가는 '움직임'(과정)을 중시했다고 볼 수 있다.

하나의 과정으로서 파악할 수 있는 '움직임' 말고도, 실제적으로 움직이는 문물로서 연암이 주목한 것은 '수레'이다. 주지하다시피, 수레는 18세기 초기 연행록의 작가들에게도 '실용성' 때문에 주목받던 고전적인 품목이었다. 『열하일기』「일신수필」에서도 수레는 '거제(車制)'라는 독립항목 내에 소개되면서 태평거(太平車, 타는 수레), 대거(大車, 짐싣는 수레), 독륜거(獨輪車, 북경 등의 대도시에서 주로 물품을 싣고 다니는 것) 등의 기존 소개 범주를 충실히 반영하면서 "천리로 이룩되어서 땅 위에 행하는 것이며, 뭍을 다니는 배요, 움직일 수 있는 방이다"라고 설명하고 있어91) 그 움직이는 성질을 특히 주목하였음을 알 수 있다.

2) 상반된 '재현'의 공존 : 장면화된 역사공간과 관광지인 팔경(八景)

이렇게 '움직이고' '조성해 내는' 특징을 가지고 있는 이미지의 문물에 주목하는 연암은, 기존에 다루어졌던 연행록의 주된 묘사 대상인 역사 유적을 보면서도 아무 것도 없는 그곳에서 그 때 그 심정의 '재생된 공간'을 '만들어 낸다'. 관련되는 본문을 보자.

---

91) 박지원, 위의 책, 181면.

　(유득공이 심양으로 들어갈 때 지은 시 중에 형가가 기다리던 그 어떤 사람에 대하여) 이 글을 적은 이는 또한 형경의 의중의 벗을 이끌어다가 그 사람하고는 부연 설명하였으나, 그 사람이란 어떤 사람인지 알지 못함을 말함이니, 저 알지 못하는 사람을 두고서 막연히 먼 곳에 살고 있는 이라 하여 형경을 위로함이요, 또한 그 사람이 혹시 오지나 않을까 하고 기다릴까 저어하여 그가 오지 못할 것임을 밝혔으니, 이는 형경을 위하여 그 사람이 오지 못한 것을 다행히 여긴 것이다. 정말 천하에 그 사람이 있다 하면, 나는 이미 그를 보았을 것이다. 응당 그 사람의 키는 일곱자 두치, 짙은 눈썹에 검은 수염, 볼이 처지고 이마가 날카로웠을 것이다. 어째서 그럴 줄 알리오마는 이제 내 혜풍(유득공)의 이 시를 읽고 나서 안 것이다.[92]

　때마침 봉황성을 새로 쌓는데 혹은 "이 성이 곧 안시성이다" 하였다. (중략) 또 옛날부터 전하는 말에 "안시성주 양만춘이 당태종의 눈을 쏘아 맞히매, 태종이 성 아래서 군사를 집합시켜 시위하고, 양만춘에게 비단 백필을 하사하여 그가 제 임금을 위하여 성을 굳게 지킴을 가상하였다" 한다. (중략) 후세의 옹졸한 선비들이 부질없이 평양의 옛 이름을 그리워하여 다만 중국의 사전만을 믿고 흥미롭게 수·당의 구적을 이야기하되 "이것은 패수요, 이것은 평양이요" 라고 하나, 이는 벌써 사실과 어긋났음은 이루 말할 수 없으니, 이 성이 안시인지 또는 봉황인지 어찌 분간할 수 있으리요.[93]

---

92) "作之者 乃就荊卿意中之客而演之日 其人 其人者 所不知何人也 以所不知何人 而曰居遠 爲荊卿慰之 又恐其人之或來也 則曰未來 爲荊卿幸之耳 誠若天下眞有其人 吾且見之矣 其人身長七尺二寸 濃眉綠髥 下豊上銳 何以知其然也 吾讀惠風此詩知之矣"(박지원,「도강록」6월 24일자, 이가원 역주,『열하일기』, 23면).

93) "方新築鳳凰城 或曰此則安市城也 (중략) 又世傳安市城主楊萬春 射帝中目 帝耀城下 賜絹百匹 (중략) 後世之拘泥之士 戀慕平壤之舊號 徒憑中國之史傳 津津隨唐之舊蹟曰 此浿水也 此平壤也 以不勝其逕庭 此城之爲安市 爲鳳凰 惡足辨哉"(박지원, 위의 책, 55면, 60면).

가을 7월 10일 병술, 비오다가 곧 개다. (중략) 이 날은 몹시 더웠다. 멀리 요양성 밖을 돌아보니 수풀이 창창한데 새벽 까마귀 떼가 들 가운데 흩어져 날고 한 줄기 아침 연기가 하늘가에 짙게 끼었는데 붉은 해가 솟으며 아롱진 안개가 곱게 피어 오른다. 사방을 둘러본즉 넓디넓은 벌에 아무런 거칠 것이 없다. 아아, 이곳이 옛 영웅들의 수없이 싸우던 터이구나. 범이 달리고 용이 날 제, 높고 낮음은 내 마음에 달렸다는 옛 말도 있지마는 그러나 천하의 안위는 늘 이 요양의 넓은 들에 달렸으니, 이곳이 편안하면 천하의 풍진이 자고, 이곳이 한번 시끄러워진다면 천하의 싸움 북이 소란히 울려진다.94)

송산에서부터 행산, 고교를 거쳐 탑산까지의 백여 리 사이에는 동리나 점포가 있기는 하나 가난하고 쓸쓸하여 그들은 조금도 붙박이 생활을 할 의지가 없다. 아아, 이곳이 곧 옛날 숭정 경진, 신사연간(1640~1641)에 피 흘리던 마당이다. 이제 벌써 백여 년이 지났건만 아직 채 숨돌리는 기색이 보이지 않으니, 그 당시 용과 범들의 싸움이 격렬하였음을 짐작할 수 있겠다.95)

내 이제 조양문에 들어서자, 곧 저 요,순의 이른바 유정 유일의 마음씨가 이러하고, 하우씨의 홍수 다스림이 이러하고, 주공의 정전이 이러하고, 관중의 이재가 이러하였음이 눈에 선하게 띄었으며, 걸주가 옥과 구슬로 궁궐을 세운 것도 이런 방법에 지나지 않고, 몽염이 산을 허물어서 골을 메운 것도 이런 방법에 지나지 않으며, 진시황이 곧은

94) "秋七月初十日 丙戌 雨卽 晴 (중략) 是日 極熱 回望遼陽城外 林樹蒼茫 萬點曉鴉 飛山野中 一帶朝煙 橫抹天際 瑞旭初昇 祥霧霏靄 四顧浻蕩 無所罥礙 噫 此英雄百戰之地也 所謂虎步龍驤 高下在心 然 天下安危 常係遼野 遼野安則 海內風塵不動 遼野一擾則 天下金鼓互鳴"(박지원, 「성경잡지」, 위의 책, 100면).
95) "松杏高塔之間 百餘里雖有村閭市舖 貧儉凋殘 頓無樂業之意 嗚呼 此崇禎庚辰辛巳之際 魚肉之場也 至今百餘年間 尙未蘇息 足想當時龍爭虎鬪之跡矣"(박지원, 「일신수필」, 위의 책, 203면).

142

길을 닦은 것도 이런 방법에 지나지 않고, 상앙이 제도를 통일시킨 것
도 이런 방법에 지나지 않음을 깨달았다. (중략) 내가 앞서 이른바 재
지와 역량이 하늘과 땅을 움직일 수 있다 함이 오늘날의 중국을 이룩
한 것이며, 21대 3천여 년 동안의 모든 제도를 이에서 가히 상고할 수
있음을 의미하는 것이다.96)

　그러므로 천고에 이별하는 자 무한히 많건마는 유독 저 하량(북방
오랑캐 땅에 있는 하수의 다리. 소무와 이릉이 여기서 작별할 때, 이릉
이 소무에게 읊어준 시가 천고에 비장강개하기 짝이 없었다 한다.)을
일컫는 것은 무슨 까닭인가. (중략) 저 하량은 내가 아노니, 아마 얕지
도 않고 깊지도 않으며, 잔잔하지도 않고 거세지도 않은 그 물결이 돌
을 이끌어 안고 흐느껴 우는 듯하며, 바람도 불지 않는, 비도 내리지
않는, 음산하지도 않은, 볕도 쪼이지 않는, 그 햇볕이 땅을 감돌아 어
슴프레한데 흙먼지가 끼이고, 하수 위의 다리는 오랜 세월에 곧장 허
물어지려 하고, 물가의 나무는 늙어서 가지 없이 고목이 되려 하고, 물
언덕 모래톱은 앉았다 섰다 할 수 있고, 물 속에서는 물새가 있어 잠
겼다 노닐며, 이 가운데 사람은 넷도 아니요, 셋도 아님에도 서로 묵묵
히 말없는 이 이별이야말로 천하의 가장 큰 괴로움이 아닐 수 없으리
라.97)

---

96) "吾入朝陽門而可以見夫堯舜精一之心如此也 夏禹之治水如此也 周公之井
田如此也 孔子之學問如此也 管仲之理財如此也 傑紂之瓊宮瑤臺不過是法
蒙恬之壍山塡谷不過是法 始皇之除直道不過是法 商鞅之一其制度不過是
法 何以知其然也 (중략) 故 向所謂才智力量震天動地者 所以成中國之大而
二十一代三千餘年之間 成法遺制可得以攷焉"(박지원, 「관내정사」, 위의 책,
293~295면).
97) "故千古別離者何限 而獨言河梁者何也 (중략) 彼河梁我知之矣 不淺不深不
隱不急之波 抱石而鳴咽 不風不雨不陰不暘之晷 轉地而曀霾 河上有橋可久
而將崩 河畔有樹 可老而欲禿 河外有沙 可坐可立 河中有禽 可沈可浮 于斯
有人 非四非三 無語無言 此天下之至苦也,"(박지원, 「막북행정록」, 위의 책,
313~314면).

> 거용관과 산해관의 중간에 있는 장성의 험준한 요충지로는 고북구만한 곳이 없다. (중략) 마침 달은 상현이었다. 고개에 걸려 넘어가려는데, 그 빛이 싸늘하고 예리하기가 마치 칼날이 숫돌에 드러난 것 같았다. 조금 있으니 달은 더욱 고개 아래로 넘어갔으나, 그래도 뾰족한 양 끝은 드러나 있더니, 갑자기 불처럼 빨갛게 변해서 마치 두 개의 횃불이 산에 출현한 것 같았다. 북두칠성은 관문 안으로 반쯤 비껴 있는데, 벌레 소리가 사방에서 일어나고, 멀리서 드센 바람이 숙연히 불어와, 숲과 골이 아울러 운다. 저 맹수 같은 멧부리며 유령같은 산등성은 마치 창을 열지어놓고 방패를 묶어 세운 듯하며, 강물이 양쪽 산 사이에서 쏟아져 내리며 거세게 다투기를 마치 철기가 내닫고 종과 북이 울리듯 한다. 하늘 너머로 학 울음이 대여섯 번 들리는데, 맑고 곱기가 마치 길게 이어지는 피리소리 같았다. 누가 말하기를 이는 고니라고 한다.[98]

실제 보이는 공간의 묘사가 아니라 역사 회고공간의 생생한 장면화로 인한 새로운 공간 창출은 이 밖에도 「일신수필」 부분의 조대수, 대락 형제의 패루,[99] 「관내정사」 안의 공자의 지나감을 상상하는 장면[100] 등에서 드러나 있다. 앞서 제시한 글들은 모두, 사실은 아무 것도 없거나 다른 모양의 곳을 지나가면서도 연암의 생각 속에서 그 구체적인 모습을 재현했다는 공통점이 있다. 이러한 구체화는 첫째, 역사 유적을 지나가면서 당시의 상황을 재현하여 그 묘사의 적실함을

---

98) "中居庸・山海而爲長城險要之地 莫如古北口 (중략) 時月上弦矣 垂嶺欲墜 其光淬削 如刀發硎 少焉月益下嶺 猶露雙尖 忽變火赤 如兩炬出山 北斗半插關中 而蟲聲四起 長風肅然 林谷俱鳴 其獸嶂鬼巘 如列戟摠干而立 河瀉兩山間 鬪狠如鐵駟金鼓也 天外有鶴鳴五六聲 淸戛如笛聲長嘐 或曰 此天鵞也"(박지원, 「산장잡기」, 위의 책).

99) 박지원, 위의 책, 211면.

100) 박지원, 위의 책, 303면.

얻은 경우(조대수·대락형제의 묘비, 구혈대, 그리고 「막북행정록」의 싸움터 경우), 둘째, 지금의 경물을 바라봄으로써 옛날 독서공간 속에서 막연히 했던 상상을 확실히 추론할 수 있는 효과를 얻는 경우(「관내정사」의 일화, 「야출고북구기」의 경우), 세 번째로 경물을 통하여 생각난 고사가 어떤 장면을 보면서 생생하게 재현되는 경우(「도강록」 속 형가가 기다리던 사람의 구체화, 하량의 경우)로 크게 삼대별 할 수 있다. 봉황성 터에 있는 안시성 같은 경우는, 그 터만 지나가면서도 하나의 역사적 사실의 터를 고증을 통해 입증하고, 정확하지 않은 예를 들어 우리나라의 영토를 스스로 좁히고 있는 작태들을 비판하며 치밀한 역사 전고의 나열로써 그 곳에 '암만 무찔러도 끄덕하지 않았던 철옹성'을 지었다가는, 말미에 "(이곳이) 안시인지 봉황인지 어찌 분간할 수 있으리오."라 말함으로 그 철옹성을 다시 지금은 보이지 않을 뿐 아니라 그 곳을 세웠던 사람들의 후예마저도 기억하지 못하는 지금의 상태로 환원해 놓는다. 연암의 고문 명문으로 인정받고 있는 「야출고북구기」에서도 또한, 인용한 후반부에 드러난 "저 맹수 같은 멧부리며 유령 같은 산등성은 마치 창을 줄지어 놓고 방패를 묶어 세운 듯하며, 강물이 양쪽 산 사이에서 쏟아져 내리며 거세게 다투기를 마치 철기가 내닫고 종과 북이 울리듯 한다."라는 구절에서 다시 중화와 이적의 싸움이 치열했던 고북구를 피비린내 나는 싸움터로 재현해 냄으로써 그 때의 '외적인 비장'과 지금 연암의 '내적 비장'을 효과적으로 대비시키고 있다. 「막북행정록」에서 이별의 명소로 제시한 '하량'의 묘사에서는 '물결이 돌을 이끌어 안고 흐느껴 우는 듯하는' 등의 언술로 이루어진 가상 공간의 창출로 인해 이별의 정이라는 것이 구체적으로 손에 잡힐 듯 하게 그려지는 효과를 얻은 것이다.

　「야출고북구기」와 '하량'의 부분은 김명호 교수의 선행연구[101]에서 "표현 형식상의 제 특징"을 보여주는 대표적인 부분으로 지적되면서

「고북구기」는 고문적인 간결한 표현으로, 하량은 "도도한 웅변조와 요설적 경향"이 드러나는 표현으로 일견 상반되는 듯한 두 가지 표현 경향으로 분석되어, 이러한 다양한 표현적 변폭을 구사한 것으로 연암의 훌륭함을 역설하였다. 이러한 분석은 표현 형식상의 분석으로서는 탁견이다. 그러나, 이는 연행 중 연암이 보았던 대상으로서의 '문물'이라는 관점에서 볼 때는 '재생된 현실' 혹은 '재생된 역사공간'이라는 공통점이 있는 것이다. 이러한 '(생생하게) 만들어진 공간'은 18세기 초기의 산포적(散布的)인 문물 소개, 중기의 문물에 대한 분석적·구조적·집요한 성격의 주목에 비하여 후기의 '연암'이라는 걸출한 저자가 눈에 보이지 않는 문물을 그려내어 가슴 속의 실경을 소개하는 효과를 내는 경지까지 다다를 수 있었다는 후기의 특징과 성과를 보여준다.102) 특히 '역사공간'을 소개하는 관점이 전술한 바 초기의 의론으로 연결되지 않는 객관적이고 치밀한 묘사에서 후기의 생생한 장면화로의 변화는 연행록의 전통적인 대상 문물인 '역사유적'의 변화상을

---

101) 김명호(1991), 앞의 책, 181면.
102) 이러한 공간의 생생한 장면화는 연암 연행록 서술의 주된 태도이다. 실제 경물을 통해 마음 속의 정경을 덧대어놓는, 이런 사고의 흐름을 보여준 일화를 『열하일기』내에서도 찾을 수 있는데, 이는 바로 「혹정필담」후미의 다음과 같은 일화이다. 특히 진한 글씨로 표한 부분은 이것이 단지 지전설이나 월세계 이야기의 좋은 생각거리가 떠오른다는 것만을 이야기한 것이 아니고, 연암이 어떠한 경물을 바라보면서 그것을 표면 그대로 받아들이지 않고 그 안에 지속적으로 자신의 의경을 연결시키는 연암 정신의 관성을 보여주는 단서라고 생각된다. "드디어 옛날에 들은 지식 중에서 '지전설'이라든가 '월세계' 이야기를 찾아내어, 매양 말꼬리를 잡고 안장 위에 앉은 채 졸면서도 누누 수십만 마디의 말을 연역해서, 가슴 속에 글자 아닌 글을 쓰고 하늘에 소리 없는 글을 읽어가면서 하루에 몇 권의 책을 꾸몄는데 (중략) **이튿날 다시 높은 산을 쳐다보면 뜻밖의 기이한 봉우리가 떠오르고, 또 바람 돛을 따라서 포개었다가 퍼졌다가 한다.** 이야말로 먼길에 좋은 길동무가 되고 멀리 가는데 지극히 즐거운 자료가 되었다."(박지원, 이가원 역주(1968), 앞의 책, 제2권, 80면 : 진한 글씨는 필자).

보여준다는 점에서 특기할 만하다.

이러한 생생한 역사공간의 창출이 드러나는 연암의 『열하일기』는 또 하나의 특징을 가지고 있다. '움직인다'는 이미지의 경물에 주목한다는 것이다. 그가 의식적이든 아니든 부동의 '산(山)'보다 유동의 '물(水)'에 주목한다는 사실에서 더욱 확실하게 드러나고 있다. 이전의 연행록 저자들이 반산, 의무려산 등의 산과 그 안에 있는 누대들에 열광한 것과는 달리, 연암은 물에 주목하고 있는 것이다. 하필 7, 8월의 장마철에, 강마다 물이 불어나는 시절에 열하까지 촉박한 여행길을 갔기 때문에 물에 쓸려 내려갈 여러 고비를 겪으면서 갈 길을 강행해야 했던 바, 『열하일기』 안에서도 「도강록」과 「일야구도하기(一夜九渡河記)」처럼 아예 표제에 '강'을 내세우며 '물'에 관심을 보이는 경우, 표제로 하지 않더라도 전술한 「막북행정록」 안의 '물가에서의 이별' 부분 같은 여러 군데에서 물에 대한 관심을 드러내고 있다. 여기서의 물은 대개 "천둥소리와 큰 수레 굴러가는 소리를 내며 마음을 동요시키고" "이곳과 저곳을 갈라놓아 이별의 애절함을 증폭시키는" 이별의 공간, "까딱 말 잡은 손을 놓치면 그대로 자신을 쓸어 삼켜서" 황천길로 보내 버릴 무서운 존재이며, 그것을 건너 내면 마치 태중의 어린아이가 새로운 세상에 탄생하는 듯한 경험을 하게 되는, 혼돈과 어둠으로 가득 찼으나 죽음이든 삶이든 어느 곳으론가 흘러가는 공간으로 유추된다. 결국 이상의 글들에서 공통적으로 쓰이는 '물'의 이미지도 매우 빨리 움직인다는 것이 기본적인 특징으로 상정된 것임을 확인할 수 있다.

전술했듯이, 유동적이고 조성해 내는 이미지의 문물에 집중하는 후기 연행록의 특징은 주로 북학파의 연행록에서 드러난다. 특히 조성력 있는 이미지의 상관물로서 '벽돌'에 주목한 북학파의 연행록은 조성력에 대한 관심을 연행록 창작태도에서도 이어내어, 정통적으로 서술해

야 하는 '역사공간'도 그 당시 사건 당사자의 경물과 심경을 생생하게
재현해 내도록 장면화 한다. 그래서 그것을 바라보는 연행록 저자의
심경을 고스란히 담아내는 효과를 준다. 그러나, 같은 후기의 연행록
들 중에서도 비(非)북학파의 연행록들에서 주목하는 문물은 이른바
'팔경(八景)'[103]으로 대변되는 관광지들이다. 김정중(1791)의『연행록』
에서는 권두에서 각종 문물을 '장관(壯觀)' '기관(奇觀)' '고적(古蹟)'으
로 삼대별하고 있다. 이것은 자기가 본 문물에 대한 단순한 '여정 순
나열'에 비하자면 자신이 본 문물을 미적 기준에 의해 분류하려는 미
의식적 행동이라고 볼 수 있다. 장관은 정양 거마 · 유리창 시사 · 해전
등희 · 노교석란 · 호권 · 상원 · 발해에서의 해돋이 · 산해관 · 회선정 ·
요야, 기관은 만불루 · 오룡정 · 관음전신 · 천유각 · 통주야시 · 영원패
루 · 도화석굴로 제시해 놓고 있는데, 여기에서의 장(壯)과 기(奇)는
구체적으로 어떠한 미감으로 설명할 수 있을지는 명확치 않다. 단, 연
행 중 형에게 쓴 편지에서 북경 경물과 돌아올 때의 경물이 모두 "기
이하고 웅장하다",[104] "또한 호권과 상원이 한층 기이하고 웅장함을
더하였습니다."[105]고 하는 것을 보아, 이것이 저자가 중국 문물에 대
해 가진 기본 인상임을 알 수 있고, 더 이상 분석적으로 이들을 분화
하고자 하는 노력은 보이지 않는다. 「연행일기 서」를 쓴 중국인 정가

---

103) 팔경이란, 본서 II장 주 100)에서 언급한 바 연경 근처에 있는 각종 명소의
　　특정 계절의 절경을 말하며 居用疊翠 · 薊門烟樹 · 蘆溝曉月 · 玉泉垂虹 ·
　　西山晴雪 · 瓊島春雲 · 太液秋風 · 金臺夕照이다. 이는 금나라, 원나라 초에
　　정해졌고, 명나라 成化연간에 '南囿秋風'(남유란 일종의 동물원을 말한다.)
　　과 '東郊時雨'가 첨가되었다고 한다. 周沙塵(1989),『古今北京』, 東方出版社,
　　239면 참조. 여기서는 팔경이라는 의미를 꼭 이 여덟가지와 후대에 확장된
　　10가지에 국한하지 않고, 이를 중심으로 한 '관광지' '좋은 구경거리'의 함의
　　를 가지고 있는 것으로 확대하도록 한다.
104) 김정중(1791), 앞의 책, 355면.
105) 김정중, 위의 책, 353면.

현의 말대로, 김정중은 "참으로 유람을 좋아하며 힘이 능히 멀리 갈 수 있는 사람"(362면)이어서, 서문에 드러난 경물이 마치 '꽃놀이 관광'을 하는 마음으로 대해진 것임을 추측할 수 있다.

김정중의 연행록은 이러한 '견문한 장관의 세심한 유형화'와 '꿈에도 못 잊을 인간적 교유의 술회'를 표방하고 있음에도 불구하고, 10여 년 전에 연암이 보여주었던 문물의 장과는 달리 이전의 것들로 회귀하는 모습을 보여준다. 연행 일록인 「기유록(奇遊錄)」 서두 부분에 밝힌 바, 평양의 선비로서, 형인 자신은 '일생의 장한 관람'을 위해 연경으로 떠나는 날, 동생은 남도 저쪽으로 유배를 간다는 비장한 상황106)을 제시하면서도 그에 값하는 별다른 자기 인식, 상대 인식의 발현을 할 수 있는 문물 제시 없이 그냥 "웅장한 궁궐과 커다란 성지(城池)·원유(苑囿)를 구경한다"107)는 기본 정조로 문물을 제시하고 있다. 결국 그냥 '멋있다, 볼 만하다'는 의미의 기·장의 범주로만 문물을 분석하고 소개하는 데 머물러 있음을 다시 확인할 수 있어서, 18세기 종반 연행록의 수준과 향방이 이원화되는 현상을 엿볼 수 있다.

일종의 볼거리로서 '연경팔경' 등의 그냥 즐겁게 볼 기(奇)한 것을 찾는 경향을 단적으로 볼 수 있는 것이, 바로 김정중이 코끼리를 보았다고 쓴 임자년 1월 1일의 기록이다.

궁문을 나오며 보니, 두 코끼리가 옥교를 메고 나와서 지나가는데

---

106) "그러나 내 아우가 뜻하지 않은 액운으로 막 영남으로 귀양가는데 같은 날에 떠나매, 손을 잡고 집을 나서 하나는 남으로, 하나는 북으로 가니, 길 가던 사람까지도 이를 두고 눈물을 흘린다. 아우를 강 건너 보내고 나서 연광정에 올라, 파리한 말에 작은 하인으로 무성한 숲 짙은 아지랑이 사이에 나타났다 사라지곤 하는 것을 보니 또다시 가엾다."(김정중, 「奇遊錄」, 신해년 11월, 앞의 책, 363~364면).

107) 김정중, 위의 책, 12월 1일조, 381면.

참으로 천지에서 가장 큰 짐승이다. 높이가 두 길 남짓하고, 머리는 큰 바위 같으며, 코는 땅에 드리워지고 양쪽 어금니는 입가로 가로 내밀어 길이가 석자에 가까우며, 온몸에는 털이 없고 그 색이 잿빛과 같다. 성질이 아주 순해서 사람이 시키는 대로 따르는데, 사람이 탈 때 높아서 오를 수 없으므로 반드시 땅에 꿇게 한 뒤에야 사다리를 밟고 오르며, 내릴 때에도 그렇게 한다. 부르짖으면 산악이 들먹이는 듯하고, 걸으면 누각이 떠다니는 것 같다. 물을 마시는 데는 코가 하나의 물통이어서 그것으로 입 속에 쏟아 넣는데, 들이마실 때와 내어 쏟을 때는 그 소리가 괄괄해서 마치 흐르는 폭포나 빠른 여울 같다. 배가 고파서 울면 기르는 사람이 흰밥을 한 뭇의 풀에 싸서 그 앞에 던져주는데, 또한 먼저 코를 사용해서 입안에 넣으니, 그 꼴이 물 마시는 것과 다름없다. (중략) 뒷날 순상원에 가니, 그 수가 모두 37필이었다. 동산 안에 헛간이 있고 헛간은 매우 높고 넓은데, 쇠사슬로 그 왼발을 매어, 헛간 한 칸마다 코끼리 하나를 기르며, 한 해 기르는 데에 드는 것이 1품 벼슬아치의 녹료와 같다. 아깝다! 어진 군자를 기른다는 말은 들리지 않고, 쓸모 없는 짐승을 길러서 구경거리로 삼으니, '개 돼지가 사람의 먹을 것을 먹어서 들에 굶어 죽는 사람이 있다' 한 이가 군자가 아니던가! 뒷날 급한 일이 있을 적에 누가 코끼리를 부리라고 말하지 않으랴마는 코끼리는 곧 곤양에서 다리를 떤 한 짐승(후한 때 왕망이 산동으로 군사를 보내며 호·표·서·상 같은 짐승을 보냈었는데, 그 군사는 백여 만을 호칭하였다. 유수가 스스로 결사대 3천을 거느리고 나아가 중견을 치니, 왕망의 군사가 크게 져서 달아났는데 그때 마침 큰 번개가 쳐서 호, 포, 서, 상같은 짐승들도 겁이 나서 다리를 떨었다는 고사)이니, 어찌 저 코끼리를 쓰랴? 그러나 뒷날 중국의 장관을 묻는 사람이 있으면, 내가 반드시 코끼리라고 하리라. 아아, 장하도다!108)

---

108) "出宮門 見二象駕出玉轎 而過 眞天地一巨物也 高二丈有餘 頭如巨岩 鼻垂至地 兩牙橫出脣 長近三尺 遍身無毛 其色如灰 性至順 隨人指使人欲乘 高不可上故 必使跪地後躍蹬乃上而下 時亦然也 吼則 如山岳掀動 步則 如樓

이렇듯이, 김정중의 이러한 언급은 같이 코끼리를 언급했어도 코끼리 속에서 인(仁)을 아는 상징성을 발견한 홍대용의 비유나, 세상사의 복잡성과 알 수 없음의 알레고리로서 코끼리를 등장시키는 박지원의 「상기」에 비교해 보았을 때 많은 차이를 느낄 수 있다. 일단 코끼리에 대해서 머리서부터 꼬리에 이르기까지 자세히 묘사하고 그 동물의 움직임까지 세밀하게 묘사하는 것에서는 정밀성을 느낄 수 있고, 그것의 사육비가 1품 벼슬아치의 봉급과 같다는 서술에서는 이러한 구경거리를 위해서 너무나 많은 아까운 자원을 낭비하는 점을 지적하면서는 연행록 서술자의 실용적인 관점이 드러나는 듯 했으나, 급작스럽게 이어지는 "뒷날 중국의 장관을 묻는 이가 있다면 내가 반드시 코끼리라고 하리라. 아아, 장하도다!"라는 마무리는 당황스러움과 함께 이 연행록을 쓴 사람의 지향을 단적으로 알 수 있다. 이러한 경향은 이재학(李在學, 1793)의 『연행록』에서도 이어진다. 이재학은 1777년 『연행기사』를 남긴 이압의 사행에서 서장관으로 동행한 후, 20여 년 후에 정사로서 다시 연행을 하면서 기나긴 연행일기를 남기고 있다. 이것은 일록체로 충실히 작성되어 있고, 그리고 정사의 연행일기답게 공무 처리를 중심으로 이루어져 있다. 한데 여기서도, 18세기 초기의 연행록들이 보여주는 모습처럼 압록강을 건너기 전에 그가 행했던 유락의 기록이 있고 그것이 꽤 긴 분량으로 전제되어 있어 복고적인 경향을

閣之浮行 飮水則 鼻一水桶而 仍注入唇間 汲時注時 其聲滑滑如流瀑急灘 飢則鳴牧人以白飯 裹一束草投下其前 亦以鼻先用次入口中 其狀如飮水無異 (중략) 他日至順象園 其數凡三十七欠園 中有虛廊 廊甚高廣以 鎖 係其左足 每廊一間養一象一年 養之費 與一品料等 哉 未聞養賢人君子 而養無用之獸 爲臨觀之美 狗彘食人食 而野有飢莩云者 非君子手 異日有急孰不日使象 而象是昆陽戰服之一物 焉用象 然他日有人問中原壯觀 吾必曰象嗚呼壯哉"(김정중, 위의 책, 임자년 1월 1일조, 『연행록선집』 권6, 435~436면).

보인다는 것을 특기할 만하다. 그의 '볼 거리'에 대한 관심은 책문을 지나 연경으로 가는 도중에 있는 금부(錦府)라는 곳에서 "성경에 버금가며 감상할 만한 광경이 많다고 들었으나 (길의 형편이 잘 되지 아니하여) 두루 볼 수가 없었다." 등의 구절109)에서 단적으로 볼 수 있다. 그러나, 막상 북경에 들어가서는 새해 첫날 치루어진 황제의 행사에 참여하느라 북경 시내를 구경할 수 있는 시간이 없어서 북경 체류 부분의 대부분이 홍려시 연의를 비롯한 공적 일정의 서술로 이루어지고 사적인 직접 관광 경험은 손에 꼽을 만하다. 그러나, 태화전 조참(太和殿 朝參) 등의 공적인 임무수행 과정을 적으면서도, 그곳에서 처음 보게 된 코끼리를 보고 그를 매우 길게 서술한다든가, 태화전 좌우 뜰의 꾸밈을 세밀히 서술하면서 "백옥세계 같다"라고 감탄하는 부분이 있는 등,110) 공무수행 내용을 서술하는 안에서도 상당히 볼거리를 강조하는 면모를 보인다. 또한 이들이 사행을 간 시기가 정초였기 때문에, 정월 초삼일에는 특히 청의 풍습에 따라 8일동안 연행된다는 연희와 환술을 구경하게 된 자들의 경험을 듣고 자세히 서술하는 모

---

109) "錦府亞於盛京 聞多可賞之勝 而路左不得歷覽"(이재학, 『연행일기』권상, 12월 초10일조, 『연행록전집』권58, 62면).

110) "車傍繫象四隻 其高二丈許 長未及高 鼻長而垂亦爲丈餘 口在項底 司牧者束塩藥投飼之 (중략) 雙白牙 大如腕端殺而上卷 長不及鼻 目小而橫 長脚大而直立 足圓而五蹄 尾長而少毛 皮肉鹿白 耳廣如箕而甚薄 聞鼠聲則 怕而生病 且不耐寒故 用氈裹之 御者懸鐙於項上而跨之 手持鐵要鉤擦耳 (후략)"(이재학(1793), 『연행일기』하, 甲寅 正月 初 一日條, 『연행록전집』권58, 123면)에서, 공무를 소개하는 분량에 비해 길고 자세한 코끼리 묘사를 볼 수 있다. 그리고 이어지는 태화전 주변의 묘사에서 태화문 서편을 지나 볼 수 있는 정경을 자세히 소개하면서 "石色皎皎 如白玉世界"(같은 책, 125면) 같은 말로 느낌을 표현한 후에서야 본격적인 행사 참석 과정을 기술하고 있다. 전반부의 코끼리, 태화전 묘사와 후반부의 공무 과정을 기술한 것이 거의 같은 분량이 된다는 점에서, 이재학의 '신기한 광경'에 대한 관심도가 매우 높은 것을 알 수 있다.

152

습을 보이는 등,111) 직접 나가지는 못해도 북경 안의 볼거리들에 대해
서 지대한 관심을 가지고 있다. 약 10여 일을 숙소인 남소관(南小館)
에 머물면서 다른 사람들의 견문을 적던 그가 따로 시간을 내어 가본
곳은 문묘와 북경팔경의 배경 중 하나인 '태액지(太液池)'이다.112) 또
한 황제의 명으로 조선과 유구 두 나라의 사신이 황제를 만나보기 위
하여 원명원에 가면서, 3일간을 그곳에 머무르며, 그곳에서 벌어진 각
종 연희와 호권 관람기, 그리고 중국 최고최대 원림으로 공인된 원명
원 안의 전경을 자세히 서술하고 있다.113) 이상의 것들을 볼 때, 이재
학의 연행록에서도 주로 '볼거리'로서의 문물에 관심을 보이고 서술하
는 것을 알 수 있다.

---

111) "此俗自正朝至初八 設演戲及幻術於處處 遊觀之人 逐日成群 四大門外 大
街上 有戲子臺 行中諸人多往見者故 問其狀 (후략)"(이재학, 위의 책, 1월3
일조, 130면).

112) "康熙御容山之西郇 太液池 南北亘四里 東西爲二百步 引玉泉山之水 透迤
百折合西北諸水 至北安門水關流入 而濟泓數百頃 兩岸之林木森蔚 當春夏
時 綠荷靑藻 魚鳥翔躍 岸之奇峰 峭石隱暎 若天成池"(이재학, 위의 책, 1월
11일조, 152면).

113) 이재학, 위의 책, 1월 13일~1월 15일조, 157~164면. 원명원은 이화원 동쪽
에 있으며, 150년이나 걸려 완성된 최고 최대 규모의 황실 원림이다. 건륭제
가 서양 선교사 가스띨리온과 브노와 등에 명하여 베르사유 궁 양식을 모방
한 서양식 누각 3동과 분수를 세우게 했다(금장태(1999), 『산해관에서 중국
역사와 사상을 보다』, 효형출판, 149면). 이재학의 연행록에도 서양식 건축물
이야기가 나와 있다(위의 책, 159면).

Ⅳ. 작가의식의 전개

본 장에서는 18세기에 양산된 연행록들 중 시기적으로 대표적인 것을 추려내어, 그곳들의 문물 서술 이면에 있는 작가들의 '서브텍스트', 즉 '한 작품을 관통하면서 지속적으로 드러나는 기본 의식'에 대하여 알아보겠다. 여기서 각 시기의 대표작으로 작가의식 연구 대상을 좁힌 이유는 그것들이 당대 연행록이 보여줄 수 있는 최고의 수준까지를 보여주었기 때문이고, 또한 하나의 전범이 되어 당·후대 연행록 창작자들에게 영향을 끼쳤기 때문이다.1)

18세기에 지어진 대표적인 연행록들, 소위 '삼대연행록'은 지어진 시기로 보았을 때도 1712년(『노가재연행일기』), 1766년(『담헌연기』), 1780년이란 점에서 18세기 초, 중, 종반을 대표하는 시대적인 이어짐이 있고, 작가의식의 내용 면에서도 『중용』전(傳) 제20장에서 인간이 하늘의 도(道)인 성(誠)에 이르기 위해 선(善)을 선택하고 굳건하게 실천하는 과정으로서 제시된 박학(博學) – 심문(審問) – 신사(愼思) –

---

1) 예를 들어 김창업의 경우, 전술한 이이명의 『연행잡지』에서 "대유(김창업의 字)가 나의 연행기록이 소략함을 말하였다"고 하면서, 그래서 잡지를 쓰게 되었다는 언급을 하고 있다. 그리고 이른바 '삼대연행록'이라고 이야기된 『노가재연행일기』『담헌연기』『열하일기』 등은 본문 속에서 서로의 영향을 받았음을 공공연히 밝히고 있다. 또한, 삼대 연행록이라는 말 자체도 후대 『연원직지』를 지은 김경선의 자필 연행기 서문에서 나왔는 바, 후대에까지 영향을 미쳤음을 알 수 있다.

명변(明辨)-독행(篤行)의 과정과 상당 부분 일치하고 있다. 독행 전까지의 네 과정은 궁리의 요체로서, 사물의 이치를 궁구해 나가는 단계를 말한다. 흔히 이것은 학문하는 순서(爲學之序), 배우는 순서(學之之序)로 이야기된다. 즉, 사람들은 박학의 단계에서 사물에 대해 널리 배우고, 심문의 단계에서 배운 바의 의심나는 것을 물어 해결하며, 신사의 단계에서 묻고 배운 내용을 신중하게 생각하고, 명변의 단계에서 신중히 생각한 내용을 밝게 변별함으로써 사물의 이치에 밝게 된다. 물론 중용의 소주(小註)에서 주자가 "오자 무선후 유완급(五者無先後有緩急)"이라고는 하였으나, 그 뒤 문맥에 보면 이 중에 하나만 한다고 해서 다른 요소들을 행하지 않는 일이 있어서는 안 된다[2]는 뜻으로, 이 네 가지는 궁리에 있어서 모두 중요한 요소라는 것을 강조하는 의미로 파악된다. 또한 뒤에 '완급'(느림과 급함, 늦음과 빠름)이라는 말을 언급함으로써 이른바 궁리의 요체들이 상호 긴밀한 연결을 가지고 있음을 다시 한 번 표방하고 있다. 이것은 조선에 와서 퇴계 이황에 의해 「성학십도(聖學十圖)」 중 제5도인 「백록동규(白鹿洞規)」에 편입되어 학문하는 순서로서 인식된다.[3] 본디 백록동규라는 것은 주자가 송나라 대종(大宗) 치하에 남강군 지사(南康軍 知事)로 갔을 때 여산(廬山) 남쪽 백록동에 세워졌다가 무너진 서원을 중건하면서 세운 학규이다. 이는 도학의 위학방법(爲學方法)과 그 구현을 위한 장치로서 서원의 교학정신을 담고있는 것이라 파악된다. 주자의 경우, 박학, 심문, 신사, 명변을 궁리의 요체(窮理之要)로 분류하고 독행을 독립시켜서, 그 다음 수신지요(修身之要)·처사지요(處事之要)·접물

---

2) "不可謂 博學時 未暇審問 審問時 未暇謹思 謹思時 未暇明辨 明辨時 未暇篤行 五者從頭做將去 初無先後也"(『중용』 제20장 주자 소주).

3) 최봉영(1997), 『조선시대 유교 문화』, 사계절 출판사, 82면 ; 금장태(2000), 「백록동규도와 퇴계의 서원교육론」, 『퇴계학』 제11집, 안동대학교 퇴계학연구소 간.

지요(接物之要)를 구체적으로 제시하고 있어 그만큼 독행의 실천적 성격을 강조하고 있다.4) 그러나, 이황의「백록동규」에서는 주자의 것을 가져오면서도 특히 위학지서(爲學之序)에 대하여 선후가 없다는 것을 다시 주장하지 않았고, 오히려「답황중거론백록동규집해(答黃仲擧論白鹿洞規集解)」에 주자께서는 배우는 사람을 위해 백록동규를 설정하면서 특별히 오륜을 근본으로 삼고서 위학의 순서를 오륜에 연결시키고 독행의 일로써 마무리를 지었을 뿐이며 도체(道體)의 전체는 언급하지 않았다. 그 또한 공문의 남은 뜻이고 주자의 교법(敎法)5)이라고 하여 '위학지서'라는 말을 부정하지 않고 사용하고 있다. 이로써 '박학－심문－신사－명변'을 앎을 이루기 위한 일 과정으로써 간주할 수 있다고 본다. 다만 여기에서 주목할 것은「백록동규」안에 있는 지(知)와 행(行)의 범주 구분이다. 퇴계도 이에 대해 새로운 해석을 적용하지 않고 박학에서 명변까지를 지의 영역으로, 독행이라는 것을 행함의 영역으로 구분해 놓았다는 것이다. 그렇기에 본 장에서도『중용』에 나오는 위학지서를 크게 지와 행의 범주로 구분하는 것을 염두에 두고 논의를 전개하도록 하겠다.

결국 이러한 작가의식의 흐름은 이 시기의 연행록이 '청'이라는, 중화인가 아닌가가 끊임없이 의심되는 존재를 분석하고 알아가는 과정으로서 씌어졌고, 그것은 한 세기동안 끈질기게 발전적으로 진화하면서 연행록을 쓰게되는 힘으로 작용했다는 것을 보여준다. 그렇기 때문에 선행 연구들은 모두 연행록 속에서 '대(對)청인식' '대(對)조선인식'을 찾는 일을 급선무로 삼았으나, 그것이 한 편의 연행록만을 대상으

---

4) 금장태, 위의 논문, 88면.

5) "子朱子之學 全體大用皆備而其爲學者立規也 特以五倫爲本 而係之以**爲學之序** 終之以篤行之事 不及於道體之全者 其亦孔門之遺意 先生之敎法也"(『퇴계집』권19・25 : 진한글씨는 필자).

156

로 하는 독자적인 작업들로 끝을 맺거나, 혹 세 가지를 비교했다 하더라도 전술한 것 같은 유기적 흐름의 맥락이 아니라 세 작품을 동일선상에 놓고 수평적인 비교를 하고 있는 선에서 그치는 아쉬움6)이 있었

---

6) 일단, 연행록 한 편에서 드러나는 대청인식 등은 전술했던 소재영·김태준편, 『여행과 체험의 문학』에 수록된 소논문들에서 거의 다루어지고 있다. 그리고 이른바 삼대 연행록의 상호관련성을 표방하면서 '영향을 받은' 것으로 서술한 논문은 박지선(1995)의 앞의 논문으로서, 세 편의 사행경위와 주된 내용 고찰, 그리고 『담헌연기』와 『열하일기』에서 『노가재연행일기』가 인용된 부분 중심으로 간략하게 서술되어 있는 아쉬움이 있었다.

김명호(2001), 「연행록의 전통과 『열하일기』」(『박지원 문학 연구』, 성균관대 대동문화연구원)에서는 박지원의 『열하일기』가 뿌리깊은 연행록의 전통 속에서 만들어진 것임을 고려해야 할 것을 역설하며, 삼대 연행록을 비롯한 이덕무, 박제가, 유득공, 김경선 등 이른바 북학파의 연행록을 중심으로 대청관의 비교·서술방식의 비교를 통해 박지원의 『열하일기』가 얼마나 특별한 위치를 점하고 있었는가를 확증하고 그 근원적인 요인으로 연암의 사유기저를 들면서 『열하일기』 서술 기존 의식이 '名'과 '實'에 있다고 하여, 서브텍스트를 찾는 노력의 일단을 보여주었다. 그러나, 여기서도 다른 연행록들이 연암의 연행록들을 더욱 잘 설명하기 위한 도구가 되었다는 아쉬움이 있다.

임기중(2002)의 『연행록 연구』(일지사, 386~419면)에서는 전7장으로 된 연행록의 분석에서 제7장을 연행록의 대청·대조선의식으로 상정하고, 17세기부터 19세기까지의 연행록 15종과 연행가사 5종을 택하여 대청의식과 대조선의식을 찾아내고 있는데 대상이 되는 18세기 작품들만 보면, 최덕중, 김창업, 이의현, 이갑, 서호수, 김정중, 서유문의 연행록들을 들고 있어 동종 연구 중에서는 가장 다양한 작품군을 대상으로 하고 있다. 그러나, 그것들에 대해서 연대의 흐름에 따라서 달라지는 경향이 있는가 알아보지 않고 "조선 연행사들은 한편으로 청에 물질적 조공을 바치면서 다른 한편에서는 그들한테 정신적 조공을 받아 가지고 돌아왔다"(419면)는 말로 요약되는 복합적 특징을 설명하기 위해 항목별로 예문을 인용하고 있다.

조규익(2003)은 「조선조 국문 사행록의 통시적 연구」(『어문연구』 117호)에서 여행자 문학의 기록자 인식변화를 '통시적'으로 연구할 것을 본격적으로 표방하였다. 이러한 시도는 기존 연구의 보충해야 할 점을 인식한 노력의 일환이라 볼 수 있다. 17세기 『죽천행록』, 18세기 『노가재연행일기』, 『을병연행록』, 『무오연행록』을 중심으로 한 이 연구는 그것들간의 통시적 연구를 통해 화이관, 대명의리론, 소중화 의식으로 대표되던 지식인들의 세계관이 연

다. 이에, 본 장에서는 하나의 유기적인 발전선상에 그들의 작가의식을 두고, 연계시켜 보고자 한다. 이러한 작업은 18세기 연행록들 사이에 있는 유기적 관계를 알 수 있게 해줄 것이고, 그것이 어떤 특징으로 흘러가고 있는지 구체적으로 설명해 줄 수 있는 의미를 가질 것이다.

1. 노가재 김창업 : 유(遊)와 박람(博覽)

1) 유(遊)의 여러 양태와 노가재가 선택한 유(遊)

1712년 쓰여진 김창업의 『노가재연행일기』를 지속적으로 지탱하는 술어는 '유(遊)'[7]와 '널리 보다'이다. 일단, 이러한 술어가 두드러진 것은 연행 훈지록 안에도 있는 시에서 확인할 수 있다.

來見秦皇萬里城 진시황의 만리장성 와서 보고
九原回首憶吾兄 구만리 먼 곳 고개 돌리니 형님 생각.
壯遊歷歷歸誰語 장한 놀음 역력한데 뉘게 돌아가 말하리.
一曲渼湖舟自橫 한 구비 미호에는 배만 흘러 갈 것을.[8]

행을 계기로 극복되는 움직임을 보여주었다. 그러나, 이러한 변화가 오로지 '국문 사행록' 속에서만 나타난 것인가에 대해서는 의문이다.

7) 遊라는 것은 놀다(戲遊逸樂也), 여행하다(旅行也), 따라 배우다(從學也), 자적하고 매이지 않다(自適而不繫也), 여유가 있다(閑暇無事也) 등의 여러 가지 뜻을 가지고 있는 말로서, 노가재의 연행록 안에서도 '(몸과 마음의) 여유 중에서 일어나는 행동들'이라는 대략적인 공통점 외에는 여러 가지로 해석할 수 있다.

8) 「感懷」, 「연행훈지록」, 『노가재집』 권5, 76면. 이 시는 뒤에 "三淵亡兄送人 赴燕詩 曾有不見秦皇萬里城 渼湖一曲漁舟小之語"라는 부기가 있다고 한다. 박지선(1995), 앞의 논문 재인용.

노가재 자신은 그의 연행을 '장유(壯遊)'라고 집약하여 일컫고 있다. 장한 놀음이라는 뜻의 이 말은 통신사행이나 연행을 갔던 사람들 속에서 흔히 자신들의 여행길을 지칭하는 말로 쓰이나,9)『노가재연행일기』전체를 살펴보았을 때는 그의 여행이 그야말로 유(遊)라는 말이 걸맞을 정도로 '노닐다'라는 것에 많은 관심을 가지고 있음을 알 수 있다.10) 우선 삼정사가 아닌 '자제군관'(타각)이라는 신분으로 인한 여유가 그가 연행동안 자연스럽게 '노닐도록' 하고 있으며, 돌아오는 길에 주위에서 아무리 만류를 해도 갈 때 보지 못한 반산과 의무려산을 올라가는 모습을 보면, 노가재의 관심이 '노닒'에 있는 것을 확인할 수 있는 것이다.

그렇다면 '놀다'라는 말은 구체적으로 어떤 행위로 설명될 수 있을까? 아래 제시하는 몇 가지 일화를 보면, 그 연행 중에서 '유'가 얼마나 다양한 뜻을 가지고 있는가를 엿볼 수 있다.

---

9) 이혜순(1996),『조선통신사의 문학』, 이화여대 출판부. 여기에서 분석된 주요 작품으로서 통신사 초기에 일본으로 사행을 갔던 남용익의 299운짜리 장편 시 이름이 壯遊인 것을 보면, 이러한 遊의 의미가 더욱 잘 드러날 수 있다.

10) 또한 그가 연행을 가서 遊라고 불릴만한 행동을 주로 했음은, 후대의 문장가 홍석주의 언술에서도 확인된다. 홍석주의「遊盤山少林寺記」(정민 편(1996),『韓國 歷代 山水遊記聚編』제10권 수록/고연희(2000), 앞의 논문, 재인용)에서는 "우리집에는 고화첩이 있었는데 천하의 명산 53곳이 그려져 있고, 반산은 그 중 두 번째였다. 나는 어려서부터 그 그림을 좋아하여 반산을 좋아한 지 오래다. (중략) 예로부터 우리나라 사신들 중 이 산에 오른 자가 없었다. 김창업과 홍대용 등 遊를 좋아한 사람들도 모두 이에는 이르지 못하였다." (余家有古畵帖 畵天下名山五十三而 盤山居第二 女子孩提時愛玩其畵 己 知有盤山 久矣 (中略) 自古東國之士 未有登此者 而金稼齋 洪湛軒之**好遊** 皆未之及也). 여기서의 遊란, 遊覽의 뜻으로 보는 것이 적당할 것이나, 노가재의 연행록 안에는 여러 가지 층위의 遊가 나오므로 설명 후에 노가재의 유에 대한 개념을 규정하기 위해 아직 해석을 유보하도록 하겠다.

다모(茶母)를 부르는 소리가 새벽까지 끊이지 않기에 까닭을 물었
더니, 행중의 비장과 역원배들이 그렇게 다모를 찾는다는 것이었다.
대개 온 읍내의 기상이라야 노약자를 빼고, 손님 대접을 치를만한 자
는 기껏해야 수십 명을 넘지 못한다. 이들을 삼행(三行)에 나누어서
배정하자니, 비장이나 역원들에게는 두세 사람에게 다모 하나 꼴이다.
숙소가 각각 다르고 보니 이리저리 불려가야 된다. 이 때문에 사령의
고충은 견디기 어렵다고 하였다. 기생들은 연경에 가는 사람과 동침하
는 것을 일러 별부(別付)라고 하며, 미친 듯이 분주하게 하룻밤에 너
덧 군데를 돌기 때문에 이러한 자는 아무리 수청을 든다고 하여도 그
밤으로 몰래 나간다고 하였다. 서장은 연광정에 들었다.11)

캉을 마주하여 3~4명의 여인이 있었다. 그 중에 한 여자는 18세라
고 하는데, 아직 미혼으로 얼굴이 매우 아름다웠다. 군관과 역졸배가
번갈아 와서 엿보니, 주인이 그 기색을 알아차리고 성내는 빛을 띠었
다. 그렇지만 역졸배는 불씨를 빌린다는 핑계로 안채에 드나들기를 그
치지 않았다.12)

식후에 또 물을 길러 갔다. (중략) 노상에 여인들의 왕래가 앞서보다
더욱 많았다. 유봉산이 앞서 여인들을 보기 위하여 나온 일이 있는데,
만약 오늘 본 바를 이야기한다면, 같이 오지 못했음을 한스러워 할 것
이다. 매양 미녀를 볼 때마다 문득 유봉산 생각이 나서 돌아와 이 일

11) "夜聞 呼茶母之聲 撤曉不絶 問其由 行中裨將員譯輩 索之如此云 盖一邑妓
生 除老弱外 可堪待客者多不過數十人 以此分定於三行 隨廳至於裨將員譯
則 合數人定一茶母而夜則 下處各異故 互相招去以此 使令不勝其苦云 又
問妓輩以薦枕於赴燕人謂之別付 奔走如狂一夜之間 歷遍四五處者 有之如
此者 雖入於隨廳而 亦乘夜潛出云 書狀入於練光亭"(『연행일기』제1권, 임
진년 11월 11일조, 『연행록선집』권4, 52면).
12) "坑有三四女人 而中一女 年十八云 是未適人 而頗有姿色 軍官及譯輩 疾來
窺覘 主胡知 其色似有慍矣 然驛卒輩則托以乞火直入戶內而不之禁"(『연행
일기』제3권, 임진년 12월 27일조, 200면).

160

을 이야기하고 한바탕 웃었다.13)

　식후에 서장관이 방문하고 갔다. 저녁 식사 후에 서정을 거니는데 서장관이 또 와서 의자를 놓고 앉아 이야기했다. 유봉산이 또 왔다. 어제 들으니, 통관배들이 김중화에게 말하기를 "황제가 몽고인으로 사위를 삼으려고 하는데, 조선은 황제가 더욱 우대하는 바이니, 만약 그대들이 사위가 되기를 청한다면 황제가 어찌 허락하지 않겠는가?" 한다. 서장관이 이에 이 말로써 유봉산을 조롱하여 서로 더불어 웃었다. (중략) 내가 또 말하기를, "비록 그러하나, 소무는 황야에서 눈을 씹고 털을 삼킬 때 색념이 어디로부터 났겠는가? 이로 본다면 소무의 색욕은 역시 유봉산보다는 더한 것이었나 보다." 하니, 여러 사람들이 다 포복절도하였다.14)

　유봉산은 여인을 보기 위하여 매양 덕삼[御醫]과 함께 나가기를 원하였으나, 진찰 받는 사람이 딴 사람을 데려오는 것을 허락하지 않으며 언어를 상통하는 데도 또한 역관을 쓰지 않고 다만 군뢰 상건이 하게 하여 유봉산의 소원은 끝내 이루어지지 못했다.15)

　이렇게, 임진년에 행해진 연행은 전술했다시피 '수청'이라든지 '대동강 뱃놀이' '기생들의 말달려 기 뽑기'(64면) 등 책문을 넘어가기 전에

---

13) "會後又因汲水出去 (중략) 路中往來女人 視前尤多 柳鳳山 前番之出爲見 女人 若聞今日所見則 正恨不得同來矣 每見美女 輒思柳 歸語此事 而一 哎"(『연행일기』 제4권, 계사년 1월 10일조, 241면).

14) "會後書狀來見而去 夕會後步西庭 書狀又來矣 設倚坐話 柳鳳山亦來 昨聞 通官輩 謂金中和曰 皇帝以蒙古爲婿 朝鮮尤爲皇帝所待 君輩若請爲婿則 皇帝豈不許乎 書狀乃以此話譏柳鳳山 相與一噓 (中略) 余又曰 雖相蘇武在 大窖中餐雪吞毛之時 色念安從而出耶 以此見之 武之色慾 亦甚於柳鳳山 也"(『연행일기』 제4권, 계사년 1월 15일조, 252면).

15) 『연행일기』 제4권, 계사년 1월 22일조, 279면.

즐거운 유락으로 이어진다. 그러나 대개의 유락들이 '연광정, 혹은 대동강 놀잇배에서 기생들의 검무 보기', '연경에 가는 길 중에서 누대를 만나면 올라가, 위에서 시 읊기'로 묘사되는 데 비하여 1712년에는 특히 기생과 관련된 '유락'들이 많은 것은 사실이다.16) 그러나, '수청'으로 대표되는 전형적인 유락적 행각은 '행중 비장'이나 '원역배'가 하는 것으로 서술17)되어 있고 그 안에서 그는 그 중심에 주도적인 역할로 있는 것이 아니라 그들이 하는 일들을 바라보고 침착하게 서술하는 관찰자의 역할을 한다.

특히, 여자만 보이면 달려가서 말을 걸거나 희롱하기 바쁜 군관 '유봉산(유정장)'을 전면에 일관적으로 내세움으로써, 연행록 안에서 웃음을 주는 일화를 확보하면서도 자신과는 동떨어지게 '노는' 모습을 보인다. 여기서 그가 잘 쓰고 있는 '놀다'라는 말이 두 가지로 분화되는 것이다. 즉, 연행록 저자인 노가재는 유봉산의 행태로 표현되는 향락, 유락의 주체가 아니라 그 흥미진진한 연행길에서 대개의 역졸배와, '침묵하는 사대부'들이 은근히 즐겼던 유락과는 다른 방법으로 '유'하는 것을 암시하고 있다.

그렇다면 노가재 자신의 '유'는 어떤 형태로 드러났는가? 우선, 전술한 바 있듯이 그는 새로운 것을 보고 겪기에 집중한다. 그 새로운

---

16) 이것은 최덕중의 연행록에서도 확인할 수 있다. 특히 진짜 군관이었던 최덕중의 경우, 전부터 알고 지냈던 기생들이 인사하러 와서 세월의 유구함을 느낀다든지 하는 부분들이 있어서, 특히 길을 떠날 때 기생들과 친분이 있었던 그들의 사정과 그들 경험의 특징적 면모를 볼 수 있다.

17) 특히, 기생들과 함께 하는 '말달려 기뽑기'의 놀이를 할 때는 노가재는 자신이 도포를 입고 있는 것이 부끄러워 그를 벗어버리자 군관복이 나타났다는 일화를 들면서 선비인 자신이 그러한 놀이를 하고 있는 것을 애써 숨기려고 하는 모습을 보인다는 데서 그가 이러한 유락에서는 철저히 한 발 빼고 관찰자로 있는 태도를 알 수 있다.(『연행일기』 제1권, 임진년 11월 25일조, 61면).

것이란 눈과 머리에 모두 새로운, 재주부리는 원숭이 등의 기물(奇物),18) 머리로 익히 알고 눈으로만 새로운 삼충사(三忠祠) 등의 역사 유적들,19) 그 지역의 산천 등을 포함하는 것이다. 새로운 것들과의 만남 속에서, 전술한 바 있는 골동서화 향유와 시사 공간 안에서의 공연 연희물 관람 같은 문화적 경험 등20)을 특기할 수 있고, 이것들이 노가재의 '유'를 설명할 수 있는 주된 행위들이다. 전술하지 않은 것 중에서, 특기할 만한 노가재의 '유'는 주로 '산'에 집중되어 있음을 볼 수 있다.

　　도중에서 송골산을 바라보았더니 서북쪽인데, 길에서 멀지 않았으므로 그 봉우리를 하나하나 셀 수 있었다. 산 크기는 우리나라의 관악산 만하였는데 기이하고 수려하기가 그보다도 나았다.(『연행일기』 제1권, 임진년 11월 27일 병오조, 65면)21)

　　역승 최씨의 집에서 자고 주인에게 여산을 물었더니, 그는 "신광녕에서 북진묘까지는 12리, 북진묘에서 관음사까지는 8~9리인데 산길이 험준하여 군데군데 말을 탈 수 없는 곳이 있으며, 산 위에는 폭포가 있습니다."고 하였다. 그 말을 듣고 나니, 호기심이 솟아났다.(『연행일기』 제2권, 임진년 12월 11일조, 106면)22)

　　나는 한 언덕에 걸어 올라가 우리가 온 길을 바라보았다. 백 리를

---

18) 김창업, 『연행일기』 제2권, 임진년 12월 12일조, 108~110면.

19) 『연행일기』 제4권, 계사년 제 1월 8일조, 236~238면.

20) 본서 Ⅲ장 1. 2) 참조.

21) "路中望見松鶻山 在西兆去路不遠 峯巒歷歷可數 是山大如我團冠岳 而奇秀過之".

22) "宿驛承崔姓人家 問閭山於主胡 言自新廣寧 至北鎭廟 爲十二里 自北鎭廟 至觀音寺 爲八九里 而山路險絶 間有不可騎處 山上有瀑布云 聞之令人思飛動".

뻗은 굽고 곧은 길이 모두 눈 안에 들어오니, 기분이 더욱 상쾌해져서 산 넘고 물 건너 먼 길을 온 피로가 문득 잊혀졌다. 여기서부터 구릉이 연달아 있다. 서북으로 뻗은 높고 낮은 산들을 바라보니 먼 것은 백여 리, 가까운 것은 수십 리였다.(『연행일기』 제2권, 임진년 12월10일조, 102면)[23]

이것을 보면 노가재의 유라는 것은 전술한 바 있듯이, 유산기와 유산록에서 드러나는 유의 쓰임과 거의 통한다고 볼 수 있다. 특히 그의 『연행일기』 제9권은 거의 대부분을 의무려산과 천산을 여행한 이야기로 채우고 있어,(3월 1일조, 3월 9일조) 독립된 유산록으로 간주해도 될 정도이다. 그와 친분관계가 있고 18세기 초반기의 연행록 작자이기도 한 조문명이 기록한 바, 김창업은 중국에 가서 그 산수의 형세가 어떠한지 터득하려는 목표가 있었고[24] 또한 중국의 명산에서 큰 세상을 보고 싶은 마음은 그의 형인 삼연 김창흡이 쓴 시인 「장향북관여양아동숙우신리임별구점(將向北關與養兒同宿于新里臨別口占)」[25]에서 '매양 생각하길 백두산 꼭대기에 올라/ 하북성의 거대한 풍수를 굽어보겠노라고 하여도'(每思騰身白山頂 俯視冀州大風水)라는 구절에서도 나오고 있어, 이러한 자연, 특히 명산을 유람하고자 하는 열망은 노가재의 문화적인 배경이 되는 동아리에서 보편적으로 가지고 있었던 것임을 알 수 있다. 그렇다면, 그의 유산기록은 구체적으로 어떠한 특징을 가지고 있었는가, 실제의 작품을 보면서 알아보기로 하자.

---

23) "登一皐回望來路 百里間行 直之勢 盡入眼中 意益爽快 頓忘跋涉之勞 自此連有印陵望西北連山高低遠者 百餘里 近或數十里".

24) "一日聞 其伯氏夢窩相公 將奉仕赴燕(中略) 盖其意 欲一躤中州領 略其山川險夷也"(조문명, 「送金大有燕行序」, 『鶴齋集』 권3, 58면/고연희(2000), 앞의 논문 재인용).

25) 김창흡, 『三淵集』 권13, 2면/고연희(2000), 앞의 논문 재인용.

　그 위에 있는 작은 성의 홍문이 크게 벌리어 있었고 그 문 왼편에는 절벽에 잇대어 조그마한 절이 있었다. 그것이 바로 관음사였다. 뒤에 있는 조그만 전각 하나는 그 기이하고 절묘함이 마치 그림과 같았다. 여러 사람들은 자신도 모르는 사이에 함께 소리를 내어 갈채를 보내면서 그 곳을 가보고 싶어하였다. (중략) 월사의 기록에 이른바 "북진 무악이라고 새긴 암벽을 당하니 그 밑에는 물이 솟아나는데 작은 연못이 그 물을 받아 우물이 되었으며 주인(廚人)이 밥을 지어 소나무 그늘 아래 있는 나를 대접하였다. 큰 소나무는 구름 속에 들어가고 뿌리는 드러나 용 같았다."라고 한 것이 바로 이곳인 것 같았다. 그러나 '물이 솟아나 작은 연못이 그 물을 받았다'는 기록은 지금 보고 있는 것과는 다소 차이가 있었다. 또 북진무악이라는 네 글자도 볼 수가 없었으니 의심스러운 일이다. 그러나 아직도 남아 있었으니 신기한 일이다. (중략) 이 산은 동서쪽으로 두 산허리가 앞으로 둥그렇게 싸안아 골짜기 어귀를 이루고 있었는데, 동쪽 산허리가 끝나는 곳에 대관음각이 서 있고, 서쪽 산허리가 끝나는 곳에도 역시 모두 바위층을 이루고 있었는데, 옛날에는 그 위에 관제묘가 있었으나 허물어져 나간 지가 이미 오래였다. 관음각과 관제묘는 서로 마주보고 있었는데 그 사이는 불과 수십 보에 지나지 않았고, 옆으로 성 하나를 쌓아 중간을 홍문으로 터놓았는데 한 계곡의 물이 모두 그 곳으로 흘러나와 절벽 밑으로 떨어지고 있었다. 아래에서 바라볼 때는 단지 높고 준엄한 절벽만을 볼 수 있을 뿐, 그 위에 이 같은 별천지가 있을 줄은 몰랐다. 청안사는 바로 중앙에 있었는데 그 지대가 시원하였다. 사방을 둘러싼 봉우리들은 기이하게 솟아 있어 이루 다 맞아 구경할 겨를이 없을 지경인데 서쪽 계곡으로 폭포수가 또한 눈앞에 나타났다. 만약 이 절을 우리나라에 갖다 놓는다면 금강반암의 수락성전에 비할 수가 있으며, 도봉산의 회룡과 서로 갑과 을을 다툴 만 하였으나 넓고 큰 점에 있어서는 오히려 뛰어난 점이 있었다. 더구나 이곳을 따르기 어려운 점은 산의 나무가 복숭아 꽃인 점이었다. 우리나라에는 이런 곳이 없다고 해도 과언이 아니었다.26)

이렇듯이, 노가재는 100여 년 전의 월사 이정구가 남긴 의무려산 여행기를 추체험(追體驗)하면서 자신의 유산록을 작성하고 있다. 노가재가 본문에서 이야기했듯이 "중국에 오면서 이렇게 의무려산을 여행한 것은 월사 이정구 이후 100여 년 만에 자신이 처음"이기에, 월사의 유산기를 일종의 지도로 삼아 갔던 것이다. 자칫 기존 글의 충실한 인용이거나 확인 수준으로 될 수 있는 노가재의 추체험은, 그 안에서도 자신만의 특징을 가지는 것으로 생각된다.

이를 구체적으로 서술하자면, 노가재가 유산기를 쓰면서 월사의 여행경로를 확인하는 중에서도 '별천지'로 대표되는 절경을 찾고 있었다는 점(488면), 그리고 그것이 모든 사람이 '감탄하고 손뼉 치면서 보고 싶어하는' 감흥을 주는 것이지 그것이 결코 율곡의 경우처럼 도학적인 입장27)에서 어떤 깨달음을 주는 상관물로서 쓰여지지 않았다는 점, 그리고 이러한 정경을 핍진(逼眞)하게 그려내려고 하다보니 인용문의 후반부에서 나온 것처럼 우리나라의 비슷한 경치와 비교하여 가려내려고 했다는 점 등을 들 수 있다. 그러나, 월사와 비교했을 때 노가재

---

26) "上有小城虹門 呀然 門左 有小寺臨絶壁卽 大觀音也 後有一小閣 奇絶如畫 諸人不感同聲喝來 欲徑造其處 (중략)月沙記中所謂 得一壁刻曰北鎭巫嶽 其下有水涌出小池 承之爲井 廚人炊飯餉我于松陰 松老入雲根露如龍 似是此處也 但有水湧出小池 承之者 與今所見稍異 又不見北鎭巫嶽四字 是可疑也 然松則尙存奇矣 (중략) 此山有東西兩臂間 前環抱爲谷口東臂盡處 爲大觀音閣 西臂盡處 亦皆層階 舊有關帝廟 右其上壞已舊觀音閣 與關帝廟正相對 其間不過數十步 而橫築一城 中開虹門 使一谷之水皆從此出落于絶壁之下 自下而望 但見壁勢崭然 不知其上有此別區 淸安寺 正右中央 處地迢爽 四圍峯巒 呈奇露秀 應不暇 西谷瀑泉 又邂逅在望 若以此寺 置諸我東 可與金剛盤巖 水落堅殿 道峯回龍 相甲乙 而寬廣却勝之 且難得者 萬樹桃花也 然則雖謂之我國所無未爲過也"(김창업, 『연행일기』 제9권, 계사년 3월 1일조, 482~488면).
27) "非探山水興 聊以全吾眞"(이이, 「偶吟」, 『율곡집』/고연희(2000), 앞의 논문 재인용).

의 특징으로 드러나는 것은 전술한 바 농연그룹의 유산기가 주는 서술상, 내용상의 특징들—즉 기승절경에 대해 그를 가감 없이 받아들이고, 산수 유람에 전하는 즐거운 표현을 중시한 점[28]—의 충실한 반영이다.

2) 유산(遊山) 의지가 전이된 박람(博覽)과 그 의미

『노가재연행일기』에서 주로 보이는 '유(산)'의 이면에서는 청의 문화를 '널리 보려는(博覽)'[29] 열망도 공존하였는데, 이것은 '기승절경'에 대해, 그것이 어떠한 도덕적인 지표를 주지 않아도, 멋있기만 하면 어떠한 재단도 없이 그를 받아들이는 농연그룹의 특징적인 유관(遊觀) 입장을 반영하는 것이다. 이러한 점에서 유와 박람은 그들의 심미의식 속에서 연결되어 있다고 할 수 있다. 환언하면, 농연그룹의 '유산(遊山)'이라는 자연에 대한 심미적 태도는 청이라는 새로운 문명에 대한 편견 없고 직접적인, 적극적인 '박람'이라는 태도와 연결, 전이되는 것이다.

산이라는 자연물에 대한, 그들만의 완상 태도를 정립하고 그것을 청 문화라는 타국 문명에 전이시킨 경향을 찾아볼 수 있는 것은 농연그룹의 핵심 인물인 농암 김창협의 언술에서도 확인되고 있다. 농암은 그의 「증 황경지흠부연경(贈黃敬之欽赴燕京)」[30]에서 "연경으로부터 온 문사서적이라면 내가 본 것이 많다. 그 중에는 요즈음 사람들이 쓴

---

28) 고연희(2000), 위의 논문, 30면, 114면 참조.
29) 여기서의 博覽이란, 각 字의 일차적인 뜻풀이대로 '널리 본다'라는 것이지 博覽强記의 부정적 사용 경우에 품게 되는 '괜히 아는 척 하고 배움을 과거를 위해서만 쓰는' 소인배들의 행태를 의미하는 것과는 거리가 있다.
30) "若其文史書籍 自燕來者 余見之多矣 其中亦頗有近時人士 所爲序引題評往往 識精語確辭致淵博 類非吾東方宿學老師 所能及 (중략) **公行試爲我博訪**"(『農巖集』권22, 22면 : 진한글씨는 필자).

서인제평(序引題評)의 글들이 제법 있는데 종종 인식이 정밀하고 표현이 정확하며 내용은 지극히 넓으니, 모두 우리나라 유명한 노학자들이 미칠 수 없는 경지이다. (중략) 공이 가시면 나를 위해 널리 방문하라.”고 하며 오랑캐 세상인 청에서도 배울 것이 많다는 청의 가치 인정과, 연경에 있는 과거출신 선비가 이러하니 산림에서 학문에 전념하는 자는 어떻겠냐고 하면서, 될 수 있으면 두루 널리 보아야 할 것을 당부하고 있는 것이다. 구체적으로, 연행록인『노가재연행일기』안에서 ‘박람’의 의지를 잘 보여주는 것은 일기 본문 앞에 있는「산천풍속총록」이다. 50여 개의 짤막한 항목들로 이루어진 이 부분은 크게 건축, 시사, 청인의 의관과 풍속, 음식, 기물(器物), 가축 부분에 걸쳐져, 그들의 일상다반사를 되도록 직접 보고 그리고 있다. 그렇기에, 적어도 이곳에서만큼은 ‘~라 한다’(云)는 말투가 없는 것을 주목할 만하며, 이것도 박람 의지의 또 다른 표현이라고 하겠다.[31] 이러한「산천풍속총록」의 부기(附記)는, 앞서도 말했듯이 서술방식에 있어서는 이의현 등에게 계승되어 잡지 형태의 서술을 촉발시키기도 하였다.[32]

　18세기 전기, 확장하면 중기까지의 연행록을 전체적으로 살펴보았을 때 특징으로 드러나는 현상은 바로 행간에 드러나는 ‘역관배에 대한 불신’이다. 전술했듯이, 청 문화를 직접 부딪히고 그에 대한 기록을 남기고자 하는 연행록 작가들은 많은 수가 삼정사 중심, 아니면 그들

---

31) 예를 들어 ‘음식’ ‘기물’ 등을 그린 경우, 음식은 자신이 먹어본 것을 토대로 하고, 기물에 있어서는 “밥을 짓는데는 모두 가마솥을 쓰는데, 솥바닥이 평평한 때문에 쉽게 끓는다. 세발솥과 노구 등속은 본 일이 없다”는 말을 하고 있어서, 노가재가 얼마나 자신의 직접 체험을 이곳에서 중시하는지 알 수 있다.

32) 그러나, 이러한 ‘잡지’ 형태의 경험 서술이 도곡 이의현의『경자연행잡지』에 있어서는 거의 변한 것 없이 전개되고 있으므로, 후대에까지 지은이의 ‘박람 의지의 발현처’로 쓰이지는 못했다.

의 자제군관으로 따라간 사대부출신들이었기 때문에, 홍대용 같은 예
외적인 경우를 제외하면 중인들이 전공으로 하는 '중국어'에 능통한
자가 없었다. 그랬기 때문에, 낯선 땅에서 자신들의 의사소통 역할을
맡고 있는 역관들에게 큰 의존을 해야만 했는데, 연행록 작가들이 보
는 역관배들의 모습은 "아문(衙門 : 청나라에서 조공 실무를 맡고 있
는 중하급 관료)과 내통하여 자신들의 길을 막거나" "공적인 일에는
관심이 없고 사적 교역, 이문을 남기는 일에 골몰"하거나 최종적으로
는 "믿었던 의사소통 실력마저 실제적으로 쓰이지 못하는" 모습을 보
일 때 이것을 대서특필하면서 저들을 과연 믿어도 될 것인가 강한 의
심을 보이게 되는 것이다.[33] 이러한 불신이, 노가재에게도 뇌리깊이
박혀 있어 역관들이 추천하는 '문화'적 물건들─예를 들어 서화 같은
것들─을 믿지 못하고, 노가재 자신이 필담을 하거나 직접 경험할 수
있는 것들 중심으로, 적극적으로 문물들을 보고자 하는 모습으로 전이
되어 또 하나의 박람 의지를 보여주고 있다. '널리 보는 것'의 대상으
로는 시사에서 볼 수 있는 동물, 음식, 물품서부터, 필담으로 전해들은
청의 정세(해적 이야기와 세자폐위 여부 등의 청의 최신 정세), 또 과
거제도, 천주당, 오다가다 만난 상제(喪制) 등이고, 자신이 청에 오기
전부터 관심 있었던 골동서화류에 와서는 발군의 실력을 발휘한다. 그
래서 각종 서화의 진품 여부를 가려내기도 하고[34] 감정도 해준다.[35]

---

33) 『노가재연행일기』에 대표적으로 나온 부분만을 인용한다면 다음과 같다.
　　"책문에 들어서면서부터 난두(짐꾼. 난두의 정체와 그 횡포에 대해서는 본서
　　Ⅱ장 참조)들은 품삯 미리 주기를 요구했다. 역배들을 환대하면서 아마도 그
　　것으로 심양의 판관들에게 뇌물을 쓰기 위함이리라. (중략) 이 일의 이해는
　　삼척동자라도 다 알만한 것인데도 유독 首譯만이 미리 (품삯을) 줄 것을 힘
　　써 주장하고, 다 주라고 일행을 위협하였다.(중략) 통분한 일이다."(『노가재
　　연행일기』 제2권, 임진 12월 5일조, 앞의 책, 90면).
34) 본서 Ⅲ장 1 참조.
35) "바로 숙소에 돌아오니 申時밖에 안되었는데, 서화와 잡동사니 물건들을 가

그리고 마유병과의 교유를 통해서 정선, 윤두서, 이치, 조영우의 그림을 그곳에 전해주기까지 한다.

이러한 박람을 통해서 김창업이 얻는 것은 다양한 견문과 경험뿐 아니라, 선입견으로부터의 자유이다. 전술했듯이, 노가재가 초기에는 만나는 한인들마다 거의 강박적으로 우리의 의복과 지금 체두변발(剃頭辮髮)을 한 자신들의 처지를 간접적이나마 끊임없이 묻다가도 일기가 진행될수록 그런 물음이 자주 나오지 않는다는 사실, 또 『연행일기』 제8권, 계사년 2월 29일조에서 사동비(명나라 말에 왕명, 왕성종에게 내림)를 보면서 "비문 가운데 노추(奴酋)36) 2자는 모두 쪼아 내면서도 비석만은 그대로 두었으니 역시 너그러운 처사이다", 또한 『연행일기』 제7권, 계사년 2월 15일조에서 여순양 묘당37)의 묘비에 쓰여 있는 "묘당의 영험이 과거시험을 붙게 했다"는 글귀에 '그 일은 비록 황탄하지만, 그 문자는 아름다웠다'라는 평가를 하는 것을 보면(401면), 노가재의 박람이 선입견으로 청 문물을 재단하려는 마음을 완화시켰다고 볼 수 있다.

노가재의 이러한 '박람'이 선입견으로 청 문물을 재단하려는 마음을 완화시켰다는 사실은 크게 두 가지 의미가 있을 듯하다. 첫째는 당시 이른바 '낙론'이라는 심성론을 가진 사람들이 가지게 되는 사상적 유연성의 특징을 확인할 수 있다는 것이고, 둘째는 마음으로 재단하는

지고 팔러 오는 사람이 자못 많았다. 그 중에는 지난번 왔던 향나무 필통과 향합들도 있고, 그 밖에 여러 가지 기완도 많았으나 좋은 물건은 없었다. 그 **중에 묵화로 된 산수도 하나만은 그 필법이 절묘했으므로, 서장관에게 사도록 권하였다.**"(『연행일기』 제7권, 계사년 2월 15일조, 407면 : 진한글씨는 필자).

36) 오랑캐 추장이라는 뜻으로, 청의 황실을 이야기함.
37) 여순양이란 당나라 때 학자 여동빈을 말한다. 종남산으로 들어가 신선이 되었다는 이야기가 있다.

선입견을 수정하게 된 실제 체험의 중요성이다. 이것은 같은 시기 이른바 비 삼정사로 연행을 할 수 있었던 서얼 출신 문사들의 입장과 대별되면서,38) 18세기 전반에 연행을 갈 수 있었고, 연행록을 지을 수 있었던 사람들의 특징을 보여준다고 할 수 있다.

2. 담헌 홍대용 : 심문(審問)

1) 사람에 대한 관심의 표출로서 문(問)

홍대용의 경우, 기본적으로 '널리 보려는' 의지는 노가재와 같았다. 그것을 알 수 있는 증거는,『담헌연기』안의 표제들이다. 전술했듯이,

---

38) 서얼이었던 신유한은 56세인 1736년 3월의 進賀謝恩燕行使의 서장관으로 추천되는 이례적인 일을 맞고 있다. 이것은 1719년 통신사행을 따라가서 제술관으로 활동했을 때의 능력이 높이 평가된 데서 기인할 것이라는 추측을 불러일으키며(김경숙(1999),「18세기 전반 서얼문학 연구」, 이화여대 박사학위논문, 153면), 이러한 경험은 신유한의 연행에 대한 생각과 그 목표를 "조선에서는 귀하고 높은 벼슬을 하는 사람으로부터 여항의 어린아이에 이르기까지 말하는 바가 모두 중국의 산천과 문화와 역사와 인물에 있는데 중국은 그렇지 못하다."라는 자존감의 발현에서 시작하여 "중국의 정통성을 잃어버린 곳에 그 정통성을 지니고 있는 나라의, 능력은 있으나 쓰이지 못한 선비가 가서 능력을 발휘하여 중화의 정통이 조선에 있음을 확신시키는 과정을 통해, 자신의 존재를 부각시키라"라는 당부로 표현하고 있다.(「送李東望柱泰之燕序」,『청천집,』권4/김경숙(1999), 위의 논문 재인용). 이러한 '소중화주의적 대청관'과 그를 통한 문화적 자존감의 표출은 1736년 자신을 대신해 연행 서장관으로 가는 임정에게 주는 글에서도 드러나며(「奉贐任書狀珽赴燕序」), 김도수의 경우도 "내 또 듣기에 그대의 가는 길이 마땅히 이제묘를 지난다 하니 나를 위해 그 혼의 외로움을 한 번 위로하여 드리고 이제 대명천하에는 다시는 채미자가 없음을 말하여주오"(「送洪保伯禹哲赴燕序」,『춘주유고』권2/김경숙(1999), 위의 논문 재인용)라는 말로 해외체험을 동경하고 부러워하며 있으며, 또한 맨 끝의 강한 결의로 인해 그가 거의 맹목적이다시피 중국을 바르게 보려고 함을 알 수 있다.

담헌은 그의 연기를 7, 8권에서는 그가 만난 사람들 중심, 그리고 9, 10권에서는 그가 견문한 대상들을 표제로 붙여서 그에 대한 기록을 했기 때문에, 그것만 보면 그가 어떠한 것에 관심을 가졌는지 알 수 있다. 그리고 그 표제들을 보았을 때, 봉황산, 태학, 옹화궁, 동악묘, 유리창, 시사, 음식, 옥택, 건복, 기용 등 노가재가 다룬 견문의 범주를 충실히 다루고자 한 것을 확인할 수 있다. 그렇다면『담헌연기』는『노가재연행일기』를 추체험한 경험 재현기(經驗再現記)에 불과한가? 그것은 아니다. 왜냐하면, 그가 이런 것들을 견문하면서 일관적이고 지속적으로 가지고 있는 기본 의식이 다르기 때문이다. 그것은 연행록 속에 지속적으로 드러나는 특정 술어를 찾아보면, 구체적으로 알 수가 있다.

1766년에 이루어진 담헌 홍대용의 연행 기록인『담헌연기』에 주로 나오는 술어는 '살피다(審, 探)'와 '묻다(問)'이다. 특히 문면 전체에 드러나는 술어는 '묻다'가 더욱 많다. '묻는 것'은 미호 김원행의 제자로 들어갔던 12세 때부터 드러났던[39] 담헌 삶의 기본적인 태도로서, 담헌서 내집에 있는 「심성문(心性問)」 「소학문의(小學問疑)」 「가례문의(家禮問疑)」 등의 글에서 그것을 확인할 수 있다. 또한, 묻는 행위는 그 말년의 역작 「의산문답(醫山問答)」에까지 이어져, 묻는다는 것은 그의 일생을 통해 일관적으로 드러나는 주요 행위였음을 알 수 있다. 이는 그의 생애 중, 그의 생각에 가장 큰 영향을 끼쳤다[40]는 연행 길을 기록하는 연행록에서도 계속되고 있다. 다음의 글을 보면 그것을 극명히 알 수 있다.

　　　내가(담헌) "풍속의 후박이 어떠한가?" 난공이 "지방에 수민이 많아

---

39) 金泰俊(1999),『홍대용』(위대한 한국인 시리즈), 한길사.
40) 金泰俊(1999), 위의 책.

172

현송의 소리가 서로 들린다. 다만, 속상이 부화하여 순박함이 적을 뿐이다." 역암이 "귀처는 풍속이 극히 순고하지요?" 내가 "산천이 험애하고 인민이 거개 빈곤하다. 다만, 좀 예속을 따르기 때문에 옛부터 중국도 소중화라고 불러주었다."41)

이렇듯이, 이것은 연행 중반부터 관심이 있었던 천주당 탐사마저도 작파하고 '인간적 교유'에 집중하여 '속내를 쏟아 놓는' 사귐을 이루었던 육비, 반정균, 엄성과의 교유 기록인데도 불구하고 일방적인 찬탄과 동의가 아니라 묻고 답하는 문답의 연속임을 알 수 있다. 이것은 '필담'이라는 기본적 특징 때문에도 나온 것일 수 있다.

또한, 문답이라는 글쓰기 방식은 중국 송대 성리학자들의 글쓰기 방식으로 주목을 받았다고 한다. 특히 이 중에 소강절(邵康節)의 「어초대문(漁樵對問)」(일명 「漁樵問答」)을 주목할 수 있는데, 그곳에는 어자(漁者)의 입을 통해 천지 만물의 이치, 치란·이해·득실 등의 인사, 음양과 역상의 이치 등 천지인(天地人) 삼재에 대하여 심오한 철학 사상을 논하고 있다. 담헌은 이러한 성리학에 기반을 둔 상수학자(象數學者)인 소강절에 몹시 경도되어 있었기에, 이의 영향을 받아 '문답'의 서술방식을 가까이 두고 늘 사용했음을 알 수 있다.42) 또한

---

41) "余曰 風俗厚薄 如何 蘭公曰 地多秀民絃誦之聲 相聞 但俗尙浮華 鮮淳朴耳 力闇曰 貴處風俗淳古之極 余曰 山川險隘 人民多貧 只以稍遵禮俗 自古中國亦許之以小中華"(「항천척독 건정동필담」,『담헌서 외집』2권, 148면).

42) 담헌이 소강절의 漁樵對問을 직접 보았다는 언술은 그의 문집 안에서 찾을 수 없다. 그러나 소강절을 좋아하고 그의 생각을 따르려는 증거는 "나는 소강절을 경애하였네"(我愛堯夫子 :「雜詠」제4수 제1구,『담헌집 내편』권3)라는 시구의 표현이나 중국의 벗 반정균에게 보낸 편지에서 邵子全書와 天文類函은 평생 보기를 원한다고 밝히는 것 등에서(「與秋廬書」,『담헌서 외집』권1, 22면) 찾을 수 있다고 한다. 이상 담헌과 소강절의 관계에 대해서는 박희병(1995),「홍대용 연구의 몇 가지 쟁점에 대한 검토」,『진단학보』79호, 212~213면 참조. 단,『담헌서 외집』7권,『연기』중에 「금포유생」에서는 담

문답과 함께, 그에 이어진 편지글도 담헌의 「건정동필담」과 『담헌연기』에서 글쓰기 방식으로서 자주 사용되는 것을 볼 수 있는데, 이것이 주는 효과와 의미 등은 뒤에서 다룰 '글쓰기 방식의 문제'에서 설명하도록 하겠다.

자신이 관심 있는 것에 대하여 살피고, 또 그 견문 가운데 알고 싶거나 의심나는 점이 있으면 물어야 하는 것은 자연스럽게 이어지는 행위이다. 그런데 그 '묻다'는 것은 대상이 필요하기 때문에, 담헌은 자연스럽게 물을 수 있는 대상, 즉 사람들에게 주목하였다.[43] 그렇기에, 전술한 것처럼 『담헌연기』 7, 8권에서는 그가 만난 청의 왕족, 한인 관리, 하급 관리, 연경의 상인들, 태학의 생도들, 연경 밖의 선비들 등 다양한 사람들을 만난 기록을 전재하고, 그들을 잘 살핀 후 말미에는 나름대로의 평가를 붙이고 있다.

특히 재미있는 것은, 7, 8권에 있는 사람들이 신분상으로 여러 부류의 넓은 변폭을 보이는 것 뿐 아니라 맨 마지막에 붙인 그 사람의 평가 자체에서도 다양한 모습을 보인다는 것이다. 일단 청내 한인(漢人) 중앙 관리인 오상과 팽관에 관해서는 "언론과 취미도 그리 볼 만한 것이 없고 의심과 두려움이 매우 심하다."[44]라고 혹평을 하는가 하면,

---

헌이 유생의 가계에서 장씨 성 가진 노인이 연주하는 곡을 2개 들었는데, 하나는 '平沙落雁'이고 하나는 '魚樵問答'이었다(『국역 담헌서』, 123면). 이 곡이 과연 소강절의 어초문답을 형용하는 곡인지는 알 수 없고, 또한 여기서는 담헌이 평사낙안 곡에 더욱 많은 주의를 기울이고 있다.

43) 담헌 이전의 대표적 연행록 작가인 노가재도 가는 길에서 사람들을 만난 기록은 존재하고, 홍대용이 반, 엄, 육 3인과 교유하고 이후에 편지로 교유를 계속 할 것을 제안하면서 노가재와 관내인 程洪이 짧은 시간 교유를 맺고 이후에 계속 서신 교환을 했던 것을 예로 들기는 하지만(『담헌서 외집』 권2, 「건정동필담」, 212면), 노가재는 막상 연행록 안에서는 담헌과 같이 사람들을 만나 적극적으로 의사소통하려는 모습은 보이지 않고 있어, 이러한 '사람들에 대한 관심'이 담헌에 와서 특화되었다고 볼 수 있다.

174

차라리 만주인이면서 청의 황실인 양혼에 관해서는 "기미가 너그럽고
무거워서 함부로 떠들거나 웃지 않고 속마음을 털어놓고 옛 친구를
만난 듯이 대답하는 것은 아마 만주사람의 소성이 그런 듯 하였다."[45]
라고 호평을 하고 있는 등, 외견상으로 유추할 수 있는 요건과는 사뭇
다른 평가를 내릴 수 있다는 것이다. 이것도 또한, 제한된 시간에서
할 수 있는 최대한 치밀하고 집요한 질문의 결과로서 나온 것이다.

더욱이 「양혼」이후의 사람 관찰 편에서는 영원위의 선비이나 거만
하기 이를 데 없는 왕거인(王擧人), 영욕을 좇지 않는, 그야말로 '상도
(商道)'를 얻은 사하의 곽생,[46] 배운 바는 별로 없으나 순박한 예가 있
으며 씩씩하게 살고 있는 십삼산(十三山)의 만주인 오씨,[47] 공자의 고
향인 노나라 땅 출신으로서 공자의 후예이지만, 체두변발을 하는 청에
서 과거 때를 기다리고 있는 우울질의 송거인(宋擧人), 중국의 여러

---

44) 홍대용, 위의 책, 28면.
45) 홍대용, 위의 책, 79면.
46) "닭이 울면 일어나서 방과 마루를 깨끗이 쓸고 닦으며, 문을 열어 손님들을
맞이합니다. 장사꾼들이 돌아갈 때면, 술과 밥을 정결히 장만하여 그들의 고
생을 위로하며 말먹이까지 넉넉히 마련하여 그들의 가는 길을 편리하게 합
니다. 비용이 든 대로 돈을 받으니 양측이 공평하며, 그 남는 이윤으로 가족
들이 먹고 삽니다. 몸에는 근심과 위태로움이 끊어지고 남들의 원망과 꾸짖
음이 없습니다. 초연히 되는대로 살매 지극한 즐거움이 여기 있습니다. 내가
무엇 때문에 억지수작으로 큰소리를 치겠습니까?"하고 이어서 탄식하며 말
하기를, "벼슬이란 영화스러울 때도 있고 욕스러울 때도 있습니다. 재주 높
은 이는 산야에 묻혀 있고 돈 많은 이가 직위에 있으니, 요새 세상에 벼슬한
다는 것을 나는 몹시 부끄럽게 여깁니다." 하였다. 내가 그의 말을 듣고 무의
식중에 칭찬이 튀어나왔다. (중략) 아마 賢者로서 市門에 숨어사는 이인 듯
하였다.(『국역 담헌서』, 97~98면).
47) (담헌) "이 뒤에 만일 변방에서 寇亂이 있으면 그대는 다시 전쟁에 나가겠는
가?" "크게 되면 벼슬을 할 것이요, 적게 되어도 우리 집을 부하게 할 것인
데, 씩씩한 남아로서 어찌 죽음을 두려워하겠습니까?"(「십삼산」, 『연기』, 『담
헌서 외집』 7권, 101면).

곳, 심지어는 몽고에서부터 유학 왔으나 '오합지졸'의 기미를 풍기기
는커녕 '크게 경탄하고 감복할 만한 시 실력을 보여주는'[48] 태학의 생
도들, 흠천감 박사이면서 골동품, 완호품 가게를 유리창에 열고 있으
나 막상 별 실력이 없는 석존 장경 등, 그에 대한 평가가 엇갈리거나
관찰한 바 처지나 성격이 대비되는 사람들을 하나하나씩 교차 편집하
여 보여줌으로써, 담헌이 관심을 가졌고 질문을 던지고자 했던 대상들
이 얼마나 넓은 범위에 있는가 효과적으로 제시하고 있다. 이것은 지
난 시기의 대표적 연행록 저자였던 노가재 김창업의 '박(博)'이라는
경지를 구현하면서도, 담헌 특유의 치밀하고 집요한 질문으로서 심도
깊은 '현지인' 이해를 하고 있어, 청이라는 사회를 깊고도 넓게 인식하
는 담헌의 특징을 보여준다.

그러나 역암(엄성)의 말처럼 "속마음을 털어 서로 보이고 참되고
정성된(有傾蓋銘心眞切懇至)"[49] 교유는 전술한 세 사람과 손용주까
지로 한정할 수 있겠는데, 이들이 그처럼 흉금을 털어놓을 수 있는 이
유는 "흉중의 울발(鬱勃)한 심정·외로운 심정"[50]이 있기 때문이었다.
가진 재능에 비하여 사회적인 인정을 받지 못하는 항주 출신 선비들
과,[51] 스스로 과거를 포기하고 혼천의 제작 등 자신이 하고 싶은 쪽으

---

48) 「태학생도」, 『연기』, 『담헌서 외집』 7권, 112면.
49) 위의 책, 165면.
50) 그러나 대장부가 천리 밖에서 정신으로 사귀는데 어찌 반드시 아녀자처럼
    자주 가까이만 지내겠는가? 난형(반정균)이 마음이 부드럽고 기가 약함은
    진실로 형의 말씀과 같으나 역시 그 중심이 격발하여 능히 스스로 금하지
    못하는 것입니다. 저같은 자는 한번 지기를 보면 마음이 죽고 기가 다하여
    울려고 해도 울지 못하고, 오직 하늘을 우러러 길게 한숨쉬고 망연히 백가지
    생각만 착잡하게 떠오를 분입니다. 아아, 천하의 정이 있는 사람은 진실로
    이 뜻을 묵묵히 알아 줄 것입니다(168면). 그리고 이러한 교유인 간에 느끼
    는 동료 의식으로서의 '우울한 심정'은 후대 연암의 교유인인 윤가전, 왕민
    호, 학성과의 필담인 「혹정필담」에서도 이어지고 있다.

176

로 연구를 계속하기를 마음먹지만 외견상으로 볼 때는 '벼슬을 나가지 못한' 혐의를 주는[52] 담헌의 처지를 서로 알고 있는 것이다. 그랬기에, 나랏일을 집행하는 입장이 아니었기 때문에 그들은 이른바 '비판적 지식인'의 모습을 고수하면서, 사회 전반에 관하여 냉정하고 객관적으로 토론할 수 있었던 것이다.

역암이 "어제 서산 구경이 즐거웠는가?" 내가 "좋기는 좋으나 모두 인교이고 천기는 조금도 없었다. 또 형은 한문제가 노대를 만들지 않았다는 말을 듣지 못했는가?" 역암이 무연히 "이것은 노대에 비하여 그 몇천만 배인지 모른다. 황상이 절검하지 않음이 아니나, 아래 있는 자가 잘 봉행하지 못하여 이에 이르렀다." 내가(담헌) "중국의 묘당이 매우 성하여 무한한 재력을 허비하여, 라마승으로 앉아 호한 녹을 먹는 자가 그 몇 천인지 알 수 없었다. 길을 연해서 기한에 견디지 못하는 빈민이 저렇듯 많은데, 연로 행궁의 전각은 사치를 극했으며 또 희대는 무엇에 쓰는 것이기에 그렇게 호화롭게 해놓았는지 상탄을 이기지 못했다. 더러는 좋은 곳이 없지 않았으니, 전조의 제도가 아직도 있었다.[53]

51) 그들이 연경에서 담헌과 만날 수 있었던 이유는 과거를 보기 위해 상경했기 때문이었다. 이러한 사실은 「건정동필담」 중 담헌이 엄성에게 과거가 끝나면 연경에 다시 오지 않을 것이냐고 묻는 대목에서 확인할 수 있다. 홍대용, 위의 책, 210~211면.
52) 그들이 서로를 불우한 처지의 사람들, 혹은 재능에 비해 인정을 받지 못하는 불우한 지식인으로 인식하고 있다는 것은 「건정동필담」을 같이 했던 조선측 선비 김평중의 "마음이 슬프지 않고 얼굴이 슬프니, 50세의 窮儒가 이룬 바 없는 소치이겠지?"(184면)라는 말, 또 역암(엄성)이 한 말 중에 "이런 포부를 가지고 농부로 평생 지내도 달갑겠는가?" 또 "다만 이런 책을 좋아만 하는 것은 족히 논할 것이 못되는데, 픔兄 같은 분은 참으로 그 체가 있고 용이 있는 학문을 하는 분으로 안다"라고 홍대용에게 말한 부분 등에서 드러나고 있다.
53) "力闇曰 昨日西山之遊樂乎 余曰 佳則佳矣 皆是人巧 從欠天機 且兄不問

내가 "중국의 사대부는 국제의 금하는 것을 제외하고는 모두다 한결같이 가례를 따르는 사람이 있는가?" 난공이 "가례를 따르는 사람이 적지 않다. 휘주 같은 데서는 사람마다 모두 따른다." 내가 "상가에서 음악을 쓰는 것이 가장 나쁘다." 난공이 "본래는 죽은 사람을 즐겁게 하려는 것인데 도리어 손님을 즐겁게 하는 것이 되고 말았다. 자식된 사람으로 이렇게 하지 않으면 그 어버이를 박하게 한다고 생각하니, 한탄할 만하다."[54]

위의 글처럼, 담헌은 주로 의관 문제를 비롯하여 상례 등에서 중국의 예가 지켜지지 않음과 사치 낭비하는 풍조가 있는 것에 대해서 날카롭게 지적하고 있으며, 이것에 대해서 담헌의 세 친구들은 동조하며 혹은 배경을 설명하며 여러 가지로 청에 대한 이해를 심화시키고 있다.[55] 그렇기 때문에, 이전 시기의 노가재가 청의 최신 정세로 파악하

漢文帝不作露臺之說乎 力闇撫然日 此則此露臺 不知其幾千萬倍也 皇上非不節儉 在下者 不善奉行 至於此 余日 中國廟堂甚盛費盡無限財力 喇嘛僧坐食厚祿者 不知其幾千數矣 沿路見貧民之不堪飢寒者 不勝其多 而沿路行宮之殿閣 極其奢麗 且戲臺何用 而多有侈美 不勝傷嘆 而或不無好處 前朝制度尚存也"(홍대용, 위의 책, 194~195면).

54) "余日 中國士大夫 於國制所禁之外 有能一從家禮者乎 蘭公日 遵家禮者 不少 若徽州人則 盡遵之 余日 喪家用樂 最可惡 蘭公日 本欲娛尸 飜成享客 爲人後者 不如是則 以爲儉于其親 可嘆"(홍대용, 위의 책, 205면).

55) 내가 "들으니 중국에 재이가 많고 민심이 많이 동한다 하는데 실상은 어떠한가?" 역암이 "이런 말은 실지로 없다." 난공이 "아울러 이런 일도 없다. 수년 전에 회교도들이 항역하다가 3년 만에 토벌되었다."(위의 책, 211면) 등의 부분에서, 담헌은 위와 같이 여러 선배 연행록 저자들이 느꼈던 '위기상황'에 대해서 같은 질문을 하고 있는데, 반정균과 엄성은 위와 같이 정확하고 구체적인 예를 들어 담헌의 이러한 단면적 인식을 고쳐주고 있다. 이러한 심화된 중국 현지의 인식은, 담헌의 후배인 연암의 『열하일기』「심세편」에 와서야 "연경에 갔다 온 사람들은 모두 청이 곧 망할 것처럼 이야기하지만, 실상은 아니다"라는 충격적 발언을 던지면서 최신 정세 보고서를 작성하고, 되도록 청에 대하여 객관적이고 중립적인 시각을 유지하면서 심도있는 인식을 보이

178

여 구체적으로 알기를 원했던 '해적 문제'와 '황태자 반란 문제'를 만나는 사람마다 물어보았으나 정확하지 못한 인상을 풍기는 대답만을 들었던 것과는 대조된다.

이렇듯이 집요하고 심화된 문답과 편지글로 이루어진 『항천척독』은 서로의 심도 깊은 대화 속에서 강한 이해와 심화된 생각, 그리고 의론 등의 요소를 가지고 있다. 그랬기에, 인간을 통한 중국사회 내면의 이해가 가능했던 것이다. 「건정동필담」에서 나중에 세 중국 선비가 조선의 역대 역사를 알기를 원해서 담헌이 그에 대해서 약술하여 개론적으로 한국의 역사를 제시하게 되는 것을 보면, 중국인의 우리나라에 대한 이해도 심도깊게 했다는 의미를 찾을 수 있다.

또한 그들은 강한 이해와 친분의 표현으로 서로 농담을 많이 하고 있다.56) 이것은 이전 『노가재연행일기』 속에서 웃음을 주는 부분으로 작동하는 화소들이 주로 역졸배, 그리고 군관 유봉산의 엽기적 행각에서 비롯하는 것이며, 자신은 그러한 사건에서 한 발 빠지는 일화를 제

는 것으로 파악된다.

56) 단적인 예를 들자면 다음과 같다. 엄성이 담헌에게 "귀국의 정숙과 음란이 어떠한가?"라고 물었을 때, 담헌은 내외의 구분이 심한 것과 관기로 손님을 대접한다는 말을 했더니, 반정균과 엄성이 청의 관기 없앤 이야기를 하면서 "관기를 없앤 것은 너무하다"고 했더니 그 다음 이어지는 말이다. 역암이 "난공은 호색하는 무리이므로 그 말이 이러하다." 난공이 크게 웃었다. 내가 "농담은 생각에서 나온다한다. 난형이 얼굴이 매우 아름답다. 자고로 얼굴이 아름다운 자는 호색하는 사람이 많다. 상생하는 일이 한 가지가 아니지만, 호색하는 자는 죽으니, 또한 두렵지 않은가?" 난공이 또 농담으로 "천명이 있는 자는 제멋대로 하는 것이다. 또 호색하는 자는 죽음을 두려워하지 않기 때문에 말하는 것이다." 난공이 웃으며 "국풍의 호색은 성인도 취했거늘, 무엇이 해되겠는가?" 내가 "장차 경계하기 위함이었다. 성인이 어찌 이로서 사람에게 권하겠는가?" 난공이 "군자의 짝도 즐거울 것이 없다는 말인가?" 내가 "역시 즐겁되 음하지 않아야 한다." 난공이 "이는 모두 농담이니 행여 진담으로 알지 말라." 내가 "모르는 것이 아니다. 또한 농과 참이 섞일까 두렵다."(같은 책, 197~198면).

시하여 웃게 하는 것과는 다른 양상이다. 즉, 담헌에 와서는 좀더 다양한 감정 변화의 화자가 나옴으로 인해 연행록이 더욱 흥미롭고 생생해졌다는 것이다.

2) '자세히'·'살피다'로 심(審)의 의미 분화

이러한 문(問)이라는 태도에 선행하는 것은 심(審)이라는 말이다. 이 말은 사전적으로 '상세히 조사하다, 깨닫다, 자세하다'라는, 크게 세 가지로 분류할 수 있는 뜻이 있다. 특히, 이 글자가 -문(問)과 붙어서 사용될 경우에는 '자세히'라는 함의가 더욱 강하지만, 여기서는 이것도 하나의 술어로 간주해도 될 만큼 '자세히 살피는' 담헌의 태도가 『담헌연기』와 「건정동필담」 문면 곳곳에 드러나고 있다. 우선 엄성, 반정균, 육비와의 필담에서 그들에게 담헌 기문과 팔경시를 부탁하면서 제시한 여덟 가지 경치[57] 중에 '선기옥형으로 천체를 관측하다'(玉衡窺天)가 있다는 점에서, 살피는 것(窺) 역시 담헌 생활에서의 기본 태도임을 우선 알 수 있다. 실제적으로 나오는 예문을 통해서 그를 확인하자면, 다음과 같다.

그러므로 사신 간 사람들은 그 선물도 탐낼뿐더러 이상한 구경을 좋아하여 해마다 찾아가는 것을 상례로 삼고 있었다. (중략) 첨지 이덕성은 일관인지라 역법을 대략 알았다. 이번 걸음에 조정의 명령으로 두 사람(유송령과 포우관)에게 오성의 행도를 묻고, 겸하여 역법의 미

---

57) 팔경의 전체는 다음과 같다. 우선 산속 정자에서 거문고를 타다(山樓鼓琴), 섬속 누각에서 종을 울린다(島閣鳴鐘), 거울같은 못에서 고기 구경한다(鑑沼觀魚), 구름다리에서 달을 구경한다(虛橋弄月), 연못에서 배타며 신선놀음하다(蓮舫學仙), 선기옥형으로 천체를 **관측하다**(玉衡窺天), 감실에서 시초로 점친다(靈龕占蓍), 활터에서 기러기를 쏜다(縠壇射鵠)(「건정동필담」, 『담헌서 외집』 권2, 163면 : 진한글씨는 필자).

180

묘한 뜻을 질문하며, 또 천문을 관찰하는 모든 기구를 구매하려 했는데……(후략)58)

정양문을 경유하여 안으로 성을 따라 서쪽으로 수 리(數里)를 가니, 들보가 없는 높은 집이 바라다 보이는데, 제작이 신기하고 이상스럽게 되어 **자신도 모르게 쳐다봐졌다.** (중략) 문에 들어갔는데, 두 사람이 아직 나와 있지 않았기에 양쪽 벽의 **그림을 구경하였더니,** (중략) 명복을 시키어 '배우기를 원한다'는 의사를 전하였더니 두사람은 모두 '감히 어찌……'하고 사양하였다. 오랫동안 애기를 나누었으나 명복이 또한 알아듣지 못하는 말이 많아서, 깊은 뜻은 말할 수 없었다. '당 안을 **두루 살펴봅시다**'라고 청하였더니 (중략) 남쪽에는 누각을 짓고 누각 위에는 악기들을 설치하였는데 **보고 싶어서** 굳이 청하였더니, 그들은 허락하고 시자를 불러 문을 열게 하였다. 문에 들어가 사다리를 타고 올라가서 악기들을 **보았더니,** (후략)59) (진한글씨는 필자)

정월 2일 통역을 맡은 이 두어 사람을 불러서, "나의 이번 걸음은 **오로지 유관을 위함**이라는 것은 그대들의 아는 바이다."60)

이상이, 대표적으로 들 수 있는 '보는 것'이라는 말이 직접적으로 나온 예문들이다. 우선 「유포문답」의 맨 첫 번째 인용문에서, '본다'라는

---

58) "爲使者 利其賄 喜奇觀 歲以爲常 (중략) 僉知李德星 日官也 略通曆法 是行也 以朝令 將問 五星行道 于二人 兼 質曆法微奧 且 求買觀天諸器 余約與同事 (후략)"(「유포문답」,『담헌서 외집』7권, 40면).

59) "由正陽門內循城 而西 行數里 望見無樑高屋 制作神異已 不覺聳瞻(중략) 二人尙未出矣 見兩壁畵 (중략) 命福傳言 願學之意 二人皆稱不敢 打話良久 命福亦多聽瑩不可以言深 遂請周觀堂中 (중략) 南爲樓上設樂器 請見之 强而後許之 招侍者開門入門由胡梯而上見樂器爲木櫃 (후략)"(「유포문답」8일조,『담헌서 외집』7권 ,42~43면).

60) "正月初二日 招任譯數人 問曰 余此行**專爲遊觀** 君輩所知"(「아문제관」정월 2일조,『담헌서 외집』7권, 57면 : 진한글씨는 필자).

말 앞에 무엇이 나오는가에 따라 그가 살피거나 보는 것과 다른 종류의 것이 있음을 알 수 있다. 이곳에서, 담헌은 이전의 사행 왔던 사람들이 천주당을 찾아서 했던 행동을 "기이한 그림과 신상을 두루 보고, 신기한 물건도 보고, 서양에서 난 진미도 맛보는(遍觀 異畵神像 及奇器 以洋産珍異 饋之)"으로 상술되는 '기이한 구경(異觀)'으로 설명한다. 이것은 바로 뒤에 나온 일관 이덕성이 해야 하는 "오성의 행도를 묻고, 역법의 미묘한 뜻을 질문"하기 전에 전제된 '살펴보고 관찰하는' 행동과는 분명히 다른 것으로 구분하는 것이다. 그래서 기존 연행자들의 관(觀)과, (이덕성과 같이 행동해야 할) 자신의 관은 구분됨을 볼 수 있다. 또한, 두 번째, 세 번째 예문에서 본 것과 같이 담헌은 '두루 살피다'라는 것에도 「유포문답」에서는 주관(周觀)이라는 말을 쓰고 「아문제관」에서는 '유관(遊觀)'이라는 말을 주로 쓰고 있어서, 그의 '보는'(살피는) 행위가 다시 이분되는 것을 볼 수 있다. 「아문제관」은 그가 북경 시내의 간정동, 그리고 흠천감 등을 살피기 위하여 제독, 통관 등 청의 하급 실무자(아문관리)들에게 일종의 친교를 맺을 것을 제의하고, 서종맹, 오림포, 그의 아들 쌍림 등과 만나는 이야기이다. 서종맹과 오림포 등은 평소 자신들을 멸시하고 무시하는 기색이 역력했던 조선의 사대부가 그러한 친교를 제의해 오자, 감격하면서 다과를 준비하고, 자신들이 생각하는 '좋은 구경'―중국 음악 연주 관람 등―도 제공하면서 사귀려 하고 있다. 그러나 홍대용 자신이 좀더 자유롭게 시내를 다니며 보고 싶은 것들을 살피기 위하여 그들에게 예의를 차리는 친교이므로, 담헌은 그들의 요구에 응하지 못하고 나가야 한다고 하면서 자신의 목적이 '유관'이라고 표방하고 있다. 그들도 자꾸 나가려고 하는 담헌에 대해서 "왜 조선의 선비들은 중국에 오기만 하면 유관만을 하려고 하느냐"고 투덜대고 있다.61)

이러한 용례에서 보자면, 담헌과 만인 아문들이 썼던 '유관'이라는

182

말은 살피고 관찰하는 뜻보다는 놀러 다니는 '유락'의 이미지가 더욱 강하다.62) 반면, 담헌이 관심을 가졌던 천주당에서 쓰인 주관(周觀), 견(見) 등은 관찰의 이미지가 강한 것으로 구별되는 것이다. 결국, 이러한 단어의 미분화를 보면 담헌이 의도하든 의도하지 않은 간에 이 두 가지에 대하여 구분을 가지고 사물을 관찰하고, 살폈다는 것을 알 수 있다. 이어서 모든 사물에 대한 표제화 밑의 구체적 서술인『담헌 연기』9, 10권에서는 문(問)할 수 없는 문물에 대하여 관(觀), 심(審), 탐(探)하는 담헌의 전체적 태도를 엿볼 수 있기에, '자세한 상태'일 뿐 아니라 여러 가지 본문에서 심은 규, 탐63)과 통하면서 '살피다'는 뜻이

---

61) 이와 관련된 본문은 다음과 같다. 일단 자세히 관찰한다는 뜻의 단어를 쓰는 경우는 "양혼도 鼻煙통을 차고 다니면서 때때로 꺼내어 코에 흡입하였다. 또 지름이 한치나 되는 조그마한 두 개의 주머니를 차고 있는데, 문수로서 장식되어 있다. 내가 한참 들여다보았더니 눈치를 채고……(후략)"(「양혼조」, 『연기』, 『담헌서 외집』 7권, 82면), "문 안에 들어서니, 아름다운 꽃과 이상한 풀이 봄인 양 찬란하였고, 휘장이랑 준이(종묘에 쓰는 제기)랑 복식이랑 진기한 물건들이 눈을 어리치게 하였다."(같은 책, 88면). 또한 전술한, 「아문제관」을 비롯한 '유관' 용례의 본문은 다음과 같다. "나는 곧 사례하기를 '나는 수재인만큼 예성은 좀 있습니다. 유관하기 위해서 구차스럽게 도망쳐 문을 나가서, 아문의 누가 되게 하고 싶지는 않으니, 말씀하신 대로 때를 기다리도록 하겠습니다."(「아문제관」, 『연기』, 『담헌서 외집』 7권, 59면), (서종맹)"칙사의 행차가 조선에 갔을 적엔 우리들이 한 발짝도 함부로 나갈 수 없었는데, 당신들이 연경에 오면 꼭 두루 유관을 해야만 마음에 흡족하게 여기니 어찌 공평한 일입니까?"(같은 책, 67면), "그런데 나의 이번 걸음은 오로지 유관을 위해서 온 것인 만큼, 그분(양혼)의 누대와 부귀한 모습을 한번 보고 싶은 생각이 없으리까마는, 다만 불편할 듯하기에 몸소 가서 감사를 드리지 못합니다."(「양혼조」, 『연기』, 같은 책, 92면).

62) 아마도, 담헌은 자신의 관찰행위를 겸허히 표현하는 뜻에서 그런 용어를 썼을 것이고, 아문들이 遊觀이라고 쓴 것은 자신들이 조선에 사신을 가는 경우 조선에서 누리고 싶은 관광성의 견문을 상정하여 조선의 선비들도 '놀고 싶을 것'이라고 생각해서 이 단어를 쓰지 않았나 생각한다.

63) 규는 엿보는 것(남이 모르게 가만히 봄), 탐은 더듬다, 찾다 엿보다, 밝히려

걸맞을 정도로 활동하고 있음을 알 수 있다.[64]

이렇게 자세히 '살피는' 또한 '질문의 대상이 되는' 대상은 담헌이 평소 관심 있었던 상수학에 관련된 것, 혹은 문종이나 요종 같은 최신 기기들 뿐 아니라 다른 종족[65]의 존재에 대해서도 그 외연이 넓어진 다. 「번이수속」에서는 유구국, 몽고인, 대비달자 등 여러 나라의 오랑 캐가 나오는데 담헌은 이들을 "여러 차례 가서 보려고(余累欲往見) 하지만, 그 때마다 아문과 역관들이 말리고 있다."[66] 이러한 부분들을 보면, 담헌이 기존 여행자와 다른 부분에 관찰의 눈을 들이대고자 한 다는 것을 알 수 있다. 그가 관찰의 눈길을 보내는 것은 물을 수 있는 대상, 즉 사람(혹은 관찰과 그 안의 분석이 가능한 기구들)이라는 것 이다. 이것은 기존 여행자들이 관심을 가졌던 환희(幻戱) 혹은 '유관' 의 경지로 대변되는 것과는 구별되면서 파악되고 있다. 요컨대, 그의 '심(審)'이라는 의미의 분화는 담헌 연행록이 가질 수 있는 성격을 단 순한 견문의 기록이 아니라 체계화된 사고를 펼칠 수 있는 기록으로 만드는 효과가 있다.

고 하다, 구명하다, 찾다, 방문하다, 가보다 등의 뜻이 있어서, 살피는 것과는 미묘한 차이를 보여주면서 그가 자세히 살피는 것이 이런 술어로까지 연결 된다.

64) 특히 이것은 '관상대' 등 담헌의 평소 관심분야에 있어 더욱 많이 드러나는 것을 알 수 있다. "아침해가 막 떠오르려는데 멀리 10여 개의 의기가 돌난간 안으로 주욱 벌여져 있는 걸 바라보니, 이상한 모양과 제도들이 기이한 빛들 을 반사하고 있었다(朝日初上 遙瞻 十數儀器 環列于右欄中 奇形異制 光怪 射日 直欲奮飛 而不可得)"(앞의 책, 261면).

65) 보통의 연행록에서 비중을 두어 소개하는 사람들은 청내 漢人이었다. 그리 고 그들이 어쩔 수 없이 보이기 때문에 淸人(만주인)에 대한 설명을 주로 胡 /胡女라는 명칭을 중심으로 소개하고 있다. 그러나, 담헌은 『연기』 권7에서 「藩夷殊俗」이라 하여 청인뿐 아니라 회회국 사람, 몽고인, 아라사 사람(대비 달자) 등에게까지 관심을 확장하고 있는 것이다.

66) 「번이수속」, 『연기』, 『담헌서 외집』 권7, 129면.

3. 연암 박지원 : 지(知)에서 행(行)으로

1) 궁리지요(窮理之要)의 범위를 넘어 독행(篤行)으로

앞서 필자는 18세기 대표적인 것으로 간주되는 이른바 삼대 연행록의 지속적인 의식이 『중용』전 20장에 나온 박학—심문—신사—명변—독행이라는 위학지서(爲學之序)로 비유되면서 연결될 수 있다고 했다. 그런데, 박지원의 『열하일기』속에서 드러나는 기저 의식은 중기의 대표작인 홍대용의 『담헌연기』 및 「건정동필담」에 나오는 심문 이후에 이어지는 신사(愼思 : 삼가 생각함)나 명변(明辨 : 밝히 구분함)에 정확히 들어맞지 않는다. 오히려, 그러한 범위를 뛰어넘어 신사와 명변을 넘어가는, 배움의 경지에서 깨닫고 행함으로 향하는 움직임을 읽을 수 있는 것이다. 이것은 일종의 비약적인 발전으로 파악된다.

이러한 경향을 설명하려고 하는지는 모르나, 최근의 어느 학자는 『열하일기』를 현대적 시각으로 분석한 의미있는 성과를 거두면서, 그 연구에서 '『열하일기』는 여행기가 아니다'라는 충격적인 말까지 던진 바 있다.67) 그에 따르자면, 보통 여행록68)과 『열하일기』가 다른 점은 『열하일기』 내에서는 "여행이라는 장을 전혀 다른 배치로 바꾸고, 그 안에서 삶과 사유, 말과 행동이 종횡무진 흘러 다니게 한다는 점"이라고 한다. 그렇기 때문에 "이 흐름 속에서 글쓰기의 모든 경계들, 여행자와 이국적 풍경의 경계, 말과 사물의 경계가 여지없이 무너지며" "여행의 기록이지만 거기에 담긴 것은 이질적인 대상들과의 찐한 접

---

67) 고미숙(2003), 『열하일기, 웃음과 역설의 유쾌한 시공간』, 그린비, 24~25면.
68) 그가 '여행기'라며 예를 들은 대표적인 것들은 『동방견문록』, 『걸리버여행기』, 『이븐 바투타 여행기』, 『돈키호테』, 『을병연행록』들이다. 그러나, 이것들은 모두 그 형식이 어떻든, 스쳐 지나가는 외부자의 파노라마라는 점에서 기존 '여행기'라는 말을 유지할 수 있다고 한다.(위의 책, 25면).

속이고, 침묵하고 있던 사물들이 살아 움직이는 발견의 현장이며, 새
로운 담론이 펼쳐지는 경이의 장" 즉 '유목적 텍스트'라는 것이다.[69]

  이러한 평가는, 앞선 주에서도 말했듯이 연암의 이러한 작품을 평
지 돌출한 것으로 간주하는 위험한 결과로 회귀할 수 있다. 결론부터
말하자면, 연암의 『열하일기』는 앞선 전통의 '비약적 발전'이지 결코
아무 것도 없는 것으로부터 천재의 발상으로만 이루어진 것이 아니라
는 것이다. 그러나 이러한 평가가 매우 매력적이고 유효한 것 같이 보
이는 이유는, '흘러 다니다'라는, 『열하일기』 전체에 흐르는 특징을 잘

---

69) 경계, 유목 등의 주요 용어는 들뢰즈/가타리의 『천의 고원』에서 나온 말이
    다. 노마드(Nomad)란 유목민이라는 뜻으로서 여기서의 유목이란 단순히 풀
    을 찾아 거처를 옮기는 일이 아니라 일반 삶의 경계를 없애고 끊임없이 새
    로운 가치와 강렬한 액션의 흐름이 계속되는 '유목'을 삶의 패턴으로 하는
    사람들을 말하는 듯하다. 이렇듯이, 포스트모던 이론으로 정평이 나 있는 들
    뢰즈/가타리의 이론을 『열하일기』에 그대로 적용시킨다는 것은 장, 단점을
    모두 가지고 있다. 우선 어떠한 공통의 일관적 잣대로 분석할 수 없어 소설
    은 소설대로, 고문류는 고문류 대로 하나씩 발췌해서 골라 읽어 조각조각 나
    버린 열하일기를 하나의 방법론으로, 일관되게 읽어낼 수 있는 힘을 부여했
    다는 것이 이 서구 이론을 도입한 미덕이라고 볼 수 있을 것이다. 그러나, 모
    든 이론이 그렇듯이, 확실한 이론 하에서 실제 작품을 보려고 한다면 즉, 이
    넘이 실제에 선행된다면 작품이 그 안에서 말하고자 하는 바를 온전히 끌어
    내지 못하고 자꾸 성급하게 재단하려는 의욕이-흔히 그것을 부작용이라고
    말한다-생기는 것이다.
    여기서는 또한 이러한 이론으로서 분석되는 고전 작품이 『열하일기』 하나밖
    에 없다는 인상을 주어서, 기존에 가져왔던 생각인 '연암이라는 천재가 평지
    돌출했다'는 혐의로 다시 돌아갈 수 있는 위험성마저도 있다. 고미숙은 『열
    하일기』의 우월성을 말하려다 보니 그 이전의 여행기 작품들을 "이국적 풍
    광과 습속을 나열하거나 낯선 공간에서 벌어지는 기이한 스토리를 엮어가거
    나 기념비와 사적들, 사람들의 이름을 밑도 끝도 없이 주절대거나 무엇보다
    도 유머도 없는" 길고 지리한 것으로 설명해야만 했는데, 이 가운데 홍대용
    의 『을병연행록』이 있었다는 것은 대단히 유감이며, 결국 이러한 강조가 염
    려했던 '전통성의 단절과 몇몇 천재의 존재로 한국문학사를 설명하려는' 오
    류로 돌아갈 수 있는 위험이 있는 것이다.

잡아냈기 때문이다.70)

  그렇다면,『열하일기』의 이러한 '비약적 발전'을 설명할 수 있는 서
브텍스트는 무엇으로 설명될 수 있는가? 그냥 '흘러다니다' 혹은 '유
목'으로 제한할 수 있을까?『열하일기』안에는, 앞서서 '18세기 연행록
의 연작적 기본 인식'으로 드러나는『중용』전 20장의 박학, 심문, 신
사, 명변에 대한 글을 인용한 것을 볼 수 있는데, 그것은 다음과 같다.

  길에 한 묘우에 들렀다. 강희황제의 어필로서, '좌성우불'이라 씌어
  있으니, 좌성은 곧 관운장을 말함이다. 그리고 좌우의 주련에는 그의
  도덕과 학문을 높이 찬양하였다. 대체 그들이 관공을 숭봉한 것은 명
  초기의 일심이었으며, 심지어 그의 이름을 휘하여 패관기서중까지도
  모두 관모(關某)라 일컬었다. 그리하여 명·청 즈음에는 공이와 부첩
  까지도 관성이니, 관부자니 하고 높여 불렀다. 그 그릇됨과 야비함을
  그대로 좇아서 천하의 사대부들이 모두 그를 학문하는 이로 높여 왔
  던 것이다. **대체 소위 학문이란 살펴 생각함과, 밝게 변증함과, 상
  세히 물음과 널리 배움을 이름이다.** 그리하여 한갓 덕성만을 높임에
  그쳐서는 아니 되므로, 문학을 거듭하지 않을 수 없는 것이다(송의 철
  학가 육구연은 存德性을 주장하였고 주회는 道問學을 주장하였다).
  비록 옛날 하우씨의 아름다운 경고에 절함과 촌음을 아낀 것이나, 안
  자의 허물을 거듭 범하지 않음과 노여움을 남에게 옮기지 않았다 하
  더라도 오히려, 그의 마음이 추솔한 점이 없지 않다고 하였은 즉, 학문
  의 극치에 이르러서도 객된 기운이 전혀 없을 수는 없다는 것이다. 이
  러한 객기를 온전히 제거함에 있어서의 제 몸의 사욕을 누르며 잃어
  버렸던 것을 예법의 행동 안으로 돌아오도록 하는 방법을 써야 할 것

---

70) '움직이다' 혹은 '흐르다'라는 특징은 전 장에서도 설명한 바와 같이 그가 눈
   길을 주었던 주요 대상에서 드러나는(河 그리고 甀에서 드러나는 '만들어냄'
   의) 이미지적 특징이며,「혹정필담」에서 드러나는 세계 인식의 특징이기도
   하다. 이에 대해서는 후술하도록 하겠다.

이다. 대체 나라는 것이 벌써 사욕에 지나지 않으니, 만일 일호라도 그
사욕이 몸에 따르면 성인은 반드시 그를 마치 원수나 도적처럼 간주
하여 기어코 끊어 없애버려야 한다. (중략) 이 경지에 이르러서는 결
코 슬기와 어짊과 용맹의 세 달덕을 갖추지 않는 이로서는 이 학문이
란 이룩하기 어려울 것이다. 이제 관공과 같은 정의와 용맹이야말로
자기의 사욕을 이기기 전에 벌써 예법에 돌아온 분이겠지만, 다만 이
제 그를 학문한 분으로 일컫는 것은 다만 그가 춘추에 밝았던 까닭이
리라.71) (진한글씨는 필자)

여기서, 연암은 순차적으로 붙은 네 가지 배움의 과정 중에서 하필
이면 '가려서 생각하고(愼思)' '밝게 변증하는 것(明辨)'을 맨 앞으로
놓고 있다.72) 이것은『중용』에 나와 있는 순서와는 다르며, 연암이 무
의식적으로 배움의 단계 중에서 어떤 것에 특히 관심이 있었는가를
엿볼 수 있다. 그리고 이것은 18세기의 이전 연행록들이 순차적으로
관심을 가진 '배움의 과정'이라는 순서에서, 노가재가 널리 보는 것(博
學)에, 담헌이 질문하는 것(審問)에 주로 관심이 있었던 것과 이어지

---

71) "入一廟堂 康熙皇帝禦書金扁曰 左聖右佛 左聖者關雲長也 左右柱聯 盛述
其道德學問 蓋崇奉關公 始于明初 至諱其名 稗官奇書 皆稱關某 明淸之際
公移簿牒 至稱關聖 關夫子 因謬習陋 天下之士大夫 眞以學問歸之 蓋所謂
學問者 愼思明辨審問博學也 德性不足以徒尊則 乃復道之以問學 雖以大禹
之拜昌惜陰 顔子之弗貳弗遷 猶議其心矗則 其於學問之極功 猶有些客氣存
焉耳 除此客氣 須用克己復禮 已者人欲之私也 若一毫著於己則 聖人視之
若仇讎盜賊 必欲剪剔殄滅而後已 (중략)"(「환연도중록」,『열하일기』).

72) 전술했듯이,『중용』에서는 이것이 순차적 연결고리를 만들고 순서가 바뀌어
서는 안되는 것으로 지정된 것은 아니다. 이것이 일종의 '순서'로 유기적 연
결고리를 가지게 된 것은 조선 중기에 만들어진 「백록동규」이다. 이것의 영
향력은 성리학을 삶의 기본 철학으로 삼고, 성리학 아닌 '사문난적'에 대해서
극히 폐쇄적이고 공격적인 반응을 보이며, 육왕학에 대하여 '이단이다'라고
분개하는 조선의 선비라면 모두 알만한 것이므로, 그 순차를 바꾼 것에 대한
연암의 의도를 충분히 문제삼을 수 있다.

면서 그만의 특징으로 작용하고 있다. 그만큼, 연암의 기본 의식은 청이라는 사회에 대해서, '세상의 중심'으로 여겨지는 것에 대해서 판단하고 생각을 종합하여 이제 자신만의 깨달음으로, 그리고 그 결과 지(知)의 영역에서 행(行)의 영역으로 옮겨가는 과정에 관심이 많았음을 알 수 있는 것이다. 연암의 '신사'와 '명변'은 신중히 생각하고 밝히 변별할 수 있는 일종의 과정이고, 그 결과 연암은 다음과 같은 말을 하기에 이른다.

　　지금 나는 밤중에 물을 건너는지라 눈으로는 위험한 것을 볼 수 없으니, 위험은 오로지 듣는 데만 있어 바야흐로 귀가 무서워하여 걱정을 이기지 못하는 것이다. **나는 이제야 그 도를 알았도다.** 명심(冥心)을 가진 자는 이목이 누가 되지 않고, 이목만을 믿는 자는 보고 듣는 것이 더욱 밝혀져서 병이 되는 것이다.73) (진한글씨는 필자)

이렇게, 도를 알았다는 '깨달음'의 장으로 진입하게 된 서술자의 모습이 그려져 있다. 그러나, 여기서는 모든 경우의 원리와 당위로 작용하는 도 앞에 '그것'으로 한정하는 뜻의 '부(夫)'가 나옴으로써, '이목만을 믿는 것이 바로 아는 데 병이 되는' 것을 알았다는 깨달음이, 여행 과정 속에서 도달해야 할 무수한 깨달음 중의 하나로 되어버리는 것을 알 수 있다. 그리고, 이렇게 한정사에 주목하지 않더라도 연암이 이러한 '깨달음'을 얻은 열하 입성 이후 연경으로 돌아와 체류하기까지의 내용을 보았을 때도, 연암의 태도는 초월적으로 변하지 않고 오히려 계속 무엇인가를 알고, 찾기 위한 모습으로 일관하고 있다. 결국 연암의 이 깨달음은 진정한 깨달음의 경지에 들기 위한, 그리고 중화

---

73) "吾夜中渡河 目不視危則 危專於聽 而耳方惝惝焉不勝其憂 吾乃今知夫道矣 冥心者耳目不爲之累 信耳目者視聽彌審而彌爲之病焉"(박지원, 「일야구도하기」, 「산장잡기」, 『열하일기』, 362면).

(中華)인가 아닌가의 혐의를 받고 있는 청 사회에 대한 이해를 위한, 수많은 깨달음 중의 하나에 불과했던 것이다.

그렇다면, 연암이 깨닫고자 하는, 지식의 수준을 넘어 진정으로 알고자 하는 대상은 무엇이었는가? 한마디로 '청'이라고 할 수 있다. 그곳은 '여행지'라는 단순한 의미를 넘어, 조선의 정신적인 중심이 되느냐 아니냐 하는 포괄적인 의미를 가진 중의적(重意的)인 곳이다. 이러한 곳을 처음 가보는 연암은, 국경을 넘어 청에 실제로 진입하자 「도강록」 7월 초8일조의 이른바 「호곡장론」을 통하여 '자아가 새로 태어난 듯한' 경험을 했음을 느끼도록 하고 있다.[74] 또한 다시 연경에서 열하라는 새로운 영역으로 가면서, 자신이 새로운 정신상태를 가지도록 '개조되는' 경험을 하는데 이것도 일종의 '새로운 자아의 탄생'으로 볼 수 있겠다.

> 우리나라 선비들은 생장하고 늙고 병들고 죽을 때까지 강역을 떠나지 못했으나, 근세의 선비로서 오직 김가재와 내 친구 홍담헌이 중원의 한 모퉁이를 밟았다. (중략) 지금 내가 이 걸음을 더욱 다행으로 생각한 것은 장성을 나와서 막북에 이른 것은 일찍이 없었던 일이다. 그러나 깊은 밤에 노정을 따라 소경같이 행하고 꿈속 같이 지나다 보니 그 산천의 형승과 관방의 웅장하고 기이한 것을 두루 보지 못했다. (중략) 나는 어려서부터 담이 작고 겁이 많아서 혹 낮에도 빈 방에 들

---

74) "鄭曰 今此哭如彼其廣 吾亦當從君一慟 未知所哭 求之七情所感何居 余曰 問之赤子 赤子初生 所感何情 初見日月 初見父母 親戚滿前 莫不歡悅 如此 喜樂 至老無雙 理無哀怒 情應樂笑 乃反無限啼叫 忿恨彌中 將謂人生神聖 愚凡 一例崩殂中間尤咎 患愚百端 兒悔其生 先自哭弔 此大非赤子本情 兒 胞居胎處 蒙明沌塞 纏糾逼窄 一朝迸出廖廓 展手伸脚 心意空闊 如何不發 出眞聲 盡情一曳哉 故 當法嬰兒 聲無假做 登毘盧絶頂 望見東海 可作一場 (후략)"(「도강록」, 7월 초8일조, 『열하일기』). 이는 전술했으므로 더 이상 깊게 살피지 않고 본문만 소개하기로 하겠다.

190

어가거나 밤에 조그만 등불을 만나더라도 미상불 머리털이 움직이고 혈맥이 뛰는 터인데, 금년 내 나이 44세건만 그 무서움을 타는 성질이 어릴 때나 같다. 이제 밤중에 홀로 만리장성 밑에 섰는데, 달은 떨어지고 하수는 울며, 기이하고 이상하였건만 홀연히 두려운 마음은 없어지고 기흥이 발발하여 공산의 초병이나 북평의 호석도 나를 놀라게 하지 못하니, 이는 더욱이 다행으로 여기는 바이다.75)

연암의 세계 인식은, 기본적으로 두 가지 성질을 가지고 있다. 첫째는 복잡하다는 것이고 둘째는 '움직이는 것'이라고 말할 수 있다. 일단, 세상은 참으로 복잡하고 여러 가지 변수가 있는 곳이라서, 몇 번을 궁리해도 다른 동물과 일반화시켜서 설명할 수 없는 코끼리와 같다.76) 그리고, 「혹정필담」에서 볼 때 상수학적으로 보았을 때나 역사적으로 보았을 때 청이라는 '세상' 또한 동그란 성질을 가지고, 끊임없이 움직이는 세상 중에 있는 곳으로 파악되고 있다.77)

---

75) "我東之士生老病死 不離疆域 近世先輩唯金稼齋 吾友洪湛軒 踏中原一隅之地 (중략) 今余此行尤有自幸者 出長城至漠北 先輩之所未嘗有也 (중략) 余自幼時膽薄性怯 或晝入空室夜遇昏燈 未嘗不髮動脈跳 今年四十四 其畏性如幼時也 今中夜獨立於萬里長城之下 月落河鳴風凄燐飛 所遇諸境無非可驚可愕可奇可詭 而忽無畏心奇興勃勃 公山草兵北平虎石不動于中 是尤所自幸者也"(「야출고북구기 후지」, 「산장잡기」, 『열하일기』, 359~360면).

76) "이는 언제나 생각이 미친다는 것이 소 말 닭 개 뿐이요, 용 봉 거북 기린 같은 짐승에게는 생각이 미치지 못한 까닭이다. (중략) 대체 코끼리는 오히려 눈에 보이는 것인데도 그 이치에 있어 모를 것이 이같거던, 하물며 천하 사물이 코끼리보다도 만 배나 복잡함에랴. 그러므로 성인이 역경을 지을 때 코끼리 象자를 따서 지은 것도 이 코끼리 같은 형상을 보고 만물이 변화하는 이치를 연구하게 하려는 것이다. (역경에, 四象이 팔괘를 낳고, 팔괘가 육십사괘를 낳는다는 사물 변화의 이치를 말하는 것이다.)"(「상기」, 「산장잡기」, 『열하일기』, 369면).

77) 나(연암)는 "하늘이 만든 것치고 어떤 물건이고 간에 모진 것은 없다고 생각됩니다. 비록 저 모기 다리, 누에 궁둥이, 빗방울, 눈물, 침 등과 같은 것이라

　이것이 나라로서의 청으로 와서는 어떤 모습으로 드러나는가를 살펴보겠다. '심세편'이라든가 「구외이문」 중에 별단조에 나오는 서반에 의해서 창출된 '곧 망할 것으로 날조'되기도 하는데, 그 구체적인 이야기는 다음과 같다.

　북경사람 하류 중에 글자를 아는 자가 매우 드물었다. 이른바 필첩식 서반(청때의 하급관리)에는 남방의 가난한 집 아들이 많았는데 (중략) 우리 사행이 갈 때면 서책이나 필묵의 매매는 모두 서반패가 이를 주장하여 그 사이에서 장쾌의 노릇을 하여 그 이문을 먹었다. 그리고 역관들이 그 사이의 비밀을 알려고 들면, 반드시 서반을 통해야 하므로 이들이 크게 거짓말을 퍼뜨리되, 일부러 신기하게 꾸며서 모두 괴괴망측하여 역관들의 남은 돈을 골려먹는다. 시정을 물으면 아름다운 업적은 숨기고 나쁜 것들만을 꾸며서 천재와 시변과 인요와 물괴 따위에도 역대에 없던 일을 모았으며, 심지어 변새의 침략과 백성들의 원망에 이르기까지 한 때 소란한 형상의 표현이 극도에 달하여 마치 나라 망하는 재화가 조석에 박두한 듯이 장황하게 과장 기록하여 역

도 둥글지 않은 것은 없다고 생각됩니다.……대체 지구의 모양은 둥그나 그 덕은 모나며, 그의 事工은 동에 있으나 그 성정은 정에 있는 것이니, 만일 태공으로 하여금 이 땅덩이를 편안히 한 곳에 정착시켜 놓고, 움직이지도 못하며 구르지도 못하는 채 우두커니 저 공중에 매달려 있게 하도록 한다면, 이는 곧 썩은 물과 죽은 흙인 만큼 잠깐 사이에 그는 썩어 사라져 버릴 것이니, 어찌 저다지 오랫동안 한 곳에 멈추어 있어서 허다한 물건을 지고 싣고 있으며, 하, 한처럼 큰 물들을 담고서도 물샐 틈이 없겠습니까. 그러면 이 지구는 면면마다 구역이 열리고, 군데군데 발을 붙여서 그 하늘로 머리 솟고, 땅에 발을 디딤은 어디나 우리들과 다름없으리라 생각합니다. 그리고 서양 사람들이 벌써 땅덩어리를 구로 인정했는데도 불구하고 지구가 구르는 데 대해서는 말한 적이 없으니, 이는 땅덩어리가 둥근 줄은 알면서 둥근 것이 반드시 구를 수 있음은 모르는 셈입니다.……(후략)"(「혹정필담」, 『열하일기』, 120면). 그리고, 「혹정필담」에서 혹정 왕민호가 주로 들려주는 이야기는 송, 명대를 넘나들면서 '움직이는 역사'에 대한 것이다.

192

관에게 주면, 역관은 이것을 사신에게 바친다. 서장관이 이를 정리하여, 듣고 본 중에 가장 믿을만한 사실이라 하여 별단에 써서 임금께 아뢴다. (중략) 이번 열하에 오가는 일로 말한다면 모두 목격한 일이어서 가장 실록이었지만, (중략) 내 생각에는 저들의 정세에 대해서 허실을 논할 것 없이, 장계 끝에 아뢰는 글은 모두 언서로 써서 장계가 도착하는 대로 정원에서 다시 번역하여 올림이 좋을 듯싶다. (「구외이문」 별단, 『열하일기』, 385면)

조역관 달동이 별단을 꾸미려다가 이 글을 서반으로부터 얻어 밤에 나에게 보였다. 서장관 역시 와서 이르기를 "아까 나약국서를 보셨는지요. 세상일이 크게 야단났습니다." 한다. 나는 "세상일이란 원래 그런 것이요. 그러나 세상에는 애초에 나약국이란 없는 것인가 하오. 내가 20년 전에 일찍이 별단 중에서 이 같은 문서를 보았는데, 역시 황극달자의 거만한 글이라고 해서, 선배들과 함께 둘러앉아 한 번 읽은 뒤 매우 북방을 우려한 적이 있었죠. 더러는 말하기를 '청의 정권을 대신할 자는 황극이다.'고 하는 이도 없지 않았죠. 이제 이 글을 본 즉 가감 없이 그것과 비슷하오. 서반배들이라는 게 모두 강남 빈민들의 자식으로서 객지에서 몸 붙일 곳 없어 이 따위의 터무니없는 소리를 날조하여 우리 역관들에게 공비 돈을 받고 속여 파는 것이요. 별단에는 비록 보고들은 사건을 싣게 하긴 하지만 대체는 모두 길목에서 들은 이야기들이었으니, 어째서 이 신빙할 수 없는 허탄한 소리를 사행 때마다 돈을 주고 사서는 망중한 어전에 여쭙는 자료로 삼는단 말이요. 내 의견으로는 별단 중에 적당하게 짐작하여 취사를 함이 좋겠어요." 하였더니, 서장관 역시 꼭 그러하여야 할 것을 깊이 납득하였다. 그러나 역관은 이에 대하여 퍽 변명하려고 애쓰는 모양이기에, 나는 그에게 (중략) "그리하면 우리 역관들은 허탄한 소리에 속아넘어가 저절로 바보노릇을 하네. 그리고 삼사는 오랫동안을 깊숙한 여관 속에 앉아 소일할 거리가 없어서 우울할 즈음에, 걸핏하면 자네들을 불러 새로운 소문을 물을 때에 길에서 주워들은 이야기로써 답답한 가슴을

풀곤 했지. 그러면 사신은 아무 것도 모르고 부염을 추어올리고 부채를 치면서, 오랑캐 놈들이 백 년 운수가 있으랴 하고는 바로 강 복판에서 노를 치던 (조적의 고사) 생각을 가지고 있으니, 참으로 허망하기 짝이 없는 일일세."78)

이렇게, 서반에 의해서 몇십 년 동안 곧 망할 것처럼 조작되었다는 연암의 이야기는, 암만 꾸며진 이야기가 퍼져 다녀도 오히려 끄덕 없더라는, 청이 그만큼 안정되고 번영된 사회라는 것을 반증하는 것이다. 또한 연경의 많은 문물을 소개한 편에서도 알 수 있는 바, 실제로는 아무런 문제없어 보이고 화려한 시사나 문물들이 즐비한, 참으로 다르고 복잡한 모습의 나라였다. 그러나, 요동들 뿐 아니라 열하라는 만리장성 북쪽의 변방을 보고 난 후엔, 그리고 라마승을 우대하고 판

---

78) "北京卑類解字甚鮮 所謂 筆帖式序班 多是南方妻人者 顔貌憔悴尖削 無一厖厚者 雖有廩食 極爲凉薄 (중략) 使行時 書冊筆墨賣買 皆序班輩主張居間 爲駔儈以食剩利 且譯輩欲得此中秘事則 因西班求之故 此輩大爲謊說 其言務爲新奇 皆怪怪罔測 以賺譯輩賸銀 時政則隱沒善續粧撰枇政 天災時變人妖物怪 集歷代所無之事 至於荒徼侵叛 百姓愁怨 極一時騷擾之狀 有若危亡之禍 迫在朝夕 張皇列錄以授譯輩 譯輩以呈使臣則 書狀揀擇去就 作爲聞見事件 別單書啓 其不誠若此 告君之事 何等謹嚴 (중략) 雖以今番熱河往來言之 事皆目擊雖最爲實錄 (중략) 愚意彼中消息 毋論虛實 附秦先來者 皆以諺書狀啓 到政院飜謄上達爲妙耳. 趙譯達東 將修別單得此於西班 夜以示余 書狀亦來語曰 俄見羅約國書乎 天下事大惶恐 余曰天下事 姑舍是 但恐天下 元無羅約國 吾於二十年前 曾於別單中 見似此文書 亦稱皇極猻子慢書 先輩圍坐一讀 深以北方爲憂 或謂代淸者 極也 今見此書 似無加減 西班輩皆江南妻人子 羈旅無賴 類作此等危妄語 以賺我譯公費銀兩 別單雖許聞見事件 皆是道聽塗說 奈何逐年買謊語 每行沽僞撰 以備莫重奏御之資乎 愚意則 別單中合當商量去就 書狀大以爲然 趙譯頗分疏 余謂趙譯曰 (중략) 我譯樂其誕而自愚 三使久處深館 鬱鬱無消遣之資 輒招君輩問新所聞則 摭拾道途博暢幽襟 使臣全不理會 掀髥拊帖曰 胡無百年之運 慨然有中流擊檝之想 其虛妄甚矣"(「나약국서」,「구외이문」,『열하일기』, 399~400면).

194

첸라마 같은 이교(異敎) 지도자를 황제의 스승 격으로 대우하는 모습
에서79) 보이는 청나라는, 앞서 인용한 「별단」 「나약국기」 조에서 느
낀 것과는 또 다른 '부동의 강성 아래 숨어있는 내재된 불안'으로 인해
황제가 매해마다 피서를 빙자하여 몽고 쪽의 접경으로 가서 그들의
목구멍을 틀어막아야만 하는,80) 단선적으로는 결코 설명할 수 없는
여러 가지의 목소리를 가진 청나라로 드러난다. 그러므로, 기본적으로
'세상'이라는 것을 '복잡다단하게 늘 움직이는 것'으로 파악하고 있고,
관찰한 바 청나라의 모습이 다면적이고 여러 가지 목소리를 내고 있
는 것으로 파악한 연암에게, 단일하고 집요한, 하나의 고정된 앎의 단
계를 기대하는 것이란 무리한 일이었다. 연암은 이렇게 복잡한 성질을
가진 '세계'를 알아내기 위하여, 기존의 선배들이 거쳐왔던 '박학'과
'심문'의 절차를 거쳐서, 신사와 명변이라는 두 가지 중간 절차를 뛰어
넘어 이제 앎의 영역(窮理之要)을 넘어서고 있으며, 이것을 연암의 기
본 입장, 기본 태도로 보면 될 것이다.

이러한 인식욕 너머의 세계, 즉 "완전히 알고, 그 안의 것들을 깨달
아 본받을 것은 본받으려는 태도"야말로 연암의 입장을 가장 잘 표현
하는 말이 될 것이다. 비록 본인은 환연 도중록에서 관우가 성인인가
아닌가를 따지면서 학문이란 무엇인가에 대해서 묻고, 여기서 빠져서
는 안되는 함정이 '욕망(私慾)'이라고 했지만, 그의 인식욕은 그 앎을

---

79) 「황교 문답」, 「반선시말」에서 이러한 모습이 자세하다.
80) "장성의 험요로서는 고북구만한 곳이 없다. 몽고가 출입하는 데는 항상 그
   인후가 되는데 겹으로 된 관문을 만들어 그 요새를 누르고 있다"(위의 책,
   357면). 또한, '목구멍을 틀어막는다'는 비유는 「심세편」에서 청의 고증학이
   대두하고 있는 이유를 설명하면서도 나온다. 즉, 주자의 학설을 주로 연구하
   는 유학자들이 청 권력에 대립하거나 반항하는 것을 막기 위해 자수나 장구
   에 천착하는 고증학을 장려하여, 이것을 한인 선비들의 '목을 조르는' 방법이
   라고 설명하고 있는 것이다.

기존의 전통적인 반응이었던 삼달덕(三達德 : 智仁勇)으로 인도하기 보다는 더 다면적으로 알고 싶고, 깨닫고 싶은, 정신의 급소를 찾고 싶은 연암 정신 작용으로 사태를 인도한다. 그렇기 때문에 연암은 도처에서 자신과 자신의 주변 인물들이 잘못 알거나 잘못 행동을 한다고 해도 새로운 것을 알거나 깨달을 일이 있으면, 창피해하지 않고 그 일화를 바로 올린다. 우선 잘 아는 일화, '기상새설(欺霜賽雪)'이라는 네 자가 쇄신한 정신을 뜻하는 말인줄 알고 호인들이 청하는 때마다 써주었는데 알고 보니 이것이 '(서릿발처럼 가늘고 눈보다 흰 밀가루로 만드는) 국수집'을 의미하더라는 이야기,[81] 또 청나라 역관 오림포의 아들 쌍림과 연암의 견마잡이 장복이 서로 아무 것도 의사소통이 안 되는 가운데 벌였던 동문서답, 또한 열하와 북경에서 서로 헤어져 있던 장복과 창대가 나누는 문답 중에 창대가 하는 거짓말-황제는 벌거벗고 있고, 창대와 같은 견마잡이에게도 직접 불러서 이야기하는 경험을 시켜주고 있으며, 또한 그에게 거액의 하사금을 전해주더라는 -에 대해서 곧바로 속아넘어가는 장복의 일화[82] 같은 것들을 대표적인 예로써 들 수 있다. 이것은 연암만이 가지는 특기인 해학적 요소이

---

81) 박지원, 「성경잡지」, 『열하일기』, 163면.

82) "창대가 장복을 보더니, 그 사이 서로 떠났던 괴로움을 말하기 전에 대뜸, '너 별상금 얼마나 갖고 왔니?' 하자 장복 역시 안부하기 전에 얼굴에 가득 찬 웃음으로, '넌 상금이 몇냥이더냐' 하고 반문한다. 창대는 '천 냥이야. 의당 너와 반분해야지.' 한다. 장복은 또 '넌 황제를 뵈었니?'하자 창대는 '뵈었고 말고, 황제말이야. 그 눈은 호랑이, 그 코는 화롯덩이같고 옷을 벗은 채 발가숭이로 앉아있데 그려.' 한다. 장복은 또 '그의 쓴 것은 무엇이던?' 하매, 창대는 '황금 투구를 썼지 뭐야. 그리고 나를 부르더니 커다란 잔에 술을 부어주며, 넌 서방님을 잘 모시고 험한길을 꺼리지 않고 왔다니, 기특도 하이, 하데 그려. 그리고 상사님껜 일품각로요, 부사껜 병부상서로 높여주데 그려.' 한다. 이는 모두 거짓말 아닌 것이 없으나, 비단 장복이 이에 속았을 뿐 아니라, 하인들 중에 제법 사리를 아는 자 치고도 믿지 않는 이 없다."(「환연도중록」, 『열하일기』, 423면).

기도 하지만, 알고 모르는 것, 잘못 알았던 것, 속고 속이는 것 등 '바로 알다'와 관련되는 일화이기 때문에 더욱 자주 등장하고 있다고 생각한다. 또한 이렇게 강한 인식욕을 가지고 '알고 모르는 문제'에 집중하는 면모를 보이는 한편, 무엇인가를 알았다면 이제 그것을 행하고자 하는 움직임 또한 보인다. 또한 앞 장에서 확인한 것과 같이, 벽돌 등의 문물에 관심을 가졌다면 연암의 경우 그것을 직접 만들어 볼 수 있도록 매우 치밀하고 자세하게 서술하며, 실제로 만들 것을 전제하여 설명하고 있다. 이것은 매우 작은 예이지만, 그의 기저 의식이 지에서 행의 영역으로 가는 움직임을 보여주는 요소이다.

2) 청의 실상을 알기 위한 치열한 인식태도

연암의 지 너머 행으로 가려는 기저 인식은, 행을 전제로 한 완전한 앎을 지향한다. 그 때문에 연암은 연행을 가서 그 앞에 펼쳐진 새로운 문물들에 대하여 매우 치열하게 알아내려는 태도를 견지한다. '전쟁'과 '병법'은 「소단적치인」에서 보듯이, 그가 평소 즐겨 쓰는 글쓰기 전략 혹은 기본적인 은유이기도 하지만, 『열하일기』에서도 역시 자주 등장하여 연암의 적극적이고 치열한 태도와, 앎을 완성하고 싶은 인식욕의 깊이를 볼 수 있게 해준다. 예문은 다음과 같다.

내가 우리 서울을 떠나서 8일만에 황주에 이르렀는데, 말 위에서 혼자 생각하기를 "학식이 본래 없는 나로서 이번 중국에 들어가 만일 큰 선비를 만난다면 장차 무엇으로써 질문을 하며 그를 애먹여볼까"하고 드디어 옛날 들었던 지식 중에서 지전설(地轉說)이라든가 월세계 이야기를 찾아 내어, 매양 말고삐를 잡고 안장 위에 앉은 채 졸면서도 누누 수십만 마디의 말을 연역해서, 가슴 속에 글자 아닌 글을 쓰고 하늘에다 소리 없는 글을 읽어가면서 하루에 몇 권의 책을 꾸몄는데,

이것이 말은 비록 이치에 닿지 않더라도 이치는 역시 따라 붙일 만 하였지만, 말타기에도 더 피로했거니와 붓과 벼루도 들 사이가 없었다. 기이한 생각도 밤을 지나면 사충과 원학처럼 변천함을 면하지 못하는데, 이튿날 다시 높은 산을 바라보면 뜻밖의 기이한 봉우리가 떠오르고, 또 바람 돛을 따라서 포개었다가 펴졌다 한다. 이야말로 먼 길에 좋은 길동무가 되고 멀리 가는데 지극히 즐거운 자료가 되었다.83)

이 예문에서 볼 수 있는 것은 그의 '필답 상대'에 대한 태도84)이다. 연암은 담헌처럼, 사람에 대한 태도나 필담 상대에 대한 기대가 다정 일변도만은 아니다. 물론 「홍덕보 묘지명」에서 나온 것처럼 그도 홍대용과 손용주와의 우정과 신의관계는 칭찬한 바 있었지만, 그가 교유한

---

83) "余離我京八日 至黃州仍於馬上自念 學識固無藉手入中州者 如逢中州大儒 將何以扣質 以此煩冤遂於舊聞中 討出地轉月世等說 每執轡據鞍和睡演繹 累累數十萬言 胸中不字之書 空裏無音之文 日可數卷雖無稽 理亦隨寓而鞍馬增懽 筆硯無暇 奇思經宿 雖未免沙蟲猿鶴 今日望衝分外奇峰 又復隨帆劈疊無常 信乎長途之良伴 遠遊之至樂"(「혹정필담 후지」, 『열하일기』, 190면).

84) 『열하일기』의 선행연구라고 볼 수 있는 김명호의 『열하일기연구』에서는 제4장에 중국현실의 인식과 북학론이라고 하여 연암의 대청관, 그리고 『열하일기』가 내어놓는 작가 의식면이나 의식 사상면을 분석 정리하여 내놓고 있다. 여기서 연암의 일 특징으로 파악된 것이 바로 '학술과 예술의 동향을 또한 충실히 전했다'라는 것이다. 연암은 당시 중국 학계와 문단의 추세를 그 나름으로 충실하게 소개하는 한편 이에 대한 논평을 통해 자신의 학문관과 문예관을 피력하고 있다고 한다(같은 책, 98면). 연암이 왕민호, 윤가전과 벌인 토론의 내용은 중국의 고급 음악과 역대 치란 등을 중심한 광범위한 주제를 포괄하고 있다. 앞서 언급한 바와 같이, 연암이 이처럼 비정치적이거나 지나간 역사에 속하는 일들을 화제로 삼은 것은 어디까지나 청의 현 시국에 관해 거론하기를 꺼려하는 중국의 사대부들로 하여금 우회적으로나마 그 실정을 암시하게 하고 그들의 진심을 토로케 하는 방편이었다고 하는데, 연암이 그들과 이렇듯 넓은 영역에서 토론을 한 것은 실정 암시와 진심 토로 뿐 아니라 넓은 인식의 폭을 드러내어 그들의 성취에 못지 않으려는 '문화 전사로서의 자세'에 기인했다고도 볼 수 있다.

198

사람들이 제2의 엄성, 육비, 반정균 등으로 인구에 회자되지도 못하고, 또한 「망양록」이나 「혹정필담」에서 보면 홍대용이 항주의 세 친구를 만나서 흉금을 털어놓듯이 살갑게 군 기록이 없고, 다만 위에서 나온 것처럼 "무엇으로써 질문을 하여 그를 애먹여볼까?"하는, 일견 도전적인 자세로 교유를 구상하고 있다. 또한, 전쟁터의 장수가 말 위에서 병법을 구상하고 실전에 임하듯이, 촌음을 아껴 "빈 하늘에다 소리없는 글을 쓰고 가슴에다 글자없는 책을 쓰면서" 마음의 칼을 갈고 있다. 그래서 연암과 왕민호, 윤가전 등이 혹정필담을 하면서는 '무엇인가 맺혀서 내려가지 않는' 심리상태에 대한 공감은 했으면서도[85] 일정 거리를 유지하면서 치열한 토론을 유지할 수 있었던 것이다.

전쟁터에 대한 환기는 앞 장에서 인용했던 바, 주로 고북구나 안시성 등의 공간을 지나가면서 실감나게 재연하고 있어 일종의 역사공간 재생 효과마저 내고 있으며, 앞 장에서 인용하지 않은 것 중 「태학유관록」 가운데 흥미있는 내용을 볼 수 있다.

담뱃불을 붙이고 나오니, 개 소리가 표범 소리인양 장군부에서 들려온다. 그리고, 야경치는 소리가 마치 깊은 산중 접동새 소리같이 울렸다. 뜰 가운데를 거닐며, 혹은 달려도 보고 혹은 발자국을 크게 띄어 보기도 해서 그림자와 서로 희롱하였다. 명륜당 뒤의 늙은 나무들은 그늘이 짙고, 서늘한 이슬이 방울방울 맺혀서 잎마다 구슬을 드리운 듯, 구슬마다 달빛이 어리었다. 담 밖에서 또 삼경의 두 점을 쳤다. 아아, 애석하구나, 이 좋은 달밤에 함께 구경할 사람이 없으니. 이런 때에는 어찌 우리 일행만이 모두 잠들었으랴? 도독부의 장군도 역시 그러하리라. 그렇게 생각하면서 나도 곧 방에 들어가, 쓰러지듯이 베개

<hr>

85) 이러한 상호 공감, 특히 현달하지 못한 자기 처지를 서로 같은 것이라고 생각하는 습관은 홍대용 때부터 본격적으로 나온 것임을 앞 절에서 밝힌 바 있다.

에 머리가 저절로 닿았다.86)

　이것은 처음 보기에는 단순히 "잠들 수 없어 나오니, 월색이 고요하고 이슬이 달빛에 비치는 장관을 볼 수 있었다"하는 멋진 야경의 소개인 것으로 파악된다. 그러나, 연암이 잠을 깨고 나오게 된 이면에 있는 장군부(도독부 : 지금으로 치자면 지역 수비대의 역할)의 개 소리, 그리고 '야경'이라는 자기 보호의 행위와 연결하면 이것을 단지 '밤중의 기이한 달구경'으로만 생각할 수는 없을 듯하다. 또한 공간적인 무대가 되는 '열하'라는 몽골과의 접경 지역과 연결지어 생각하다 보면, 연암이 밤이 늦도록 돌아다니며 하는 구경은 보이지 않는 (애써 보이지 않게 하는) 긴장 상태의 이면 속에 드러난 '그늘 짙은 명륜당'과 '서늘한' 느낌의 경관을 낮이라는 평온한 시간부터 밤이라는 불안한 시간까지, 끝까지 보고자 하는 일종의 '전투적인 견문'이라고 볼 수 있겠다. 연암의 '전투적 견문'의 혐의를 더욱 짙게 하는 것은, 맨 마지막 구절의 "어찌 우리 일행만이 모두 잠들었으랴? 도독부의 장군도 역시 그러하리라"라는 말이다. (몽골이라는 달자로부터) 이러한 경관을 지켜주느라 깨어 있어야 하는 도독부의 책임자인 '장군의 잠'과 문물을 보는 '나의 잠'을 같은 수준으로 병치시킴으로써, '나'의 견문도 장군과 같은 의미로 해석될 수 있는 가능성을 열어두는 것이다. 『열하일기』의 이러한 특징은 1712년 연행했던 기록인 김창업의 『노가재연행일기』의 유사 구절과 비교해 보면 더욱 명료하게 알 수 있다.87) 노가재는 "인

---

86) "蓺煙而出犬聲如豹 出將軍府 勺斗相深山子規 徘徊庭中 或疾趨或矩步 與
　　影爲戱 明倫堂後 老樹重陰 凉露團團 葉葉垂珠 珠珠映月 牆外又打三更二
　　點 可惜良宵好月無人共翫 是時何獨我人盡睡 都督府將軍睡矣 吾亦入炕頹
　　然抵枕矣"(박지원, 「태학유관록」,『열하일기』, 347면).
87) "밤이 깊어 숙소로 돌아와 옷을 벗고 자리에 누웠다. 말안장에 있던 담요조
　　각을 가져다 허리를 덮었더니 역시 추운 줄을 모르겠다. 한밤중에 바람이 불

생이 비록 뜬구름과 같아 남북을 정할 수 없다고는 하지만"이라는 단서를 달면서 스스로 그 멀리까지 와 있는 것에 대하여 장하게 생각하고 있다.

또한 이러한 거리의 확대는 자신이 걸어온 길을 지나오면서 군관의 옷을 입고 오기는 했지만 그 옷을 스스로 부끄럽게 여기면서 자신이 선비임을 강하게 자각하면서도, 그러한 '선비'로서 내가 무엇을 했으며 구체적으로 그들에게 문화적으로 어떻게 깨우침을 주었는가 하는 질문에 대하여 '아무 것도 없다'라는 생각을 하고 있다. 그때 느끼는 서글픔 같은 복잡한 감정으로 이어지는 것이다. 이러한 감정은 연암의 것과 비교했을 때 확실히 정적이고 고요한 것이다.

연행록 서술자들의 '치열한 인식의지'라는 입장, 그리고 이러한 입장을 이어주는 태도들은 동시기에 나온 북학파의 여러 가지 연행록을 하나로 묶을 수 있는 준거로서 작용한다고 생각된다. 이혜순 교수에 의하여 특기된 바 있는 이덕무의『입연기』같은 경우, 이는 17세기 초 허봉의『조천록』을 재현한 것이 아닌가 생각할 정도로 묘, 서원의 제도, 복제, 의례, 서적 등 과거 유교문화의 지속성 여부에 관심과 비판을 부여하고 있어 기존의 '북학파'가 청에 매우 우호적인 입장을 가지

기 시작하여 소나무, 회나무들이 모두 울어댔다. 원건을 불러 밤이 얼마나 깊었는지를 보라고 했더니 달이 아직 떠오르지 않았다고 한다. 내 자신이 일어나 문 밖으로 나가 보았다. 바다 빛만이 창연할 뿐이었다. 이내 다시 돌아와 자리에 누웠다. 스스로 생각해 보니 인생이 비록 뜬구름과 같아 남북을 정할 수 없다고는 하지만, 내가 이 절에 와서 묵게 될 줄이야 어찌 꿈엔들 일찍이 생각해 보았던 것이랴! 생각이 여기에 미치자 마음이 한편 기쁘기도 하고 한편 서글픈 것 같기도 하여 잠을 이룰 수가 없었다. 잠시 후 또 일어나 나가 보았다. 달이 남해 바닷 물결 위로 떠오르고 있었다. 반은 잠기고 반은 떠오른 달의 광경은 참으로 신기하였다. 닭이 이미 울었다. 이날은 약 90여 리를 걸었다."(김창업,『노가재연행일기』권8, 계사년 2월, 449~450면 참조).

고 있으면서 그를 그대로 배워야 한다고 생각한 사람들이라고 한 정의를 흔들리게 한다. 심지어는, 이로 보았을 때 그를 정말로 북학파라고 볼 수 있나 하는 생각이 든다.

그러나, 이덕무의 『입연기』가 연암일파, 북학파의 연행록이 될 수 있는 것은 그 기저에 숨은 '치열한 인식의지' 때문이다. 즉, 오랑캐의 나라라고 해서 처음부터 선입견을 가지고 절대로 그것을 바꾸지 않으면서 겪는 연행이 아니다. 그들의 연행을 일관하는 태도는, 지나가는 사물에 대하여 열심히 견문하고 경험하며, 홍대용의 연행 이후로 연락이 닿은 청의 지성인들과 만나서 열띤 토론을 하는 그의 경험에서 일관적으로 비치는 것은, 전술한 바 있는 박지원의 『열하일기』에서 드러난 것과 같은 명변 너머 행(行)을 향한 전투적, 논쟁적인 자세이다. 그렇기 때문인지, 이덕무의 『입연기』에서는 '안다/모른다'에 대한 집요한 관심과 자신의 앎에 대한 확신과 자신감이 지속적으로 노출되고 있다. "거련관 동쪽 수 리쯤 되는 곳 길 옆에 반송이 있다. (중략)『황하집』이후로는 이 솔을 아는 사람이 없었다. 그런데 내가 비로소 그 숨은 빛을 발견했다"[88]라든지, "저녁에 태자하를 건넜다. 물살이 매우 세찼고 깊이는 말의 배에 찰 정도였다. 이 물은 대개 연태자 단이 달아나다 죽은 곳으로, 예전의 연수다. 우리나라 사람들도 이 물을 연태자가 형가를 전송하던 그 물이라 하지만, 이는 동서를 분간하지 못한 말이니 다만 한바탕 웃을 뿐이다."[89] 같은 것이 단적인 예이다. 그러한 자세를 가지고 열심히 경험하는 속에서 나온 서술이므로, 이것은 맹목적인 존명 배청주의적 복고라고 볼 수는 없다. 마찬가지로 박제가의 『북학의』,[90] 유득공의 『연대재유록』[91] 등에서도 그들의 정확하고

88) 이덕무, 『입연기』, 4월 6일조, 『국역 청장관전서』 권11, 198면.
89) 이덕무, 위의 책, 4월 19일조. 209면.
90) 『북학의』 속에서 이러한 의식을 보이는 부분을 예로 들자면, 譯 항목에서 對

淸 정보를 정확하게 가져가야 할 사신들이 중국어를 하지 못해 "국경 책문에서 연경까지 2천리 동안에 지나쳐 가는 각 고을의 관원과 서로 보는 예가 없다."고 통탄하며 "통역이 '이와 같소' 할 뿐이다. 비록 귀를 기울여서 듣는다 하더라도 지척사이에 무슨 말을 하는지 알지 못한다. (중략) 항상 엉큼함이 그 사이에 숨어있는 듯한데, 지나치게 의심하는 것도 나쁘거니와 너무 믿어도 좋지 않다."(박제가, 이민수 역, 『북학의』, 137~138면)란 부분을 들 수 있다. 여기서 초정은 초기 연행자들과는 다르게, 피해의식 일변도에서 나온 보상심리가 아니라 정확한 세태 파악, 인식을 위한 자세를 제시하고 있다. 또한 女服 항목에서는 "내가 오·촉 사대부로서 연경에 와서 벼슬하는 자에게 부탁하여 여자 옷을 구하고자 하였으나 은이 없어서 이루지 못하였다. 다만 唐鴛港員外郞 집에서 옷을 자세히 보고 왔을 뿐이다."(같은 책, 130~131면)이라고 하여 그가 사물 하나를 봄에도 확실하고 실증적으로 하는 태도를 볼 수 있으며, 그 이면에 숨겨져 있는 정확한 사물 파악의 의지를 알 수 있다. 논의 태도에 있어서 특기할 만한 예로는 『북학의』 내편의 材木條이다. 그 처음에 "중국에는 나무는 비록 귀하나 재목은 많다. 그러나 우리나라는 나무는 많으나 재목이 귀하다. 왜그럴까?"(같은 책, 129면)라고 문제를 제기하여, 이것이 눈으로 그대로 보이는 것에 대한 침착한 서술이라기보다는 '청'이라는 관심 국가의 실상을 알기 위한 서술자의 문제제기 의식과 그 속에 숨은 '명변을 위한 지식욕'이라는 방향성을 알 수 있는 것이다.

91) 유득공은 그의 연행록에서 당대 유명한 고증학자였던 기윤, 진전, 이정원 등과 교유를 하는데, 그들을 만날 때마다 비적 이야기를 꺼내어 알고자 함으로써 '상세하게 알고 싶은 욕망'과 '재청 한인 학자들에게 맹목적으로 경도당하지 않을 요소'를 동시에 충족시키고 있음을 볼 수 있다. 정에 휩쓸리지 않는 심도깊은 대화의 대표적인 예로서 다음 진전과의 만남을 예로 들 수 있다. "나(유득공)는 중어(진전)와 함께 문답하면서 흔히 중국어를 사용하였으며 혹은 필담도 했었는데, 가로 세로 마구 써서, 모호하여 분별할 수가 없었다. 그러나 대략은 이와 같은 것이었다. 기 효람의 말이 '근래 풍조가 이아, 설문 일파로 치닫는다' 했는데, 중어는 대개 그 가운데 우뚝한 존재였다. 내가 대답한 것이 그 뜻에 맞으면 너무도 즐거워했다. 그래서 날마다 오류거에서 모이기로 약속하자는 것이었다(435면). 중어는 자기가 저술한 논어고훈 10권을 보여주는데 이본을 모조리 인용하여 심지어 고려본, 일본의 족리본, 산정정의 칠경고이까지 미쳤으니, **넓기는 넓다 하겠으나, 간혹 미흡한 곳도 있었다**(437면). 중어는 그 선조 모씨가 명나라 유민으로 만주의 의모를 몸에 붙이기 부끄러워 하던 차, 부모의 상을 당하여 드디어 상복으로 종신하였다고 칭하면서 그 시 한 구절을 들려주었다. '조국을 생각할 후진이 다시 없고(更

꼼꼼한 인식들과 특히 필담 상대와 교유를 하면서도 사사로운 정에
함몰되지 않는 모습을 보임으로써, 그들의 공통적인 기저 의식을 보여
준다.

無後進思宗國)/만주라 이름한 새로운 서적만이 있네(只有新書號滿洲)'(438
면)"(유득공, 『연대재유록』『연행록선집』 권7, 괄호 안은 면수 : 진한글씨는
필자).

V. 글쓰기 방식의 전개 양상

　본 장에서는 18세기 연행록의 형상적 특징인 글쓰기 방식에 대하여 알아보려 한다. 내용의 변화만큼이나, 여러 가지 글 양식의 습합이나 새로운 표현방법들이 스며들어 오고 그것으로 인하여 무엇이라고 단정할 수 없을 만큼의 '여러 가지 글쓰기 경연장'이 되어버린 상태를 살피고 설명하면서 연행록의 형상적 특징을 알아보고자 한다.

1. 18세기 전기 : 일록의 복합성과 잡지형식의 유행

1) 일록(日錄)과 유기(遊記)적 글쓰기의 습합

　18세기 초기 산문 연행록의 전개 방식은 일록이 주류를 이룬다. 조선시대부터 이어오기 시작한 산문 사행기록의 전통적 방식은 공적인 임무에서 주어진 보고서의 관성 속에서 이어져 있음을 추론할 수 있다. 그렇다면, 공적인 임무로 인한 보고서의 형태는 어떤 것이 있는지 알아볼 필요가 있다. 사행의 공식적 성격의 기록은 사행의 실무를 맡은 서장관이 작성하는 등록(謄錄)이다. 등록과 더불어 공식적인 보고를 위한 사행기록으로는 축일기사(逐日記事), 장계(狀啓), 문견별단(聞見別單)을 들 수 있다.1) 이 중 등록은『칙사등록(勅使謄錄)』에서 확인해 볼 수 있다. 이것은 인조 15년(1637)부터 정조 24년(1800) 사이 청나라 칙사의 접반(接伴)과 청나라에 가는 사신의 파견에 관한 절차 등에 관한 등록이다.2) 공식적인 보고를 위한 기록 중에, 날마다 생긴 일을 쓰는 축일기사라는 것이 있다는 것을 특기할 만하며, 단편적으로 끝날 여행 기록이 아닌, '연행록'을 쓰기에 좋을 만한 형식으로는 '축일기사' 같은 일기의 글쓰기 방식이 채택되었음을 미루어 생각할 수 있는 것이다.

18세기 전기의 사적 사행기록인 연행록에서도, 앞서 Ⅰ장에서 밝혔던 것과 같이 1750년까지는 일록의 글쓰기 방식이 대부분을 차지한다. 구체적으로 예를 들자면, 민진원(1711)의 『연행일기』,3) 김창업(1712)의 『노가재연행일기』, 조영복(1719)의 『연행일록』, 권이진(1724)의 『계사연행일기』, 한덕후(1732)의 『연행일록』, 조최수(1732)의 『임자연행일기』 등을 들 수 있다. 이들은 일기라는 것을 아예 표제로 삼음으로써 자신들이 했던 글쓰기 방식을 밝히고 있고, 그것이 전통적인 것

---

1) 김아리(1999), 「『노가재연행일기』 연구」, 서울대학교 석사학위논문, 미간행, 4면. 축일기사는 주요 날짜들 안에서 어떤 일이 있었는가를 적는 것이고, 문견별단은 앞 Ⅳ장의 3에서 말한 것과 같이 청나라의 최신 정세나 유의할 만한 일들을 적어놓는 것이다.

2) 조선의 事大交隣을 담당하던 예조에는 典客司·典享司·稽制司 등의 屬官이 있어, 칙사의 영접이나 사신 파견 등의 제반 업무를 분담하고 있었다. 『勅使謄錄』은 바로 稽制司와 典客司에서 작성한 것이다. 여기에는 칙사 접대 절차의 결정과정, 行禮 處所의 마련이나 行禮時의 服色, 의식에 필요한 여러 가지 준비상황, 그밖에 중국으로 가는 謝恩使와 聖節使 등의 여러 사신이 가지고 가는 方物 및 문서 준비, 回還時의 出迎, 行禮 준비 등이 소상하게 기록되어 있다. 그리고 典享司에서 칙사를 위한 연회를 주관한 것에 관한 기록으로는 『勅使宴禮謄錄』이 있다. 18세기에 해당하는 것은 10권에서 12권까지이다.

3) 민진원의 연행록은 『연행록』이라는 제목과 『연행일기』라는 제목이 혼재한다. 처음 것은 『연행록전집』 34권에 있으며, 후자는 조영복의 『연행별장』, 『연행일록』과 함께 필사되어 『연행록전집』 36권에 있다. 똑같은 내용의 이 글들은 두 가지 제목으로 존재하며, 물론 일록형식이다.

이라는 사실을 보여주는 듯하다.4) '일기'의 근원은 역사를 기록하는
작업에서 시작되었다. 중국의 기록에는 한대 유향(劉向)의 『신서(新
序)』에서 공문서 작성과 임금에 대한 기록을 '일유기야(日有記也)' 즉
나날이 기록한다고 하여 일기 형식의 초기적 모습을 보이기 시작했다.
그리고 한대의 왕충은 『논형(論衡)』 효력편(效力篇)에서 문장을 상서
와 일기로 대별했고, 공자의 춘추를 일기 범주에 넣었고 오경도 일기
에 포함시켜 놓았다. 일기라는 명칭이 서명에 나타나고, 기본적인 일
기형태로 글이 쓰여지기 시작한 것은 송대부터이다.5) 송대 이후 일기
체는 유기체와 결합되기 시작하였다. 명대에는 역사일기, 기행일기,
생활일기가 크게 성하면서 다양한 소재로 일기의 범위를 확장시켜 나
갔다.6) 만명기(晩明期)에 일기는 소품문 운동과 함께 공안파, 경릉파
문학관의 영향으로 더욱 유행하였다. 이때 유기류는 일기 형식에 결합
된 형태로 창작되었고, '～일기'라는 명칭도 비로소 나타나게 된다.7)
  한국 (한)문학사 상에서도 일기8)는 조선 전기의 일련의 정치적 상

---

4) 앞선 Ⅰ장의 <표> '비고'란을 참조할 것.
5) 이우경(1995), 『한국의 일기문학』, 집문당, 15~16면.
6) 대표적인 명대 일기로는 『水東日記』 『公餘日記』 『尙書日記』 『舟行日記』
   등이 있다고 한다. 이우경(1995), 위의 책.
7) 김성진(1991), 「조선후기 소품체 산문 연구」, 부산대 박사학위논문, 90면.
8) 정구복(1996)의 「조선조 일기의 자료적 성격」(『정신문화연구』 제19권 4호)
   에서는 일기를 公的 일기와 私的 일기, 그리고 생활일기, 특수일기로 분류하
   였다. 각 일기의 세부 분류는 다음과 같다.
   공적 일기 : 승정원일기, 각사등록, 경연일기
   사적 일기 : 관료생활일기, 농가일기, 선비일기, 기타 생업 일기
   특수일기 : 사행일기, 표류일기, 여행일기, 전쟁일기, 피난일기, 유배일기, 서
   원이나 향교의 수리를 기록한 營建일기, 청의 축성과 관련된 일기류가 그것
   이다. 그리고, 이우경(1995)의 앞의 책에서는 일기가 조선 후기부터 여러 가
   지 체험을 바탕으로 다양한 것들이 나온다는 문학사적 사실을 말하면서, 이
   것들을 분류하기 위한 기준으로 '체험 소재'를 제시한다. 그래서 나올 수 있
   는 것으로 경연일기, 역사일기, 생활일기, 기행일기, 궁중일기, 전란일기, 유

208

황과 관련해서 활성화되었다. 특히 이자(李耔, 1480~1533)의 『음애일기(陰崖日記)』, 유희춘(柳希春, 1513~1577)의 『미암일기(眉巖日記)』, 이이(李珥, 1536~1584)의 『석담일기(石潭日記)』같이 공식적인 신분으로서 공직-주로 經筵記事-과 관련된 기사와 또 개인적 기록 형태로서 부분적으로 개인의 일상도 반영해서 기록하는 혼합적 성격의 개인 일기류들이 나타나고, 임진·병자 양란을 거치면서 겪었던 다양한 경험을 소개하기 위해 궁중일기, 전란일기 등 여러 가지 국·한문 일기들이 나온다. 이 중 일정 부분을 담당했던 것이 바로 기행일기이며, 기행 산문에서 특히 장기 여행일 경우 일기체가 주요한 기본적 양식이 된다.9) 이렇듯 '일기문학' 자체의 전통과 공적으로 보고해야 하는 문서에서 볼 수 있는 관습을 반영한 측면에서 18세기 전기 연행록의 일기형식이 굳어졌다고 볼 수 있겠다.10) 김창업의 『노가재연행일기』에서 직접 거론되지는 않았지만, 조영복에 의하여 필사되는 등 당대에 일정 영향력을 행사했던 『민진원연행록』(1711, 사은 부사, 11월 17일)에서도, 맨 앞의 여정을 지도로 그린 것과 권의 말미에서 오삼계의 일을 역관 김경문에게 베껴 적게 하여 임금께 올리는 일종의 '별단'을 섞은 것 빼고는 일자-그 날의 날씨-그 날 있었던 일들을 적는 전형적인 일기형태를 띠고 있다. 본서 Ⅰ장에 제시한 연구대상 중 표에 전제한 연행록들 중에서 이러한 경향을 띠는 것들이 대다수임을 알 수 있

___

배일기를 든다.

9) 김아리(1999), 앞의 논문, 19면.

10) 또한, 전술한 중국의 일기 형태가 송대에 들어와 유기를 습합한 측면이 있고 명대에 들어서 기행일기를 포함한 일기체의 성행과 같은 외부적 요소를 아주 무시할 수는 없겠다. 유기 같은 경우는, 농연그룹의 사람들이 유산기와 기유도를 창작하고 향유하면서, 귀유광 등의 유산기에 영향을 받았던 경향이 있었던 것으로 보아, 유기가 일기에 습합된 초기의 연행록에 일정부분 영향을 받았음을 알 수 있다.

다. 이들 일록 형태들이 보고문이 아닌 사적(私的) 기록인 '연행록'의 주된 글쓰기 방식이 된 것은 그 시기에 지어진 연행록에 모두 있는 일반적인 경향이었다. 그리고 그들에게서 공통적으로 보이는 경향은, 연행록의 기본으로 되어있던 일록의 글쓰기 방식 속에 '(산수)유기', '누정기' 등의 글쓰기 방식이 섞여 들어가 좀 더 사적인 여행기록으로서의 정체를 드러내주고 있다. 그러나, 최근의 한 선행연구11)에서는 노가재의 연행일기가 기존 '일기'의 전통을 이어받았고 그 중에서도 이후의 변화를 이끌어낼 수 있는 복합성을 가진 최초 유일의 연행록으로 서술했으나, 이는 재고할 필요가 있다.12) 이에 이 글에서는, 그러한

---

11) 김아리(1999), 「『노가재연행일기』 연구」, 서울대 석사학위논문.

12) 이것은 『연행록전집』에 있는 연행록들만으로 보았을 때 유일한 시도는 아니다. 오히려 다수의 침묵하는 연행록들이 보여주는 형식에서, 여러 가지 형태를 시도했음을 알 수 있다. 김아리의 논문에서 인용한 바, 전대(16~17세기)의 연행록에서 보여주는 형태도 여러 가지가 있었음을 감안할 때, 이 선행연구가 시도했던 여러 가지 개념의 소개라든가 형상적인 모습을 독립해서 논의했다는 귀중한 성과에 비해서, 18세기 자체의 연행록이 형성한 기본적인 방향을 애써 도외시한 듯하다. 일기체의 선행 작품으로 예를 들었던 이항복의 『조천록』(1598년 사행)을 소개하면서, 이 작품이 일기와 한시가 함께 직조되어 있다고 하고 일기가 끝난 이후에는 기문이라는 소편의 중국 견문잡기에 해당하는 부분이 첨가되어 있고, 전반적으로 간략하지만 사행일기가 발전적으로 건개될 여러 가능성을 내포하고 있는 공식사행업무 위주의 기록에서 벗어난 형태라고 하여 오히려 전에 역설했던 것—오직 『노가재연행일기』만이 유기, 필기체의 각종 글쓰기 방식을 기존의 일기체 안에서 습합했고 이것이 후대 연행록의 전범이 되었다는 것—과 일견 모순되는 모습까지도 보이고 있다(22면). 즉, 이러한 기존의 성과를 충분히 소개하고 그에 따라서 생각하는 것이라기보다는 기존 논의와 연결되지 않는 일화로서 수용되는 측면이 보인다는 것이다. 그리고, 이전의 연행록들도 본서에서 주목했던 소세양(1486~1559)과 소순(1499~1559)의 『양곡부경일기』, 『보진당연행일기』, 허봉(1574년 사행기록)의 『조천기』 같은 일기형태가 아니라 조엄의 『동환봉사』같은 표제화된 잡지형태, 전술한 이항복의 『조천록』 같은 시와 일기의 종합 형태 등 여러 가지 형태가 존재했던 중에 '일기'(일록) 형태가 굳어졌다는

오류를 없애기 위해서 초기 연행록의 전반적 특성을 보아서도 알 수 있는 '일기'의 기본형 특성을 우선 밝히고, 그리고 전체적으로 드러나는 유기체 습합의 현상을 살펴보고자 한다. 다음의 민진원 연행록을 비롯한 초기 연행록들의 본문을 보도록 하자.

(전략) 북쪽을 바라보니 하늘가에 산봉우리가 첩첩이 빙빙 둘러싸고 있었다. 동쪽에는 요동평야가 망망히 펼쳐져 연수(아지랭이 끼어 부옇게 보이는 나무)가 하늘에 이어졌고, 서쪽에는 엄청난 바다가 눈을 다 해도 끝도 없었다. 평야에 높은 언덕이 갑자기 솟아있고, 그 지세를 의지하여 성첩을 지었는데, 성도 높이가 몇십 장이며 성 위에는 이층 누각이 세워져 있어서 그 높이를 가히 알 만하다. 그리고 성의 한끝이 바다 안으로 수십 보 걸쳐 들어와서 파도가 부딪혀 백색 포말이 하늘에 날리는 것이 또한 하나의 장관이었다. 잠시 완상하고 이에 범가장에 도착하니, 상사는 와서 기다린 지 이미 오래였다. 드디어 밥을 재촉해서 먹고 먼저 떠나서 심하역을 지나는데 성곽이 있었다. 둘레가 오 리쯤 되는 것 같은데 허물어진 곳이 많았다. 망자점에 이르러 불사에 들어가서 좀 쉬다가 앞서 유관에 도착해서 잤다. 이날 구십 리를 갔다.
　산해관에서 만리장성이 끝나, 안팎으로 하나의 작은 성을 끼워지었는데 둘레는 십여 리로 관을 방어하는 요해지진(지세가 험준하여 적을 방비하기 좋은 곳)을 만들고 있었는데 명나라때 지어진 것이었다. 지금 촌려, 시사가 그 크고 번성함을 다하는 것이 외장성(外長城) 간에서 비해 봤을 때 조그만 성을 첨가해서 지은 곳이 꽤 번성했으나, 길을 지나는 동안 허다한 성곽이 있었는데 거의 허물어졌고 보수해서 고친 공사자리도 하나도 없었다. 명조(明朝)와 더불어 서로 반(反)하려고 그러한 것인가? 알 수 없다. 관에 들어간 이후에는 잎과 풀들이 무성하고 기후가 갑절이나 따뜻하니 관 밖과 매우 다르다. 그 지세가 남방에 점점 가까워져서 그런 것인가? 망해정 벽 위 돌에 명조 가정

것을 주목할 필요가 있다.

년간에 순안어사 장등고가 칠언율시를 새겼다……(후략).13)

14일(계해) 맑음, 새벽부터 바람이 몹시 불고 날씨 또한 찼다. 소릉 하참에서 20리를 가서 송산보에서 아침을 먹었으며, 거기서 43리를 가 서 고교포에서 잤다.

광명에 길을 떠나니, 눈이 온 끝이라 산천이 북방이구나 하는 느낌 을 갑절이나 더해 주었다. 3리쯤 가니, 소릉하교가 나오는데, 강의 크 기는 거의 혼하 만하여 얼지 않았고 다리가 있었다. 물가에 마노석이 있는데, 호인이 이중에 작은 것을 주워서 부싯돌로 판다고 한다. 말탄 호인 사냥군 5~6인이 두 마리의 개를 끌고 들판을 달리는데, 우리에 게 멀어졌다 가까워졌다 하였으나, 무슨 짐승을 쫓는지 알 수 없었다. 송산보에 이르니 성이 다 낡았다. 다만 북변 일대에는 성이 아직 남아 있으나, 역시 태반이 허물어져 있었고, 부성의 대 하나가 아직 탄탄하 였는데 일찍이 적루 자리인 듯하였다.

아침을 먹고 나는 먼저 떠나 성에 올랐다. 성은 동서가 1리쯤, 높이 가 네 길쯤 되었으며, 성 바깥에는 풀이 무성하여 온 땅을 덮었는데 마침 말을 방목하고 있었다. (후략)14)

---

13) "(전략) 北望天除疊嶂環繞 東則 遼野渺茫 烟樹連天 西則 大海連亘極目無 際 盖平野有高阜 斗起 因其地勢設築城堞 城高幾十丈 城上建兩層樓 其高 可知 而城之一枝跨入於海中數十步 波濤衝齧白沫飛天 亦一壯觀也 移時翫 賞 仍到范家庄 上使來待已久 遂促飯 前發過深河驛有城郭 周回五里許 多 頹圮處 到網子店 入佛寺 少憩 前到楡關止宿 是日 行九十里.
山海關就萬里城 內外添築一小城 周回十餘里 作爲關防要害之鎭 明朝所設 也 卽今村閭市肆極其殷盛 比外長城之內間 添築小城處 亦頗有之 而長亦 多頹圮處 歷路許多城郭 擧皆崩壞 而一無修改之事 豈欲與明朝相反 而然 耶 未可知也 入關以後 葉茂草長 氣候倍覺和暖 大異於關外 其地勢漸近南 方而然耶 望海亭壁上石刻 明朝 嘉靖年間 巡按御史張登高 七言律二首 (후 략)"(『민진원연행록』, 『연행록전집』 권36, 262~265면).
14) "十四日 癸亥 晴 自曉風大作 日氣亦寒 自小凌河點行二十里 至松山堡 朝 飯又行 四十三里 至高橋輔宿 平明發行 雪後山川倍覺有朔氣 三里 小凌河 橋 大 渾河亦不氷 而有橋河邊出瑪瑙石 胡人拾其小者以火石賣之 獵胡五

이십오일, 간단히 먹고 일찍이 출발하다. 사하역으로부터 서쪽으로 성을 나갔다. 성 밖의 길 오른편 가에 산이 있었다. (후략)15)

보통 일록의 형식이라고 하는 것은 앞서도 소개한 바와 같이 날짜, 날씨, 간 리수(행리수), 그리고 간단한 여정을 축약해서 쓰고, 그 다음 하루에 있었던 일을 순차적으로 적는 것이다. 이 중에서, 보통 많이 쓰였던 것은 『노가재연행일기』처럼 일수, 날씨, 간 리수, 여정을 앞에 미리 제시하고 다음에 겪은 일을 적는 것이다. 이러한 일록 형식은 대부분 그날 있었던 일을 순차적으로 나열하는 방식이기 때문에, 특정 사건에 집중하기 매우 어렵다.16) 그러나, 앞서 제시한 『민진원연행록』처럼 일록이 끝난 뒤에 자신의 견문 혹은 감상을 길게 제시한 경우가 있고, 김창업의 경우처럼 일록 안에 하나의 유기라고 부를 수 있는 것을 전재하는 경우가 있기 때문에, 기본적인 일기의 '자세하지 못한' 단점은 쉽게 극복되고 있다. 일단, 그들의 일기 형식이 처음부터 일자별

六 騎引兩犬馳夜中 乍近乍遠不知逐何獸也 至松山堡 城背殘夷 獨北邊一帶 猶存 而亦太半頹落 附城有一臺 尙堅完似 是曾置敵樓處也 朝飯先行 登其上城 東西一里許 高可四丈 城外荒 草遍地 時有放馬"(김창업, 『노가재연행일기』 제2권, 임진년 12월 14일조, 위의 책, 116면).

15) "二十五日 喫粥早發 從沙河驛西門而出城 城外路之右邊有山 (후략)"(이정신(1721), 『연행록』, 『연행록전집』 권34, 275면).

16) 특히 특이한 견문이 있어도, 하루의 일을 균형있게 적기 위해 이것을 '두루 보았다'(歷見)라고 말해버리면 그 내용이 평담하고 금새 줄어들어 버리는 경향이 있다. 권이진(1724)의 『연행일기』(『연행록전집』 권35, 110면)를 보면, 이러한 효과를 잘 알 수 있다. 사은부사로 간 그는 그 행차에서 특히 국내의 경관과 인물을 만난 것에 대해서 歷見監司吳命恒(110면), 歷觀箕子井(110면), 자연 경관을 歷觀함(112면) 등으로 말할 뿐 그 이상의 말을 아낀다. 그래서 다른 연행록에 비해 국내의 登亭 유람 기록이 간단한 편이다. 그러나 그도, 온정에서는 삼사신이 모두 한 곳에 앉아 자연경관을 본 기록을 자세히 말하고 있다(같은 책, 115~116면).

로 분량을 안배하지 않았고, 또한 똑같은 형태―즉 아침에~하고 점심
에~하고 저녁에~하고 그리고 잤다.―라는 것을 본문에 끌어들이지
않았다는 것 자체가 일기의 기본적 틀을 벗어났다는 기미를 보여준다.

또한 이정신(1721)의 『연행록』에서는 영평 청절사에 가면서 "이제
묘(백이 숙제의 사당인 청절사)에서는 정각과 단청이 휘황하고 담장
과 벽을 만든 제도가 극히 교묘하지만, 이것은 사람이 만들어낸 것이
니 가히 귀하게 여길 수가 없고, 단지 동, 서, 북 삼면에 보이는 바의
산천이 청초하고 정숙하며 기상이 고요(幽閑)한 것이 그림 속 같은
것이 있어, 이 누대에서 보는 것이 청절사에 갖다 붙이지 않더라도 비
록 다른 데 처했어도 마땅히 쉽게 얻지 못할 청절한 경승지였다"[17]라
고 하여, 기존의 '역사고적'을 대하는 마음이 아니라 자연스런 풍광을
좋아하는 지향점과 마음가짐을 볼 수가 있다. 이러한 마음가짐은 같은
청절사에 대한 서술이라도, 백이, 숙제의 사당에서 그들의 인의를 기
려서 참배하고 고사리 나물을 삶아 먹는,[18] 도식적이고 공식적인 사
건 서술이나, 그 옛날 역사고사를 되살려 인의를 설파하는 데서 한 발
짝 벗어나, 그곳에 건축에 관심을 갖거나 자연을 둘러보면서 그 기록
을 쓰게 해 줄 새로운 글쓰기 방식의 유입을 암시하는 것이다.

기본적으로 일기문과 기행문, 유기 종류는 모두 잡기 형식에 들어
간다.[19] 목적상 '장편 기행문'에 해당하는 연행록은, 상부에 보고하는

---

17) "且清風臺處地極高 亭閣丹青之輝煌 墙壁制度之奇巧 此皆人工所爲 不必
可貴 而但東西北三面 所見山川清淑 氣像幽閑 有若畵面中 眺望此臺 不依
附於清節祠 雖處他所當作不易得之清絶勝地耳"(이정신(1721), 앞의 책, 『연
행록전집』권34, 275면).
18) 박지원(1780), 『열하일기』에서는 이러한 관습을 그대로 전하면서 하인배 중
하나가 고사리 삶아먹은 것을 먹고 체하여 "백이 숙채(熟菜)가 사람 죽이
네!" 했다는 우스개로 이러한 관습을 풍자하는 장면을 볼 수 있다.
19) 여기서의 문체 분류는 심경호(1998), 『한문산문의 미학』, 안암신서 14, 고려
대학교출판부의 것을 따랐다.

214

축일기사류의 전통과 이전 산문 연행록들의 관습에 따라 일록 형식으로 쓰여지면서도, 18세기 초기에는 공적 임무뿐 아니라 누대, 정자 등에 올라가서 아래를 굽어보는 관람 행위와『노가재연행일기』로 대표되는 유산(遊山) 경험을 습합하면서 사적 기술의 특성이 짙어지는 효과를 내는 것이다. 특히, 18세기 초기 연행록들이 일기의 기록 방식 중에서도 산수유기, 누정기 쪽으로 눈길을 돌린 것은 여러 작가들의 망해정(望海亭)을 그린 부분을 보면서 알 수 있다.

　소위 망해정이라는 것은 만리장성의 남쪽 끝나는 곳이다. 내가 나아가서 본즉, 성이 끝난 곳에 또 둘러서 지은 작은 굽은 성이 있어서 성 안에는 망해루가 있었다. 내가 이 누대에 올라가 두루 본즉 별다른 말을 할 만한 훌륭한 경치가 별로 없고 다만 하늘과 바다가 서로 붙어서 한 눈에 보려 해도 끝이 없었다. 만약 이것으로써 이 누대의 승치(훌륭한 경치)를 삼은즉, 무릇 해변에 있는 누각은 모두 가히 망해루라 할 수 있는데 이렇게 펼쳐진 것으로서만 가히 천하에 칭찬을 받게 하겠는가? 나는 모르겠다. 다만 현액과 비각, 벽에 고적(古蹟)이 많으니 이것은 가히 귀하게 여길 만하다. 이른바 망해루는 2층 누각이다. 상층 누각의 현판은 기묘년 봄에 관중(지방) 양세훈이 썼는데 '해악조종(海岳朝宗)' 운운하였으며, 아래층 각루는 '해천일벽(海天一碧)' 4자였는데 만력연간 기축년 중추에 순안직예감찰어사 오봉춘이 썼다고 했다. 누정 왼쪽에 세운 비는 '일작지다(一勺之多)'라고 큰 글자를 새겼고, 천계 6년 5월에 해운동지하동왕 응예가 비를 세웠다고 했다. 누정 오른쪽 가에 세운 비는 팔본대서로 새기기를 한해기관(瀚海奇觀)이라 하고 숭정 경진년 중주의 범지충이 썼다는 등이 씌어져 있었다. 누각 내 왼쪽 가에 세운 비석은 큰 글자로 새기길 '지성루(知聖樓)' 3자로 했고 대명 숭정 을해 4월에 세웠다고 했다.[20]

20) "所謂望海樓 則 萬里長城 南邊城盡處也 吾進往見之則 城盡處 又有回築之 小曲城 城內乃有望海樓 吾登此樓周望則 無他可言勝致 但天海相接 一望

6, 7리를 가니, 벌써 망해정이 반공에 드러났다. 다시 몇 리를 더 가서 한 성문으로 들어가 작은 거리를 빠져나가 수십 층 돌층계를 오르니 그 위에 정자가 있다. 장성의 끝머리였다. 밑을 보니 파도가 철썩 댔고 남쪽을 보니 물과 하늘이 맞붙었는데 한 점 섬도 없다. 이 바다가 바로 발해였다. 북쪽은 산봉우리가 겹겹이 솟아 있으며, 그 바깥은 모두 사막으로 아득하고 신비함은 이루 표현할 수 없었다. 우리나라 영동의 정관이나 총석, 낙산 같은 곳도 이곳처럼 안계가 활짝 트이지 않은 것은 아니지만 이러한 기상은 없다. 정자는 2층이다. 아래층은 '지성루'라 쓰고 그 옆에 '강희 10년에 중수하다'라 썼다. 위층은 안팎에 다 편액이 있는데, 안에는 '망양서포'라 하고 옆에 '기미년 봄에 서호에 상포가 쓰다'라고 썼고, 바깥에 '해악조종'이라 쓰고 옆에 '기묘년 봄에 민중의 양세무 누중이 쓰다'. (중략) 정자를 중수한 지 벌써 40년이 지났기 때문에 기둥, 서까래며 창문 난간이 많이 퇴락하였다. 오래 갈 수 없을 것 같아 안타까웠다. 정자의 동쪽 벽에 작은 홍문이 하나 있고 문밖에 사다리가 있어 오를 수 있었다. 그러나 사다리가 썩었기 때문에 모두들 위태롭게 여겼다. 드디어 내가 먼저 올라가자 그제서야 모두들 올라왔으며 멀리 바라보며 승경이라고 서로 칭송하였다. 정자 안에 구경한 자들의 이름이 많이 적혀 있었으며 김덕삼을 비롯한 여러 사람들도 성명을 썼다. 다시 우리는 성가퀴를 따라 내려 와서 두루 다니면서 성의 밑 부분을 굽어보니 밑에 암석이 박혀 있었다. 이

無際也 若以此爲此樓之勝致則 凡在海邊樓閣 皆可爲望海樓 此拊可爲而見稱於天下耶 余未之知也 但懸額碑刻壁題等文字多有古蹟 是可貴耳 所謂望海樓 此乃兩層樓也 上層樓額則 己卯春日關中 梁世勳書之 日 海岳朝宗云云 下層閣樓額則以海天一碧 四字 萬曆己丑歲仲秋 巡按直隷監察御史 吳逢春書之云 樓庭左邊所立之碑 以大書刻四字曰 一勺之多 而天啓六年季夏海運同知河東王應豫立石云 樓庭右邊所立之碑 以八本大書刻之曰 瀚海奇觀 而崇禎庚辰中州范志充題云云 樓閣內左邊所立之碑 大字刻之曰 知聖樓三字 大明崇靖乙亥夏四月立云 (후략)". 이 다음에는 벽에 써있는 각종 시를 인용하고 볼만한 시들을 품평하고 있다. 이정신, 『연행록』, 『연행록전집』 권 34, 260~262면.

성의 토대는 모두 산맥인 듯하였다. 전해오는 말에 위공이 쇠를 녹여서 바다에 붓고 그 위에다가 성을 쌓았다고 하는데 반드시 그렇지는 않을 것이다. 정자에서 관문까지의 10여 리 길을 성 위로 걸어갔다. 성의 넓이는 석 장쯤 되었고 안팎에 다 성가퀴가 있는데 많이 허물어졌다. 정자에서 5리쯤 떨어진 곳에 한 성을 본 성에 붙여 쌓았는데, 4면이 백여 보요, 남북 양면에 문이 있었다. 이 성을 남익성이라 부르는데 이 성의 북면은 수십 보쯤 허물어져 있었다. 전해오는 말에, 오삼계가 처음 관문으로 청병을 끌어들일 적에, 속임수가 아닌가 의심한 청병이 성을 헐어서 길을 만드니 오삼계가 드디어 만 명의 인부를 동원하여 헐어버렸다. 그제야 청병은 관문으로 들어왔는데 여기가 바로 그곳이라고 하였다.21)

계미일 맑음. 망해정에 들다. 망해정은 산해관 동북쪽 10리에 있었는데 대해가 그 아래 맞물려 있어서 바라보니 하늘과 물 뿐이었다. 동남쪽으로 그윽한 곳은 제나라와 노나라였고, 바로 동쪽은 우리나라라고 한다. 서쪽으로 중원이 굽어보여 한 눈에 천리가 보이니 산해위 마을 입구 문이 하나 가득 보이고 성첩이 구름에 잇닿아 있는 것이 참으

---

21) "行六七里, 己見望海亭出半空 又行數里 入一城門 穿過小巷 登石梯數十級 亭在其上 長城盡頭也 樓下洪濤春撞 南面而視水天相接 無一點島嶼 此乃 渤海也 北則群峯重重矗立 其外盖大漠也 縹渺奇壯不可名狀 我國嶺東亭觀 如叢石 洛山者 眼界非不闊遠 而猶無如此氣像也 樓凡二層 下層曰 知聖樓 傍書 康熙十年重修 上層內外皆有扁額內曰 望洋舒抱 傍書 己未春西湖向 標 題外曰 海岳朝宗 傍書 己卯春閭中梁世懋樓中題 (중략) 樓重修己過四十年 樑栭窓欄多頹落 恐不能久可惜 亭之東壁出一小虹門 其外有胡梯可登 而頗腐敗人皆危之 余遂先登於是 諸人皆上來 相與望稱勝 樓中多遊人題名 金德三諸人亦書姓名于其間 還下循堞徧行 俯視城根 頗有巖石錯峙 築城處 似皆山脈 世傳魏公鏐鐵灌海中 築城其上 未必然也 自亭至關門十里 而從 城上而去 城廣三丈許 內外皆有堞 而多壞 去亭五里有一城 附長城而築方 百餘步 南北兩面有門 是名南翼城 翼城北城之壞斷者數十步 世傳吳三桂初 引淸兵入關 淸兵疑其詐 今毁城爲路 三桂遂役萬人毁之 於是淸兵乃從關門 而入此乃當時毁處云"(김창업, 『노가재연행일기』, 임진년 12월 18일조).

로 장관이었다. 만리장성이 바다에 미치지 못한 것이 30리인데 서중산 달(徐達 : 명나라 때의 장수)이 북평을 막을 때 삼십 리를 이어 지어 서 바다에 닿게 하고 산해관을 짓고 바다에 맞닿는 곳에 정자를 지은 것이다. 명나라 때로부터 시문이 벽에 가득 찼으니 모두 돌에 새겨서 벽에 둔 것이다. 중앙 뜰에는 비를 세워서 시를 새긴 것이 또한 많았 으니, 가히 중국 사람들이 호사자가 많은 것을 알 수 있다. 대리영에서 조반을 먹고 유관에서 잤다. 이날 팔십 리를 갔다.22)

위의 글에서, 연행록 안에서 유기가 습합된 사실을 잘 알 수 있다. 우선 전기 연행록의 교과서라고까지 불리는23) 김창업의 연행록 중에 나오는 망해정을 돌아본 기록은 기존의 연구에서 유기의(특히 누정 기) 특징을 잘 보여주는 것으로 인용된 바, 그 특징을 잠깐 살펴보자 면 기산(記山), 기정(記亭), 기유(記遊), 기인(記人), 기작문(記作文)이 라는 누정기 구성에 부합된다고 한다.24)

---

22) "癸未 晴 入望海亭 亭在關東北十里 大海囓其下 一望天水而已 東南杳茫爲 齊魯 正東爲我國云 西俯中原 一目千里 山海衛閭閻撲地 城堞連雲 眞壯觀 也 萬里城未及海三十里 徐中山達鎭北平連築三十里以抵海 設山海關 抵海 處設亭 自 皇朝中世詩文滿壁 皆石刻도 置壁 中庭堅碑 刻詩文亦多 可見中 朝人好事也 朝飯大里營 宿楡關 是日行八十里"(권이진(1724), 『연행일기』, 『연행록전집』 권35, 125~126면).

23) 金泰俊(2002), 「연행록의 교과서『노가재연행일기』」, 명지대 국제한국학 연 구소 개소 기념 발표문.

24) 김아리(1999), 앞의 논문, 40면. 그리고 이러한 대각정기류들이 후대 사행록 내부에서 독립적으로 등장한다고 하면서, 예로 홍대용의 연기 안에 있는 「망 해정」 등, 박지원의 열하일기 안에 있는 「고죽성기」「이제묘기」「강녀묘기」 등을 들고 있다. 김아리의 선행연구 이전에 누정기의 서술 유형을 귀납적으 로 밝혀 낸 연구는 바로 김은미(1991)의 「조선 초기 누정기 연구」(이화여대 박사학위논문)이다. 여기서는 누정기의 서술 유형을 先敍事-後議論으로 잡 고, 다음의 표와 같이 누정기의 서술 유형을 정리한다(같은 논문, 35면).
1. 서사체
敍景---形勝 : 地形

　　이러한 김아리와 김은미의 선행 연구에 맞추어 18세기 초기에 지어
진 다른 연행록의 이 부분을 살펴보면, 다른 곳에서도 이러한 경향이
드러나고 있는 것을 알 수 있다. 일단『민진원연행록』(1711)의 경우25)
에는 일자별로 쓰는 곳에는 간단히 망해정의 경관이 '일망무제'로 서
술되는 장관이었음을 (비교적) 간단히 서술하고, 그 뒤에 따로이 또
산해관 만리장성과 망해정의 이야기를 자세히 써놓았다. 그곳에서야
망해정에서 보았던 여러 가지의 글들, 그 글이 씌어져 있는 시비들을
본 기록을 쓰고 그 가운데서 인상깊었던 시를 전제하는 형식으로 누
정에서 본 것들을 정리해 놓았다. 그리고 자신이 시를 지은 이야기로
이어지며 끝나고 있다. 여기서는 누정기에서 필수적인 '누정 시문의
역사'라는 항목과 그곳에서 자신이 벽에 걸려 있는 운에 화답하여 시
를 짓는 '연유(燕遊)'의 부분을 씀으로써, 기존의 서사체 누정기 유형
에 비교적 충실하게 부합하여 일기의 한 부분에 들어오게 한 것을 볼
수 있다. 이정신의『연행록』같은 경우에는, '망해루'라는 곳이 먼 곳
에서 하늘과 바다가 하나되는 광경만 보여줄 뿐 다른 곳과 별다를 것
이 없다는 총평으로 운을 뗀다. 이것 역시 부정적인 내용과 짧막한 분
량에도 불구하고, 그곳의 경관이나 조망을 반영한다는 점에서는 누정
기의 '경승'이라는 부분을 염두에 두고 전개하는 것이다. 그리고 그 정

　　　　勝景
　　　樓亭 : 外觀
　　　　　制度
　　敍事---樓亭의 興廢와 歷史(누정에 있는 詩文의 역사 포함), 공역의 전말,
　　前人 古事.
　　　　樓亭에서의 燕遊(遊賞, 燕音, 題詠, 觀物窮理)
　　2. 의론체
　　樓亭 名義
　　修造의 功德.
　25) 본 장의 주 13) 참조.

자(누대)의 생김을 간략하게 서술하고 또한 그 안에 있는 시들을 다시
한 번 꼼꼼하게 둘러보고 품평하는 과정을 적고 있어 유기의 큰 부분
중 하나인 기유(記遊) 부분을, 많은 지면을 할애하여 적고 있다고 보
인다. 다만 이정신은 민진원처럼 '화답하여 시를 짓는' 본격적 연유보
다는 각 시들의 품평으로 그치고 있다. 권이진의『연행일록』같은 경
우는 비교적 일기의 간단명료한 서술형태를 유지한다고 보이지만, 그
중에서도 누대의 놓인 위치나 그곳에서 보이는 경관의 칭송, 그리고
그 안에 있는 각종 시문들을 본 기록을 남겨 놓아서 골격이나마 누정
의 형승과 누정 자체, 그리고 누정에서 있었던 일을 적어놓는 서사체
누정기[26]의 형식을 가지고 왔음을 알 수 있다.

또한, 잡기의 주요 구성체중 하나인 유산기(遊山記)는 김창업의 연
행일기 안에서 보이는 의무려산기, 반산기를 들 수 있다. 김창업이 북
경에서 한양으로 돌아오는 길목에 감행한 의무려산과 반산의 유람 기
록은『노가재연행일기』9권의 전체 분량을 차지할 정도로 길고 자세
한 것이다. 전술했듯이 노가재는 월사 이정구 이후에 100여 년 만에
처음으로 본격적인 등산 경험을 했으며, 이것을 기록으로 남긴 것이
다. 1710년대에 나오는 연행의 길고 자세한 기록은『노가재연행일기』
가 유일하지 않은가 싶다. 이러한 유산기의 등장은, 앞선 Ⅲ장에서 이
야기한 바 있듯이 '농연그룹'의 문학적 창작 경향 특성에서 기인한 것
으로 보인다. 그러나 장편으로 된 의무려산, 반산 등의 유산기가 본격
적으로 습합된 연행록을 찾기는 어렵다.[27] 단, 후대 일암 이기지[28]에

26) 누정기의 주요 개념은 김은미(1991),「조선초기 누정기의 연구」(이화여대 박
  사학위논문, 미간행)를 참조하였다.
27) 예를 들어 한덕후(1732),『승지공 연행일록』에서는 반산을 지나가면서 멀리
  서 경관을 보고 '그림 같았다'라는 말만을 남기고 있다(『연행록전집』권50).
28) 일암 이기지는 좌의정 이이명(1720년 연행하여 연행잡지를 남김)의 아들이
  면서 판서 김만중의 외손이다. 그 문집인『일암집』권2에는 사행의 산문기록

의하여 독립적인 기문으로 계승되는 형태를 보인다.

이렇듯이, 18세기 전반 이후 연행록의 일록 형식에 유산기가 따로 이 습합되는 경우가 거의 보이지 않는 것은 크게 두 가지 이유에 연원하지 않았는가 생각된다. 첫째, 18세기 전기의 산문 연행록 저자들이 거의 삼사신 중심이었다는 점이다. 공무를 행하기 위해서, 그리고 빠른 귀환과 정확한 보도를 위해서 행로를 되도록 단축해야 했기 때문에 따로이 산으로 가고싶어도 가지 못한 것이 아닌가 생각한다. 실제로 그들이 '누대에서 보이는 원경(遠景)'에 자주 주목하고 있다는 점은 이러한 추측을 뒷받침한다. 둘째, 관심 지향이 서서히 변화했기 때문이 아닌가 생각된다. 환언하면, 시간이 없어서 갈 수도 없었지만, 18세기 중반으로 가면 갈수록 이들이 '산' 같은 자연물보다는 북경과 심양의 시사(市肆) 문물 등에 더욱 주목하기 때문이 아닌가 추정할 수 있다.

2) 잡지(雜識) 형식의 유행

18세기 전기 연행록들에 나타난 또 하나의 특징을 들면, 바로 잡지체의 등장과 유행을 말할 수 있다. 잡지(雜識)[29]란 독립된 항목에 대하여 짤막하게 서술하는 짧은 글들을 말하는데, 이것은 바로 박지원이 말했던 바 "별단(別單)"이라는 이름을 붙여서 임금님께 청의 실상과 그곳에 있는 유의할 것들을 간단하게 적는 보고문에서 연원될 가능성이 크다.

으로서 「유여산기」「감로암제명기」「유반산기」「유경도기」「서양화기」「혼의기」「등토아산기」「계문연수기」「심사호석기」를 남겼으며, 홍대용은 이것을 묶어서 『燕行抄記』라고 한 바 있다.

[29] 雜識라는 명칭은 김창협의 「農巖雜識」로부터 많은 사용을 보이는 것을 주목할 만하다.

삼사신이 주로 연행록 저자들로 있었던 18세기 초기 연행록의 세계에서는, 이러한 별단 형태의 글이 많은 것을 '공적 서술의 연장'으로 해석할 기미도 있다. 그러나, 주목해야 할 것은 잡지라고 표방한 글을 지으면서 그 독자를 임금으로 상정하여 거의 상소문 스타일로 한정하지 않고 자신들의 동아리 사이에서 그 글이 활동할 것을 강하게 암시하는 글들이 나오기 시작한다는 것이다. 그 기록은 이이명(1720)의 『연행잡지(燕行雜識)』에서 발견된다. 전술한 바 있으나, 연행잡지 초기에 "김대유(대유는 김창업의 字)가 나의 연행록이 너무나 소략해서 아쉽다"라는 말을 듣고서 도중에서 본 것들을 상세히 적음을 밝히고 있어서,[30] 이러한 상호 영향을 증명할 수 있다.

현전하는 18세기 산문 연행록 중에서 이러한 잡지형태를 선보이는 최초의 것은 역시 『노가재연행일기』(1712)라고 볼 수 있다. 그곳에서는 제1권에 일행인마 도강수, 입경하정, 표자문 정납, 홍려시 연의, 조참의 재회물목, 상마연 등의 요소 정리와 함께 「산천풍속총록」이라는 것이 있어서, 약 64개의 항목을 풍속, 시사, 산천, 음식, 농기구, 가축 등 여러 가지 주제로 소개하고 있다. 그 중 몇 가지를 소개함으로써 실례를 보이고자 한다.

　(1) 청인은, 모습은 풍위하나 문치가 적다. 문치가 적기 때문에 순실한 자가 많다. 한인은 이와 정반대이며, 남방 사람은 더욱 경박 교활하다. 그렇다고 꼭 그런 것은 아니다. 청인이 중국에 들어온 지도 오래며, 황제 역시 문을 숭상했기 때문에 그런 풍속이 많이 사라졌다. 청인은 다 한어를 하는데, 한인은 청어를 하지 못한다. 하지 못하는 것이 아니라 하기를 달갑지 않게 여긴다. 그러나 청어를 하지 못하면 벼슬

---

30) "金大有嘗云 我甲申燕行錄 太草草可恨 今行 欲詳錄 道中見器也 記行甚悉 故錄數日而止 以省一勞"(이이명(1720), 『연행잡지』, 『연행록전집』 권34).

길에 해롭다. 대궐 안에서나 아문에선 다 청어를 쓰며 주어문서도 다 청어로 번역되기 때문이다. 항간에서는 만주인과 한인이 다 한어를 쓴다. 때문에 청인에게서 태어난 어린이도 청어를 알지 못하는 자가 많다. 황제는 이를 근심하여 총명한 어린이를 뽑아 영고탑으로 보내어 청어를 배우게 한다고 하였다. 관원이 행차할 때 말탄 병사 하나가 좌석을 가지고 앞서 가는데, 이것은 좌석으로써 그 품급의 고하를 구별한 때문이리라. 대소 인원이 황태자를 만나면 모두 말에서 내리는데, 각로 이하는 그렇게 하지 않는다. (김창업, 앞의 책, 32면)

(2) 인가에는 변소가 없다. 소변과 대변을 모두 그릇에 받아서 버린다. 북경의 성안 후미진 거리에는 가끔 깊은 구덩이가 있다. 이곳은 똥을 버리는 곳이며, 가득 차면 밭으로 실어낸다. 소변 그릇은 모양이 오리 같으며, 그 주둥이는 주전자같이 생겼다. 우리나라 사람이 처음 보면 간혹 술그릇인 줄 알고 마시기도 하는데, 호인 역시 우리나라 요강을 얻으면 밥그릇으로 쓴다고 하니 참으로 좋은 대조이다. (위의 책, 31면)

(3) 평소의 반찬이란 시골집은 김치 한 접시뿐인데 몹시 짜기 때문에 물에 적시어 소금을 뺀 다음 조금씩 씹어 먹으며, 부잣집에서 잘 차린다는 것도 기껏해야 돼지볶음과 잡탕 정도다. 대개 간단한 음식엔 숟가락을 쓰진 않지만 역시 숟가락은 있다. 그것은 사기로 만들어졌는데 자루는 짧고 잎은 깊다. 젓가락은 나무 또는 뿔로 만들어졌다.[31]

---

31) "淸人貌豊偉 爲人少丈少文故 淳實者多 漢人反是 南方人 尤輕薄狡詐然 或不盡然 淸人亦入中國久 皇帝又崇文故 其俗寢裏矣 淸人皆能漢語 而漢人不能爲淸語 非不能也 不樂爲也 然不能通淸語於仕路 有妨 盖闕中 及衙門皆用淸語 奏御文書 皆以淸書 諸譯放也 閭券則 滿漢皆用 漢語以此淸人後生少兒多不能通淸語 皇帝患之 選年幼聰慧者 送寧古塔 學淸語云"(김창업, 앞의 책, 32면) ; "人家無溷厠 二便皆器受而棄之 北京城內僻巷中 往往有深窖 此乃人家棄糞處也 滿則輦出于田 其溺 其形如鳧其口如酒煎子 我國人初見 或認作酒器 而汲之 胡人亦得我國溺缸 作飯器云 眞是對也"(김창업,

이렇듯이, 여기에서는 청의 문물과 풍속, 언어, 의식주 등을 중심으로 다룬 것을 알 수 있다. (1), (2) 같은 경우는 혹시 왕에 대한 보고의 일환으로 별단으로 만들 수도 있겠으나, (3)의 경우는 공적인 보고라고 하기에는 너무나 작은 관심이라고 볼 수 있어서, 민진원이 권말에 명말의 정황을 알기 위하여 오삼계 이야기를 쓴 것이라든가 이이명의 『연행잡지』 뒤에 따로이 실려있는 양역론[32]에 대한 문제에 비하면 매우 개인적인 관심이 반영된 '소소한 일'들의 기록으로 보인다. 이이명(1720)의 『연행잡지』에서도, 총 14개의 에피소드 중에서 부사와 논한 양역문제, 통관·서반·역관배의 영리 추구활동 같은 불합리 고발, 청에서 일어난 해적 반란 사건 같은 비교적 전문적인 견문이 있지만 숭산 스님과의 교유, 서양인 소림재가 관으로 찾아와 천주학에 대한 대화를 나눈 것, 집에 가는 꿈 이야기, 국화화분 4개를 얻어서 누워 완상한 것 등의 개인적인 만남, 교유, 그리고 완호품에 대한 이야기가 나오는 것을 알 수 있어서 이러한 짤막한 기록이 더 이상 '별단'이라는 대(對)임금 보고서가 아닌 사적인 성격으로 전이하는 것을 볼 수 있다.

18세기 전기의 연행록 중에서 잡지형식을 가지고 있는 것은 연대순으로 김창업(1712)의 『노가재연행일기』, 이의현(1720, 1732)의 『경자연행잡지』와 『임자연행잡지』, 이이명(1720)의 『연행잡지』, 이의만(1723)의 『농은입심기』, 한덕후(1732)의 『연행일록』[33]이다.

같은 책, 31면) ; "尋常飯饌 村家則不過一碟沈菜 而味甚鹹故 沈水退塩細切喫之 富豪家則盛設而 不過是炒猪肉 熟鍋湯之類 大抵簡 飮食皆用著 不用匙 然匙亦有之 以磁造而柄短斗深 箸用木造 或牙造".

32) 『연행록전집』 권34에 수록된 이이명의 『연행잡지』는 2종의 이본이 있다. 처음은 그의 문집인 『東齋集』 권11, 잡저편에 나오고 있고, 두 번째 것은 『패림』에 실려 있는 것이다. 뒤에 양역론이 부기(附記)된 것은 패림에 실려 있는 두 번째 본이다.

224

　김창업이「산천풍속총록」에서 다룬 문물의 범위와 지향점을 가장
잘, 충실하게 반영한 사람은 도곡 이의현이다. 특히 1720년에 연행한
기록인『경자연행잡지』는 상, 하권으로 이루어져서 상권은 날짜는 제
시하지 않았으나 여정에 따라 순차적으로 그 움직임을 기술한 글이고,
하권은 여러 가지 사항을 비교적 짤막하게 서술한 잡지의 형태이다.
그러나, 그 분량 면으로 보았을 때는 전체 여정을 다룬 상권과 잡지
형태의 하권이 약 2대 1의 분량 비를 이루고 있어서 잡지의 방식이 비
중이 비교적 커졌음을 알 수 있다.『경자연행잡지』하권에 있는 잡지
의 문물 범위는 청의 지리(주로 연행을 갔던 경로 중심으로), 건축제
도, 하수도 제도, 화장실, 의관, 수레, 나귀 소 낙타 양 등의 동물 이야
기, 그리고 의식주에 관한 세부적인 것들을 포함한다. 이것은 김창업
의「산천풍속총록」에서 다룬 바이며, 화장실, 수저, 유박아(일종의 만
두를 말함)에 대한 일화는 (앞선 인용문 (2)번과 (3)번 끝부분) 가감
없이 그대로 인용하고 있고 식생활 중 과일에 대한 것은 배, 포도, 감
귤 등 노가재가 다루었던 범위를 넘어가지 않고 있다. 특히「산천풍속
총록」에 수록되지는 않았으나 본문에 수록된 과일 여지(荔支)에 관한
것은 "저번에 사신이 왔을 때, 그 날 것을 얻어서 먹어 보니 맛이 몹
시 좋다고 하였는데 이번 길에는 맛볼 수가 없으니 한스러운 일이
다"[34]라고 하여『노가재연행일기』를 참고하고 있음을 추정할 수 있
다.
　이렇게, 이의현의『경자연행잡지(하)』는 김창업의「산천풍속총록」
을 그 구조의 규범으로, 그리고 내용의 충실한 인용처로 삼고 있음을
알 수 있다. 그러나, 그도 나름대로 견문을 가지고 있어 그를 확대할

---

33) 후술하겠지만, 한덕후의 잡지는 잡지라기보다 보고문(별단)에 가깝다.
34) "前使行時 或得嘗其生者 味絶佳云 而今行未得 嘗可恨"(이의현(1720), 앞
　　의 책,『국역연행록선집』권5, 83면).

수 있는 것은 확대해서 소개하고 있으며, 생각이 다른 부분에 대해서는 노가재의 경우를 답습하지 않고 자신의 고유한 견해를 밝히고 있다. 본문은 다음과 같다.

낙타는 흰색이 있으며 돼지는 흰색이 많았다.[35]

낙타는 본디 사막에서 난다. 놈은 능히 무거운 짐을 싣고 먼길을 가기 때문에 기르는 자가 많다. 그 모양은 키가 한길이나 되고 몸은 파리하고 머리는 작고 목이 가늘고 아래로 굽어서 걸을 때는 걸음을 따라 신축을 한다. (중략) 성질이 바람을 좋아해서, 바람이 있으면 반드시 소리를 내어 응한다. 그 빛깔은 대개 누르고 검으며, **또한 흰 것도 있다.** 말도 빛이 흰 것이 10에 6, 7이나 된다. (중략) **돼지도 역시 흰 것이 많고,** 닭은 털과 깃이 희게 얼룩진 것이 많고 누르고 붉은 빛은 전혀 볼 수 없다. 대체로 육축은 모두 흰빛이 많으니 요동과 연 지방은 서쪽에 속하기 때문에 그런 것인가?[36](진한 글씨는 필자)

청인들은 대개 모습은 풍위하나 그 중에는 얼굴이 몹시 가증스러운 자도 있다. 누린내가 많아서 사람에게 풍기기도 한다. 언사와 행동이 전혀 공손한 기상이 없다. 한인들은 자못 몸을 단속하고 외모도 역시 단정하지만, 남방사람들은 경솔하고 간사하며, 얼굴 모양도 뾰족하고 얇으니 이것은 기품이 그러한 것이다. 말투는 남방음성이어서 보통 한인과는 현저히 달라서 자기들끼리도 말을 다 통하지 못한다. 마치 우리나라에서 말하는 먼 지방의 사투리와 같다. 청인들은 모두 한어에

35) 김창업, 「왕래총록」, 『노가재연행일기』 권1, 40면.
36) "橐駝本出沙漠 以其能載重遠致 多有畜養者 其形高可一丈 身瘦頭小 項細而下曲 行則數步伸縮 (중략) 嘶性喜風 有風則 必作聲而應之 其色大抵黃黑 而亦有白者 (중략) 猪亦多白者 鷄多白斑毛羽 其黃赤色者 絶不見 大抵六畜皆多白色 遼燕地方 屬西故然耶"(이의현, 앞의 책, 『연행록선집』 권5, 77면).

능하지만, 한인은 거의 다 청어에 익숙하지 못하다. 길에서 본 일인데, 청인과 한인이 섞여 있게 되면 모두 한어로 말하고 절대로 청어로 말하는 자는 없다. 청인은 만주라고 자칭하는데 한인은 만자라고 부른다. 만주란 본래 여진의 이름이니 이렇게 부르는 것이 진실로 마땅하다. 그런데 만자라고 부르는 것은 알 수가 없다.37)(『노가재연행일기』, 앞의 주 30), 첫 번째 인용문 참조)

이렇게, 도곡 이의현의 『경자연행잡지(하)』는 노가재의 「산천풍속총록」을 그 형식적, 내용적 전범으로 차용하면서도 그것을 그대로 전재하는 등의 답습이 없이 자신의 관심사와 생각을 말하고 있어서, 이러한 잡지(雜識) 형식이 연행시의 사적 견문을 적을 수 있는 하나의 모범적인 틀로 자리잡아 가는 것을 알 수 있다. 그리고, 여기서는 각각 일화의 길이가 「산천풍속총록」에 비하여 조금씩 길어지는 특징을 볼 수 있다.38) 또한 내용 면에서도 구입한 서화, 도서의 종류, 문방구,

---

37) "淸人大抵豊偉長大 而間有面目極可憎者 羶臭每多襲人 言辭擧止全無溫遜底氣象 漢人則 頗加斂飭外貌亦稍端正 而南方人 輕佻狡詐 面形尖薄 氣槁然也 語操南音與尋常漢人絶異 雖於自中言語亦不能盡通 如我國所謂 遐方使土俚矣 淸人皆能漢語 而漢人多不慣淸語 道路所逢淸漢相雜而皆作漢語 絶無爲淸語者 淸人則 稱滿洲 漢人則 稱蠻子 滿洲本女眞之呼稱之 以此固其宜矣 而其稱蠻子者 有未可曉矣"(이의현, 위의 책, 79면).

38) 예를 들어서, 같은 담배에 대한 일화의 경우 노가재는 "담배는 남녀 노소를 불문하고 피우지 않는 사람이 없다. 손님을 대접할 때에는 차와 함께 내놓는다. 그런 때문에 담배를 연다라고 한다. 시장 상점에서 파는 자가 많으며, 명연이라고 써붙인다. 곳곳마다 모두 그러하다. 그런데 그 담배는 가늘게 썰고, 몹시 바짝 말려서 한 점의 습기도 없기 때문에 한 숨에 타버린다. 그러나 역시 계속하여 피우지는 않고 한 대로 그치고 만다. 그래서 온종일 피우는 것이 아무리 많아도 4~5대에 지나지 않는다."까지인데 비하여 이의현은 그 뒤에 "그 대는 또한 가늘고 짧아서 이것으로 우리나라 담배를 피우게 하면 한 대를 다 피우기 전에 눈썹을 찡그리고 그만 두며, 맵고 독하다고 한다. 그들은 우리나라 사람이 계속하여 여러 대를 피우는 것을 보고는 눈을 굴리면서

청의 큰 상인 정세태의 생김과 그의 영향력을 적는 등, 이의현 개인의 관심에 따른 대상 확대가 이루어지는 것을 볼 수 있어서, 이러한 잡지 형태가 개인의 관심사에 따라 양적, 내용적으로 확대되는 현상을 볼 수 있다. 역시 1723년에 지은 이의만의 『농은입심기』는 각 항목에 대하여 제목을 붙여놓고 그 밑에 제목에 대한 사항을 적어놓는 방식이 특기할 만하다. 그러나, 내용적인 면에서는 복식, 기물, 상제 등 1710년대 이후 연행록의 잡지 범주에서 더 확장된 점은 없다. 1730년대 이후에 가서 잡지형식을 빌어 청의 제도문물에 대한 여러 가지 현상을 말한 것으로는 한덕후(1732)의 것을 대표적으로 들 수 있다.

2. 18세기 중기 : 잡지 형식의 심화와 문답의 장편화

1) 잡지 형식의 심화와 기사체(紀事體)의 탄생

후대(1832)에 지어진 김경선의 『연원직지』에서는 그 서문에서 역대 전범으로 삼을 만한 연행록을 3종류 선정하고 그것들의 글쓰기 방식을 파악하면서 김창업의 것을 일록체, 홍대용의 『담헌연기』는 기사체, 박지원의 『열하일기』는 입전체라고 표현한다.[39] 중기의 홍대용의 『담헌연기』를 기사체(紀事體)라고 언급한 것이 특기할 만하다.

기사체(紀事體)란, 김경선의 표현에 의하면 "전아하고 치밀한 효과를 주는 것"이다. 이것은 기사체 자체의 정의라기보다는 그것이 주는 효과를 이야기한 것이므로, 그 개념에 대하여 개론적으로 알아야 할

두려워하는 빛이 있으니, 이것은 그 중독됨을 두려워 함이다."라는 구절을 더 첨가하여 하나의 에피소드도 길게 만들고 있다.
39) "適燕者多紀其行 而三家最著 稼齋金氏 湛軒洪氏 燕巖朴氏也 以史例則 稼近於編年而平實條暢 洪沿乎紀事而典雅縝密 朴類夫入傳而瞻麗閎博 皆自成一家 而各擅其長"(김경선, 「연원직지 서」).

필요가 있다. 일단, 사전적인 의미로 기사체란 기사본말의 준말로서 "연대의 순서에 따르지 않고 사건마다 그 본말을 종합하여 적는 역사의 한 체"를 이야기한다. 이러한 문체는 역사기술을 하는 데 쓰였으므로, 문체 분류에 따르자면 역사서술체(일명 敍事體)로 볼 수 있다.[40] 홍대용의 『담헌연기』는 하나의 표제 아래에 그 사람(혹은 사물)과 관련된 사항이 모여 있으므로 김창업의 『노가재연행일기』에서 볼 수 있던 일기체의 양식이 아니다. 예를 들어보면 다음과 같다.

경성에 도착한 뒤로, 거문고를 잘 하는 분을 만나서 그 가곡을 한 번 듣기를 염원하여 방문하기를 꽤 부지런히 하였지마는, 끝내 뜻대로 되지 않았다. (중략)

1월 7일 이익이 당금과 생황을 사 가지고 왔는데, 그 당금은 초여 고제로, 수정 안족에 청옥 진에 자금 휘로서 한 번 퉁김에 성운이 청아하고 고상하였다. 그 값을 물었더니, 1백 50냥이라 하였다. 이익이 말하기를 "거문고를 잘 타는 분을 만났는데 성은 유씨이고 태상시의 영관입니다. 현재 그는 유리창에서 점포를 열어 악기를 판매하고 있습니다. 이 당금과 생황도 그의 점포에서 사온 것입니다." 하였다.

(2월) 8일 나는 일이 있어 못가고, 이익이 악사를 데리고 유생을 찾아갔는데, 악사가 돌아와서 말하기를 "유생은 손가락 놀림이 경쾌하고 성음의 격조가 좀 번거롭고 촉바른 듯하였으나, 그 고상하고 청아한 것은 현금으로는 비교할 수가 없었습니다." 하였다.[41]

---

40) 앞 절에 이어, 여기서의 분류도 심경호(1998)의 분류를 중심 기준으로 했음을 밝힌다. 뒤에도 그럴 것이다.

41) "入京以後 得解琴聲 一聽其曲 訪問頗謹 終不得 是行樂院稟旨定送樂師一人 求買唐琴及 笙簧 因令學其曲而來 使上通使 李瀷 主其事. (중략) 正月初七日 李瀷 得唐琴及笙簧而來 琴爲蕉葉古制 水晶雁足 靑玉之軫 紫金爲微拂之聲韻淸高問其價爲一百五十兩云 瀷因言方得解琴者 姓劉 是太常伶官 方在琉璃廠開鋪賣器玩琴與笙簧 幷劉鋪所賣云. (중략) 初八日 余有故不得往 李瀷與樂師往訪 樂師歸言 劉生運指輕快 音格雖近繁促 其高雅終

이렇듯이, 『담헌연기』는 하루에 있었던 일을 순차적으로 적지 아니하고 표제에 나와 있는 사람(혹은 사물)에 대한 일화들을 모아서 소개하고 있다. 이것은 인물에 대한 것이라면 그 사람을 만나게 된 과정이나 교유가 진행되는 순서를 중심으로 서술되고 있으며, 권9, 10에 주로 있는 하나의 역사 유적이나 사물, 그리고 명승지에 관한 것은 언제 그것을 보았는가 하는 사건 중심으로 날짜가 편집되어 있는 것이다.

이러한 기사체는 어디서 연원하는가? 홍대용의 이른바 '기사체' 등장의 원인은 크게 두 가지로 추측할 수 있다. 우선, 전대 명나라와의 사행에서 남아있는 사행록 중에 하나의 표제 아래 어떠한 상황을 서술하는 전례가 있었다는 점이다. 그것은 바로 중봉 조헌의 1574년 사행 기록인 『동환봉사(東還奉事)』다. 그의 기록 초기에도 나와 있듯이 선조조에 명나라 사행할 때는 '질정관(質正官)'42)이라는 직책으로 갔

非玄琴之比. 十一日 往琉璃廠 見路傍一開 琴七八張招鋪主問有 會彈者 有 少年答云 會彈者朝往 徐門館中 豈未見耶"(「금포유생」, 『연기』, 『담헌서 외 집』 7권, 120~121면).

42) 질정관이란, 조선시대 특정 사안에 대하여 중국 정부에 질의하거나 특수한 문제를 해명하는 일을 담당한 사신의 일원을 의미한다. 이러한 질정관은 조선 중기 선조조까지 그 제도가 있었던 것으로 파악된다. 그 증거는, 『국역비변사등록』 영조 3년(1727) 12월 23일에 다음과 같은 항목에서 찾을 수 있다. "이번 使行에 반드시 묻文하는 일이 있을 것입니다. 무릇 글을 짓는 일에 있어 하나의 제목을 여러 번 얽으려면 글에 대한 생각이 쉽사리 궁해지게 됩니다. 글 잘하는 사람 하나를 문관이나 蔭官 가운데에서 특별히 가려 재가를 받아 거느리고 가게 하는 것이 어떻겠습니까? 하니, 임금이 이르기를 '그 말이 좋으니 그리하라.' 하였다. 대제학 尹淳이 아뢰기를 '宣廟朝에 崔岦을 質正官으로 삼아 宗系의 卞誣 때에 데리고 간 사실이 있습니다.' 하니, 임금이 이르기를 '侍從인 사람이 갔는가?' 하였다. 이광좌가 아뢰기를 '굳이 시종일 것은 없습니다. 최립도 시종이 아니었습니다. 조종조에 질정관에 있었으나 금번의 경우 무슨 名目으로 정할까요?' 하니, 임금이 이르기를 '別從事官으로 명목을 붙이되 파직이나 散職이 된 사람은 그 이름 밑에 註를 달아 들이면 처분할 것이다.' 하였다."

다가, 그가 질문하기로 되어 있었던 중국의 사성(四聲)에 대해서 이미
알고, 또한 물으러 나갈 수도 없어서 고민하던 중에 질정의 테마와는
다른 "이목으로 듣고 본 것으로서 치도에 관한 것 중에 아직 진미(盡
美)하지 못한 우리나라의 것과 비교 논의하여 삼가 적당히 가리어 쓸
수 있도록 구비"[43]하여 썼다는 것이 바로 이 책이다. 여기서는 「성묘
배향(聖廟配享)」,「내외서관(內外庶官)」,「귀천의관(貴賤衣冠)」,「식품
연음(食品宴飮)」,「사부읍양(士夫揖讓)」,「사생접례(師生接禮)」,「향려
습속(鄕閭習俗)」,「군사기율(軍師紀律)」이라는 8조의 상소와「격천지
성(格天之誠)」,「추본지효(追本之孝)」 등 올리려던 16개조의 상소가
하나의 표제 아래 자신의 견문을 묶는 형식으로 되어 있다. 이미 올린
8조의 상소는 전술했던 18세기 초기에 발견된 '잡지' 형식이 다루는
제목을 거의 다루고 있다고 보인다. 그러나, 가장 사적일 것 같은「식
품연음」을 보면 "신이 보건대 중원 사람들은 절용하지 않는 사람이
없어서 관원에 집에도 공용하는 그릇이 몇 개뿐이고 사가의 음식은
더욱 검소했습니다. 연음할 때에는 작은 잔에 따르고 그 드는 회수를
제한하여 절도를 벗어나 본성을 어지럽게 하여 모든 일을 황폐하게
하지 않았으므로, 공사가 모두 넉넉하며 서정도 추락되지 않았습니다.
그런데 우리나라 풍속은……(후략)"[44]이라고 하여 서술 자체는 구체
적이고 묘사적이라기보다는 주장하는 논변체에 가깝다. 그러나, 형식
만큼은 홍대용의 것과 같다는 점에서 선례를 만들어 준 작품으로 인
정할 만하며, 이러한 형식이 기존에 있었으나, 청자가 임금이라는 '상
소'라는 공용문서의 글쓰기 방식으로 발현되었다는 것을 염두에 둘 만

---

43) 조헌(1574),『동환봉사』,『국역 연행록선집』2, 14면.
44) "臣竊見 中原之人 無不節用 官員家 供止以藪器 自從私家 所食尤尙儉 素
　　宴 飮之鄰酌以小鍾 限其行數 不敢踰節亂性荒廢 厥事所以公私咸裕庶政不
　　墜 而我國之俗 專以豊饌崇飮爲務財盡而 不知憂民窮而不知恤上命 而不知
　　從以暴殄天物 (후략)"(조헌, 위의 책, 29면).

하다. 이로써 홍대용은 사적인 글쓰기 방식의 영역 중에서 이러한 방식을 채택하여 18세기 연행록 글쓰기 방식의 지평을 넓혔다고 볼 수 있겠다. 하나의 표제 아래[45] 자신의 견문을 집중하여 서술하는 방식은 후대 박제가의『북학의』에서도 수용된다.[46]

그리고 두 번째, 전대의 잡지형식이 확대되어 표제화된 것이 아닌가 추측된다. 잡지 형식의 수용은, 중기의 연행록을 개괄해 보면 순수한 일록형식으로 된 것은 2종(작자미상의 1755년의 연행록, 그리고 부사인 서명신이 쓴 것으로 추정되는『경진연행록』)을 제외한 이철보(1737), 유언술(1749), 유척기(1754)의『심행록』, 김종정(1764)의『심양일록』,[47] 엄숙(1773)의『연행록』[48] 그리고 전술한 홍대용(1776)의『담헌연기』와 이압(1777)의『연행기사』에 보인다. 이들은 여러 가지 형태로 들어가고 있다. 별단의 형태이든, 사적인 동기로 서술하는 것이든 잡지가 일록 뒤에 부기되어 있거나(대부분의 경우), 날짜가 표기되지 않은 채 그동안의 일을 보여주는 방식(유척기의 경우)으로 채택되고 있다.[49]

---

45) 표제 아래 잡지를 서술한 18세기 전기의 선례로서 이의만(1723)의『농은입심기』를 들 수 있다. 그러나 이 연행록의 경우는 내용 면에서 심화된 인식이나 인식 지평의 확대를 보여주지는 않는다.

46) 게다가,『북학의』라는 책 자체가 일반 사람들이 볼『북학의』와 임금을 청자로 하는『진소본 북학의』두 가지 각편이 있었다는 사실(안대회 역, 해제 참조)은 18세기의 문인들이 문면에 떠올리지는 않았지만 조헌의 선례가 후배들에게 암암리에 영향을 주었다는 뜻으로 해석할 수 있게 한다.

47)『심양일록』에서는 총 11개의 에피소드가 나오는데, 그것은 청나라 사람들의 군대 편제(팔기)와 화폐제도, 만주인들에게 흔한 일곱 개의 성씨들, 남녀의 가사분담과 의복 등의 묘사가 나오며 맨 끝에는 청인의 국민성을 ‘勤力役恥游食’이라고 정리하나, 단지 그밖에는 아무 것도 모른다고 다시 비난을 하고 있다.(『연행록전집』권41, 223면).

48) 엄숙의 연행록 다음에는 전술했듯이, 11개의 항목으로 된 잡지들이 보인다.

49) 또한, 그러한 본문 뒤에는 임금에게 올리는 별단이 따로 첨가되어 있다.

이철보(1737)의 경우는 역시 서장관으로서 여러 가지 공문을 작성해야 하는 입장에서 뒤에 청나라에 대한 짤막한 사항들을 서술하여 붙여놓고 있다. 그는 김창업이나 이의현, 유언술처럼 표제에 잡지라고 밝히지는 않았지만 청의 황성 방비 모습, 거마 제도, 남녀 복식, 음식과 기르는 가축의 종류 등 기존의 잡지에서 밝혔던 그들의 풍속을 간단히 소개하고 있다. 그러나, 이것이 다른 잡지들과 다른 것은 그러한 풍속의 소개에 이어 청나라의 정세, 병제(兵制), 법제 등을 구입한 책을 일일이 인용하면서 소개하고 있다는 점이다. 이런 종류를 쓴 글이 일기 뒤에 붙은 글의 총 분량의 4분의 3을 차지하고 있다. 이것은 청의 정세와 내부 사정을 알린다는 점에서, 별단에 가깝다. 표제부터 잡지임을 표방한 유언술(1749)의『연경잡지』50)는 기본적으로 전의 연행록들이 다루었던 청의 의식주와 풍속, 그리고 성제 문물제도를 기본적으로 다루면서 특히 청나라 사람들의 풍습과 사람됨, 그리고 만인과 한인의 분포 및 그 안에서 일어나는 사건들을 주로 그리고 있다. 여기에서는 특히 주목할 만한 일화가 있어서 다음과 같이 인용한다.

(전략) 각 아문에 모두 만관과 한관을 각기 두었는데 한관은 문서를 담당하고 만관은 최종 결제를 담당하여 모든 일을 만관이 주장한다고 한다. 나라를 처음 세웠을 때는 만인과 나인이 서로 혼인을 하지 않았다. 세대가 오래 된 다음에 점점 서로 더불어 통하니, 지금은 혼인에 가리는 바가 없으나, 한인은 오히려 부끄러움으로 여기고 매번 우리나라 사람들을 보면 우리는 그 통혼을 가린다고 하는 것이었다. 연전에 어떤 북경에 옮겨 살던 남경사람이 집이 심히 가난하여 딸을 낳고도 전족을 해주지 않는 것이 장차 만인에게 혼인시키려고 했던 것이다. 그 형이 남경으로부터 와서 그 장차 만주인과 통혼을 하려고 한다는

---

50)『松湖集』권6, 잡저편에 수록된 것을 연행록 전집에 다시 모은 것이다.『연행록전집』권39.

사실을 듣고 그 동생을 심하게 책망하며 의절하고 화해하지 않는데 까지 이르고 가버렸다고 한다. 이것으로서 보건대는 그 만주인과 더불어 결혼하는 것을 부끄러워한다는 것을 가히 알 만하다. 그런데 풍속과 습성이 점차 빈부가 같지 않은 것으로 물이 들어 만주인의 집에 한인 여자가 (결혼함이) 매우 많으니 진실로 가련하다.[51]

이곳에서 특기할 만한 사항은, 이것이 더 이상 평면적이고 설명적인 서술이 아니고 그 안에 구체적인 사건을 끼워 넣었다는 점이다. 그래서 결과적으로 이 일화가 하나의 짤막한 설명적 서술이라기보다는 어떠한 서사가 있는 독립된 이야기로 발전할 수 있는 가능성을 보여준다. 유언술의 『연경잡지』에서 주목할 두 번째 사항은, 같은 '잡지'의 형식이라도 이이명의 『연행잡지』와 비교해 볼 때 좀더 분량 면에서 길어졌다는 점이다. 이것은 앞의 특징과 더불어 18세기 연행록의 잡지 형식이 심화될 수 있는 가능성을 보여주는 요소이다. 전 시기의 연행록들에서 보여지던 잡지 형태의 변화 양상, 즉 김창업의 「산천풍속총록」에서 시작하여 이의현, 이이명 등의 연행록에서 선보였던 잡지체가 바로 유언술 등의 연행록 서술에서 심화되면서 『담헌연기』의 '기사체'라는 독특한 서술 방식 또한 이러한 경향과 무관하지 않은 것으로 보인다. 이러한 경향을 더 잘 보여주는 것은 사람과의 만남을 다룬 7, 8권의 것보다 8권 후반, 9, 10권에 있는 「연로기략」, 「경성기략」, 「기용」, 「옥택」 등의 편이다. 다음의 인용문을 보자.

---

51) "滿漢便同 主客氣勢懸殊如六部等 各衙門 皆各置滿漢官 而漢官則 掌文書 滿官則 掌印信故 凡事皆滿官主張云 立國之初則 滿漢不相婚嫁 世久之後 漸與相通 今則婚嫁無所擇 而漢人猶以爲羞 每對我人則 諱其通婚 年前有 一南京人 來居北京 而家甚貧 生女而不裏足 盖欲與滿人爲婚也 其兄自南 京來聞 其將與滿人通婚 切責其弟 至於失義不和而去云 以此見之則 其羞 與滿人婚嫁 可知 而俗習漸染貧富不同 滿人之家 漢女甚多誠可憐也"(유언호, 『연경잡지』, 『연행록전집』 권39, 293면).

(1) 중국사람들의 풍속은 불 단속이 매우 엄격하여, 관청에서나 개인 집에서나 모두 초롱불을 사용하지 횃불을 쓰는 법이 없다. 우리 사람들이 밤길을 다닐 때 혹 섶을 묶어 불을 붙이면 반드시 크게 놀라며 못하게 했다. 가옥은 대부분이 기와집이고 초가집은 드물었는데, 비록 초가집이다 하더라도 처마가 높고 툇마루가 넓으며, 칸이 넓직 넓직하여 불이 쉽게 번질 염려가 없다. 그런데도 불조심이 이와 같으니, 만일 우리나라처럼 다닥다닥 붙은 초막사이로 횃불을 들고 거침없이 돌아다니는 것을 본다면 반드시 잠시도 감히 살지 못할 것이다.(홍대용, 「경성기략」, 『연기』, 『담헌서 외집』 8권, 216면)

(2) 시사는 북경이 가장 번성하고, 심양이 그 다음이며, 통주가 그 다음, 산해관이 또 그 다음이다. 북경에서는 정양문 밖이 가장 번성하며 봉성 같은 곳은 변두리문으로 황벽한 곳이어서 물건도 보잘 것 없지만, 그래도 시장문 만은 단청을 해두었고, 심양에 오니 모두 새로 채색을 하였다. 북경 같은 데는 창문이나 가게문을 다 아로새겨 금·은빛이 찬란하고, 간판과 문패들은 서로 다퉈 신기하게 만들었으며 의자와 탁자, 그리고 장막과 발 등은 극히 화사하게 만들었다. 대개 이렇게 하지 않으면, 매매가 잘 안되며 물건들도 잘 모여들지 않는 모양이다. 점포를 차릴 경우 바깥 설비만도 수천 수만 금이 넘게 드는 모양이다.(후략)(「시사」, 『담헌서 외집』 10권, 309~310면)

(3) 수레는 우리나라와 짐 같은 것을 싣는 제도는 대략 비슷하다. 다만 만든 것이 정밀하고 균형이 잘 잡혀서 두 바퀴가 반듯하게 굴러가며 흔들리는 일이 없기 때문에 무거운 짐을 싣고도 빨리 달릴 수 있다. 멀리 다니는 큰 수레는 바퀴 살이 가운데 있는 바퀴 통으로 모여들게 되어 있지 않다.(후략)(「器用」, 『연기』, 『담헌서 외집』 10권, 328면)[52]

---

52) (1) "華俗火禁甚嚴 公私皆用燈籠 不用炬燎 我人夜行 或束薪爇火 必大驚

여기에서 볼 수 있듯이, 홍대용의 『담헌연기』에 들어가 있는 대부분의 일화들은 앞선 시기의 김창업을 중심으로 계열화되어 소개된 '잡지'에 수록되어 있는 글들과 거의 같다. 다만 다른 것이 있다면, (2)같은 경우 각각의 시사를 소개하는 데 그친 것이 아니라 한양─연경 간 시사가 가장 발달한 곳─가장 낙후된 곳 등의 계층화를 시켜 '종합 정리'를 한 측면이 보이며, (3)의 경우에는 분량 면으로 보았을 때 이전의 잡지들에 있던 수레에 대한 항목 하나와 거의 맞먹지만 홍대용의 『담헌연기』에서는 이것은 개괄적인 서두문(序頭文)의 역할을 하며, 그 다음에 수레의 바퀴통을 만드는 방법 등 제작 방법, 그리고 수레의 종류와 쓰임 등을 상세히 서술하는 부분이 이어지고 있어서 양적으로, 질적으로 심화되고 있음을 알 수가 있다. 이러한 예문들은 홍대용의 『담헌연기』 같은 글쓰기 방식이 나온 이유로 추정된 것 가운데 두 번째 것에 더욱 비중을 두게 한다. 박제가의 『북학의』 말고는, 공식적으로 본문에 표제를 바로 단 것이 없다는 사실도 그러하거니와 18세기 중반, 즉 1750년대부터, 본격적인 북학파의 연행록 창작이 일어나기 전인 1777년까지 지어진 현존 연행록에 실려 있는 잡지 부분도 심화 발전되는 경향을 보여주기 때문이다.

전술한 중기 연행록의 잡지들 중 형식의 심화와 발전을 가장 많이 보여주는 것이 이압(1777)의 『연행기사』이다. 전술했듯이, 이것은 일

止之 其舍屋多瓦少茅 雖茅舍高簷廣厦 間架遼闊 火不易延燕 猶謹火如此 若見我國草幕草芚 炬爐橫行 必不敢暫居也".

(2) "市肆皇城最盛 瀋陽次之 通州又次之 山海關又次之 在皇城則 正陽門外尤盛 如鳳凰城 是邊門荒僻 貨物亦甚蕭索 市門猶加丹 至瀋陽皆施眞彩 若皇城則 鏤窓雕戶 金銀璀璨招 牌門榜競爲新奇椅卓帷簾 窮極華侈 盖不如是 賣買不旺 貨財不集 凡設鋪則 其外具已 不啻數千萬金矣".

(3) "車制與東俗任載之制 略同 但功作精均雙輪 正轉不擺搖 所以能載重而行速也 其大車之致遠者 輪不輻湊 (후략)".

236

기형식으로 된 기사(記事) 상·하권, 그리고『문견잡기』상·하권, 그리고 시로 삼대별 되어 있다. 특히, 잡지 형식인『문견잡기』가 상·하권으로 나뉘어 일기형식인 기사와 거의 같은 분량으로 싣고 있으며 특히 잡기를 그 주제에 따라서 풍토 및 제도에 관한 것은 상권에, 지리 및 민속에 관한 것은 하권에 분류해 넣은 것은 잡지를 좀더 구조적으로 세분화시킨 일종의 '심화' 작업에 해당한다. 본문을 보면서 확인하겠다.

　　의복의 제도는 남녀 귀천과 사치하고 검소한 이를 물론하고, 모두 검은빛을 좋아한다. 옷의 길이는 정강이에 미치고 소매는 심히 좁으며 겉과 속에 모두 매는 것이 없이 위에서 아래까지 작은 단추를 많이 달아서 걷어 잡거나 벗을 때에는 심히 불편하다. 겉옷은 옷섶이 없고 속옷은 혹 섶이 있으나 모두 오른쪽으로 여민다. 예전에 좌임이라고 한 것은 혹 딴 종족을 가리킨 것인가? 아니면 청인이 중화의 제도를 준용한 것일까? 바지와 버선은 빛이 푸르고 남녀가 모두 똑같은 것을 착용한다. 다만 한녀(漢女)는 혹 치마를 입는데 반드시 앞은 세 폭 혹은 네 폭에 빛이 분홍이거나 연분홍이고 그 모양은 매우 길다. (후략)53)

　　여유량(呂留良)이란 사람은 강남의 큰 선비로 명말, 청초의 사람이었다. 그의 형 원량의 자는 계신(季臣)인데, 전목재(전겸익을 말함)의「여계신 시서(呂季臣 詩序)」를 보면 그가 절의를 숭상하고 강개했던 것을 알 수가 있다. (중략) 여유량이 젊었을 때 일찍이 공생이 되었다

---

53) "衣服之制毋論男女貴賤奢儉 色皆尙黑 衣長及脛袖則甚狹 表裏俱無係 自上至下多懸小團珠 而斂束之鮮脫之際 甚不容易 表衣則無袥 裏衣或有袥而皆是右袥 古所謂左袥者 或指別種耶 或淸人尊用華制耶 袴襪亦色靑 而男女皆同服 但漢女則或着裳 而必爲前三洺四 其色或紅或淡紅 其樣甚長" (후략)(이압,「연행기사」,『문견잡기』상, 위의 책, 218면).

가 이내 곧 자취를 거두고 학문을 강구하였다. 그리고 강희가 여러 번 불렀는데도 나가지 않아서 배우는 사람들이 만촌선생(晚村先生)이라고 일컬었다. (중략) 이런 등등의 의리로 천하에 창명하니, 남방의 선비들은 흔히 그 말을 외고 그 의리에 복종하였다. 유량이 죽은 뒤 증정이라는 사람이 있었는데, 젊어서부터 경제재구로 자허하여 과거보는 것을 깨끗하게 여기지 않았다. 그리고 오직 학문에 종사하며 유량의 의리를 깊이 사모하여 뜻 있는 선비와 결탁, 장차 의거를 일으키려 하였다. 이때 악종기란 자가 무목(武穆 : 악비를 말함)의 후손으로 일세의 명장이란 말을 듣고 있었다. 그런데 서정총독을 맡아 군사를 데리고 밖에 있는데 참소로 말미암아 신상이 위태로웠다.

증정이 이에 그 문인 장희를 시켜 그 이름을 숨기고 종기에게 투서하여 무목의 충의로 선동하고 화복으로 달래며 함께 일하기를 권하였다. 종기는 곧 장희를 가두고 그 근본을 핵실하여 혹독한 형벌을 다하였지만, 끝내 사실을 토설하려 하지 않았다. 이에 종기가 희를 속이기를 "내 뜻이 본래 이와 같지만 잠시 그대를 시험한 것이라." 하고, 드디어 친밀한 친구로 맺어 좌와기거(坐臥起居)를 함께 하였다. 그러다가 충의와 참소에 관한 말이 나오면 반드시 눈물을 흘리며 강개하였다. 그리고 그 문객을 시켜 희로 더불어 사생의 친구를 맺게 하고는 온갖 백방의 계책으로 꾀었다. 희가 이에 사실을 고하자, 비로소 증정을 찾아내어 조정에 아뢰었다. 그러나 옹정은 그를 죽이지 않고 정이 자복한 말을 근거로 책자를 만들어서 『대의각미록』이라는 이름으로 천하에 반시하였다. 이것은 증정의 글이 모두 옹정의 죄악을 열거한 것이었기 때문에 그 문목은 모두가 자기 스스로를 변명한 것이며, 정의 원사도 모두 죄를 승복하고 옹정을 찬양한 말이기 때문이다. 그 대의는 대개, "정이 실상 자기의 성덕을 모르고 단지 여유량의 '의리에 관한 말'만 듣고 그 말에 속아 있었다가 경사에 온 뒤에 친히 대의로써 깨우치매 비로소 황연히 우미 망작한 죄를 깨달았다. 그런데 이제 이미 스스로 뉘우쳤으니 반드시 정법할 것은 없기에 특명으로 용서하였다" 하는 것이었다.

이에 대해 여러 신하가 다투었으나 좇지 않았다. 증정의 옥사는 무
신년에 생겼는데 그 뒤에 또 사사정(査嗣庭)의 옥사가 있었다. 사(査)
는 예부시랑으로서 강서에서 고시를 맡고 있었는데, 어떤 자가 과장에
서 용사한다고 참소하므로 옹정이 그 문서를 수색하게 하였다. 사는
본래 한인인데 그 일록 기타 남방 사람과 왕복한 문자가 당세를 비방
한 것이 많았다. 옹정은 드디어 그를 안험하여 다스려서 부모·형제까
지 죽여 버렸다.54)

앞의 것은 문견기사 중의 중국인들의 의복을 말한 첫 부분이다. 인
용한 일화 다음에, 한인과 만인을 분류하고 여자와 남자를 분류하여

---

54) "呂留良者 江南大儒 卽明末淸初人也 其兄呂願良 字季臣 見錢牧齋 呂季臣
詩序則 可知 其尙節懷慨也 留良少時 嘗爲貢生旋卽 歛跡講學 康熙徵辟皆
不就 學者稱以晩村先生 其經書講義盛行於天下 我東亦多見者 其所秉執之
論 一以春秋大義爲主 其言曰 卽今有世界而無世界 有君臣而無君臣矣 夏
之分當嚴君臣之義 反輕 又曰 孔子少管仲之器 而大其功至曰 如其仁 又曰
微管仲 吾其被髮左袵 此其指一匡九合而言 益以其伐楚 問罪有尊周攘夷之
功故也 以此等義理 倡明於天下 是南方之士多通其說 而脈其義 留良死後
有曾靜者 自少許以經濟材具 不屑擧業 專事學問 深慕留良之義 交結有志
之士 將欲擧意 時岳鍾期者 以武穆(岳飛를 말함)之後 一世號稱名將 方任
西征總督 率兵在外 而困於讒搆轍跡危疑 曾靜乃使其門人張熙 匿其名投書
於鍾期 激以武穆之忠義 說以禍福 願與同事 鍾期則囚霧其根本 盡酷刑 終
不胃吐實 於是鍾期延熙於上坐 紿曰 吾意本自如此 聊以試君 遂結爲密友
坐臥起居 無不偕之 語及忠義 與 讒訴之狀則 必流涕慷慨 又使其家客 與熙
作死交 百計引誘 熙乃告其實 始鉤得曾靜以奏於朝擁正 不殺靜 以靜自服
之辭 作爲冊子 名以大義覺迷錄 頒示於天下 盖曾靜之書 無非羅列擁正之
罪惡故 其問目無非渠之自明 靜之原辭 亦無非服罪贊 渠之言 今雖難以盡
擧其辭 而大義則 以爲靜實不識 自家之盛德 只聞 呂留良義理之說 以爲其
所註誤及至京師親○ 以大義則 始乃悅然覺悟愚迷妄作之罪 今已自悔不必
正法 特命敬之 群臣爭之 不從 曾靜之獄士 於戊申 而其後又有査嗣廷之獄
査以禮部侍郎 貫試江西或 之 以科場用事 擁正使之搜探其文書 査本漢人
其日錄及與南方人 往復文字多侵詆當世者 擁正遂安治 而族之"(이압,『문
견잡기』하, 위의 책, 284~285면).

그 복식을 자세하게 서술하고, 머리 장식과 신발, 전족의 여부, 그리고
남자의 변발에 대하여 이야기하고 있다. 이것은 홍대용의 『담헌연기』
중 「건복(巾服)」에서 다루는 범위와 대개 비슷하며, 다만 담헌은 '남
자 관원의 의관' 같이 하나의 사람이 머리서부터 발끝까지 착용하는
것을 모아서 서술하는 데 반하여[55] 이압의 경우는 모자면 모자, 깔개
면 깔개, 대(帶)면 대 같이 하나의 단품을 단위로 설명하는 것이 차이
를 보이는 것이다. 이렇게 분류 방법에서 약간 차이를 보일 뿐, 그 분
량과 주제를 다루는 정도는 같은 강도를 보이고 있다. 두 번째 글은
매우 흥미있는 글이다. 잡기 혹은 잡지의 심화가 어느 정도까지 이루
어졌는가를 알게 해주는 글이기 때문이다. 이 글은 증정의 전기(傳記)
라고 해도 과언이 아닐 정도로[56] 자세하다. 본문의 내용은 악비의 후
손인 악종기가 옹정제의 반대세력을 잡기 위해 처음에는 고문을 통해,
그 다음은 그들의 속을 이끌어 내어 끝내는 반역 세력으로 넘기는 장
면을 매우 극적으로 소개하였다. 그러나, 극적인 서사는 여기에서 끝

---

55) 朝帽와 조복의 제도는 1품 대산과 친왕의 세자와 군왕의 장자와 패륵(만주
   인과 몽고인에게 주던 벼슬 이름. 郡王 다음가는 계급이다)의 맏아들들은 모
   자 꼭대기에 홍보석을 물리고 망포에다 옥대를 두르며 선학보복을 입으며,
   앉는 요는 겨울에는 낭피, 여름에는 홍전(붉은 깔개)을 깐다.(홍대용, 앞의
   책, 326면).
56) 전의 독자적인 내용과 형식을 확립한 것은 사마천의 『사기』열전이다. 그런
   데 『사기』의 경우, 본기·세가도 역시 인물전기의 성격을 지닌다. 『사기』의
   인물전기는 인물의 일대기나 주요사건을 다루는 데 주안점을 두고 서두부-
   행적부-평결부의 구성으로 이루어져 있는 것이 대부분이다. 서두부는 복선
   의 기능을 지닌다. 인물의 성격과 행사의 발전을 예시한 것이다. 행적부에서
   는 짧은 일화, 전형적 사건, 연극적인 줄거리, 클로즈업 묘사법, 비장한 분위
   기의 과장이나 윤색, 반복중첩 등을 통하여 인물의 형상을 조각해내는 수법
   을 다각도로 모색하였다. 그 다음 평결부에서는 서술자 자신의 논찬 부분으
   로서, 이 세가지 구성은 중국 뿐 아니라 후대 조선에서 전을 짓는 사람들에
   의해서도 하나의 규범으로서 작용했던 것을 알 수 있다. 심경호(1998), 앞의
   책, 192면.

나지 않고 옹정제가 반역 세력인 증정을 잡아들여 죽이지 않고 일종의 참회록이자 반성문인『대의각미록』을 쓰게 하는 일화를 보여주는 것으로 막을 내린다. 여기에서 옹정제가 증정을 국문하거나 설득하는 장면은 나와 있지 않으나, 이 일화에 바로 이어지는 '사사정의 옥사'에서 동일한 죄를 지은 사사정에게는 부모와 형제까지 몰살하는 모습을 보여주어, 저간에 숨어 있는 증정에 대한 회유와 협박의 과정을 유추하도록 하고 있다.

이렇듯이, 비록 기사본말을 표방하지 않았지만 1750년대까지의 잡지에서 주로 보였던 단편적인 언급이 아니라 '옹정제가 반역세력을 처리하는 방법' 같은 한 주제를 보여주기 위하여 직접 견문은 물론 하나의 전기적인 사실까지 취합하여 제시하는 면모를 보이는 것 또한 잡지 방식의 심화라고 볼 수 있을 것이다. 이러한 잡지의 양적, 질적 심화는 후대 박지원의『열하일기』에서도 '어디에서 베낀 글'이라고 하면서「호질」같은 이야기를 끼워 놓을 수 있는 여지를 준다고 보인다.

2) 문답의 장편화와 인식의 심화

18세기 중기의 대표적 연행록으로 간주되는 홍대용의『담헌연기』와「건정동필담」에서 두드러지는 또 하나의 글쓰기 방식적 특성은 바로 '문답'이라는 논의전개 방식에 있다. 전술했듯이, 홍대용은 혼천의 등의 상관물로 대표되는 상수학적인 관심을 주로 발현하러 연경에 갔다가, 꿈에도 못 잊을 평생지기 세 사람(반정균, 육비, 엄성)을 만나고 돌아와서 후대 유득공, 박제가, 박지원 등에게 직·간접적으로 영향을 주게 된다. 그러나, 홍대용의『담헌연기』를 보면 그가 연경에 도착해서 유리창에서 그 세 사람을 만나기 전에서부터, 여러 사람들에게 관심을 가지고 그들과 필담 혹은 문답을 시도했던 것을 알게 된다.

무령현은 유관의 서쪽 20리에 있는데, 산수가 아름답다. 서남쪽으로
창려현과 인접했는데, 기이한 봉우리가 하늘높이 우뚝 솟은 것이 뾰족
한 붓처럼 되었다 하여, 속칭 문필봉이라 일컫는다. 이 때문에 무령은
예부터 문명으로써 일컬어져 왔다. 이 현에서는 서씨들이 대성이며,
그중에 서진사는 집안이 부호하고 서화나 완호품을 많이 가지고 있었
고, 또 시율을 좋아하였다. 우리 사행 중 이곳을 지나는 자는 누구나
그집에 들러 그를 만나보려 했고, 진사도 사행을 반갑게 맞아 접대가
흡족하였다. 때문에 서진사의 이름이 우리나라에 널리 알려졌다. 진사
가 죽은 뒤에 그의 가업이 자못 쇠퇴하였지만 그래도 옛 풍조는 남아
있다.

12월 21일. 사행이 무령현에 도착하였다. (중략) 서진사의 집에 들르
려고 하였으나 마침 호부상서가 북경으로부터 황제의 명을 받들어 심
양으로 가는 길에 서진사의 집에 기숙하게 되어 있으며, 지금 집안을
깨끗이 소제하고 그의 도착을 기다리는 중이므로 우리와 만나볼 여지
가 없다는 것이다. 그리하여 그 집을 그냥 지나쳐 서문으로 나왔다.
(중략) 나는 혼자서 그 집 문을 들어섰다. (중략) 주인의 성은 단(單)
씨였다. 또 세 사람이 있는데, 모두 나이 젊고 수아한 이들이며, 의자
밑에 모시고 섰는 태도가 매우 공손하였다. 단씨의 말이, 모두 친척되
는 수재들로서, 공부하러 와있다는 것이었다. 겨우 두어 마디 주고받
았는데 '사행이 출발하니 빨리 오라'는 독촉이 왔다. 할 수 없이 하직
하고 그 집을 나왔다.[57]

---

57) "撫寧縣 在楡關西二十里 山水明媚 西南接昌黎縣 其峰秀出天外 如卓筆 俗
稱文筆峯 以此撫寧自古以文名稱 有徐氏尤縣中大姓 有中進士者 家富豪多
書畫器玩 頗喜詩律 使行過之者 莫不踵門求見進士 亦延接疑洽 由是徐進
士名 聞東國 進士死 家業頗消落 猶有舊風焉 十二月二十一日 行到撫寧夾
路數里 皆竣墻高門 門楣必懸扁題三四大字 (중략) 至徐進士家 將入見 聞
戶部尙書 自北京奉命往瀋陽 將寓宿于其家 方灑掃待其至 無暇相見 遂行
過之 (중략) 余獨步入門 試呼主人 有人出應之 (중략) 主人姓單又有三人
皆少年 秀雅侍立椅下 貌甚恭恪 單言 皆親戚秀才之來學者 纔叙數語 使行
已發促人來捉行 不得已辭出."(「무령현」, 『담헌서 외집』 7권, 146~147면).

위와 같이 담헌은 중국사람들을 만나보기 위해 여러 모로 노력하고 있다. 특히 그 자신도 충분히 인식하고 그것을 자부하고 있는 바, 중국인들과 의사소통을 하기 위해서 평소에 중국말을 연습하고, 가는 길 틈틈이 자신의 마차를 모는 왕문거를 거의 괴롭혀 가면서 중국어를 연마했다는 사실58)에서도 알 수 있듯이 그 '의사소통'에의 의지가 강했던 것을 알 수 있다. 그런데, 이러한 의사소통의 의지는 연경에 가서 더욱 그 강도를 더하고 있으며, 그가 만난 주요한 사람들과 상세한 문답을 하여 그것을 연기 서두에 차례로 소개하고 있으니, 그것이 바로 「오팽문답(吳彭問答)」, 「장주문답(莊周問答)」, 「유포문답(劉鮑問答)」 세 편이다.

　　팽관은 "벌써 3대 전부터 입사(入仕)하여, 2~3품의 관직에 올랐습니다." 하고는 "귀처(조선)에서 학문으로 극히 훌륭한 분은 누구입니까?" 하기에 내가(홍대용) "학문에는 의리의 학, 경제의 학, 사장의 학, 3등분이 있는데 족하께서 물으신 것은 어느 학입니까?" 반문하였더니 팽관과 오상은 서로 돌아보고 웃으면서 "그처럼 등분하여 말합니까?" "과연 존자의 말씀대로라면 세 가지의 학에서 각각 한 사람씩 들어보십시오." 하기에 나(홍대용)도 웃으면서 "학문을 3등분하는 것은 세속 선비의 고루한 소견입니다. 만일 의리를 버린다면 경제는 공리에 흐르고, 사장은 부조에 빠지게 될 것이니, 어찌 학이라 할 수 있겠습니까? 또 경제가 아니면 의리를 펼 데가 없고, 사장이 아니면 의리를 나타낼

---

58) "왕문거는 車夫인데, 낭자산 사람이다. (중략) 이번 길에 수석 역관이 문거가 나이도 젊고 영리하며 글도 어지간히 안다고 해서 특별히 뽑아내 나에게 보내준 것인데, 11월 30일, 문거가 수레를 몰고 찾아왔다. (중략) 내가(수레를 타고 가는 동안) 매양 발을 걷어올리고 그와 이야기 나누기를 매일 일과처럼 하였다. 인물, 산천, 기수 풍속 등의 명칭과 사실들을 (지나칠 때마다) 반드시 그에게 물어 알았는데, 이 때문에 길 가는 도중의 고단함을 잊을 수 있었다.(「왕문거」, 『연기』, 『담헌서 외집』 8권, 172면).

수 없을 것입니다. 그러므로 요컨대, 이 세 가지에서 하나라도 버린다면 학이라 할 수 없습니다. 그렇다면 의리가 그 근본이 아니겠습니까?" 하자, 두 사람은 다 웃으며 "옳은 말씀이오."59)

이렇듯이, 문답이 주는 효과는 어떠한 사안에 대하여 심도 깊게 의논할 수 있는 것이다. 청의 한림 검토관인 오상(吳湘)과 팽관(彭冠)과 대화한 것을 옮긴 「오팽문답」에서 오상이 조선의 학문에 대하여 물어보자, 홍대용의 평소 생각인 학문의 삼분법, 즉 의리지학, 경제지학, 사장지학에 대한 이야기가 길게 나오고, '학문의 삼분'을 이상하게 여기는 그들에게 설명하기 위해서 답의 내용이 하나의 짤막한 논설문처럼 설득의 목적을 가지도록 의론화되는 경우를 볼 수 있는 것이다.

보통 문답(問答)은 맹자의 선례에서도 볼 수 있듯이, 논변체 산문의 형성기에 나왔던 방법이다.60) 그렇기 때문에, 문(問)이라는 행위가 주는 효과는 어떤 사안에 대하여 자세하게 묻고, 그 사항에 대해서 심화된 지식을 얻어 가는 것이며, 사실을 알고 모르는 문제로 넘어가서는 자신의 입장이 옳음을 증명하기 위해 설득의 차원으로서 역할하는 효과를 낸다. '문'이라는 방식이 들어가서 하나의 분류된 문체가 된 선례는 소통의 『문선(文選)』과 요내의 『고문사류찬(古文辭類纂)』에 들어

---

59) "吳曰 前世皆不仕 彭曰 二三世入仕 爲二三品職 又曰 貴處學文極大者何人 余曰 學有三等 有義理之學 有經濟之學 有詞章之學 且問足下所問者 何學 也 彭與吳相顧笑曰 他還分說如此 乃曰 儘如尊言三學各擧一人 余亦笑曰 學分三等 世儒之陋見 舍義理則 經濟淪於功利 而詞章淫於浮藻 何足以言 學 且無經濟則 義理無所措 無詞章則 義理無所見 要之三者 舍一不足以言 學 而義理 非其本乎 兩人笑稱善"(「오팽문답」, 『연기』, 『담헌서 외집』 7권, 12~13면).

60) 『맹자』의 글은 설리가 투철하고 비유가 생동적이며 감정이 격렬하다. 논어의 단순한 어록체에서 벗어나와 대화식의 논전성 문장으로 발전하였으며, 규모도 커졌다. 심경호(1998), 앞의 책, 264면.

있는 '대문(對問)'을 들 수 있다.[61] 이것도 논변류에 들어간다는 점에
서는, 『담헌연기』의 초기 세 글이 문답으로서 주는 효과가 여기서도
증명되는 것이다. 또한 『담헌연기』에서 이렇게 문답이 집요하고 긴 비
중으로 나올 수 있었던 것은 담헌 자신의 '문'에 대한 선호에서 볼 수
있다. 그의 문집 내집에는 「심성문」 등의 글쓰기 방식이 존재했던 것
으로 보아, '묻다'는 것은 담헌에게 있어서 세상에 대한 기본적 태도일
뿐 아니라 글쓰기 방식 상으로도 중요한 방식이 되었음을 확인할 수
있다. 그러나 아쉽게도, 동시대에 연행록을 남긴 18세기 중반의 사람
들은 담헌의 경우처럼 표제에 대고 '問'을 표방하는 사람은 없다. 다만
이철보(1737)와 엄숙(1773)의 연행록에서는 전술했듯이 청인들과의
문답이 등장하고 있다. 또한 유척기(1754)와 김종정(1764)은 심양에
안핵사와 문안사로 갔기 때문에, 그 임무 자체가 '묻는 것'과 연결되어
있어 역관에게 물었던 장면이 많이 나오거나(김종정의 경우),[62] 혹은
유척기의 경우는 청의 황제[胡皇]와 대화하는 인상깊은 장면[63]이 나

---

61) 심경호, 위의 책, 128~130면 참조. 그런데, 본서에서는 요내의 분류를 설명
　　하면서 대문을 '사부류'로 놓고 있어 기존의 論辨類(諸子書에 기원한 것으
　　로 秦 이후의 단편 議論文들이 이에 속하며, 선진시대의 經書와 史書는 제
　　외한다. 論, 辨, 說, 議, 解, 難, 釋, 原, 喻, 對問 등을 여기에 포함시켰다)에
　　속한다는 사실과 다르다. 이것은 단순한 오타인지, 혹은 저자의 독자적인 해
　　석의 결과인지는 완벽히 알 수 없으나 전자일 가능성이 높다.

62) 특히 여기에는 심문과 관련된 일들이 많은데, 김종정이 심양에 도착해서 본
　　격적으로 일을 시작한 3월 21일부터는 안핵사인 김종정이 직접 청의 郎中들
　　에게 나아가 우리나라 사람인 살해혐의자들을 신병 인도할 것을 문의하고
　　있으며, 그 이후 4월 11일까지 임금께 아뢸 주문을 작성하는 문제로 역관들
　　을 보내 질문하거나 그가 직접 역관을 대동하여 청나라의 실무자들과 문답
　　을 지속적으로 하고 있다.(『연행록전집』권41, 197~203면).

63) "(전략) 顧向余有所言 而不可鮮聽旋又以漢語云云 語脉略可辨 而旣未可隨
　　問輒對 無所礙滯則 或對或否 必致疑怪故 亦一例聽若不聞則 又向旁立者
　　有所云云 俄而徐宗順 趨上跪聽而傳于余 問你年幾許 對以六十四矣 又問
　　你國王年紀幾何 謹對以六十一歲 又問年事何如 對以堇免甚歉 此外更無所

오는 수준이다. 또한 이압의 『연행기사』까지도, 인물에 대한 관심으로
인하여 나타나는 문답은 비교적 없는 편이고 자문을 쓰는 일, 그리고
공무를 처리하는 일 등으로 통관과 자주 이야기하는 편이다. 담헌에게
있어서 오상과 팽관, 유송령과 포우관, 장생과 주생과의 '문답'이 그가
알고 싶은 몇 가지 주제들 — 예를 들어 설명하자면 서학, 자명종, 청의
내부에 들어가 있는 한인의 의식 구조와 그 제도들 등 — 에 대한 심화
된 지식을 알게 해주는 효과가 있다면, 「건정동필담」에 나와 있는 반
정균, 엄성, 육비와의 교유에서의 문답도 동일한 효과를 내는 것이다.

또한 이들에게 있어서 자주 등장하는 것은 '척독'이라는 짧은 편지
글의 삽입이다. 전술했듯이, 담헌은 여러 사람들 중에서도 이들과 가
장 개인적이고 감정적인 교유를 하고 있다. 그런데 이들과 앞선 『연
기』7에서의 사람들과의 관계에서 다른 것은 척독의 삽입 여부이다.
구체적인 실례를 들자면, 다음과 같다.

　　11일 서산에 갔다. 편지를 써서 덕유에게 주었다. 그 편지에 이렇게
썼다.
　　"밤 사이 여러분 어떠하신지요? 어저께 복음을 받고 고마웠습니다.
다만 비복에게 훈계하기를 반드시 존의를 면대하고 안색을 자세히 살
피고 오라 했는데, 양일에 모두 존객이 방에 있어서 밖에서 되돌아왔
으니, 더욱 사모하는 마음 간절합니다. 어제 겨를을 얻어 한 번 모이자
는 가르침을 받잡고, 저는 어느 날이든지 좋으나 다만 형이 계신 곳에
방해 있을까 두렵습니다. 오늘 바야흐로 서산 구경을 갑니다. 장차 오
탑의 여러 경치를 역방하고 돌아오겠습니다. 편지를 비복에게 맡겨,
가서 안부를 탐문하게 하고 또 내일 일찍 나아가 뵐 뜻을 전하게 했습
니다. 다만 듣자니 귀우에 손이 연이어 찾아온다 하니 걱정이 됩니다.
어저께 부사 어른께 보낸 시 가운데 고향소식을 받았다는 말을 보았

間"(『연행록전집』 권38, 149~150면).

는데, 이는 먼 손의 제일 기쁜 일입니다. 일면 축하하고 일변 부러워합니다. 집안이 다 편안하십니까? 제(弟)들은 압록강까지 가야 가서를 보게 되니 우울한 생각 짐작하실 것입니다. 어제 부채를 보내 드린 것은 서로 증여하는 뜻에서 한 것인데, 편지에 돌려보내 주신다 하니, 아마 제 말이 뜻을 바로 전하지 못한 듯 합니다. 이만 그칩니다."

저녁에 돌아오니 덕유가 이미 답을 받아왔다. 겸하여 인석(印石)도 붙여왔다. 편지에

"일찍 수교를 받고 오늘 서산 유람이 있음을 알고 부러움을 이기지 못합니다. 속진에 시달리고 행적에 구애되어 따라가 구경 못함을 유감으로 생각합니다. 내일 와주신다 하니 고의에 감격됩니다. 다만 모름지기 열시에 곧 와주시기를 바랍니다. 아마 제들은 오후 네 시 이후에는 남의 초대를 받아 가지 않을 수 없을 것 같습니다. 모여 이야기할 시간이 많지 못하여 한이 됩니다. 이것으로 아뢰고 문안드립니다. 인장은 객지인지라 칼이 없어 둔하게 고고 보니 자못 졸렬하여 부끄럽습니다. 아마 쓸만한 것이 못될 것 같습니다. 소중하면 고인의 수적이라는 것 뿐일 것입니다. 이 며칠 용무가 바빠서 필묵의 빚은 열 손으로도 갚기 어렵습니다. 요식도장은 마침내 미처 만들지 못하였으니 양찰하여 주시오."[64]

---

64) "十一日 往西山 作書付德裕 書曰 夜來僉履何似昨承覆音 仰慰仰慰 第戒鄙
僕必面承尊儀詳候顔色而來矣 兩日皆以尊客在座不免 自外退歸 尤恐悵慕
昨承得暇一會之教 弟則何日不暇 只恐兄處之有妨 今日方往觀西山 將歷探
五塔諸勝而歸 留書鄙僕使之往探安候 且致明早趙奉之意 但聞貴寓人客相
接 以是爲悚悶 昨見來副使丈詩中 有承鄕信之語 此是遠客第一喜事一賀一
羨 未知宅上百福否 弟輩歸到鴨江 乃見家書 鬱慮可想 昨送扇把意 謂相贈
承教繳到似是辭不達意耳 不宣.
暮歸德裕已受答而來 兼付印石 書曰 早接手教得諗 今日有西山之遊 不勝
艶羨 恨俗塵膠擾 且礙于形跡不獲追步 後塵爲一大缺陷事耳 明日枉駕甚感
高誼 但須辰刻卽望晷 然恐申後弟輩有人見招不容不往卽 聚首無多時候爲
可恨矣 率此布意拜請近安不一.
印章族次無刀以鈍鑿爲之 殊愧拙劣 恐不堪用 重是故人之手蹟而已 日來苦
冗筆墨之逋 十手猶不能給 腰式印竟不及作矣 諒之."(「건정동필담」 2월 11

이것은 「건정동필담」의 2월 11일조 전문이다. 교유의 내용이 그 날은 편지를 주고받은 일이 전부이기 때문에, 척독(편지글) 두 개로 전문을 구성하고 있다. 홍담헌이 보낸 편지의 내용은 크게 오늘은 서산을 가기 때문에 만나러 갈 수 없다는 것, 그 대신 내일 일찍 가겠는데 동생들이 오신다고 하니 몇 시에 가는 것이 괜찮을지 하는 것, 그리고 선물로 드린 부채는 돌려주지 않는 것이 좋겠다는 점을 밝히고 있으나, 단순히 그 내용만을 전하는 것이 아니다. 두 개의 짧은 편지 글들은 이른바 친교를 맺을 때의 예의와 정성을 표시하는 예물인 '부채'와 '도장 돌'에 대한 겸사라든가 서로의 일정을 맞추느라 묻는 말 등의 문면에서 홍대용이 그 건정동의 친구들을 어떻게 생각하고 있는지 하는 감정의 질과 상대에 대한 따뜻한 배려 등을 느끼게 해준다. 즉, 척독은 문답이 내는 효과―지식의 심도 깊은 소개―와는 달리 감정의 깊은 표출을 돕고 있다고 보인다.[65] 그렇기 때문에, 담헌의 연기가 더욱 전문적이면서도 공적인 보고문의 형태가 아니라 따뜻한 우정의 기록이라는 사적인 기록으로 읽힐 수 있는 여지를 주고 있는 것이다. 이러한 문답과 교유의 기록성 글쓰기 방식은 『열하일기』와 유득공(1801)의 『연대재유록』에서 본격적으로 수용되고 있다.

일조, 『항천척독』 권2, 『담헌서 외집』 2권, 193~194면).

65) 심경호(1998), 앞의 책에서는 '서신체 산문'도 하나의 문체 종류로서 분류하면서, 역대 중국의 서신들과 조선의 서신들의 용례를 살펴볼 때 문학평론, 학술적 내용의 개진, 당송대에 성행한 문예적인 서간, 명청대의 '정치적 속박을 뚫고 세속을 미워하는 정회를 담아내는' 서신 등으로 여러 가지 내용을 담을 수 있다고 했으나, 대부분의 서신체 산문은 서사, 의론, 설명을 주 내용으로 함에도 불구하고 모두 서정성이 강하다고 한 마디로 집약하였다(같은 책, 297면). 홍대용의 연행록 속 척독 삽입도 '서정성'의 획득이 주는 연행록의 '개인성' 강화를 했다는 의미로 읽힐 수 있을 듯하다.

3. 18세기 후기 : 글쓰기 방식의 실험과 복고, 고증적 글쓰기

1) 글쓰기 방식의 다양화와 일록 양식으로의 복귀

18세기 후반이 되면, 연행록을 쓰는 작자층이 비 삼정사층으로 확대되면서 연행록이 공적인 보고의 필요보다는 사(私)적인 의도에 의해서 씌어진 것들이 많게 된다. 그러면서, 앞서의 연행록들이 보여주었던 일반적인 경향들에서 많이 분화되는 것을 볼 수 있다.

이들 중 주목해야 할 것은 단연 이른바 '북학파'의 연행록들이다. 구체적인 주요한 것들로는 박제가의 『북학의』, 이덕무의 『입연기』, 유득공의 『연대재유록』, 그리고 박지원의 『열하일기』가 있다. 이들의 연행록 창작은 연대 상으로 거의 편중되어 있다. 왜냐하면, 박제가와 이덕무는 서장관인 심염조를 따라서 관찰자의 자격으로 1778년 같은 해에 연행을 했고, 2년 후에 그들의 모임 좌장격인 연암 박지원이 드디어 연경 길에 올랐다가 열하까지 가게 되는 사건이 있은 이후 1801년 유득공이 순조의 명을 받아 검서관으로서 그곳에 있는 주자서(朱子書)를 선별하고 필요한 것을 구입하게 되는 임무를 띠고 연경에 가게 되는 경험을 했기 때문이다.[66]

청을 배우자는 뜻의 '북학'파라 불리는 이들이었기 때문에, 연행 경험은 그들의 생애에 있어서 중요한 것이었고 또한 그러한 연행을 기록하는 연행록 또한 그들의 일생에 있어 중요한 작업이었다. 그랬기

---

66) 여기서의 연행 연도는 그들이 산문 연행록을 작성한 때만으로 제한하였음을 밝힌다. 실제로, 박제가는 1778년 이덕무와 함께, 1790년에는 유득공과 함께 연경에 갔었고, 1801년 세 번째로 연경에 갔고 1801년 연행에서는 자신의 애제자인 추사 김정희(1786~1856)를 영민한 제자라고 교유한 사람들에게 자랑삼아 소개하기까지 하였다. 유홍준(2002), 『완당평전』, 학고재 참조.

때문에 그것을 기록하는 글쓰기 방식 면에서도 여러 가지 것들이 나타난다. 박제가(1778)의 『북학의』처럼 『동환봉사』 스타일의 상소문 형식으로 된 표제화 글들, 그리고 이덕무의 『입연기』나 서호수(1790)의 『연행록』처럼 이전의 일록 형식을 비교적 충실하게 반영한 것, 그리고 유득공(1801)의 『연대재유록』처럼 청인들과의 교유 문답 기록을 중점적으로 옮긴 것[67] 등 여러 가지 글쓰기 양상을 보여준다.

특히, 유득공의 여러 가지 연행록의 글쓰기 양상을 보면 북학파들이 가지고 있는 특징적 면모를 볼 수 있다. 유득공은 31세인 1778년 성경(盛京)이라고 하는 심양에 가서 손호(孫鎬), 장섭(張燮), 배진(裵振) 등 17인의 문사와 시를 주고받았으며, 43세인 1790년(정조 14) 건륭제 만수절의 진하사인 정사 황인점, 부사 서호수의 막하(幕下)로 동년 5월 27일부터 10월 10일까지 열하와 연경에 가서 지낸 기록을 『난양록(灤陽錄)』(일명 『熱河紀行詩註』)라는 시집[68]으로 남긴다. 그러나 이 시집은 시만큼이나 길고 자세한 주석이 붙어있다는 것이 특징이다. 선행 연구에 따르면,[69] 그는 숙부 유금(柳琴)과 지기인 이덕무, 박제가 등에 의해서 『한객건연집』과 『이십이도고회시』가 소개되어 당시

---

67) 『연대재유록』의 내용 뿐 아니라, 할애된 분량 면에서도 이것이 여러 사람들과의 만남과 그 필담을 중심으로 했다는 것을 알 수 있다. 일단 이 연행록은 서울을 출발해서 연경으로 가는 2월에서 5월 초 3일까지는 극히 소략하고, 다음과 같은 말로서 그 행적을 정리한다. '27일 책문을 거쳐 30일 압록강을 건너고 6월 11일 서울에 도착하였다. 갔다오는 동안 날짜가 1백 7일이 걸렸는데 연관에 머문 것은 32일간이었다'(유득공, 『연대재유록』, 『국역 연행록 선집』 권7, 405면). 이러한 언급에서, 다시 한 번 이 연행록의 기록 목적이 연경체류와 그 안의 인적 교유인 것을 알 수 있다.

68) 이 시집은 전2권으로서, 1권에는 25수, 2권 24수 도합 49수의 시가 있고 제제는 열하와 연경의 주된 경물들과 그와 교류했거나 혹은 소문으로 들은 중국의 이름난 문사들이다.

69) 송준호(1983), 「유득공의 시문학 연구」, 동국대학교 박사학위논문.

명망 높던 청조 문사들에게 이름난 시인으로서 인정받은 바 있었다 한다. 그렇기 때문에 그곳에 가서도 교유했던 문사들과의 시 수창 기회도 많았을 것이고 이 경험을 또한 소개하기 위해서 연행 기록을 시집으로 낸 것이 아닌가 추정된다. 그러나, 그렇게 시에 자신이 있었고 또한 시로서 모든 경험을 이야기할 수 있었던 영재 유득공은 왜 그 시집에 시의 분량만큼이나 많은 주석을 달아야 했을까? "여행 중 직접 견문한 경험들을 집약하여 시화(詩化)하게 되었고, 그러면서도 경우에 따라서는 질량적으로 너무 방대한 제재를 7언 절구라는 한정된 시형에 담아 읊음으로서 시행 상간에 문맥상 비약이 있을 수밖에 없었으며 이로 인한 난해점들에 이해를 돕기 위해 자세한 주를 붙였던 것"70)이라는 선행 연구의 추측도 설득적이다. 그러나, 『난양록』의 주석에 들은 산문성은 소위 '북학파'의 연행 기록들은 시라는 함축적인 운문보다는 설명과 서술과 묘사가 가능한 산문이 필요한 것이 아닌가 하는 추측을 가능하게 한다.71) 이러한 경향을 반증하는 것은 바로 11년 후에 유득공이 정조의 명을 받은 일종의 검서관으로서 연경에 다녀온 기록을 『연대재유록』이라는 산문으로, 그것도 기윤(紀昀) 등의 이름난 청나라 선비와 교유한 필담 위주의 기록으로 남겼다는 사실이다. 이렇듯이 이른바 북학파의 구성원들이 주로 작성한 연행록은 그들

---

70) 송준호(1983), 위의 논문, 179면.

71) 비록 유득공은 난양록 속의 「熱河」라는 시에서 紅石嶺西灤水陽 山川鬱鬱 萬家藏 大家微意知何在 明白題來避暑莊(홍석령 서쪽이요 난수의 북인데, 산천 짙푸른 속 일만가호 들어섰네. 대가의 숨긴의도 뭐에 있나 알만 하이. 피서산장 그 호칭을 분명 붙여 써놨지만)이라 하여, 청이 사실은 세계의 강국이고 태평성세를 구가하는 듯 하지만 사실은 몽고라는 외적의 공격과 도전에 항상 촉수를 곤두세우고 있어야 하는 처지를 박지원 열하일기의 심세편에서처럼 알고 있음을 보이지만, 설명성이 없이 함축적인 시로 이야기해야 하는 어려움과 산문 서술의 필요성이 두드러지게 나타나는 것을 볼 수 있다.

이 청에서 시인으로서 상당히 명성이 알려졌음에도 불구하고 주로 산문으로 작성되려는 경향을 보인다는 것을 알 수 있다. 그러나, 이들 연행록들이 이전에 없었던 글쓰기 방식을 독자적으로 개발한 것은 아니다. 이들은 오히려 기존에 있었던 여러 가지 산문 연행록들의 글쓰기 방식들을 원용하여, 다양한 글쓰기 방식을 각각 취사하여 그 다양함을 구가했던 것이다. 특히 표제화와 문답기록이라는 점에서는 홍대용의 『담헌연기』와 「건정동필담」에서 많은 영향을 받은 것으로 보인다.[72] 이러한 기존 한문 산문 연행록의 글쓰기 방식에 대한 다양한 취사에 의한 발전은 연암의 『열하일기』에서는 한 편에 종합적으로 연결되고 심화되어 있다. 『열하일기』 내의 소제목 상으로 보았을 때도, 이러한 복합성이 매우 잘 드러나고 있다. 예를 들어서 열하일기 서두부를 장식하고 있는 「성경잡지」의 목차는 다음과 같다.

가을 7월 10일/ 11일
속재필담(粟齋筆談)
상루필담(商樓筆談)

---

[72] 본문에서 주로 언급하는 박제가나 이덕무, 유득공 등의 인물 말고도 앞선 작자층의 연구에서 박지원과 깊은 교유관계로 인하여 연암일파로 분류되기도 했던 유언호도 1787년 정사로 간 연행의 기록을 일록체의 산문 연행록으로 남기고 있다. 그러나, 그의 정사라는 입당 때문에 다른 사람들과 달리 공무 수행의 기록이라는 내용적 특징을 지닌다. 또한, 그의 연행록 서문을 창애 유한준(1732~1811)이 작성하면서 "지금 청인이 우리나라 사신의 대우를 극히 융숭하게 하는 것은 우리나라를 예의지국으로 중시해서가 아니요, 청황제의 아들 통치선우가 성질이 사나운데다 제 부친이 외국에 은총을 베푸는 것을 불만으로 여기므로 청황제가 혹시라도 하루 아침에 죽어 통치가 증위되면 어찌하겠는가" 하는 반청적인 내용을 남긴 것으로 보아, 유언호의 연행록이 순수한 북학파의 관점과 관심을 반영했는가 하는 것은 단언할 수 없다. 박지원과 유한준의 대척적인 관계와 문학적 입장 등에 대해서는 김명호(2001), 「박지원과 유한준」에 자세하다.

12일
고동록(古董錄)
(田仕可與燕巖書)
13일/14일
성경가람기(盛京伽藍記)
산천기략(山川記略)[73]

이와 같이, 날짜의 흐름을 따라서 요양 출발 이후 심양으로 지나가고 있는 이야기가 펼쳐지고 있고(가을 7월 10일, 11일) 청의 한인(漢人)상인 전사가(田仕可 : 字 代耕)를 비롯한 여러 사람들과 나눈 필담인 「속재필담」과 「상루필담」의 필담 모음, 그리고 두 필담을 이끌어나간 상대들이 작성해서 건네준 진품 골동품 보는 법인「고동록」, 그 이후에 전사가가 연암에게 준 편지글, 다시 13, 14일의 사건들 후에 심양에 있는 절인 성자사(聖慈寺)와 만수사(萬壽寺), 실승사(實勝寺)에 대해 적은 글인 「성경가람기(盛京伽藍記)」, 그동안 지나온 주요 산천 경개를 그리고 있는 「산천기략」 같은 글들이 독립적으로 그 곳에 들어가 있는 것이다.[74]

---

73) 다음과 같은 목차는 연민 이가원 선생이 작성하여 참조한 『열하일기』해제에 따르면 박영철본, 일재본 등의 주된 이본에는 그대로 실려 있으며, 단지 다백운루본에만 편명의 변화가 있거나 <성경가람기>, <산천기략> 등이 성경잡지와 따로이 실려 있다고 한다. 따라서, 본 편의 구성은 연암의 의도와는 달리 후대에 전해지면서 작성된 것이 아니고 초고본이 작성될 때부터 그 다양한 글의 구성이 의도되었음을 규견할 수 있다. 이후 강동엽(1988)과 김명호(1990)의 선행 연구에서도 이본의 대조를 할 때 편성 체제는 거의 모든 이본체제가 같다고 인정한 것으로 보아, 전술한 목차는 안정된 것이라고 볼 수 있다.

74) 물론, 다른 편인 「도강록」, 「일신수필」 등도 이와 같이 기본적으로는 날짜의 흐름을 따라 있었던 일을 기록하면서도 사이사이에 記文이나 『담헌연기』속의 표제화된 잡지체 글처럼 「車制」「市肆」 등의 글들을 수록하고 있다. 그

곧, 이것은 『열하일기』가 그동안의 연행록들이 취해온 여러 가지 방식, 곧 일록체의 사건 전개와 독립된 기문들의 정연함,[75] 그리고 필담이라는 이름의 기존 연행록에서 보여준 글쓰기 방식들을 다채롭고도 조화롭게 수용한 성과를 보여준다. 전편에 있는 각종 글쓰기 방식을 거명하자면, 「야출고북구기」 「일야구도하기」(이상 「산장잡기」), 「북진묘기」 등의 기문들, 「관내정사」내의 「호질」 같은 이야기, 「경개록」, 청의 외교적 상황과 몽고와의 관계 등을 심도 있게 살핀 「심세편」같은 정황보고서, 「거제」 「희대」 「시사」 등 『담헌연기』와 『북학의』에서 볼 수 있었던 표제화된 단편제도의 서술, 「혹정필담」 「황교문답」 등의 필담 대화집, 「양매시화」 등의 시화, 「앙엽기」같은 명소 소개서, 맨 마지막 「금료소초」같은 의학관계 정보서까지 섞여 있음을 알 수 있다. 이것을 김명호 교수의 선행 연구에 있는 말로 구체적으로 설명하면 "주요 여정은 일기체로 서술하되 이에 포함시키기 힘든 중요 사

러나, 필담과 기문 등 여러 가지의 글쓰기 방식을 선보이는 예가 바로 「성경잡지」이기 때문에 이 편을 예로 든 것이다.
75) 이것은 一菴 李器之(1690~1722)의 연행시(1720년 작성)와 그리고 독립된 遊閭山記, 甘露菴題名記, 遊盤山記, 遊瓊島記, 西洋畵記, 渾儀記, 登兔兒山記, 薊門煙樹記, 尋射虎石記 등 기문 9개의 혼합된 방식일 뿐 산문 연행록으로 인정받지 못하던 것과는 대조된다.(2002년에 나온 『연행록전집』에서는 이기지의 연행록 『일암연기』 전5권이 있다는 것을 밝히며 단 이 자료가 아직 발견되지 않았던 상태였으나, 이것이 일기체와 유산기, 서양화기가 함께 있는 형태의 산문으로 이루어져 있는 것인지는 알 수 없다.) 이러한 이기지의 일암 연기가 있다는 상정 하에서도, 기존 그의 문집인 일암집(1768년에 이기지의 아들 이봉상이 간행했다. 규장각 해제 참조)의 편제로 보았을 때 이기지의 것들은 권1의 시 170수 이후에 권2에 陳法, 李亮臣 등과의 往復書 2편을 비롯하여 序 5편, 記 9편, 祭文 5편, 哀辭 1편, 告文 1편. 序는 贈申正甫序, 楊鈍菴文集序, 送洪兄良臣錫輔序, 與文選序, 石鼓帖序 등을 수록하였다. 그래서 記만 9편을 따로 제시하고 있는 것이 특기할 만하다. 이것은 이기지의 독립된 기가 연행록이라는 이름으로 존재하지 못했던 당시의 상황을 보여주는 것이다.

항들을 기나 설의 형식으로 독립시켜 해당 편에 부록화 함으로써 기
사체적 방식을 곁들이고 있다. 이 밖에 열하 및 북경 체류 중의 잡다
한 견문들은 잡록(雜錄), 시화(詩話), 필담(筆談), 소초(小抄)의 형식
으로 수습하고 있다. 뿐만 아니라, 일기체 부분에 있어서도 출발에서
귀환에 이르는 전 여정을 서술하지 않고 도강 이후 북경을 거쳐 열하
까지 갔다가 북경에 돌아오기까지만 일기체를 통해 집약적으로 서술
하고" 있는 것이다.76) 그런데 전술한 바 김경선의『연원직지』서문에
서는 이러한 복합적 성격의 글쓰기 방식들을 보여주는 박지원의『열
하일기』를 '입전체(立傳體)'라고 서술하고, 역시 그러한 글쓰기가 주
는 효과만을 섬려굉박(贍麗閎博)하다고 말하고 있다. 이는 내용이 화
려하고 여러 가지 두루 걸쳐져 있다는 말로 옮길 수 있겠다. 입전체라
는 것은 '대상 인물의 생애를 서사적으로 재구성하고 그의 개성을 여
실히 형상화하는 한편, 이에 대한 작자의 논평을 제시' 하는 것으로 선
행 연구에 의해 서술된 바 있다.77)『열하일기』를 이러한 입전체로 규
정한 이유는 본문 중에서 전술했던 전 양식의 특질을 다분히 지니고
있음을 표현하는 것이고, 특히나 이러한 전 양식의 특질은『열하일기』

---

76) 김명호 교수는「연행록의 전통과『열하일기』」(『박지원 문학연구』, 대동문화
연구총서 제19권, 2001년 성균관대 대동문화연구원 간)에서『열하일기』의
이러한 선행 글쓰기 방식의 취합적 구성을 '삼대 연행록' 중 노가재와 담헌
의 성과를 종합하고 거기에 자기 나름의 창안을 살린 독특한 체제라고 설명
한 바 있다(124면). 글쓰기 방식 면에서도 전술한 두 작품이 18세기 전기와
중기의 대표적인 경계-즉 당대의 글쓰기 방식이 갈 수 있는 만큼의 확장된
새로운 범위-를 보여주었으므로, 이러한 설명도 설득적이다. 다만, 본 연구
에서 열하일기가 기존 연행록들의 글쓰기 방식을 종합했다고 설명한 것이
김명호 교수의 특징 서술에 대한 동어반복의 우려를 벗은 것은 본 연구에서
는 글쓰기 방식의 추이를 삼대 연행록에 한정한 것이 아니라 그들이 보여주
는 전체적인 현상을 현전하는 산문 연행록을 통해서 살폈다는 점에 있다.
77) 김명호(2001), 앞의 논문, 125면 참조.

의 일기체 부분에서 약여하게 나타나 있다고 한다.78)

선행 연구에서 자세히 연구된 바, 이렇게 '입전체'로 소개될 수 있을 만한 다양한 기법의 글쓰기 방식의 구체적인 특징은 다음과 같은 항목들로 서술되고 있다. 첫째 장면 중심의 묘사와 '백화체'와 같은 현실감 있는 대화의 적실한 구사, 둘째 세부 묘사, 셋째 조선 사행에 속한 상·하층 인물을 비롯한 각계 각층의 다종 다양한 중국인들까지 넓혀진 인물의 생생한 묘사, 넷째 복선 설정을 통한 유기적인 구성, 다섯째 해학담을 통한 긴장 이완과 흥미의 첨가가 그것이다.79)

결국, 앞선 다섯 가지의 '입전체'적인 요소라는 것은 '인간에 대한 관심'과 장면화되어 서술되는 등의 '입체적인 서술'이라는 두 가지 특징으로 집약되는 것임을 알 수 있고 이것은 앞서 김경선이 말한 것처럼 글을 풍부하게 하는 효과를 주며, 읽는 사람으로 하여금 상상의 여지와 재미를 선사하면서 글이 건조하지 않고 화려하게 보일 수 있는 요인이 된다는 것이다. 이렇게, 기존에 넓혀져 왔던 연행록의 글쓰기 방식을 이른바 북학파의 연행록들이 충실히 선택적으로 계승하는 가운데, 박지원의 『열하일기』는 그러한 복합적 글쓰기 방식의 형태적 조

---

78) 김명호(2001), 위의 논문, 같은 면.
79) 김명호의 선행 연구에서 각 특징의 예로 거론한 것들은 다음과 같다. 첫째 장면중심 묘사는 조선 사행이 갑작스레 판첸라마를 알현하라는 명을 받고 낭패하여 소동을 벌이는 장면, 또 마두배와 청인들이 싸우는 장면(「태학유관록」, 「환연도중록」), 둘째 특징인 세부 묘사는 연로의 자연 풍경, 벽돌 쌓는 법, 각종 기계의 구조와 작동법에 이르기까지 두루 드러난다고 한다. 셋째 인물의 생생한 묘사는 그의 마두인 창대와 장복을 비롯하여 연도변의 청나라 거지, 도사 등을 든다. 넷째 복선의 설정으로 대표적인 것은 「일신수필」의 '기상새설' 이야기와 「막북행정록」 안의 정사 박명원의 몽조가 있은 후에 열하로 가는 장면을 들 수 있다. 다섯째 특징은 「도강록」안에서 진사 정각과 함께 이야기하면서 벽돌에 대한 장광설을 늘어놓는 사이에 정진사가 졸다가 깨어나 "벽돌은 돌만 못하고, 돌은 잠만 못하다"라고 하는 부분이다.(김명호 (2001), 위의 논문, 125~127면 참조).

256

합뿐 아니라 '입체적인 서술'이라는 말로 정리되는 기법적인 시도를 합하는 경지를 보여준다. 그러나 1780년 이후의 연행록들이 글쓰기 방식 면에서 이와 같은 면모를 보여주었는가에 대하여는 그렇지 않다고 말할 수 있다. 일단 북학파의 연행록이라고 거명되는 것들이 물리적인 분량 상으로 볼 때도 『열하일기』의 분량을 따르지 못했다. 또한 글쓰기 방식에서도 『열하일기』와 같은 복합적 글쓰기 양태를 혼유하고 있지 못하고 연암보다 늦게 지어진 유득공의 『연대재유록』 같은 경우는, 다음과 같이 홍대용의 「건정동필담」만을 따른 혐의가 짙다.

　그렇다면, 왜 1780년 연암의 『열하일기』 이후로 글쓰기 방식 면에서 그 복합성과 입체성을 시도하는(따라하는) 연행록이 나오지 않았을까? 연행록을 쓰는 개인의 문학적 역량에도 문제는 있겠지만, 우선 사회적으로 연암의 『열하일기』가 이른바 '문체반정'에 시달렸기 때문일 것이다. 문체반정은 1792년(정조 16) 정조가 그동안 유행했던 『열하일기』를 읽고서 박지원의 문체를 우려하던 중 이동직의 이가환 규탄상소를 보고 문체의 문제는 이가환이 아니라 박지원에게 그 책임이 있음을 밝히고, 혼내며 그러한 글들을 따라 했던 여러 사람들에게 자송문을 받아내고 순정한 고문의 문체로 돌아가고자 했던 사건이다.[80]

---

80) 김혈조(1982), 「정조의 문체반정과 연암체의 성립」, 『한국한문학연구』 제6집 ; 마종락(1986), 「正祖朝 古文復興運動의 思想과 背景」, 『韓國史論』14, 서울대 국사학과, 51~103면. 정조의 구체적인 문체반정 시행 세칙과 관련자들은 대략 아래와 같이 정리할 수 있다.
① 왕실 연구기관인 奎章閣을 두어, 국내 학자들을 모아서 經史를 토론하게 하고, 서적을 간행하게 하였다. 규장각의 소관업무는 서적 간행, 御製 제작 및 편집, 당대 문집의 보관과 관장 등으로, 왕실도서관 구실을 하였다.
② 우리나라의 문체를 타락하게 한다고 생각되는 청나라 패관소설과 잡서 따위의 수입을 금지하였다. 이 조치는 당시 천주교의 보급을 방지하고자 하는 의미도 있었다. 청나라와의 잦은 교류로 인하여 서학과 실학이 유입되었다. 청나라의 가볍고 화려한 文風과 時俗이 유포되어서, 사대부로부터 아녀자까지 모두 稗官小品을 읽고 즐겼다. 정조는 이러한 것을 명나라 말기와

그러나, 막상 그러한 장본인으로 인정되었던 연암은 남공철의 권유에도 불구하고(규장각 직각으로 있던 남공철은 자신도 자송문을 썼으며, 당시 안의현감으로 있던 연암에게 그 부근의 산을 돌아보고 영남의 큰 선비들이 해왔던 것 같은 순정한 '유산기'를 지으라는 충고를 한다.) 본격적인 자송문을 짓지 않은 채 사건이 마무리되지만 막상 북학파로 지목되는 이덕무나 박제가 등도 자송문을 쓰는 등, 연행록에 주로 관심을 보이며 그들의 문예적, 학문적 재능을 표출하던 동아리들에게 상당한 정치적, 사회적 부담을 주었다. 이런 상황에서, 『열하일기』 자체가 시도했던 문체나 글쓰기 방식을 그대로 시도한다는 것은 당대에 정치적으로 혹은 학문적으로, 문예적으로 문제가 되기를 자처한다는 말이나 한 가지였다.

즉, 이런 이유 때문에 그 이후에 더더욱 정면으로 열하일기 글쓰기 편제를 시도하고 그를 넘어서고자 하는 시도가 보이지 않았다고 추론할 수 있다. 이러한 시도의 축소는, 18세기를 넘어서는 연행록들이 다시 회귀적인 면을 보이고 더 이상 발전하지 않는 것에 일조한다고 볼 수 있다. 1780년 이후, 비 삼정사에 의해서 씌어진 연행록까지도 회귀

청나라 초기의 문집의 영향이라고 보고, 소설류 등의 잡서의 수입을 금지하였다.

③ 朱子의 語類를 뽑은 『朱子選統』을 비롯하여, 당송팔대가의 유명한 고문을 뽑은 『八子百選』 등을 출간하였다.

정조는 유생 李鈺의 科場文章이 패관체의 기풍을 띠고 있다고 하여 논책하고, 문체가 불순한 자는 과거에도 응시하지 못하도록 하였다. 조정문신도 불순하면 교수에 천거하지 못하게 하였다. 直閣 南公轍도 稗官雜記語를 썼다고 문책하였다. 그리고 조정문신 상하를 막론하고, 문체가 불순할 때는 엄벌할 것을 밝혔다. 동시에 成大中을 고문가의 모범으로 삼고, 北靑都護府使로 특파하였다.

남공철을 비롯한 李相璜·金祖淳·沈象奎 등 僻派의 여러 신하들이 문체불순으로 견책을 받고, 自訟文을 지어 바쳤다. 時派에 속하는 李德懋·朴齊家도 문체불순이 발견되어 자송문을 지어 바쳤다.

적, 복고적인 글쓰기 방식을 보여준다. 이 시기 연행록에 있어 복고적인 방식이란, 일록체에 다름 아니다. 이러한 현상을 보여주는 대표적인 것들은 바로 유언호(1787)의 『연행록』, 서호수(1790)의 『연행기』, 그리고 김정중(일명 김사룡, 1792)의 『연행일기』, 이재학(1793)의 『연행록』 그리고 서유문(1797)의 한글 연행록인 『무오연행록』이 한역된 것인 『무오연록』 등을 들 수 있다.

　유언호(1787)의 경우는, 개인적으로는 연암과 깊은 교유 관계를 확인할 수 있기 때문에 '연암일파'로 분류되는 사람이다. 그러나, 다양한 계층이 모여 있는 것으로 인정된 북학파 내에서도 그는 정계의 청요직을 두루 거침으로써 연암의 정치적인 보호막으로 작용하는 역할을 하였고, 연행 자체도 1787년 정사로 다녀오는 것을 볼 수 있다. 그랬기 때문에 공무 수행 중심의 일록체로 그의 연행록을 쓰고 있으며 전술했듯이 대청관(對淸觀)에 있어서 정통적인 북벌의 입장을 보이는 창애 유한준이 그의 연행록 서문을 쓰면서 청에 대한 기존의 보수적인 인식을 강하게 드러내고 있는 점으로 미루어 보아 이러한 서문을 가지고 있는 연행록에 알맞게, 여타 박제가, 유득공, 박지원 등의 연행록에 비해서 새로운 시도나 생각을 가지지 않고 오히려 18세기 초반의 연행록의 느낌을 글쓰기 방식 면에서도 구현한다고 볼 수 있다. 서호수(1790)의 경우도, 서명응의 아들로서 소론 명문가에서 태어나 정조의 각종 편찬 사업을 맡고 1790년 건륭제 만수절 진하사절단의 부사로 다녀와서 혼천의의 제작에 관심을 보여, 가지고 있는 관심의 질 면에서 '북학파'로 분류되던 사람이다. 더구나 그의 아들 서유구는 제2세대의 북학파 학자로 분류되고 있는 상황이어서, 그의 연행 기록은 내용 뿐 아니라 글쓰기 방식 면에서 어떤 새로운 시도를 하고 있지 않을까 생각할 수 있다. 그러나, 전4권으로 된 그의 연행록은 4권의 분류 자체도 '진강성에서 열하까지(起鎭江城至熱河)' '열하에서 원명원

까지(起熱河至圓明園)' '원명원에서 연경까지(起圓明園至燕京)' '연경
에서 진강성까지(起燕京至鎭江城)'라는 여정을 따라서 되어 있고, 각
권 안에는 길을 간 날짜를 따라 그날 있었던 주요 일과를 적는 전형적
인 일록체 방식을 취하고 있다. 아래 제시하는 본문같이, 본문의 서두
는 전통적인 일록체의 방식인 날짜와 날씨, 여정의 정리를 취하고 있
다.

> (7월) 28일 (정축) 비. 백탑포에서 밥을 지어 먹고 심양에서 잤다. 이
> 날은 60리를 갔다.81)

김정중 연행록(1790)의 경우에서도, 전통적인 일록 형식의 회귀를
볼 수 있다. 여기서는 특히 중국인(漢人) 정가현과의 교유를 주된 내
용으로 들 수 있다. 그렇다면 홍대용의 「건정동필담」처럼 척독이 주된
교유로 삽입되지 않는가 하는 예상을 할 수 있다. 확인을 해 보면, 과
연 척독의 삽입은 있으나, 그것이 주되게 이 연행록을 끌고 가는 주된
원동력으로 유일하게 작용하지는 않는다.82) 오히려, 이러한 일기체의
연행록을 끌고 가는 이야기들은 바로 다음과 같은 기록들이다.

> 15일 맑음. 계명이 지나서 사가가 정대광명전 앞에 나아가 방생연에
> 참석하였다.
> 방생이라는 것은 비둘기·매·까마귀·참새 따위를 잡아서 새장 안
> 에 두었다가, 화고가 한 번 소리나면 시신이 새장을 열어서 놓아주어

---

81) 서호수(1790), 『燕行紀』, 『연행록선집』 5, 142면.
82) 여기서는 정가현 등과의 교유를 위한 수창 시의 기록, 그와 연락을 취하기
위해 주고받은 척독의 삽입 등이 고루 이루어지기는 한다는 것을 특기할 만
하다. 그러나, 담헌의 건정동필담처럼 그 교유만을 중점적으로 다룬 것이 아
니라는 점에서, 그만의 특징이 있다.

260

마음대로 날아가게 하는 것이니, 새 봄에 만물이 소생하는 이치에서 취한 것이다. 일출이 지나서 여관으로 돌아왔다.

조금 뒤에, 호권이 가까운 이웃에 있음을 듣고, 사가와 여러 사람이 다 걸어가서 호권을 구경하였다. 모두 34칸인데, 벽돌로 성곽처럼 높이 쌓고 철사망으로 그 위를 덮었다. 권 밖에는 큰 나무를 세워 4칸의 책을 만들고, 그 한 칸에 곰을 기른다. 범의 수는 8~9인데, 막 죽은 것이 셋이고 병들어 죽어가는 것이 하나이며, 산 것 가운데에서 크기가 소만한 것이 셋이고 작기가 송아지만도 못한 것이 하나이다. 철망가에 작은 구멍을 트고 아래에 나무 그릇 하나를 놓은 것이 고기를 먹이고 물을 마시게 하는 곳인데, 날마다 범 하나를 먹이는 데에 날고기 10근이 든다고 한다. 일행 수십 인이 호권 가에 늘어서니, 범이 놀라 일어나 세 바퀴 돌고 때때로 크게 울며, 혹 눈을 번득이고 몸을 솟구쳐 한 번 뛰어 거의 철망에 닿으니, 구경하는 사람이 누구나 다 놀라 물러난다. 아아! 너는 울타리 안의 한 고달픈 짐승인데도 날아올라 크게 외쳐 아직 남은 위세가 있으니, 너를 다시 산숲 굴집에 둔다면 그 씩씩하고 용맹함이 어떠하겠는가? 장사가 맨손으로 범을 때려 잡았다는 것을 나는 믿지 않는다.[83]

이렇게, 내용의 술회도 이전의 18세기 초기 여타 일기들처럼 하루 동안 겪었던 인상 깊은 일들의 나열 중심으로 이루어지고 있다. 그리

83) "十五日 晴 鷄鳴後 使家詣正大光明殿前 參放生宴 放生者 捕鳩鷹鳥崔之屬 藏之籠中 畵鼓一聲 侍臣開籠放之 任其飛去 取新春生物之理也 日出後 放旅舍 少頃 聞虎圈 在比隣 使家及諸人 皆步往行觀虎圈 凡三十四間 用甓築之 高如城郭以鈇絲銅盖其上 圈外樹巨木爲柵四間 其一間 養熊焉 虎之數八九 總死者 三 病而垂死者 一 而其生者之中大如牛者三 小不及犢者 一 鐵網之邊開小孔 下置一木器 飼肉飮水之 所日飼一虎用生肉十斤云 行中數十人 羅立圈邊 虎驚起三匝 有時大吼 或閃目騰身一顆幾觸鐵網 觀之者 無不辟易 噫爾 是籠中一困獸飛騰高喝尙有餘 或使放更置山林堀宅 其雄勇孟健當如何哉 壯士之徒手搏虎 吾不信也."(김정중, 『연행록』 임자년 1월 15일 조, 『연행록선집』 권6, 466~467면).

고 그 '일'들은 주로 중국인들과의 시적 교유, 유리창 등의 연경 내 시사에서 볼 수 있었던 각종 기이한 동물들의 재주, 불꽃놀이 등이 대다수를 차지한다. 여기서 특별히 한 사건에 대한 초점을 가지고 그것을 독립된 글로까지 확대시키는 서술은 찾아볼 수 없으며, 그것이 중기 홍대용의 연행록 이후 이른바 북학파의 연행록에서 보이는 서술 방식과 달라지는 점이라고 할 수 있다.

김정중의 이 연행록에서 또한 주목할 것은, 연행록 맨 마지막에 실려 있는 간단한 잡지들이다. 총 52개의 항목으로 되어 있는 이 잡지는 연와탕(燕窩湯)이라고 불리는 제비집 요리가 황제의 별찬이라는 항목부터 시작해서 청인들의 풍속, 건축제도, 상제, 의복제도 등 전통적인 잡지의 항목들을 역시 소개하고 있다. 특기할 것은, 김정중의 연행록 뒤에 실린 잡지의 항목 당 길이가 극히 짧다는 것이다.[84] 이것은 18세기 중기서부터 양적으로 증가하고 심지어는 표제화되기에 이르렀던 잡지의 장편화·심화 경향과는 역행하는 복고적인 현상이라고 볼 수 있다. 또한, 이 잡지는 후반부에는 자신이 만난 사람들에 대한 사항들을 간략히 정리해 놓고 있다. 예를 들면 그의 연행록 서문을 썼고 각별한 교유 관계를 뽐내던 정가현(程嘉賢)의 경우도 "정가현은 자를 소백(少伯)이라 하고 강남 사람이며 명도(明道)의 23세손인데, 시를 잘하고 글씨에 공교하며, 지금 국자이업(國子肄業)으로 있으며, 사림

---

84) 여기서 가장 긴 항목을 소개하면 다음과 같다. "관곽에는 붉은 칠을 바르고, 그 위에 산천과 운기를 그리며, 출구할 때는 풍악을 베풀어 앞에서 인도하며, 묻기에 이르러서는 한 치 남짓하게 무덤 구덩이를 파고 흙을 쌓아서 관을 덮으며, 잔디 풀을 덮지 않고 백회를 칠하는데 꼴이 돈대 같으며, 흰 담으로 두르고 양석, 호석과 송추의 숲이 울연하여 볼 만하니, 이는 부호의 장사다. 가난한 사람으로 말하면 그렇지 않아서, 길가에나 밭 근처에 관을 한데에 두는 것이 많으며, 혹 빈 절에 옮기고 해를 넘기도록 묻지 않는 자가 있다. 분산에 혹 효죽을 세운 것이 있는데, 과거에 급제하면 이것을 세워서 나타낸다고 한다."(김정중, 위의 책, 『연행록선집』권6, 549면).

262

에게 존중받는다."⁸⁵⁾ 같이 간단하게 정리되고 있음을 알 수 있다. 이러한 후반부의 교유 인물 혹은 당대의 중요한 인물에 대한 간략한 소개를 잡지의 항목 속으로 편입하는 것은, 크게 두 가지 의미가 있다고 정리할 수 있다. 우선, 교유하는 인물에 대한 관심이다. 이전의 인물 교유가 18세기 초기의 길 가다가 시를 수창한 사람 혹은 청심환을 매개로 어떤 정보를 얻었던 사람 등으로 극히 제한되었던 데서 중기의 홍대용과 이른바 '북학파'들이 인간적인 교유의 질과 그 만남의 양을 늘이게 되면서, 청나라의 인물에 대한 관심은 18세기 초기의 연행록 저자들이 '역관들과 더불어 자신들을 속이는 사람'으로 생각했던 '통관'이라는 현지인의 범주에서 벗어나 자신들과 같은 생각을 하고 토론이 될 수 있는 지식인들로 넓혀졌다. 또한 한인 뿐 아니라 만주인, 몽고인, 서양인, 회회인, 안남인 등의 이른바 민족적 외연도 넓어졌다고 볼 수 있다. 이렇게 인물에 대한 관심이 넓고 깊어지면서, 그들에게 궁금한 것도 청에 있어서 문장으로 이름난 사람, 또한 그들의 학문 동향이 어떤 특징을 띠고 있는가, 그 학문 동향을 대표할 수 있는 사람은 누구인가 등으로 넓어졌다. 그래서 결국은 김종정이 소개하듯이 현재 '문종(文宗)'으로 일컬어지는 두광내라는 학자, 그리고 글씨를 잘 쓰는 장조(張照), 장화(蔣和) 등의 소개를 단편적으로 할 수 있었던 것이다.

그러나, 이러한 '간략한' 소개에 따라서 이들이 청 안에서 여러 학문의 일가를 이룬 사람들이라는 소개가 된다는 사실은, '사람' 자체에 대

<hr>

85) "程嘉賢 字少伯 江南人 明道二十三世孫 善詩 工書 今爲國子肄業 爲士林所宗"(김정중, 위의 책, 551면). 전에 언급한 서호수의 연행기가 본문 중에서 각 에피소드를 ○라는 기호로 나누었다면, 김정중의 연행록은 맨 끝의 잡지 부분에만 각 항목이 ○라는 기호로 분절되어 있다. 이것도, 같은 복고적 일기체의 연행록 중에서 김정중의 것이 더욱 전 세대의 연행록과 같은 모양을 하고 있음을 알려주는 요소이다.

한 관심이 넓어진 동시에 그것이 인간적으로 깊은 교유로 이어지는 것이 아니고 단편적인 상식의 선에서 그들을 처리할 수 있다는 것 또한 반증한다. 그렇기에 김정중은 본문 안에서 조금은 과장스러울 정도로 상대방의 좋은 면만 보여주는 교유의 기록을 한 후에, 뒤에 이들의 인적사항을 간략하게 항목화해서 소개하여 결과적으로 그들을 평면화시키는 효과를 내고 있다. 이것은 유득공의『연대재유록』에서 그와 교유하는 사람들의 기본적 인적 사항을 소개하고 주로 그들과의 대화를 중심으로 연행록을 써내려 가서 결과적으로 영재가 교유했던 사람들이 어떠한 생각을 하고 있는지 구체적으로 따라가면서 심화시켜 그들을 인식할 수 있는 효과와는 반대 작용을 한다.

2) 고증적 글쓰기

18세기 후기 연행록의 글쓰기 방식에서 드러나는 특징 중 하나는 고증적 특성이다. 청조에 유행했던 학문 조류인 고증학(考證學)은 그 발생에 관해서는 여러 설명이 있으나, 주된 특징은 귀납적이고 과학적인 연구방법과 독창적 주장, 치용정신으로 설명된다.[86] 그러나, 고증학이 발생했던 중국에서도 명말청초 유민세대가 제기하던 경세학(經世學)은 청조와 한인간의 갈등 완화와 세대 교체로 인하여 고전 해명을 위한 문헌학의 한 방법이 되어 실천적인 면보다는 점차 지식적인 면으로 흘렀다. 이러한 성격의 고증학은 시대적 요구로 인해 인근 지역에서도 청과 동시다발적으로 '선택'되어 전개되었다. 18세기 후반부터 조선은 신분제 균열과 공장제 수공업 등의 시작 등으로 인해 토지와 농업을 근간으로 하는 봉건제도가 붕괴되었고, 이 붕괴된 자리를

---

86) 서경희(2003), 「18, 19세기 학풍의 변화와 소설의 동향」,『고전문학연구』제 23집.

264

채우는 이념으로서 청조 고증학에 대한 부분적 수용이 심염조와 이덕
무에 의해서 이루어졌다.[87] 심염조와 이덕무는 모두 연행을 그들 삶
의 주요 체험으로 삼았다. 심염조는 그 자신이 한문 산문 연행록을 남
기지는 않았지만, 서얼이었던 박제가와 이덕무의 1778년 연행을 주선
하는 등, 연행을 통해 고증학을 알게 되고 그 학문을 의지적으로 선택
하는 행동이 이어졌다. 또한 18세기 종반의 연행록에 등장하는 중심적
인 교유 인물들은, 이러한 인간적 교유를 처음 시도한 담헌의 경우에
서 양적으로 증가하고 있어서 반정균, 엄성, 육비 등과 같은 남중국에
서 온 과거 응시생뿐 아니라 사고관신(四庫館臣)이었던 기윤(紀昀)이
나 이조원(李調元), 손성연(孫星衍) 등과 교유하고, 옹방강등의 이른
바 건륭, 가경의 실사구시학풍, 고증학풍을 주도했던 학자들로부터 간
접적으로 영향을 많이 받고 있음을 알 수 있어 이들이 나눌 수 있었던
학풍의 특징이 18세기 종반 연행을 했던 사람들이 보았던 청의 지식
인 사회와 그 내용상 특징에 다양하고도 큰 특징을 주었음을 알 수 있
으나, 현재 연구가 구체적인 것이 없다고 지적 받아 앞으로 연구들이
요구되고 있다.[88]

---

87) 1776년 이덕무는 「與李洛瑞書九書」(『아정유고』 권6)에서 처음 고염무의 일
   지록을 보고 "日知錄苦心求之 經營三年 今始紳人之秘藏讀之 六藝之文 百
   王之典 當世之務訂據明析 嗟乎 顧寧人眞振古之宏儒也"라고 하며 그 놀라
   움에 대해 이야기하고 있다. 또한 심염조는 五柳居에서 『顧亭林集』을 입수
   하여 이덕무에게 그 탁월함을 역설한다. 이상 藤塚鄰, 박희영 역(1994), 『추
   사 김정희 또 다른 얼굴』, 아카데미 하우스, 47~48면 재인용.
88) 심경호(2002), 「유용강 선생님의 "연행록과 중국학 연구"에 대한 請益」, 『한
   국문학연구』 제24집, 동국대학교 한국문화연구소. 특히 토론자는 발표자의
   유득공이 바라본 이조원, 서호수가 인용한 고염무와 옹방강, 완원, 황비열,
   장문도, 손성연, 나빙, 그리고 박지원이 만난 한족학자 윤가전의 경우를 예를
   들면서 이들이 학술 사상면에서 매우 다양하다고 설명하고, 그들의 학술 사
   상이나 문학적 경향을 예각화 할 것을 문제제기 하고 있는데, 이는 매우 흥
   미있는 문제라고 생각된다.

위와 같이 외부적인 고증학과의 관련말고도, 18세기 후기의 연행록들은 그 글쓰기 안에서도 각종 문헌을 참고하는 고증적 글쓰기 방식을 구사하고 있다. 우선 외면적으로도 고염무의 일지록에 영향을 강하게 받은 이덕무도 그의 연행록에서 안시성의 지리와 모양새 등을 직접 다루고 있고, 그것이 맞고 틀린 여부를 상세히 추적하고 있다.[89] 그러나, 18세기 후기 연행록의 고증적 글쓰기 방식 의의를 가장 잘 보여주는 것은 연암의 『열하일기』에 나오는 안시성 고증 부분이다.

나는 "당태종이 안시성에서 눈을 잃었는지 않았는지는 상고할 길이 없으나, 대체로 이 성을 '안시'라 함은 잘못이라고 한다. 『당서』에 보면, 안시성은 평양에서 거리가 5백 리요, 봉황성은 또한 왕검성(王儉城)이라 한다 하였으므로, 『지지(地志)』에는 봉황성을 평양이라 하기도 한다 하였으니, 이는 무엇 때문에 이름지은 것인지 모르겠다. 또 『지지』에, 옛날 안시성은 개평현의 동북 70리에 있다 하였으나, 대개 개평현에서 동으로 수암하(秀巖河)까지가 3백 리, 수암하에서 다시 동으로 2백 리를 가면 봉황성이다. 만일 이 성을 옛 평양이라 한다면,

---

89) "安市城은 책문에서 10리쯤 되는 지점으로 봉황산 위에 있었다. 산이 三面으로 둘러쌌고 봉우리는 모두 뾰쪽하게 하늘을 찌르는 모습을 하고 있었다. 남쪽 일면은 조금 평평하여 문을 낼 만했다. 高句麗의 方言에 봉황을 安市라고 하기 때문에 안시성이라 이름한 것이다. 唐太宗이 천하의 군사를 동원해서 친히 정벌하다가 城主의 화살을 맞아 한쪽 눈이 먼 채 돌아갔으니, 用兵을 지나치게 하는 자의 귀감적인 경계가 되기에 충분하다. 老稼齋가, '이것은 東明王이 쌓은 것으로 안시성이 아니다.' 했는데, 안시성만 동명왕이 창건한 것이 아닐 수 있겠는가? 『一統志』를 상고하면 이것이 진짜 안시성이다. 그러므로 성에서 5리쯤 되는 곳에 駐蹕山이 있다. 길 옆에 徐宗孟의 墓숨가 있는데, 버드나무가 우거지고 장원이 견고했다. 安市城主의 성명을 세상에서는 楊萬春이라고 전한다. 三淵(金昌翕의 호)의 시에도 그렇게 인용했다. 그러나 『月汀漫筆』에 이미 그것이 『唐書演義』에서 나온 것임을 변증했으니, 믿을 수 없다."(이덕무, 「입연기」상 4월 14일조, 『국역 청장관전서』권 11).

『당서』에 이른 바 5백 리라는 말과 서로 부합되는 것이다"라고 생각한다. 그런데 우리나라 선비들은 단지 지금 평양만 알므로 기자가 평양에 도읍했다 하면 이를 믿고, 평양에 정전(井田)이 있다 하면 이를 믿으며, 평양에 기자묘가 있다 하면 이를 믿어서 만일 봉황성이 곧 평양이다 하면 크게 놀랄 것이다. 더구나 요동에도 또 하나의 평양이 있었다 하면, 이는 해괴한 말이다 하고 나무랄 것이다. (중략) 아아, 후세 선비들이 이러한 경계를 밝히지 않고 함부로 한사군(漢四郡)을 죄다 압록강 이쪽에다 몰아넣어서, 억지로 사실을 이끌어다 구구히 분배하고 다시 패수(浿水)를 그 속에서 찾되, 혹은 압록강을 '패수'라 하고 혹은 청천강을 '패수'라 하며 혹은 대동강을 '패수'라 한다. 이리하여 조선의 강토는 싸우지도 않고 저절로 줄어들었다. (중략) 후세의 옹졸한 선비들이 부질없이 평양의 옛 이름을 그리워하여 다만 중국의 사전(史傳)만을 믿고 흥미롭게 수·당의 구적(舊蹟)을 이야기하되 "이것은 패수요, 이것은 평양이요."라고 하나, 이는 벌써 사실과 어긋났음이 이루 말할 수 없으니, 이 성이 안시인지 또는 봉황인지를 어찌 분간할 수 있으리오.90)

연암이 국경을 넘어 봉황성 신축하는 곳을 지나가다가 "봉황성이

---

90) "余曰 唐太宗 失目於安市 雖不可攷 盖以此城爲安市 愚以爲非也 按唐書 安市城去平壤五百里 鳳凰城亦稱王儉城 地志 又以鳳凰城稱平壤 未知此何 以名焉 又地志 古安市城 自盖平縣東北七十里 自盖平東至秀巖河三百里 自秀巖河東至二百里 爲鳳城 若以此爲古平壤 則與唐書所稱五百里 相合 然吾東之士 只知今平壤 言箕子都平壤則信 言平壤有井田則信 言平壤有箕 子墓則信 若復言城鳳爲平壤則 對驚 若曰 遼東 復有平壤則 叱爲怪駭 獨不 知遼東 本朝鮮古地 (중략) 嗚呼 後世不祥地界 則妄把漢四郡地 盡局之於 鴨綠江內 牽合事實 區區分排 內復覓浿水 或指鴨綠江爲浿水 或指淸川江 爲浿水 或指大同江爲浿水 是朝鮮舊疆 不戰自蹙矣 (중략) 後世拘泥之士 戀慕平壤之舊號 徒憑中國之史傳 津津隋唐之舊蹟曰 此浿水也 此平壤也 己不勝其逕庭 此城之爲安市 爲鳳凰 惡足辨哉"(박지원, 「도강록」 6월 28일 조, 『열하일기』, 56~60면).

곧 안시성이다"라는 설을 변증하기 위해서 매우 길게 각종 사서들을 인용한 부분이다. 그러나, 이렇듯이 『당서(唐書)』와 『지지(地志)』를 들어서 자세하게 고증한 이유는 여기의 어느 곳이 책에 나온 안시성과 부합하는가를 알기 위함이 아니다. 이 일화가 끝나는 부분에서도, 기존 선비들의 호고취미로 인하여 치밀하지도 못한 고증이 행해지는 것이 관례이기 때문에 '평양'과 '패수'도 원래 그들이 기자성을 쌓았던 곳에서 멀어졌는데, 이 성이 안시인지, 혹은 봉황인지를 어찌 분간할 수 있겠느냐는 말로 막음하여, 오히려 기존 선비들의 진취적이지 못한 성향과 치밀하지 못한 학적 태도를 비판하는 데 이르고 있다. 인용한 글의 전반에서 드러나는 연암의 치밀한 고증과, 후반부에 예를 든 기존 선비들의 치밀하지 못한 고증에 대한 비판은 첨예하게 대립되면서, 현상적으로 드러나는 '고증'의 방법은 물론 지리의 여러 문헌을 통한 치밀한 고증은 왜 필요한 것인가를 말해준다. 연암에게 있어서 여러 문헌을 통하여 보다 정확한 사실을 알게 해 주는 '고증적 글쓰기' 방식은 굳이 지리를 밝히는 일화 뿐 아니라 「동란섭필」 등의 잡지성 글[91]에서도 드러나고 있어, 그곳에서 본 여러 가지 사실과 글들을 일람한 후 연행 후에 관련서적의 교감을 통해 확대, 심화하여 하나의 독립된 편으로 정리하는 경우로도 발전된다.[92]

---

91) 『태평어람』에 있는 곽리자고 이야기, 삼신산의 유래를 『황여고』 등에서 확인하는 등, 주로 그곳에서 열람한 책과 관련된 일화들을 소개하고 있다(박지원, 위의 책, 230~240면).

92) 18세기 후기의 연행록에서는 당시의 견문을 일단 써놓고, 연행 후에 이 메모들을 토대로 각종 책을 교감하면서 정확하고 충실한 글쓰기를 하는 것도 특기할 만하다. 이러한 저술 방식을 알 수 있는 것은 연암의 『열하일기』 곳곳에서 보이는 "이것은 뒤에 따로 서술하였다" 등의 언술이다. 또한 이전 연행록의 기록 상태에서도 상대적으로 이러한 변화를 엿볼 수 있다. 예를 들자면, 18세기 중기 엄숙(1773)의 연행록은 행초서로 급히 쓴 당시의 기록에, 교정할 것이나 첨가할 것은 줄로 긋고 새로 써넣었을 뿐 따로 교감하거나 증

268

위와 같이 여러 가지 문헌을 참고한 글쓰기 방식은 서호수(1790)의 『연행기』같이 일록체로만 쓰여진 작품에서도 발견되며, 18세기 후기 연행록 글쓰기의 일 특징으로 파악된다.

안양하는 현의 서북쪽 70리에 있으니 근원이 사마대의 관구천에서 나온다. 남쪽으로 흐르다가 서쪽으로 꺾여서 고북영의 성안을 꿰뚫어 흐르고, 서쪽으로 나가다 또 남으로 흘러 조하에 들어간다. 정림 고염무가 말하기를, "석갑의 동북에서 10리를 가면 요정포인데 비로소 산으로 들어가게 된다. 또 10리를 가면 신문령이 되고 또 10리를 가면 노왕점이 된다. 금사에 정우 2년(고려 고종 1, 1214)에 조하가 넘쳐서 고북구의 쇠로 된 문과 문 빗장이 떠내려가서 노왕곡에 이르렀다." 한 것이 이곳이다. 또 12리를 가면 고북구에 이른다. 물이 얕을 때에는 조하를 횡단하고, 물이 많을 때에는 우회하여 산마루를 따라가게 된다. 그러므로 석갑에서 고북구에 이르는 거리를 계산하면 60리가 된다. 고북구는 당나라때 처음 붙인 이름이다. 『당서』에, "단주 연락현에 동군, 북구의 두 수비가 있어 북구를 지키고 있으니 장성의 어귀이다" 라고 하였고, 『금사』에는 "고북구는 나랏말로는 유알령이라고 한다" 하였으며, 『원사』에는 "고북구 천호소는 단주 북면 동구에 관사를 두었다"고 하였다. (중략) 상고하여 보니, 정림이 "석갑의 동북 42리가 고북구이고, 또 3리를 가면 조하천영성이 된다"고 한 것은 조하영이 고북구의 밖에 있다고 한 것으로, 내가 본 것과 합치한다. 그리고 그가 석갑성으로부터 이정을 계산한 것은 지금의 것과 서로 어긋나는 것이 5리에 지나지 않는다. 청 『일통지』에 "고북구는 밀운 동북쪽 1백 20리에 있다"고 한 것은 잘못이다. 조하영은 실로 밀운 동북쪽 1백 리에 있는 것이다. 이것은 정림이 물이 많을 때 우회하는 이수를 계산한 것을 잘못 본 것으로서, 조하영이 도리어 고북구의 안쪽에 있는 것이 되

보하여 다시 쓰지 않았다. 이러한 상태는 서명신의 것으로 추정되는 작자미상의 연행록(1750)에서도 보인다.

어, 지금의 관방형세와는 판이하다. 아마 작은 실수가 아닐 것이다.93)

　이처럼, 서호수의 연행기 속에는 새로운 곳으로 들어갔을 때, 그것
이 주요 지명이라면『일통지』등의 지리서에서 본 정확한 지명, 그리
고 거리들을 꼭 확인하고 그 지명이 중국 어느 때 연원한 것이며 그
역사적 위상은 어떤 것인지 짚고 넘어간다는 측면에서, 그 내용적 측
면이 주목된다. 더구나 이 부분은 연경에서 열하로 가는 길목에 있는
예로부터의 싸움터인 '고북구'에 대한 항목이기에, 연암의『열하일기』
중「산장잡기」에 실려 있는「야출고북구기」와 좋은 대조가 된다. 전술
했듯이, 역대의 싸움터였던 고북구의 정경을 되살리면서 그 안에서 청
의 현재 상황과 그 안에 들어가 있는 '비장한 마음을 가지고 있는 자
아'의 모습을 절묘하게 병치시키고 있는 연암의「야출고북구기」에 비
해서 지금 보는 서호수의 고북구에 대한 사항은 명말청초의 고증학자
고염무(顧炎武, 1613~1682)의 저작을 중시하여 거의 전용해 놓다시
피 하고, 주된 내용은 고북구의 정확한 지리적 위치는 무엇인가에 대
한 답을 찾는 과정이라고 볼 수 있다. 인용한 글의 끝 부분에서 보이

93) "安陽河 在縣西北七十里 源出司馬臺 關口泉南溪西折貫高北營 城中西出
又南入潮河 ○ 亭林顧炎武曰 自石匣東北行十里 爲腰亭鋪 始入山又十里
爲新聞嶺 又十里爲老王店 金史貞祐二年 潮河溢漂古北口 鐵晨門關至老王
谷者此也 又二十里至古北口 水淺則絶潮河水 大則行迴從山頂行故石匣 至
古北口計程爲六十里也 古北口 自唐始名 唐書檀州燕樂縣 有東軍北口二守
捉 北口 長城口也 金史古北口國言曰 劉翰嶺 元史古北口千戶所於檀州北
面東口置司 唐莊宗之取幽州也 遣劉光濬克古北口 遼太祖之取山南也 先下
古北口 金之滅遼希尹大破遼兵 於古北口 其取燕京也 (중략) 按亭林謂石匣
東北四十二里 爲古北口 又三里爲潮河川營城 此以潮河營爲 在古北口外
而與所覩合其自石匣城 計程與今相差 不過五里爾 淸一統志 誤以古北口
爲距密雲東北一百二十里 而潮河營則 實距密雲東北一百里 是錯看 亭林水
大時 紆廻之計程 而潮河營反在古北口內 與今關防形勢判異 恐非細失也"
(서호수, 앞의 책, 7월 23일조, 230~231면).

는 (고염무의 관측이) "지금의 관방 형세와는 판이하다. 아마도 작은 실수가 아닐 것이다." 라는 것은, 서호수의 관심이 종국에는 어디 있는가를 잘 알려주는 증거가 된다. 결국 서호수가 가장 관심이 있었던 것은, 그 경물을 보면서 변화하는 혹은 생각하는 '나'가 아니라 실제적인 거리가 맞는가 틀리는가 확인할 수 있는 '고북구'라는 지리였던 것이다.

이러한 이른바 '고증학적인 관심'은, 이 연행록의 글쓰기를 일기 속에 편입해 넣으면서도 본문상의 편제에서는 자신의 직접 견문과 문헌에서 보고 확인한 바를 하나의 단락으로 독립하여[94] 잡지 형식을 차용한 것이 아닌가 추측케 한다. 그러나, 한 날짜 안에 직접 본 것과 간접적으로 본 것을 정리하여 넣어놓았다는 점에서는, 그리고 연암처럼 한 날짜 안에 있었던 경험들도 독립적인 기문이나 필담 편으로 독립하지 않았다는 점에서 일록체를 고수했다고 볼 수 있는 것이다. 예를 들어 잡지 형태에 자주 나올 만한 중국어 혹은 외국어 어휘의 일람 같은 경우에도, 이 연행록에서는 안남, 유구국, 회회 등의 여러 사신을 만났던 날의 일자에 넣고 있으므로 그 날 있었던 일을 기록하는 특징이 있는 일록체로의 회귀라는 특징을 여기서도 엿볼 수 있다. 또한 이재학(1793)의 『연행일기』에서도 하권 1월 11일조, 문묘를 참배하는 조에서 참고문헌들을 인용하여 고증해보고 그러한 고증을 거친 문물을 소개하는 면[95]을 볼 수 있다.

---

94) 그렇게 구획을 갈라놓는데 사용한 기호가 ○이다. 바로 전의 인용문에서 확인할 수 있듯이, 본문에서는 자신의 실제 경험과 책에서 인용한 사항들이 ○ 기호로 갈려서 수록되고 있어, 앞선 시기에 유행되었던 잡지 형식을 연상하게 하고 있다.

95) "考諸古記 在秦漢時 散失者 久矣 至唐時 時韓文公 得張生石鼓文 而作歌 以傳之 宋仁宗朝出孔子廟 所藏合爲十牧籌 金塡其字列 置保和殿 (후략)" (이재학, 『연행일기』, 『연행록전집』 권58, 144면) ; "水圓如璧繞以欄橋 卽周

결국 18세기 후기의 연행록들이 일록체로 회귀하는 현상을 보이더라도, 혹은 지금까지 나온 글쓰기 방식 중에서 자신에게 맞는 글쓰기 방식을 선택하는 '의식적 노력'을 한 것이더라도 두 경우 모두 고증적인 글쓰기가 특히 지리적 고증의 면에서 공통적으로 드러난다. 이러한 지리고증의 등장 이면에는 연암의 안시성 고증 부분에서 단적으로 드러나는 '정확한 지식을 찾으려는 태도'와 '민족의식'이 자리하고 있다. 그러나 이 두 가지는 18세기 후기의 연행록에 등장한 고증적 글쓰기 방식에서 항상 같이 드러나는 것은 아니고, 주로 정확한 지식을 찾으려는 태도의 일환으로서 작용한다. 조선에서 고증학은 18세기보다는 19세기에 김정희를 중심으로 본격적으로 학문의 중심으로 떠오른다.[96] 19세기 고증학풍이 금석문을 중심으로 이루어졌다면, 고염무 등의 저작을 우리나라에 소개하는 역할을 했던 북학파 문인들은 그들의 연행록에서 주로 지리고증의 화소를 통하여 고증적인 글쓰기 방식을 보여주었다. 따라서 이러한 지리고증 화소 중심의 고증적 글쓰기는 18세기 후기 연행록의 전반적인 특징으로 간주할 수 있다.

漢古制 觀於詩經圖說可按也"(같은 책, 146면) 등에서 이를 볼 수 있다.

96) 김정희의 금석문 연구는 조인영과 함께 한 진흥왕순수비 고증이 대표적이다. 實事求是와 無證不信을 바탕으로 경사기록의 진위를 가리기 위해서 변개가 어려운 금석문의 고증을 필수적인 학문 방법으로 했다는 점에서, 금석학은 19세기 고증학의 중심분야로 자리잡았다. 그리고 역대 금석문의 섭렵을 통해 書風과 畵風의 변천을 추구하는 학예일치의 경지까지 이르게 하였다(정옥자(1990), 『조선후기문학사상사』, 서울대학교 출판부, 82면).

Ⅵ. 18세기 문학 공간 내의 연행록 위상

　지금까지, 18세기 한문 산문 연행록들의 세계를 살펴보았다. 이제는 이러한 한문 산문 연행록들의 당대 문학사적 의의를 알아보고자 한다. 이러한 작업들은 현재까지 이루어진 연구의 정리를 하면서 정리될 수 있을 것이다.

　우선 18세기 한문 산문 연행록이 18세기의 문학사 상에 갖는 의의는 다음과 같이 정리할 수 있겠다. 첫째, 산문 연행록의 문학적인 독립이다. 조선 건국 이후 이루어진 사행의 문학적 결과물들은 사신 가서 수창한 시들이 중심을 이루었다. 산문의 경우는 서장관이 연행 이후에 의무적으로 적어야 하는 등록, 별단(別單) 중심의 공문이 주류였다. 그러나, 18세기에 들어와서는 일록 중심의 산문 연행록들이 양산된다. 왜 18세기에 산문 연행록이 많이 쏟아져 나오는가에 대해서는 대략 두 가지의 요인을 설정할 수 있다. 우선, 임진·병자 양란 이후, 명청교체기 이후의 조선사람들이 경험할 수밖에 없었던 일들이 절제된 운문으로는 표현이 부족한 것들이었으므로 그동안의 경험을 적느라 유행된 일록(日錄)이라는 산문 글쓰기 방식의 보편화를 들 수 있는 것이다. 그렇다면, 왜 하필이면 그것들이 17세기부터 유행하지 아니하고 18세기 들어 본격적으로 발현된 것인가? 17세기는 명과 청의 교체가 일어난 시기이고, 조선도 그 여파로 인한 사회적 변화가 많았다. 우선 그들에게는 진정한 세계의 중심으로서의 '중화'가 없어져 버리고, 그 대신 그 자리를 '여진족 오랑캐'들이 차지하여 세상의 중심으로 행세하는 기가 막힌 행태가 벌어진 것이다. 조선의 경우에는 중화가 무너졌을 뿐 아니라, 임진왜란 때의 든든한 구원군으로 생각할 수 있었던 맹방인 명나라도 함께 무너지는 일을 겪었다. 맹방의 추락, 중화의 부재에 못지 않게 충격이었던 것은 바로 그 '오랑캐'들과 싸우다가 조선의 통치자인 국왕이 '삼전도의 치욕'을 당했다는 것이었다. 이러한 충격은 효종의 집권과 함께 북벌정책으로 발현되면서, 이제 명나라라는 정통적인 중화가 없어졌으니 학문적으로나 문화적으로 우리나라가 중화의 정통성을 가져왔다는 '소중화의식'과 송시열을 중심으로 하는 성리학 쪽으로 내적인 단결을 공고히 하게 되는 결과를 가져왔다. 그렇기 때문에, 청의 건국이 있었던 1637년 이후 17세기가 지나기까지는 이러한 소중화 의식이 굉장한 권위를 가지고 존재했고 이에 따라서 연행록 등에서 변화의 조짐이 보이지 않았다. 그러다 이른바 인·물성동이논쟁(人物性同異論爭)이 일어나 호론(湖論)과 낙론(洛論)이 나뉘어지는 우암의 사후에야, 그들의 생각의 배태처이며 동시에 그 생각을 체계적으로 구현할 수 있었던 배경이 되는 연행록을 창작하게 되는 것이다.

둘째, 산문 연행록을 쓰면서 조성된 '작자층'의 생각을 대변하는 주된 표현물이 된 것을 문학사적 의의로 여길 수 있다. 그 작자층이란 서인계 특히 노론 인사들이다. 18세기 전기, 서인 노론계를 중심으로 산문 연행록에 있어서 문학적 시도가 많이 이루어졌다. 왜냐하면 그들이 청요직을 두루 겸직했기 때문에 실제적으로 연행을 갈 수 있는 삼사신의 입장에 처할 확률이 많았기 때문이다. 그렇지만 연행록의 실제적인 발전은 삼사신의 입장에서 작성된 산문 연행록보다는 자제군관 등의 입장에서 쓴 연행록들에서 이루어졌다는 사실로 미루어 볼 때

이 시도들의 관건이 일차적으로 '청요직을 거칠 수 있음'으로만 말할
수 있기보다는 전술했듯이 서인 노론계에서 공통적으로 가지고 있던
문예관, 세계관 등 사상적인 기반에 있다는 것을 알 수 있다. 18세기
초기에 산문 연행록을 썼던 주된 집단인 이른바 '농연그룹'은 낙론[1]에
터하여 리(理) 중심이라기보다는 기(氣) 중심이며 대상 그 자체가 주
는 미적인 감흥에 큰 의미를 부여하며 미적인 감흥 자체를 가져오는
물(物)에 대하여 관심과 흥미를 지니는 태도를 공통적으로 가졌기에,
그들이 새로 만나는 청(淸)이라는 세계에 대하여 그대로 부딪치고 그
대로 반응할 마음의 준비가 되어 있는 것이라고 볼 수 있다. 그렇기에,
근기남인(近畿南人)으로 분류된 다산 정약용의 다음과 같은 마음가짐
과는 좀 변별되는 것이다.

> 만리장성의 남쪽, 오령의 북쪽에 나라를 세운 것을 중국이라고 하
> 고, 요하에 동쪽에 나라를 세운 것을 동국이라고 한다. 동국 사람들이
> 중국에 유람가게 되면, 모두들 감탄하고 자랑하며 부러워한다. (중략)
> 내가 서 있는 곳이 동서남북의 한가운데라면, 어디든 중국이 아닌 곳
> 이 없으니, 어디가 이른바 동국인가? 어디를 가든 모두 중국이라면
> 어디가 이른바 중국인가?
> 그렇다면 중국이란 무엇을 가지고 말하는 것인가? 요임금과 순임금,
> 우임금과 탕임금과 같은 성군들의 정치가 있는 곳을 중국이라 하고,
> 공자, 안자, 자사, 맹자의 학문이 있는 곳을 중국이라고 한다. 그렇다

---

1) 동등한 인간 주체의 내면 가치를 인정해주고, 聖凡의 차별을 부인하며 누구
나 성인이 될 수 있다는 가능성을 제기하는 내용의 논지. 이들은 성/범과 사
람/사물의 차별을 희석시킴으로써 기존 명분론에 수정을 가하였고 경화사족
층의 새 인간론, 자연관, 학문관의 기초를 마련하였다. 급기야 그 일각의 학
자들은 물성의 이용을 제기하기에 이르렀고, 이를 위해 경제·명물도수지학
의 연구를 제창하기에 이르렀다(안대회(1999), 『18세기 한국한시사 연구』,
소명출판, 29면).

면 오늘날 중국을 '중국'이라고 해야 할 이유가 무엇이 있는가? 성인의 정치와 성인의 학문이라면 우리나라가 이미 배워서 옮겨와 버렸으니, 하필 다시 먼 곳에 가서 구해야 하겠는가?

오직 밭에 씨를 뿌리고 심는 데 편리한 방법이 있어 오곡을 무성하게 하는 것이 배울 만한데, 이것은 옛날의 훌륭한 관리들이 남긴 혜택이다. 문사와 예술에 해박하고 고상한 능력이 있어 비속하지 않은 것이 배울 만한데 이것은 옛 명사들의 여운일 뿐이다. 지금 중국에서 더 취할 만한 것은 이런 것들뿐이다. 이 밖에는 강하고 사나운 기풍과 음란하고 교묘하며 기괴한 기예들이라. 예의와 풍속을 타락시키고, 사람의 마음을 방탕하게 만드니, 선왕이 애쓰시던 바가 아니다. 무슨 볼 것이 있겠는가?

내 벗 혜보가 사신의 명을 받아 청나라에 가게 되었는데, 중국에 노닐게 되었다고 하여 자못 우쭐하는 기색이다. 그래 내가 중국, 동국에 관한 설을 지어 그것을 꺾고, 또한 이처럼 권면한다.[2]

우선 여기서 볼 수 있는 대청관은 정확히 말해서 중화관은 상당히 '소중화주의'적인 것이라고 볼 수 있다. 중국이란 "요순우탕이라는 군주들이 구현한 이상적인 정치, 공자 이후의 유학의 대종을 잇는 뛰어난 학문이 있는 곳"이라는 대전제 아래서 그것들은 우리나라가 이미

---

2) "國於長城之南 五嶺之北 謂之中國 而國於遼河之東 謂之東國 東國之人而游乎中國者 人莫不歎詫歆豔 (중략) 則知吾所立 得南北之中矣 夫旣得東西南北之中 則無所往而非中國 烏覩所謂東國哉 夫旣無所往而非中國 烏覩所謂中國哉 則所謂中國者 何以稱焉 有堯舜禹湯之治之謂中國 有孔顏思孟之學之謂中國 今所以爲中國者 何存焉 若聖人之治聖人之學 東國旣得而移之矣 復何必求諸遠哉 唯田疇種植之有便利之法 而使五穀茁茂焉 則是古良吏之遺惠也 文詞藝術之有博雅之能 而不爲鄙陋焉 則是古名士之餘韻也 今所宜取益於中國也者 斯而已 外是則 强劫鷙悍之風 淫巧奇詭之技夷禮俗 湯人心 而非先王之所務也 何觀焉 吾友徯甫將銜命赴燕頗以游乎中國 自多于色 余故爲中東之說 以折之 因而勉之如此"(정약용, 「送韓校理致應赴燕序時爲書狀官」/박무영 역(2001), 『뜬 세상의 아름다움』, 57~58면).

배워서 옮겨와 버렸으므로, 다시 먼 곳에 가서 구할 필요가 없다고 하는 것이다. 그러나, 그의 입장은 이전 시기의 소중화주의처럼 "우리가 이미 중화의 예의와 학문을 중심이동 했으므로, 청에 갈 필요가 없을 뿐 아니라, 그들은 정통성을 깨뜨린 일종의 '패도'(覇道) 이하이므로 마땅히 없어져야 한다"는 북벌론적 논리3)로까지 전개되지는 않는다. 그래도 "오곡을 무성하게 하는 선진의 영농 방법"과 "고상하고 해박한 문사(文詞)와 예술"은 배울 것이 있다 하여 청에 대한 전면 거부는 유보하고 있는 수준이다. 이것은 당대에 활동했던, 서인계 중심에서 연원한 북학파의 목소리를 일부 인정하고 있다는 증거이다. 단, 다산이 경계하였던 것은 그들의 강하고 사나워보이는 기풍과 교묘하며 기궤한 기예이다. 이것을 풀어 말하면, 다산이 만약 연경에 간다면 유리창의 서고와 그곳에 있는 사람들의 시서화(詩書畵) 등은 돌아볼 수 있으나, 그곳에서 공연하는 잡희와 요술, 희귀한 동물들이 벌이는 구경거리에 대해서는 호기심 어린 눈을 거둘 것이다. 이러한 태도는 서인 노론계에서 쓰기를 비롯한 한문 산문 연행록 저자들의 태도와는 차이를 보인다. 그들은 그들이 여행에서 겪은 모든 일들에 대해서 자세하게 경험하고자 하는 마음가짐을 가지고, '볼거리'가 있다면 주저하지 않고 직접 보고 소개하는 태도를 보였다. 또한, 한문 산문 연행록의 저자들이 주목한 것은 그들이 요동을 지나가 연경을 향해 가면서 드문드문 볼 수 있었던 '농업의 현장'이 아니라 연경 안의 시사 혹은 지나가는 길속에서의 성(盛)한 시사 문물 등, 오히려 '공업과 상업의 현장'이기 때문에 그들의 관심 지향이 틀리다는 것을 알 수 있는 것이다. 이렇게, 같은 '실학'이라는 범주 안에서도 연행록을 중심으로

---

3) 이상의 소중화주의와 임병양란 이후 청의 건국 앞에 취했던 초기 존주, 북벌론에 대한 논의는 정옥자(1998), 『조선후기 조선중화사상 연구』, 일지사 참조.

그들의 사상을 드러내었던 서인계와, 상대적으로 그렇지 않은 남인계의 생각들은 각기 다른 특징을 가지면서 18세기 사상계의 주된 흐름을 점한다.[4]

서인 노론계 사대부 집단과, 그 집단에서 연원한 이른바 '북학파'가 연행이라는 중국 체험을 주로 기록하며 그들의 독특한 생각과 가치관[5]을 암암리에 드러내고 있었다면, 북학파의 한두 세대 이전에는 신

---

4) 고미숙(2002), 「朝鮮後期 批評談論의 두 가지 흐름 : 燕巖과 茶山의 차이에 대하여」(성균관대 대동문화 연구원)에서는 서인계를 중심으로 한 '북학파'와 근기남인들의 실학풍을 연암과 다산이라는 대표 인물을 중심으로 비교 서술하면서 "내부에서 계속 교란과 균열을 야기하면서 '외부'를 향한 매끄러운 공간을 만들어내는 흐름과 중심의 주변부에서 이항대립적 거대담론을 구축하는 흐름"이라고 그들의 차이를 설명했다. 이것은 "동아시아 비평담론적 관점에서 볼 때, 이러한 두 가지 흐름은 명말청초 주자학을 전복하려 했던 두 가지 계열과 상당히 닮아 있다."고 하며, 중심적 체계로부터 탈주하여 끊임없이 변이, 증식하는 언표배치를 구성한 이탁오 및 공안파가 연암과 유사한 계열을 이룬다면, 주자학의 초월성을 기철학을 통해 생성과 내재성의 평면으로 이동시켰지만, 무정형적으로 뻗어나가는 분열적 흐름들을 일정한 체계로 수렴하려 했던 황종희·왕부지·고염무 등의 작업은 다산과 유사한 궤적을 그린다고 한다.

5) '북학'은 유봉학(1995)의 『연암일파 북학사상 연구』에서 '正德利用厚生之具'를 위시한 중화의 남은 제도(中華之遺法)를 배운다는 뜻으로 정리되었는데, 이 개념이 나온 출처도 바로 박지원의 『열하일기』 내 「일신수필」의 기술이었다(유봉학, 같은 책, 14~15면). 이러한 북학개념이 핵심이 되는 '북학사상'은, '북학'이라는 행위를 위하여 그들이 가지던 대외의식과 문화자존의식의 설명인 '화이론'의 새로운 전개를 하고 또한 사회에 대한 책임과 사회적 지도력의 회복을 각성하는 주체로서의 士의식을 재인식하는 것을 주된 요소로 하여 하나의 체계적인 사상으로 자리매김하는 것이다. 그러나, 실제적으로는 연암일파, 특히 홍대용과 박지원의 학문 내용은 청의 문물, 그중에서도 그때의 학문 조류인 '고증학'을 집중해서 배운 것이 아니었다. 오히려 그들의 학문 내용은 전통적인 유학의 범주 내에서 '의리지학'과 '경제지학' '사장지학' '명물지학'을 포괄하는 폭을 갖는 것이었고, 19세기 중반경에 가야 '북학'을 했던 지식인들이 청조고증학을 주된 수용대상으로 하게되어 학문 내용조차도 다른 것으로 변화해 가는 흐름을 갖게 된다고 한다(같은 책, 14~18면).

유한 등의 서얼을 중심으로 한 일본 사행과 연행들이 또 하나의 '해외
체험'으로서 자신들의 문학적 재능과 생각을『해유록』등의 성과물로
보여주고 있었다. 서얼들은 자신들의 처지로 인해 해외를 동경했고 자
신들의 능력만으로 대우를 받는 것을 통해 어느 정도 울분을 삭일 수
있었다. 그리고 그들이 해외에 나가 경험한 '발달된 문명'과 '자국 고
유성에 대한 인식'을 해서 조선 사대부들의 과학적 사고에 영향을 끼
쳤고, 조선 사대부들이 중화주의적 사고를 떨칠 수 있게 하는 매개가
되었다고 한다.6) 그러나 이들 서얼들을 비롯한 조선통신사의 문학은
주로 '시'가 주종을 이루었다는 점에서,7) 그리고 신유한이 송연서(送
燕序)를 써주었던 이주태(李柱泰) 등 18세기 전기의 서얼문사들이 연
행체험을 기록하여 자신들의 생각을 펴지 않았다는 점에서도 양자의
미묘한 차이를 엿볼 수 있다. 서얼이라는 신분의 연행체험은 후기에
가서 이른바 북학파인 이덕무와 박제가에게서 꽃핀 것을 알 수 있다.
그 중에서도 이덕무의 서얼의식8)과 '북학'파 치고는 매우 예외적으로
과거 유교문화의 지속성 여부에 관심과 비판을 부여하고 있는9) 그의
연행록『입연기』를 보면 서인 노론계 사대부층에서 연원하여 연암일

---

6) 김경숙(1999),「18세기 전반 서얼 문학 연구」, 이화여대 박사학위논문, 256면.
7) 시가 주종을 이룰 수밖에 없던 것은, 통신사행시 '제술관'이라는 직책을 두어
   그곳의 문사들에게 시를 써주면서 조선의 발달한 문화의 수준을 알게 했던
   통신사행의 관행에도 원인이 있다. 이혜순(1996),『조선통신사의 문학』참조.
8) "이것(열하일기)은 잠꼬대같은 책입니다." 하니 연암이 괴이히 여겨 무엇을
   말하느냐 물었다. 말하기를 "풍윤인을 대하여 이덕무와 박제가는 모두 나의
   문도라고 한 것이 있으니 이는 어찌 공자의 무리와 노자의 무리가 서로 제
   자라 일컫는 것과 다르겠으며 이것이 어찌 잠꼬대가 아닙니까?"라고 하였더
   니 연옹이 손을 흔들며 "많이 말하지 마시게. 남이 들을까 저어되네" 라고
   말하였다.(「成士執大中」,『아정유고』8, 書 2,『청장관전서』권16/김경숙
   (1999), 앞의 논문 재인용).
9) 이혜순(1999),「이덕무의 입연기 소고」,『산문연구 Ⅰ』, 국어국문학회.

파, 북학파로 주 창작층이 이어진 한문 산문 연행록의 정체성이 불안
정하게 느껴질 수도 있으나, 연행록에 드러나 있는 기저의식(subtext)
이 '지(知)에서 행(行)으로 가기 위한 치열한 인식 의지'라고 하나로
묶일 수 있으므로 창작층의 고유성이 18세기 한문 산문 연행록 속에
들어가 있다고 보인다.10)

　셋째, 18세기 한문 산문 연행록이 가지고 있는 또 하나의 문학사적
인 의의는 바로 연행록 안에 숨은 지속적인 작가의식이 어떠한 질서
와 순서를 따라 정리될 수 있을 정도로 유기적으로 상호 연결이 되었
으며, 따라서 이 의식들이 시대 정신에 영향을 주었다는 점이다. 그것
은　박학(博學)－심문(審問)－신사(愼思)－명변(明辨)－독행(篤行)으
로 이어지는『중용』전 제20장의 성실을 이루는 방법인데, 조선에서는

---

10) 이덕무의 입연기가 연암일파, 북학파의 연행록이 될 수 있는 것은 그 기저에
　숨은 공통적 의식 때문이다. 즉, 오랑캐의 나라라고 해서 처음부터 선입견을
　가지고 절대로 그것을 바꾸지 않으면서 겪는 연행이 아니라, 지나가는 사물
　에 대하여 열심히 견문하고 경험하며, 홍대용의 연행 이후로 연락이 닿은 청
　의 지성인들과 만나서 열띤 토론을 하는 그의 경험에서 일관적으로 비치는
　것은 전술한 바 있는 박지원의『열하일기』에서 드러난 것과 같은 행으로 가
　기 위한 완전한 인식을 지향하는 모습이며, 이를 위한 치열한 태도이다. 그
　러한 자세를 가지고 열심히 경험하는 속에서 나온 서술이므로, 이것은 맹목
　적인 존명 배청주의적 복고라고 볼 수는 없다. 자세한 논의는 본서 Ⅳ장 3
　참조. 단, 이덕무·박제가 등의 연행록 속에서 보이는 특성들 중에서 담헌과
　연암의 연행록 속 특성과 다른 점은 '고증학'적인 학풍에 주목하고 있다는
　점에 있다. 이덕무는『청장관전서』에서 1776년에야 고염무의『일지록』들을
　보았다고 고백하며 그 충격과 감회에 관하여 말하고 있는 것이 보이며(「與
　李洛瑞書九書」,『아정유고』권6), 이덕무와 박제가를 데리고 1778년 연행을
　갔던 심염조는 오류거에서『高亭林集』을 입수하고는 그 탁월함을 역설하고
　있다.(서경희(2003),「18, 19세기 학풍의 변화와 소설의 동향」,『고전문학연
　구』23집 재인용). 유득공의『연대재유록』에서는 당대 고증학풍의 온상이라
　고 할 수 있는 사고전서 편찬인들인 이정원, 기윤 등과 실제적으로 교유하고
　있음을 보인다.

그것이 이황에 의해서 학문하는 순차적 방법으로서 제시된 이후 그것이 '어떤 대상을 알아가는 과정'으로서 인식되었다. 여기서 그들이 알기를 원하는 대상이란, 다름 아니라 '중화'인가 아닌가 끊임없이 위상이 흔들리는 청이라는 나라였다. 그랬기 때문에, 그들은 일단 그곳에서 널리 보기를 원한다. '널리 보는 것'은 18세기 초반의 낙론적(洛論的) 철학 기반을 가진 전기 연행자들에게 제한된 것이 아니라 장려된 유람 방법이었다. 게다가, 주로 삼사신의 입장에 있었던 그들의 입장에서 끊임없이 부딪힐 수밖에 없었던 '역관배'에 대한 불신이 있었다. 18세기 전기의 연행록을 짓는 저자들은, 그들의 말을 대신하여 해줘야 하는 '역관'들이 현지의 하급관리들인 제독, 통관 등과 결합하고 담합하여, 여정(旅程)이나 청 안에서의 주문을 전달하는 각종 절차 등의 다방면의 일에서 자신들을 속이고 있는 것이 아닌가 끊임없이 의심한다. 이것은 낯선 땅에 가서의 당황과 낯설음을 감내할 수 없는 삼사신의 입장에서 역관들을 바라보았을 때 상대적으로 능숙하고 의사소통이 되는 역관들에 대한 일종의 부러움에서도 기인했을 수 있으나, 연행록에서는 이러한 역관에 대한 불신이 '직접 경험'에 상대적으로 집중하는 결과를 가져온다. 단적인 예를 들어서, 민진원이 연경에 들어가서는 조선 사신의 숙소인 지화사에서 계속 우거하면서 유리창이나 연경의 시사에 나가지 않고 있지만, 1년 후인 김창업, 약 5~6년 후의 이정신, 이의현, 유척기 등으로 갈수록 연경의 시사 이야기와 그곳에서 벌어지는 연극과 요술까지도 짤막하게 소개하고 있는 것이다. 이러한 직접 경험과 박람의 경향은 중기에 들어, 두루 보는 것에서 체계적으로 자신들의 눈앞에 등장한 새로운 세계를 알고자 하는 쪽으로 이동한다. 1737년부터 1777년까지의 연행록들에서는 그렇기 때문에 '구조물' 혹은 도시의 구조 등에 대하여 관심을 보이고 있다.[11] 즉, 초기의 선배들처럼 길을 가다가 반드시 보려고 노력하고 '그림과 같다'라

282

고 감탄하는 대상이 초기와 같이 산과 들이 아니라 도시 구조인 것이
다. 또한 청을 체계적으로 안다는 측면에서 물음이라는 행위가 부상한
다. 18세기 중기의 산문 연행록의 경우에는 청과의 국경도시인 의주에
서 살던 사람이 국경을 넘어간 상태에서 청인을 살인하는 사건이 일
어나서 그를 해결해야 하는 사건이 있었기 때문에, 일을 낱낱이 조사
하여 해결해야 하는 ‘안핵사’의 파견이 있었던 때라 그들과 대면하고
물어야 하는 물음(問)의 문제가 제도적으로 부상한 때도 있었고,12) 개
인적으로도 담헌과 같은 사람들이 사적인 여행의 기록 속에서 좀더
체계적으로 청을 알고자 해서 개별적으로 접촉한 사람들에게 물어봄
으로써 ‘청’에 대한 인식을 체계화 심화시키는 경향이 보이는 것이다.
이렇듯 체계적인 앎이 작가의식 면에 있어서 떠올랐다는 것은, 이전
시기의 ‘박람’과 유기적으로 이어지며 전술했듯이 작가의식이 ‘대상을
알아가는 과정’을 대변했다는 것을 의미한다. 이 흐름은 18세기 후반
에 이르러서는 연암이라는 걸출한 연행록 저자에 의해서 비약적으로
발전한다. 즉, 명변까지의 ‘앎’의 단계에서 깨닫고 실천하기 위한 행
(行)의 영역으로 가는 것을 그의 연행록을 통해 알 수 있다. 연암의 이
러한 특성은 어느 새 그 대상이 ‘청’이라는 ‘세계의 중심’이냐 아니냐
를 알아야 하는, 하나의 코드에 대한 인식을 넘어, 그러한 청을 보는
‘나’라는 주체에 이르러서까지 앎의 확대가 일어나고 있다. 즉, 그곳에
드러나 있는 역사 유적물 하나, 움직이는 시사, 변방 도시들을 견문하
는 행위를 통해서 청의 실상을 알고, 그러한 청의 실상을 알고자 하는
내가 어떤 생각으로 그곳에 반응하고 있는가와 연결되어 생각할 수
있는 글들로 표상화되는 것이다. 그러한 인식들은 한결같이 유동성을
가지고 움직이는 이미지로 표현되고 있음을 특기할 만하다. 그리고 이

11) 본서 III장 2 참조.
12) 김종정(176), 『심양일록』, 『연행록전집』 권41.

러한 연행록의 작가의식은 연암과 그 사상적인 특성을 같이 했던 이덕무, 박제가, 유득공 등 이른바 북학파 사람들의 다양한 연행록 세계 속에서 특화되고 그 양이 확대되고 있어, 그들의 사상적 정체성을 드러내며 18세기에 하나의 시대정신으로 자리잡고 있음을 확인할 수 있다. 아쉽게도, 그들의 이러한 유동성과 흘러감의 철학, 그리고 뼈아픈 자기 반성들과 그 안에서 피어나는 새로운 실천적 생각들이 꽃피었던 터전이 된 연행록은 박지원의 『열하일기』가 '패관기서체'를 쓴다는 지적을 받아 그와 그의 동아리의 구성원들, 후속 세대들이 더 이상 그러한 연장선상에서 내용을 전개하는 데 실패하고 만다. 비록 정조는 학문을 좋아하는 현명한 군주이고, 훌륭한 통치력을 구사하는 왕이었으나, 문체반정 속에서 『열하일기』를 나쁜 선례로 지적하고 '순정한 고문'으로 돌아갈 것을 말함에 따라, 그의 문체 뿐 아니라 그러한 문체로 쓰여진 연행록 자체가 다양한 글들을 구성하여 체계화되는 발전적인 창작 기회에 대해서 저자들이 상당히 주저하도록 만들었다.

넷째, 18세기 한문 산문 연행록의 의의는 한문 산문 글쓰기 방식의 다양한 실험과 영역 확대라는 측면에서 찾을 수 있다. 18세기 전기의 '산문' 연행록들은 기존에 쓰여져 오던 (해외)'기행문학'으로서 시가 점하던 위치를 반분하였다. 그들은 초기에 '일록체'라는 글쓰기 방식을 택하여 하루의 일을 기록하는 산문적 글쓰기를 시도했는데, 이것은 한국 문학사상에서 임진왜란, 병자호란 등 시대의 부침을 겪은 사람들이 그 이후 조선후기에 자신의 충격적인 경험과 말못할 사정을 그대로 술회하기 위해서 이른바 한·국문 '실기(實記)'들이 양산되었던 현상을 반영한 것으로 보인다. 18세기 연행록의 작가들은, 이러한 일록 속에 자신의 개인적인 유람 기록과 특히 유산(遊山) 기록을 넣음으로써 다양한 글쓰기 방식으로의 영역 확대라는 효과말고도 두 가지 효과를 더 내고 있다. 첫째 일기체 산문 연행록이 '축일기사(逐日記事)'

와 같은 공문 보고서의 인상에서 사적인 기록으로의 정체성을 확인할 수 있었다는 것이고, 둘째 연행록이라는 것이 유산기와 같은 국내의 '기행문학'을 대표하는 장치를 공용함으로 인해 '기행문학'으로서의 위상을 점했다는 것이다. 특히나 유산기들은 기유도(紀遊圖) 같은 예술적인 행위와 병치되면서 상호 영향을 준 것으로서, 대표적인 '문예활동'으로 인식되고 있고 이러한 유산기와 기유도를 창작, 향유했던 집단이 바로 18세기 초기 산문 연행록의 저자들이었으므로 연행록의 기행'문학'적 요소를 더욱 비중 있게 만들었다. 18세기 초기에 산문 연행록에서 일어난 글쓰기 방식의 변화는 또 있다. 바로 '잡지 형식'의 유행이다. 한 항목에 대하여 짤막하게 서술하는 방식인 잡지는 사행 후 임금께 청의 현재 정세와 민심등을 보고하는 보고서인 '별단(別單)'의 작성에서 이어진 것으로 보인다. 그러나, 18세기 초기의 잡지 형식은 그 항목 면에서 공적인 '별단'의 내용을 벗어난 것들, 예를 들면 그들의 풍속이나 가장 맛있게 먹었던 과실들, 음식, 직접 체험했던 변방의 호녀들의 태도, 한녀들의 옷차림 같은 극히 사적인 내용들이 많이 드러나면서, 폭넓어진 개인적 관심을 반영하고 소개하는 것들이 많아진다. 이러한 잡지 형식은 전기를 거쳐 1770년대까지의 18세기 중반부에 가서는 그 당대에 지어진 현전 산문 연행록들에 다수 포함되고 있으며, 그 전체적인 분량과 설명하는 항목의 범위, 항목당 분량들이 모두 증가하는 현상을 보인다. 그래서 홍대용의 『담헌연기』에서 보이는 표제화 된 항목들의 제법 긴 서술들인 '기사체'로까지 되는 것을 볼 수 있다. 이러한 표제화된 서술은 박제가의 『북학의』 등에서도 이어진다. 홍대용의 기사체는 잡지에서 발전한 항목의 서술과 '문답'들로 이루어진다. 그리고 그러한 문답에서는 문답 상대와 만나게 된 사연, 그리고 그 중간에서 있었던 일과 교유가 진전된 경우 자주 만나기로 하면서 보낸 짧은 편지인 '척독'도 등장한다. 한문본인 『담헌연기』에서는 분

리되어 있지만, 담헌의 한글 연행록인『을병연행록』에는 연행 중의 주
요 행적으로 기록되어 있어 그의 연행 기록으로 함께 살펴볼 수 있는
「건정동필담」은 아예『항천척독』이라는 척독 모음집의 제2권으로 편
제되어 있는 것이 현실이다. 이러한 사실은, 연행록 속에 척독이라는
사적인 목적의 글이 또 한번 유입되었음을 보여주며, 연행록이 북학파
의 중요 문예 성과물인 '척독'의 실험장이 될 수 있었다는 추측을 가능
하게 한다.

　본격적인 북학파 연행록 창작이 시작된 1778년 이후, 후반기의 연
행록 중에서 여러 가지 글쓰기 방식을 모은 것은 박지원의『열하일
기』이다. 여기에는 여정(旅程)을 분류의 중심 축으로 삼아서 일록, 독
립된 이름의 기문(記文)들, 필담, 의학 등의 정보를 담은 소초, 잡지
형식에서 왔다고 보이는 표제화된 기사들이 골고루 배치되어 있음을
발견할 수 있다. 그러나, 이러한 집성의 효과는 연암 한 명에서 끝나
고 있고, 나머지 북학파라고 지칭되는 사람들은 글쓰기 방식에 대한
여러 가지 관심을 나타내며 그 속에서 여러 가지 글쓰기 방식의 선택
과 실험을 한다. 전 세대의 일록체를 그대로 답습하지는 않고『동환봉
사』같은 일종의 상소문에 그 근원이 있으며, 홍대용의『담헌연기』와
같은 기사체에서 직접 영향을 받은 방식(『북학의』), 혹은 필담 모음집
(『연대재유록』) 형식의 연행록 등을 보여주는 것이다.

　한문 산문 연행록은 전술한 바와 같은 시대적인 의미를 가지며 서
술되어 왔다. 그를 정리하여 말하면, 크게 산문 연행록을 쓰는 작자층
의 등장과 그 때문에 나타날 수밖에 없었던 사상적인 특징이 연행록
속에서 보인다는 것이다. 그것은 조선의 토양에서 자체적으로 발생된
'실학'이라는 말로 풀릴 수 있다. 그러나, 그 시대의 사람들이 모두 연
행록을 씀으로써 실학을 펼치고자 하는 것은 아니었으며 18세기 후반
부로 들어가면 청대의 학문 조류인 '고증학'이 국내 학계에도 많은 영

향을 미침에 따라서 이러한 학문의 조류도 다수 반영되는 것을 알 수 있다. 그리고, 연행록의 작자층도 다변화되어 연행록의 창작층과 대표적인 시대사상가 층이 일치하지 않는 현상도 일어난다.

Ⅶ. 연행, 세계와 나를 아는 마음의 여정

　본 연구는 '자생적 근대'라고까지 표방된 18세기의 정신사와, 문학적 형상 변화를 가장 첨예하게 드러낸 문학적 성과물은 무엇인가에 대한 의문에서 시작하였다. 기존의 연구사에서 한문 산문 연행록은 특정 작가, 특정 작품의 특정 부분에 주목하기 시작하여 연구가 진행되어 왔다. 그러나 연행록은 그 창작층의 면에서, 연행록 속에 담겨져 있는 주제적 측면에서, 또한 글쓰기 방식 면에서 뚜렷한 특성을 가지고 발전하여 북학이라는 실천적인 사상과 문학적 성취를 보여준 의의가 있다. 학계에서도 이러한 현상에 주목하여 실기 문학으로서, 여행과 체험의 문학적 기록으로서 연행록을 소개하기 이르렀고 또한 대표적인 것들은 학위 논문과 소논문으로서 개별 연구가 하나 둘 이루어지고 있는 실정이기에, 이들에 대한 전체적인 흐름의 고찰이 필요한 시점이다. 특히 '외교 기록'이라는 협의에서 벗어나지 못해 지금까지 본격적인 문학적 연구가 미루어졌으므로, 비교문학의 차원에서 제기되는 '여행자문학론'으로서 작품을 분석하고자 했다. 이제 연구 내용을 요약하면서 정리하고자 한다.

　우선, 연행록이 형성된 배경을 알기 위해, 조선인들에게 허락된 유일한 중국 체험인 공적 '교빙(交聘)'의 역사와 그 중에서 개인적 기록을 남긴 연행록 작자층을 살폈다. 1637년 청의 건국과 함께 시작된 조선과 청의 외교 관계는, 조선에는 "믿었던 맹방이며 한인(漢人)에 의한 진정한 중화"인 명의 몰락에 이어 '오랑캐'인 청에게 굴욕적인 복종을 해야 했던 어려운 시절의 시작이었으며, 이로 인해 조선 내에서는 대외관(對外觀)의 하나로서 존주의리론인 북벌론과, 이제 문화는 우리가 중화의 입장이라는 소중화의식이 자리잡았다. 청에게는 신생국에서 황제국으로 자리잡아야 한다는 점에서 회유와 강압정책을 병행하게 하였다. 약 50여 년간의 이러한 조율 기간이 끝난 후인 18세기에 조·청 교빙에서 볼 수 있었던 내용은 수행해야 하는 외교적 임무 자체보다는 사행의 과정에서 드러나는 문제들로 초점이 옮겨져 있다. 특히 난두배, 상고(商賈)의 문제 등 '아래의 교역(下有而交易)'에 해당하는 경제 문제가 대두되었고, 사행을 간 인사의 필담이 조선에 적지 않은 영향력을 미치는 것으로 드러나 사행의 개별화·구체화가 이루어지고 있음을 알 수 있다. 18세기 교빙의 과정에서 지어진 한문 산문 연행록은 작자층과 연행록 특성상 세 시기로 삼분할 수 있다. 우선 1700년부터 1732년까지의 삼정사(正使·副使·書狀官)를 중심한 서인 노론계인사들, 특히 낙론을 사상적 기반으로 하는 경화사족층인 '육창(六昌)'의 학적 동아리를 중심으로 지어지는 전기, 1737년에서 1777년까지 초기의 작자층이 이어지면서 잡지 형식의 심화라는 형상 면의 변화가 두드러지는 중기, 1778년 이후 18세기 말까지 이른바 '북학파'의 본격적 연행록 창작과 비(非) 삼정사의 연행록 창작이 두드러지는 후기로 삼분할 수 있다.

이어서 18세기 연행록에 나타난 상대국의 '이미지와 은유'가 집중적으로 드러나는 서술대상으로서, 연행록 속에서 관심을 가지고 서술했던 문물들을 찾고 그것이 창출해 내는 은유와 이미지의 의미를 생각해 보았다. 16세기 후반 허봉의 『조천기』등에서 드러나는 강한 이념 지향성과 그로 인한 정학서원, 문묘 등의 주목에 반해 18세기 전기 연행록들에서는 국내의 산천과 명승고적들과 그 유람에 관심을 가지고 있으며 강한 이념 지향성이 들어갈 수 있는 정녀묘, 이제묘 등의 역사 고적을 경관만 치밀하게 묘사함으로써 연행록 속의 주목 대상이 사상을 볼 수 있는 상관물들에서 일상 문물로 넘어갔다는 것을 알 수 있다. 또한 이 시기 연행록들에서는 시사(市肆), 건축물의 제도, 음식물, 청인의 의관, 생활 도구 등을 파노라마적으로 소개하고 있어, 그런 것들이 있는 청은 '정신 문명의 전범'보다는 '(물질) 문명의 덩어리'로 파악된다. 전 방위적으로 펼쳐져 있던 문명의 요소 중에서도, 그들이 특히 주목한 것은 '골동서화'로 대변되는 고급 문화와 북경의 시사에서 볼 수 있었던 환희·연회의 대중문화이다. 18세기 중기의 연행록에서는 소개하는 문물의 범위 면으로 보았을 때 대체적으로 초기에서 보여준 다양하고 넓은 '문물에 대한 관심'을 비교적 충실히 이어받았다고 볼 수 있으나, 그 중에서도 '구조'에 대한 관심과 청내 한인·만인에 대한 다양하고 깊은 교유에 대해 주목하고 있어, 이로 보는 청의 이미지는 '체계적으로 알아야 될 대상이며 사람이 살고 있는 곳'이다. 18세기 후기의 이른바 '북학파' 연행록들이 주목하는 문물들과 경험의 영역은 전술한 바 있는 초·중반부의 관심 영역들, 즉 골동서화와 인물적 교유, 환희잡기와 풍속에 대한 친화적 서술 등을 모두 포함한다. 그러면서도 그것들보다 '특화·심화' 되었다는 특징이 있다. 단일 문물 등에서도 북학파 연행록의 비상한 관심을 끈 것은 '벽돌'이다. 벽돌이 쉽게 만들 수 있다는 효율성과 경제성에도 주목하였으나, 가장 중요한 것은 '조성력'과 '영구함'을 이 안에서 찾았다는 것이다. 조성력이 있는 것으로 파악되어 주목받던 문물은 이전에는 쓸모 없는 것으로 여겨지던 기왓장, 거름더미이며, 이렇게 '움직이고' '조성해 내는' 이미지의 문물에 주목하는 연암은 아무 것도 없는 역사 유적을 보면서도 그 때 그 심정의 '생생한 공간'을 만들어낸다. '(생생하게) 만들어진 공간'은 18세기 초기의 산포적인 문물 소개, 중기의 문물에 대한 분석적이고 구조적인 성격의 주목에 비하여 종반부의 연암이라는 걸출한 저자가 눈에 보이지 않는 문물을 그려내어 가슴 속의 실경을 소개하는 효과를 내는 경지까지 다다를 수 있었다는 후기의 특징과 성과를 보여준다. 그러나, 이러한 문물의 주목 결과 '만들어 내고 흘러가는' 청의 이미지는 비(非)북학파 김정중, 이재학 등의 연행록에서는 다시 '연경팔경' 중심의 '장관(壯觀)' '기관(奇觀)' '고적(古蹟)'이라는 '참 좋은 구경'의 대상으로 돌아가는 모습을 보인다.

주목한 문물을 살핀 후에는, 그 문물을 서술한 이면에 있는 작가의식(Subtext)의 성격과 전개양상을 알아보았다. 여기서는 당대 연행록이 보여줄 수 있는 최고의 수준을 보여주었으며, 하나의 전범이 되어 동시대 연행록 창작자들에게 영향을 끼쳤다는 점에서 각 시기의 대표작으로 그 대상을 한정하여 살폈다. 특기할 만한 것은, 이들의 작가의식이 『중용』 제20장에서 성(誠)에 이르기 위해 선(善)을 선택하고 굳건하게 실천하는 과정으로서 제시된 박학-심문-신사-명변-(독행)의 과정과 상당부분 일치한다는 것이다. 이것은 조선에 와서 이황에 의해 「백록동규」에 편입되어 학문하는 순서로서 인식된다. 결국 이러한 작가의식의 흐름은 이 시기 연행록이 '청'이라는, 중화인가 아닌가가 끊임없이 의심되는 존재를 분석하고 알아 가는 과정으로서 씌어졌고, 그것은 한 세기동안 끈질기게 발전적으로 진화하면서 또한 연행록을 쓰는 힘으로 작용했다는 것을 보여준다. 전기를 대표하는 노가재의 작가의식은 유(遊)와 박람(博覽)이다. 스스로의 연행을 장유(壯遊)라 표방했던 노가재는 연행록 안에서 다양한 유의 모습을 보여준다. 그러나 자신이 택한 유는 군관 유봉산의 행태로 표현되는 향락적 유람이 아니라 유산(遊山)이었다. 이러한 유(산)의 이면에서는 청의 문화를 널리 보려는 열망도 공존하였는데, 이것은 '기승절경'에 대해 그것이 어떠한 도덕적 지표를 주지 않아도 멋있기만 하면 어떠한 재단도 없이 그를 받아들이는 농연그룹의 특징적인 유(遊) 입장을 반영하는 것이다. 이 점에서, 유와 박람은 그들의 심미의식 속에서 연결되어 있다고 볼 수 있다. 중기를 대표하는 담헌 홍대용의 작가의식은 심문(審問)이다. 특히 문면 전체에 드러나는 것은 '묻다'가 더 많다. 묻는다는 것은 대상이 필요하기 때문에, 담헌은 자연스럽게 물을 수 있는 대상, 즉 사람들에게 주목하였다. 또한, 이러한 문이라는 태도에 선행하는 것은 심이라는 말이다. 이 말은 사전적으로 '상세히 조사하다/깨닫다/자세하다'라는 뜻이 있다. 특히 이 글자가 ~문과 연용될 때는 '자세히'라는 부사적 함의가 강하지만, 여기서는 이것도 하나의 술어로 간주해도 될 만큼 '자세히 살피는' 태도가 문면 곳곳에 드러나고 있다. 담헌이 살피는 대상은 주로 물을 수 있는 대상, 즉 사람 혹은 그 구조를 분석할 수 있는 문물들이다. 이것은 기존 여행자들이 관심을 가졌던 환희 혹은 유관의 경지로 대변되는 것과는 구별되면서 연행에서 성찰의 심도를 높여주는 역할을 한다. 박지원의 작가의식은 심문 이후에 이어지는 신사(愼思)나 명변(明辨)이라는 앎의 경지를 넘어, 그것을 행할 수 있는 경지로 향한다. 그가 『열하일기』 안에서 궁극적으로 알고싶어하는 대상은 청이었는데, 그것은 단선적으로는 결코 설명할 수 없는 여러 가지의 목소리를 가진 청나라로 드러난다. 그러므로, 기본적으로 세상이라는 것을 '복잡다단하게 늘 움직이는 것'으로 파악하고 있고 관찰한 바 청 또한 그러한 성격으로 파악한 연암은 이 복잡한 성질을 가진 '세계'를 알기 위하여 기존의 선배들이 거쳐왔던 배움의 단계를 넘어 깨닫기 위한 움직임을 보이고 있으며 이러한 '행을 전제로 한 철저한 인식 의지'를 연암의 기본 의식으로 설명할 수 있다. 이러한 '인식 의지'와 '실상을 알기 위한 치열한 태도'는 다양한 듯한 북학파의 연행록들을 하나로 묶을 수 있는 준거가 된다.

292

앞선 두 장이 연행록의 내용적인 고찰을 했다면, 그 다음은 18세기 연행록이 보여주는 형상적 변화를 서술했다. 목적상 '장편 기행문'에 해당하는 연행록은, 상부에 보고하는 축일기사류의 전통과 이전 산문 연행록들의 관습에 따라서 일록형식으로 쓰여지면서도, 18세기 초기에는 공적 임무 뿐 아니라 누대, 정자 등에 올라가 아래를 굽어보는 관람 행위와 『노가재연행일기』로 대표되는 유산 경험을 습합하면서 산수유기와 누정기의 글쓰기 방식을 습합하고 있다. 또한 특기할 만한 요소로 '잡지체'의 등장과 유행을 들 수 있다. 잡지(雜識)란 독립된 항목에 대하여 짤막하게 서술하는 짧은 글들을 말하는데, 노가재에서 시작되어 도곡 이의현, 이의만에게서 충실히 이어진다. 18세기 중반의 『담헌연기』는 하나의 표제 아래 표제와 관련된 사항만이 모여있는 기사체(紀事體)로 소개된다. 그의 이른바 '기사체' 등장 원인은 두 가지로 추측되는데 하나는 조헌(1574)의 『동환봉사』 같은 선례가 있었다는 것이고, 또 하나는 전대의 잡지 형식이 확대된 것이 아닌가 하는 것이다. 잡지 형식의 확대와 심화는 이압의 연행기사에서 이어지고 있으며, 종반부의 『북학의』에도 영향을 준다. 또한 문답과 척독의 삽입이 있어서 연행록이 의론화될 수 있고, 그러면서도 감정을 표출할 수 있는 효과를 주고 있다. 18세기 후기 북학파 연행록의 경우는, 연행이 그들의 중요한 경험이었던 만큼 그를 전달하는 글쓰기 방식 면에서도 여러 가지 선택과 실험이 행해진다. 박제가의 『북학의』처럼 상소문 형식으로 된 표제화된 글들, 이덕무의 『입연기』처럼 이전의 일록형식을 비교적 충실히 반영한 것, 유득공의 『연대재유록』처럼 청인들과의 교유문답 기록을 중점적으로 옮긴 것 등 여러 가지 글쓰기 양상을 보여준다. 이렇게 기존의 글쓰기 방식을 다양하게 선택적으로 계승하는 가운데, 박지원의 『열하일기』는 복합적 글쓰기 방식의 형태적 조합 뿐 아니라 '입체적인 서술'이라는 말로 정리되는 기법적인 시도를 합하여 하나로 성책(成冊)되는 경지를 보여준다. 그러나『열하일기』창작 이후 정조의 '문체반정'으로 1792년 이후 여러 사람들이 자송문을 쓰는 일종의 필화사건이 생긴 이후, 연암의 이러한 글쓰기를 지향하는 일이 주저되었다. 그 이후, 비 삼정사에 의해서 씌어진 연행록까지도 일록체로 복고적인 방향을 택하고 있고, 잡지의 항목당 분량도 극히 짧아지는 것이 있어 그동안 이루어지던 잡지의 장편화, 심화 경향도 같이 복고적으로 돌아가는 것을 알 수 있다. 그러나 그 중에서도 본문 속에서는 여러 가지 문헌, 각종 공문을 참고하여 정확히 쓰는 '고증적' 글쓰기 방식이 취해지고 있다. 이러한 고증적 글쓰기 방식은 주로 지리 고증이라는 측면에서 이루어지고 있으며, 연암의『열하일기』를 보았을 때 그것은 '정확한 앎에 대한 의지'와 '민족의식'이라는 심층적 의지에서 발현되는 현상이라 파악된다. 그러나 18세기 후기 연행록들에서는 '정확한 앎에 대한 의지'의 표출로서 유행했다. 이러한 현상을 통하여, '고증학'이라는 학문 조류가 서서히 조선에도 영향을 미치고 있음을 알 수 있다.

　이러한 내용적, 형상적 변화양상을 보여준 18세기 연행록의 당대 문학사적 의의는 다음과 같다. 첫째, 산문 연행록의 문학적 독립을 본격화 시켜서, 이전 해외 기행문학으로서 시가 점하던 위치를 반분하였다. 둘째, 연행록이 서인 노론계, 낙론적 세계관을 가진 작자층의 생각을 대변하면서 자연스럽게 그것이 북학파의 문학으로 이어졌다는 것이다. 셋째, 연행록 안에 숨은 지속적인 작가의식이 어떤 질서를 따라 정리될 수 있을 정도로 유기적으로 상호 연결이 되었으며, 따라서 체계화된 이 의식들이 시대정신에 영향을 주었다는 것이다. 넷째, 한문 산문 글쓰기 방식의 다양한 실험과 영역 확대라는 측면에서 일록, 유기, 잡지, 필기체 등의 다양한 습합과 표현들은 18세기 한문 산문계의 고문론과 그에 따른 다양한 창작 못지않게 문학 발전에 기여하였다.

본서는 18세기 문학계를 대표할 수 있는 문학적 표현물이 한문 산문 연행록일 것이라는 가정 하에, 18세기에 창작된 한문 산문 연행록을 통시적으로 살펴 위와 같은 당대 문학사적 의의를 고찰해 보았다. 이후에 남은 과제는, 18세기 한문 산문 연행록 저작의 연장선 상에서 이것들이 19세기 한문 산문 연행록에 어떤 영향을 주었는가 하는 문제,1) 또한 후대 꾸준히 창작되는 국문 연행록과의 관계,2) 같은 시기에 저작된 해유록과 연행록을 '여행자문학'의 눈으로 분석하면서 비교해 보는 작업 등으로 정리할 수 있다.

---

1) 이것은 크게 두 가지 방향으로 논의가 전개되어야 할 것이다. 첫째, 일단 18세기 연행록을 통해 주로 드러나던 북학사상이라는 것은 그 다음 시기에 어떻게 전개되었는가. 둘째, 한문 산문 연행록 자체는 어떠한 모습을 가지고 창작되었는가 하는 것이다. 첫 번째 방향에 대한 논의는 환재 박규수, 김정희 등의 '실학의 후속세대'를 중심으로, 두 번째 논의에 대한 대상으로는 김경선의『연원직지』, 박사호의『심전고』, 김윤식의『천진담초』, 신석우의『연행록』 등을 우선 들 수 있겠다.

2) 이에 대한 문제의식을 강하게 드러내 주는 논문이 김태준(2002),「열하일기 한글본 출현의 뜻」(『민족문학사연구』)이다. 이의 주요 내용은 다음과 같다. 『열하일기』한글본은 명지대 한국학연구소에서 소장하고 있던 것으로, '열하긔권지이'(열하일기 두번째 책)라고 시작된다. 이 책은 가로 18, 세로 27㎝ 크기로 우아하고 아름다운 궁체로 써서 사대부나 궁중의 부녀자들을 위해 기록한 것으로 추정하고 있다. 그러나 이 책은 저자를 '내'가 아닌 '박연암'이라는 3인칭으로 기록했으며, 박지원보다 10년 뒤인 1790년, 건륭제의 팔순을 축하하기 위해 열하를 다녀온 사절단의 여행기 역시 짧게 한글로 기록해 함께 붙여 놓았다는 게 특징이다. 한글판 '연행록선집'인 셈이다. 한글판『열하일기』에는 박지원의 여행 일정을 적은 '일기' 중 절반 정도만 기록됐으며,「허생전」의 모태가 되는 허생의 행적이나, 청나라의 문물—제도 등에 대해 기록한『열하일기』의 잡록 부분들은 빠져 있다. 제작 시기는 "구개음화가 완전하지 않은 표현 방식이나, 등장 인물들의 직함 등을 미뤄볼 때 18세기 후반에 쓴 것으로 보인다"고 추정되며, "당시 근대 문물의 창구 역할을 했던 청 왕조에 대한 관심과 늘어나는 한글 독자층의 요구가 맞아 떨어지면서 이같은 한글본『열하일기 선집』이 간행됐을 것"이라는 문학사적 의의가 추정된다.

참고문헌

자료

『各司謄錄』

권이진, 『癸巳燕行日記』

김경선, 『燕轅直指』

김사룡, 『燕行錄』

김순협, 『燕行日錄』

김종정, 『瀋陽日錄』

김창업, 『老稼齋燕行日記』

김창협, 『농암집』

노이점, 『燕行錄』

민진원, 『閔鎭遠 燕行錄』

박사호, 『心田稿』

박제가, 『北學議』

박지원, 『熱河日記』

서유문, 『戊午燕錄』

서호수, 『燕行紀』

엄숙, 『燕行錄』

유득공, 『燕臺再遊錄』

유언술, 『燕京雜誌』

유언호, 『燕行錄』

유척기, 『瀋行錄』

이규상, 『幷世才彦錄』

이덕무, 『入燕記』

이압, 『燕行紀事』

이의만, 『農隱入瀋記』

이의현, 『庚子燕行雜識』, 『壬子燕行雜識』

이이명, 『燕行雜識』

이정신, 『燕行錄』

이정운, 『燕行錄』

이재학, 『燕行日記』

이철보, 『丁巳燕行日記』

『朝鮮王朝實錄』

조문명, 『燕行錄』

조영복, 『燕行錄』

『增補文獻備考』

최덕중, 『燕行錄』

한덕후, 『承旨公 燕行日錄』

한지, 『兩世燕行錄』

홍대용, 『湛軒燕記』

홍대용, 김태준・박성순 교주・교열, 『산해관 잠긴문을 한 손으로 밀치도다』,
　　　 돌베개, 2001.

홍대용, 소재영・조규익 외 교주, 『을병연행록』, 태학사, 1997.

단행본

강동엽(1989), 『열하일기 연구』, 일지사.

강명관(1998), 『조선후기 문화예술의 생성공간』, 소명출판.

고미숙(2003), 『열하일기, 웃음과 역설의 유쾌한 시공간』, 그린비.

금장태(1999), 『산해관에서 중국 역사와 사상을 보다』, 효형출판.

김명호(1991), 『열하일기연구』, 창작과 비평사.

김명호(2001), 『박지원 문학연구』, 성균관대학교 대동문화연구원.

김윤식・김현(1982), 『한국문학사』, 문학과 지성사.

金泰俊(1999), 『홍대용』, 현암사, 위대한 한국인 시리즈.

金台俊(1931), 『조선한문학사』, 민족.

藤塚鄰(1975), 『추사김정희 또다른 얼굴』/1994, 아카데미하우스.

백성현・이한우(1999), 『파란 눈에 비친 하얀 조선』, 새날.

白壽彝 주편, 임효섭·임춘성 역(1991), 『中國通史綱要』, 이론과 실천.
사이드, 에드워드, 박홍규 역(1993), 『오리엔탈리즘』, 교보문고.
소재영 편(1985), 『여행과 체험의 문학-중국편』, 민족문화추진회.
심경호(1998), 『한문 산문의 미학』, 고려대 출판부.
안대회(1998), 『18세기 한국 한시사 연구』, 소명출판.
유봉학(1994), 『연암일파 북학사상 연구』, 일지사.
유봉학(1998), 『조선후기 학계와 지식인』, 신구문화사.
유홍준(2002), 『완당평전 1·2·3』, 학고재.
이가원(1966), 『연암소설연구』, 정음사.
이규성(1994), 『황종희 내재의 철학』, 이화여대 출판부.
이규성(1996), 『왕성산 생성의 철학』, 이화여대 출판부.
이성무(1997), 『조선시대 당쟁사 1·2』, 동방미디어.
이우경(1995), 『한국의 일기문학』, 집문당.
이우성(1982), 『한국의 역사상』, 창작과 비평사.
이혜순 외(1995), 『조선 초기의 유산기문학』, 태학사.
이혜순 외(2002), 『비교문학의 새로운 조명』, 태학사.
이혜순(1996), 『조선통신사의 문학』, 이화여대 출판부.
임기중(2003), 『연행록연구』, 일지사.
임형택(1996), 『실사구시의 한국학』, 창작과 비평사.
정민(1989), 『조선후기 고문론 연구』, 아세아출판사.
정민(2000), 『비슷한 것은 가짜다』, 태학사.
정옥자(1994), 『조선중화사상연구』, 일지사.
정옥자(1990), 『조선후기문학사상사』, 서울대 출판부.
조동일(1994), 『한국문학통사 3』, 제2판, 지식산업사.
조동일(1998), 『한국의 문학사와 철학사』, 지식산업사.
周沙塵(1989), 『古今北京』, 東方出版社.
중국사 연구실 편역(1994), 『中國歷史』, 신서원.
진필상, 심경호 역(1994), 『한문 문체론』, 이회.
최봉영(1995), 『조선시대 유교문화』, 사계절.
Basnette, Susan(1993), *Comparative Literature*, Oxford, UK&Other places.

논문

고미숙(2002), 「朝鮮後期 批評談論의 두 가지 흐름 : 燕巖과 茶山의 차이에 대하여」, 『대동문화연구』 20집.

고연희(2000), 「조선후기 산수기행문학과 기유도의 비교연구─농연그룹과 정선을 중심으로」, 이화여대 박사학위논문.

금장태(2000), 「백록동규도와 퇴계의 서원교육론」, 『퇴계학』 제11집.

김경숙(1999), 「18세기 전반 서얼문학 연구」, 이화여대 박사학위논문.

김덕수(2001), 「조선문사와 명사신의 수창과 그 양상」, 『한국한문학연구』 27집.

김동석(2001), 「노이점의 <수사록>에 관한 연구─열하일기와의 상호조명을 중심으로」, 『한국한문학연구』 26집.

김명호(2000), 「동문환의 『한객시존』과 한중문학 교류」, 『한국한문학연구』 26집.

김성진(1991), 「조선 후기 소품체 산문 연구」, 부산대학교 박사학위논문.

김수진(2002), 「관아재 조영석의 문예론과 작품세계」, 서울대 석사학위논문.

김아리(1999), 「김창업의 『노가재연행일기』연구」, 서울대 석사학위논문.

김은미(1991), 「조선초기 누정기의 연구」, 이화여대 박사학위논문.

金泰俊(1987), 「담헌연기와 을병연행록의 비교연구」, 『민족문화』 11집.

金泰俊(2002), 「연행록의 교과서 『노가재연행일기』」, 명지대 국제한국학 연구소 개소기념 <연행학자들의 길>.

金泰俊(2003), 「열하일기 한글본 출현의 뜻」, 『민족문학사연구』.

김현미(1998), 「간이 최립의 사행시연구」, 이화여대 석사학위논문.

김현미(2002), 「18세기 전반 연행의 사적 흐름과 연행록의 작자층 시고」, 『한국고전연구』 제8집.

김혈조(1983), 「정조의 문체반정과 연암체의 성립」, 『한국한문학연구』 제6집.

남정희(2001), 「18세기 경화사족의 시조 향유와 창작 양상에 관한 연구」, 이화여대 박사학위논문.

마종락(1986), 「정조조 고문 부흥운동의 사상과 배경」, 『한국사론』 14권.

박지선(1995), 「노가재연행일기 연구」, 고려대학교 박사학위논문.

박희병(1995), 「홍대용 연구의 몇 가지 쟁점에 대한 검토」, 『진단학보』 제79집.

서경희(2003), 「18, 19세기 학풍의 변화와 소설의 동향」, 『고전문학연구』 제23집.

송재소(2000), 「실학파문학관의 일고찰」, 『한국한문학연구』 제26집.

송준호(1983), 「영재 유득공 시문학연구」, 동국대 박사학위논문.

엄경흠(1990), 「한국 사행시 연구」, 동아대 박사학위논문.

오수경(1991), 「연암 학파의 시경향과 박제가의 시론」, 『한국한문학과 유교문화』.

이군선(1997), 「김창업 연행일기의 서술 방식 연구」, 성균관대 석사학위논문.

이동환(1988), 「야출고북구기에 있어서 연암의 자아」, 『한국한문학연구』 제11집.

이혜순(1999), 「이덕무의 입연기 소고」, 『고전 산문연구 I』, 국어국문학회.

이호정(1985), 「삼탄 이승소 한시연구」, 이화여대 석사학위논문.

임기중(1999), 「19세기 한·중 외교화답시의 현대적 의미」, 『동악어문연구』 제35집.

임완혁(1992), 「조선전기 필기 연구」, 성균관대 석사학위논문.

전수연(1990), 「양촌 권근의 유심주의적 세계관과 시세계」, 이화여대 박사학위논문.

정구복(1996), 「조선조 일기의 자료적 성격」, 『정신문화연구』 제19권 4호.

조규익(2003), 「조선 후기 국문 사행록의 통시적 고찰」, 『어문연구』 제117호.

최숙인(2002), 「여행자문학의 실제 : 타자의 시각으로 본 여행자문학」, 『비교문학의 새로운 조명』.

한태문(1995), 「조선후기 통신사 사행문학 연구」, 부산대 박사학위논문.

찾아보기

304

김현미

1972년 서울 출생.
1995년 이화여자대학교 국어국문학과를 졸업하고,
동 대학원 국어국문학과에서 석사 및 박사학위를 받았다.
철도대, 숭실대, 서울시립대, 이화여대에서 강의했고, 이화여자대학교 한국문화연구원
고서해제사업부 연구원을 거쳐 현재 이화여자대학교 강사로 재직 중이다.
공저서로『우리 한문학사의 새로운 조명』,『우리 한문학사의 해외체험』,『연행노정, 그 고난과
깨달음의 길』등이 있으며, 논문으로는「18세기 연행록 속의 병자호란」,「18세기 연행록 속에
나타난 중국여성」,「슬픔과 탄식 속의 지아비/아버지 되기」등이 있다.

이화연구총서 4

18세기 연행록의 전개와 특성

김 현 미 지음

2007년 9월 10일 초판 1쇄 발행

펴낸이 · 오일주
펴낸곳 · 도서출판 혜안
등록번호 · 제22-471호
등록일자 · 1993년 7월 30일

⑨ 121-836 서울시 마포구 서교동 326-26번지 102호
전화 · 3141-3711~2 / 팩시밀리 · 3141-3710
E-Mail hyeanpub@hanmail.net

ISBN 978 - 89 - 8494 - 319 - 3 93810

값 24,000 원